HEYNE
BÜCHER

Von Johanna Lindsey sind
als Heyne-Taschenbücher erschienen:

Wild wie der Wind · Band 01/6750
Die gefangene Braut · Band 01/6831
Zärtlicher Sturm · Band 01/6883
Das Geheimnis ihrer Liebe · Band 01/6976
Wenn die Liebe erwacht · Band 01/7672
Herzen in Flammen · Band 01/7746
Stürmisches Herz · Band 01/7843
Zorn und Zärtlichkeit · Band 01/6641
Geheime Leidenschaft · Band 01/7928
Lodernde Leidenschaft · Band 01/8081
Wildes Herz · Band 01/8165
Sklavin des Herzens · Band 01/8289
Fesseln der Leidenschaft · Band 01/8347
Sturmwind der Zärtlichkeit · Band 01/8465
Geheimnisvolles Verlangen · Band 01/8660

JOHANNA LINDSEY

GEFANGENE DER LEIDENSCHAFT

Roman

Aus dem Englischen von Gertrud Wittich

Deutsche Erstausgabe

WILHELM HEYNE VERLAG
MÜNCHEN

HEYNE ALLGEMEINE REIHE
Nr. 01/8851

Titel der Originalausgabe
PRISONER OF MY DESIRE

Redaktion: Erna Tom

Printed in Germany 1993
Umschlagillustration: John Ennis/Agentur Schlück, Garbsen
Umschlaggestaltung: Atelier Ingrid Schütz, München
Druck und Bindung: Elsnerdruck, Berlin

ISBN: 3-453-06962-5

1. Kapitel

England, 1152

Die kleine, zierliche Frau stand vor dem hochgewachsenen Ritter, was sie nur noch winziger erscheinen ließ. Ihr blonder Lockenkopf reichte gerade bis zu seinen breiten Schultern. Als er ausholte und ihr mit dem Handrücken ins Gesicht schlug, taumelte sie zurück und wäre ob des brutalen Hiebes zu Boden gestürzt, wären da nicht zwei seiner Männer gewesen, die sie festhielten. Sie hatten ihr die Arme so verdreht, daß sie zwar noch aufrecht stehen konnte, die Männer selbst aber außer Reichweite blieben, um nicht selbst einen der Schläge ihres wütenden Herren einstecken zu müssen. Wieder taumelte sie unter der Wucht seiner Hand, wurde hochgerissen, und taumelte wieder.

Am anderen Ende der kleinen Kammer stand Rowena Belleme und beobachtete mit vor Schreck geweiteten Augen das Schauspiel vor ihr. Auch sie wurde von zwei Männern festgehalten, denselben Männern, die sie vor nicht allzulanger Zeit hierhergeschleppt hatten, damit sie Zeuge der Brutalität ihres Stiefbruders wurde. Ein dünnes Rinnsal Blut lief ihr über das Kinn hinab, denn sie hatte sich auf die Lippen gebissen, um nicht laut aufzuschreien. Tränen kullerten über ihre bleichen Wangen. Rowena hatte man nicht geschlagen, noch nicht. Dennoch war alles möglich, wenn sie den Forderungen ihres Bruders nicht nachgab. Und daß er es ernst meinte, bitterernst, ließ sich spätestens jetzt nicht mehr leugnen. Daß seine Geduld ihr gegenüber noch nicht zu Ende war, konnte sie sich nur dadurch erklären, daß er die Hochzeit nicht durch Abschürfungen und Blutergüsse, die zu mißtrauischen Fragen führen konnten, zu gefährden wünschte.

Was seine Stiefmutter betraf, so hatte Gilbert d'Ambray jedoch keine derartigen Gewissensbisse. Lady Anne Belleme – oder vielmehr Anne d'Ambray, jetzt, nachdem

Gilberts Vater verstorben war –, zum zweiten Mal Witwe, hatte für ihn keinerlei Nutzen, außer als Faustpfand für Rowenas Gehorsam.

Und für ihre Mutter hätte Rowena fast alles getan. Doch was er nun von ihr verlangte…

Anne wandte ihr geschundenes Gesicht ihrer Tochter zu. Ihre Wangen waren feuerrot von den Schlägen, und dennoch hatte sie keine einzige Träne vergossen, und kein Laut des Schmerzes war über ihre Lippen gekommen. Die Güte, die ihr Gesicht ausstrahlte, ließ Rowena erneut aufschluchzen. Sie wußte, was ihr dieses Gesicht sagen wollte: *Das habe ich schon oft erlebt, es bedeutet nichts mehr. Beachte es gar nicht, meine Tochter. Gib dem Schuft nicht, was er will.*

Das wollte Rowena auch bei Gott nicht, denn Lord Godwine Lyons, der Mann, mit dem Gilbert sie zu verheiraten gedachte, war alt genug, um ihr Großvater, ja sogar ihr Urgroßvater zu sein. Und als Gilbert von ihrer Mutter verlangt hatte, Rowena zu überreden, in seine Pläne einzuwilligen, hatte diese die üblen Gerüchte, die sie über den alten Lord gehört hatte, nur bestätigt.

»Ich kenne Lyons sehr wohl und weiß, daß er für eine so begüterte Erbin wie Rowena nicht der passende Mann ist. Außerdem haften seinem Namen, selbst in diesem hohen Alter, noch Skandale und Gerüchte über Perversionen an. Eine derartige Verbindung würde ich niemals gutheißen.«

»Aber er ist der einzige, der bereit ist, zu kämpfen, um Rowenas Besitztümer wiederzuerlangen«, hatte Gilbert eingewandt.

»Besitztümer, die nur durch die Gier Eures Vaters verlorengingen.«

»Oho! Jeder Mann hat das Recht –«

»Seinen Nachbarn zu überfallen?« unterbrach Anne, der die Verachtung, die sie für ihren Stiefsohn empfand, deutlich ins Gesicht geschrieben stand, eine Verachtung, die nur ein kleiner Bruchteil dessen war, was sie für seinen rohen und brutalen Vater empfunden hatte. »Zu plündern und Krieg zu führen, ohne den Preis dafür bezahlen zu wollen? *Zu stehlen und Frauen zur Heirat zu zwingen, de-*

ren Männer noch nicht einmal unter der Erde sind! Solche Rechte gibt es erst, seit dieser Schwächling Stefan König ist.«

Gilbert war bei diesen Worten tatsächlich rot geworden, doch mehr aus Wut als aus Verlegenheit. Das, was sein Vater Anne angetan hatte, bekümmerte ihn kaum, denn er war ein Kind seiner Zeit. Erst acht Jahre war er alt gewesen, als Stefan den Thron bestiegen hatte. Einen Thron, den er seiner eigenen Schwester Mathilda nach dem Tod des alten Königs Heinrich entrissen hatte. Das Königreich war daraufhin zerfallen, denn die eine Hälfte der Barone hatte sich geweigert, eine Frau als Herrscherin anzuerkennen, und die andere Hälfte hatte ihren Treueschwur auf Mathilda und ihren Sohn, Heinrich von Aquitanien, der eigentlich rechtmäßig Herrscher gewesen wäre, gehalten. Hugo d'Ambray war einer jener Barone gewesen, die zu Stefan gehalten hatten, was ihm seiner Meinung nach das Recht gab, Rowenas Vater, der ein Vasall Heinrichs war, zu töten und seine Witwe zu zwingen, ihn zu heiraten, um dadurch sämtliche Besitztümer der Bellemes, die Rowena als dem einzigen Kind zustanden, einschließlich der ihrer Mutter als Mitgift beigegebenen Ländereien, an sich zu reißen. Und weder Anne noch Rowena hatten für diese Ungerechtigkeit je eine Entschädigung erhalten, was bei einem König, der das Land in Anarchie gestürzt hatte, auch nicht verwunderlich war.

Im Gegensatz zu seinem Vater, der roh und ungehobelt und darüber hinaus noch bösartig und grausam gewesen war, entsprach Gilbert mehr dem Bild eines Mannes seiner Zeit: Er war respektvoll, wenn nötig, meist jedoch ungehobelt. Wie so viele andere auch, dachte er nur daran, seine Taschen und Geldsäcke mit den Früchten zu füllen, die aus der Arbeit anderer stammten. Da er schon seit siebzehn Jahren in dieser Zeit der Anarchie lebte, verhielt er sich damit nicht viel anders als die meisten Barone. Die Mehrheit beklagte es zwar, daß das Land einen schwachen König hatte, und somit nur noch das Gesetz des Stärkeren regierte, doch trugen sie selbst nicht unwesentlich zu diesem Zustand der Gesetzlosigkeit bei.

Tatsache war, daß Gilbert in den drei Jahren, seit er Rowenas Stiefbruder war, kein einziges Mal ein böses Wort geäußert, geschweige denn die Hand gegen sie erhoben hatte, wie das bei seinem Vater in seiner Wut manchmal der Fall gewesen war. Als Ritter war Gilbert äußerst geschickt und mutig – und als Mann tatsächlich mehr als nur gutaussehend. Er hatte schwarzes, dichtes Haar und dunkelbraune Augen, deren stets wachsamer Blick durchaus beunruhigend wirkte. Bis heute hatte Rowena ihn nur deshalb gehaßt, weil er der Sohn seines Vaters war. Weil sie aus reiner Besitzgier beständig Kriege und Scharmützel gegen die Nachbarn geführt hatten, hatten sie alles, was ihr gehört hatte, geplündert, sämtliche Wertgegenstände zu Geld gemacht und verschleudert. Und nicht nur das: Sie hatten auch den Verlobungsvertrag, den ihr Vater noch für sie abgeschlossen hatte, gebrochen, und sie unverheiratet gelassen, um auch weiterhin aus ihrer Arbeitskraft Nutzen zu ziehen und sich ihrer Vasallen für ihre Streitigkeiten zu bedienen.

Doch im letzten Jahr hatte Hugo d'Ambray leichtsinnig beschlossen, die Feste Dyrwood, die zwischen Rowenas und seinem eigenen Besitz lag, zu erobern und sich anzueignen. Was, wie sich herausstellte, einem Stich in ein Hornissennest gleichkam, denn Dyrwood gehörte Lord Fulkhurst, einem der größten Kriegsherren der nördlichen Landesteile, der seinem Vasallen in Dyrwood zu Hilfe kam und die Belagerer in die Flucht schlug. Jetzt war er entschlossen, den Mann zu vernichten, der es gewagt hatte, ihn zu bestehlen.

Unglücklicherweise hatte dieser Kriegsherr beschlossen, sich nicht nur Hugos Besitztümer, sondern auch die Ländereien, die unter d'Ambrays Obhut standen, zu eigen zu machen. Bei dieser Gelegenheit stellte Hugo fest, wieviel ein schwacher König wert war, nämlich gar nichts: Stefan, der mit seinen eigenen Problemen viel zu beschäftigt war, weigerte sich, ihm zu Hilfe zu kommen. Aber obwohl Hugo vor zwei Monaten in diesem Krieg, den nur seine Gier entfacht hatte, gefallen war, war Fulkhurst immer noch nicht zufrieden. Gilbert begriff, daß dieser Kriegsherr auf Rache aus war.

Gilbert hatte um Frieden gebeten, war jedoch zurückgewiesen worden. Das hatte ihn so wütend gemacht, daß er nun mehr denn je entschlossen war, die Ländereien der d'Ambrays, koste es, was es wolle, zurückzugewinnen. Und der Preis, den er dafür zu zahlen gedachte, war die Vermählung seiner Stiefschwester mit einem alten Lustmolch. Er hatte ihr versichert, die leidige Sache würde nicht lange dauern, und dann wäre sie wieder in seiner Obhut, da der Alte ohnehin bereits mit einem Fuß im Grab stünde. Auf jeden Fall müsse aber aus der Ehe mit dem alten Bock ein Kind hervorgehen, das gab Gilbert ihr unmißverständlich zu verstehen. Denn nur so würde er nicht nur sie und ihre Besitztümer wiederhaben, sondern auch Lyons Besitz, den ihr Kind erben würde. Und damit stünden ihm schließlich die Mittel zur Verfügung, die er für eine Rückeroberung der Besitztümer der d'Ambrays, die sich im Augenblick noch in den Händen des verhaßten Fulkhurst befanden, brauchte.

Was Gilbert betraf, so war dies ein geradezu genialer Plan. Er kostete ihn rein gar nichts und würde ihm doch all das einbringen, was er sich ersehnte – einschließlich Rowena. Sie in sein Bett zu bekommen, war nämlich das heimliche Ziel, das hinter seinem Plan stand, denn er war fast besessen von seiner wunderschönen kleinen, flachsblonden Stiefschwester.

Schon vom ersten Augenblick an, da war sie gerade fünfzehn Jahre alt gewesen, hatte er sie gewollt. Sein Vater hatte sich jedoch geweigert, sie ihm zu geben, aber nicht etwa aus Fürsorge, o nein; er wußte nur allzu gut, daß sich ihr Wert mit dem Verlust ihrer Jungfräulichkeit drastisch verringern würde, auch wenn er gar nicht die Absicht hatte, sie in absehbarer Zeit zu verheiraten. Nun, auch Hugo d'Ambray lebte nicht ewig, und Gilbert war schlau genug, einzusehen, daß ihr verdammtes Jungfernhäutchen nicht für ihn bestimmt war – und geduldig genug, zu warten, bis ein Ehemann sie für ihn entjungfert hatte.

Und aus ebendiesem Grund hatte Gilbert Rowena immer anständig behandelt. Er wollte nicht, daß sie ihn für ebenso rücksichtslos hielt wie seinen Vater. Er wünschte sich, daß sie ihn genauso wollte wie er sie, wenn er sie schließlich in sein Bett holen würde. Er wollte sie so sehr, daß er sogar bereit gewesen wäre, sie zu heiraten, wenn dies von Nutzen gewesen wäre. Da ihnen die Ländereien der Bellemes jedoch bereits gehörten, war dies überflüssig. Sobald sie schwanger war, würde er sie sich nehmen, und er gedachte, sie zu behalten, obwohl er die feste Absicht hatte, sie irgendwann noch einmal zu verheiraten, wenn dies nur genug Gewinn für ihn versprach. Denn ihre Ehemänner loszuwerden, das war noch das leichteste. Sehr viel schwieriger war es, Rowenas Leidenschaft für ihn zu wecken.

Egozentrisch und gedankenlos, wie er war, kam ihm überhaupt nicht in den Sinn, daß er sie durch eine erzwungene Heirat mit den Lyons nur gegen sich aufbringen würde. Und auch die Tatsache, daß er, um ihre Einwilligung zu erhalten, vor ihren Augen ihre Mutter mißhandelte, alles nur noch schlimmer machte, entging ihm völlig. Nicht daß er schon so roh war, er hatte seinen Vater lediglich so oft beobachtet, daß es für ihn gar nichts Besonderes mehr war. Er vergaß dabei jedoch, daß Rowena in den letzten drei Jahren in der Bergfriede Kemel gelebt hatte und nicht bei ihrer Mutter in der Burg der d'Ambrays. Sie hatte derartige Szenen daher niemals zuvor gesehen, konnte also auch nicht »daran gewöhnt« sein. Er war so sicher, daß Rowena ihm sein brutales Verhalten nicht übelnehmen würde, daß er sogar Zweifel hatte, ob er sie damit überhaupt umstimmen konnte. Es war einfach das einzige gewesen, das ihm noch in den Sinn gekommen war, nachdem freundliches Zureden und die Darlegung all der Vorteile, die sie aus einer derartigen Verbindung ziehen würden, nichts gefruchtet hatten.

Gilberts erster Fehler war, anzunehmen, daß Rowena genausoviel für ihre Mutter empfand, wie er für seine, nämlich gar nichts. Er ging daher auch davon aus, daß Rowena gewiß nicht so schnell auf die brutale Behandlung ihrer Mutter reagieren würde, weshalb er gar nicht daran dachte, nach den ersten paar Schlägen zu ihr hinüberzusehen, was sein zweiter Fehler war. Erst nachdem er sah, wie Anne sich ihrer Tochter mit einem Blick, der so offensichtlich ungebrochen war, zuwandte, drehte auch er sich um und zuckte wütend zusammen, da ihm seine Fehler sofort ins Auge sprangen. Daß das Mädchen sich um seine Mutter sorgte, war beim besten Willen nicht zu übersehen. Ihre großen, saphirblauen Augen waren mit Tränen gefüllt. Sie hatte sich sogar selbst verletzt, um ihn nur ja nicht anzubetteln, mit den Schlägen aufzuhören. Und das auch nur deshalb, weil ihre Mutter klar gesagt hatte, daß sie eine Heirat mit den Lyons nie und nimmer gutheißen würde.

Es wäre sogar noch besser gewesen, er hätte sie betäubt, die Heirat und auch die Hochzeitsnacht über die Bühne gebracht, bevor sie das Bewußtsein wiedererlangt hätte, ein fait accompli sozusagen. Doch dafür war es nun zu spät. In ihren lieblichen Augen lag soviel Verachtung, daß ihm sofort klar war, sie würde ihn niemals begehren, wie er gehofft hatte. Aber er würde sie trotzdem kriegen, ob sie wollte oder nicht. Er war aber so wütend darüber, daß es nicht so lief, wie er es sich vorgestellt hatte, daß er die rechte Hand zur Faust ballte, ausholte und Anne mit voller Wucht einen Schlag versetzte. Sie brach ohne einen Laut zusammen.

Nur von Rowena kam ein ersticktes Wimmern, bevor sie flüsterte: »Nicht, hört auf.«

Er ließ ihre Mutter zwischen seinen Männern hängen und ging hinüber zu Rowena, immer noch schäumend vor Wut angesichts der Fehler, die ihm unterlaufen waren und was diese ihn kosten würden. Er wollte, daß Rowena das sah. Er hob ihr Kinn und zwang sie, ihm in die Augen zu sehen. Wie als Beweis seiner Gefühle für sie war sein Griff selbst in diesem Augenblick höchster Wut nicht grob, ja er wischte, ohne daß es ihm bewußt war, sogar zärtlich die Tränen von ihrer Wange.

Seine Stimme jedoch bebte vor unterdrückter Wut. »Wirst du Lord Godwine heiraten?«

»Ja.«

»Und wirst du fröhlich sein?«

Rowena starrte ihn einen Moment lang verständnislos an, bevor sie wütend hervorstieß: »Ihr verlangt zu viel –«

»Aber nein. Was ist schon ein Lächeln, wenn dadurch der Heiratsvertrag um so schneller zustande kommt?«

»Gibt es denn darüber Zweifel?«

»Nein, aber wir haben keine Zeit zu verlieren. Fulkhurst verhält sich im Augenblick zwar still, aber nur, weil er Tures gerade eingenommen hat.«

Rowena erbleichte, als er das sagte. Sie hatte gewußt, daß zwei ihrer nahe Dyrwood gelegenen Bergfriede ohne jeden Kampf eingenommen worden waren, doch die Burg Tures war Vaters größtes Besitztum gewesen, sein Bollwerk im Norden sozusagen. In Tures war sie aufgewachsen. Alles, was sie je an Liebe und Glück erfahren hatte, lag innerhalb dieser Mauern. Und nun hauste dort ein feindlicher Kriegsherr – nein, eigentlich hausten schon seit drei Jahren Feinde darin, was machte es also noch aus? *Ihr* hatte Tures jedenfalls nie gehört und würde es wohl auch nie gehören. Selbst wenn es Lord Godwine gelingen würde, die Burg zurückzuerobern, so würde sie doch nur dem Namen nach ihr gehören.

Gilbert mißverstand ihren Gesichtsausdruck und wollte sie trösten. »Verzweifle nicht, Rowena. Lyons hat die Kaufleute aus seiner Stadt so lange geschröpft, daß er nun ein reicher Mann ist. Er hat genug Geld, um eine große Söldnertruppe zusammenzustellen, und zusammen werden wir Fulkhurst in Windeseile besiegen. Du wirst sehen, Tures wird noch in diesem Monat wieder dir gehören.«

Doch Rowena antwortete nicht. Man hatte ihr bereits mitgeteilt, daß der Heiratsvertrag zu ihren Gunsten abgefaßt worden war, daß ihre Besitztümer, sobald sie einmal zurückerobert waren, wieder ihr gehören würden und nicht ihrem Ehemann, doch was bedeutete das schon in einer Zeit, in der Recht und Gesetz mißachtet wurden: nichts – und doch alles, wenn Heinrich wieder an die Macht käme. Zweifellos sah Lyons ihre Ländereien bereits trotzdem als die seinen. Und Gilbert war offensichtlich der Ansicht, daß sie bald ihm gehören würden, was im Grunde nichts anderes bedeutete, als daß er Lyons, sofern dieser nicht rasch genug das Zeitliche segnete, er ihm ohne Frage dabei behilflich sein wollte. Doch zuerst einmal verlangte Gilbert, daß sie von Lyons ein Kind bekam. Wie schon so oft in den letzten drei Jahren schauderte Rowena und betete insgeheim, daß Heinrich von Aquitanien den Thron von England wiedererlangte. Ihr Vater war einer von Heinrichs Vasallen gewesen, und sie hätte nichts lieber getan, als ihren Treueeid auf Heinrich zu leisten. Denn nur dann und wirklich nur dann konnte sie Gilbert d'Ambray entkommen.

Doch diese Gedanken verschwieg sie Gilbert wohlweislich und meinte statt dessen: »Soll das heißen, meine Vasallen werden diesmal zu mir kommen, um mir ihren Treueeid zu leisten? Oder werden sie auch weiterhin damit beschäftigt sein, Eure Schlachten zu schlagen?«

Gilbert errötete bei ihren Worten, denn auch in dieser Sache hatte sich sein Vater einfach über die Gesetze hinweggesetzt. Dem Gesetz nach hätten die neun Vasallen ihres Vaters nach dessen Tod nämlich ihr die Treue schwören müssen, da sie die neue Herrin war. Doch in den letzten drei Jahren, in denen man sie in einem von Hugos kleineren Bergfrieden gefangengehalten hatte, war kein einziger von diesen Rittern bei ihr aufgetaucht. Und jedesmal, wenn sie die Angelegenheit erwähnt hatte, war sie mit Ausflüchten beschwichtigt worden. Ihre Ritter stünden zur Zeit unter Belagerung oder befänden sich im Kampf, oder so ähnlich lauteten die Ausreden, vielleicht hielten sie sie sogar für tot. Auf diese Weise hätte er sich ihrer Dienste versichern können, ohne lästige Fragen nach ihrem Wohlbefinden beantworten zu müssen.

Gilbert antwortete in einem Ton, der keinen Widerspruch mehr zuließ: »Fünf deiner Vasallen sind im Kampf gegen Fulkhurst gefallen, und ob Sir Gerard noch lebt oder nicht, ist ungewiß, da er ja Kastellan von Tures war. Kann sein, dieses Monster hat ihn genauso abgeschlachtet wie meine eigenen Ritter.« Er zuckte mit den Schultern, so als spiele es keine große Rolle, ob Gerard noch am Leben war oder nicht.

Rowena erbleichte erneut. Sie stellte keine weiteren Fragen, doch nur deshalb, weil sie insgeheim die Wahrheit fürchtete. Sie wollte gar nicht wissen, welche ihrer Ritter noch am Leben waren und welche nicht. Wen sollte sie auch für ihren Tod verantwortlich machen? Fulkhurst, der den tödlichen Schlag geführt, oder Gilbert und seinen Vater, die Fulkhursts Zorn ja erst heraufbeschworen hatten? Oh, Gott, wann würde dieses Land endlich wieder Frieden finden?

Leise bat sie Gilbert, sie loszulassen. Auf seinen Wink hin zogen sich seine Männer sofort zurück. Rowena wollte zu ihrer Mutter laufen, doch Gilbert packte sie am Arm und drängte sie statt dessen zur Tür.

Sie versuchte sich loszureißen, doch sein Griff war stärker. »Laßt mich zu ihr.«

»Nein. Ihre Dienerin wird sich sofort um sie kümmern.«

»Das ist das erste Mal seit drei Jahren, daß ich sie wiedersehe, Gilbert«, erinnerte sie ihn, doch sie hätte wissen müssen, daß das für ihn keine Rolle spielte.

»Sobald du Lyons Kind trägst und so seine Ländereien für uns gesichert hast, wirst du sie wiedersehen – und keinen Tag früher.«

Noch mehr Bevormundung, noch mehr Befehle. Sie konnte nicht länger schweigen und zischte ihm haßerfüllt zu: »Ihr seid verabscheuungswürdig, schlimmer noch als Euer Vater. Der hat seine Grausamkeit und Brutalität zumindest offen und ehrlich gezeigt!«

Daß ihn ihre Worte getroffen hatten, erkannte sie daran, daß sein Griff um ihren Arm fester wurde.

»Ich habe nur deine Interessen im –«

»Lügner! Ich werde tun, was Ihr verlangt, aber wenn ich noch einmal hören muß, daß alles nur zu meinem Besten ist, dann schreie ich!«

Er widersprach ihr nicht. Viel lieber hätte er sie in seine Arme gerissen und geküßt, denn in ihrer Wut erschien sie ihm noch begehrenswerter als sonst. Doch er wagte nicht einmal dies. Sie mußte Jungfrau sein, wenn Lyons sie nicht zurückweisen sollte, denn damit hätten sich Gilberts sämtliche Hoffnungen auf die Reichtümer des Lords auf einen Schlag zerschlagen.

Daher sagte er nur: »Dann komm, wir wollen heute noch nach Kirkburough reiten. Morgen wirst du heiraten.« Und beim ersten Anzeichen einer Schwangerschaft in seinem eigenen Bett landen.

2. Kapitel

Sie erreichten Kirkburough bei Sonnenuntergang. Die Stadttore waren noch offen, doch sie hielten direkt auf den über der Stadt liegenden Bergfried zu . Im Abendrot glühten die hohen Mauern der Festung wie Feuer, was Rowena bezeichnend erschien, ritt sie doch geradewegs auf die Hölle zu.

Gilbert hatte während der zwanzig Kilometer langen Reise wohlweislich den Mund gehalten, denn Rowena war in einer Stimmung, in der es ihr egal war, was sie zu ihm sagte. Nach dem Gesetz war er ihr Stiefbruder und Beschützer, doch niemand konnte leugnen, daß er dies auf unehrenhafte und unehrliche Art geworden war. Wenn ihre Mutter nicht gewesen wäre, hätte Rowena sich schlichtweg geweigert und mit allen Mitteln versucht, ihrer derzeitigen Misere zu entfliehen. Sie hätte Gilbert vielleicht sogar getötet, so sehr haßte sie ihn nach dem, was er heute getan hatte. Doch sie konnte nicht fliehen, denn sie wußte, ihre Mutter würde schrecklich dafür büßen müssen, und sie hatte schon genug unter den d'Ambrays gelitten.

Jetzt war ihr auch klar, warum man sie und ihre Mutter getrennt hatte, sobald sie Tures verlassen hatten. Denn wenn es Rowena und Anne irgendwie gelungen wäre, gemeinsam zu fliehen, hätten sie bei einem der mächtigen Adeligen, die ebenso wie Walter Belleme gegen Stefan waren, Zuflucht finden können. Wahrscheinlich hätte Rowena dann heiraten müssen, um sich vor den d'Ambrays zu schützen, doch es wäre zumindest ein Mann ihrer Wahl gewesen.

Doch all das spielte jetzt keine Rolle mehr. Schon morgen sollte die Hochzeit stattfinden. Wenn doch nur... ach Gott, wie oft hatten ihre Gedanken in den letzten Jahren so begonnen.

Wenn doch nur ihr Vater sie nicht so sehr geliebt hätte, dann wäre sie schon im zarten Alter von vierzehn verheiratet gewesen, wie die meisten anderen Töchter auch. Ihr Verlobter war ein ehrenhafter Mann gewesen. Er hätte gewartet, bis sie ein wenig älter war, bevor er die Ehe vollzogen und sie geschwängert hätte. Doch ihr Vater hatte diesen Lord mit ihrer aufkeimenden Schönheit erst gar nicht in Versuchung führen wollen. Außerdem, und das war wohl der Hauptgrund, hatte er sie nicht so bald verlieren wollen.

Wenn ihr Vater nicht selbst hinausgeritten wäre, um sich d'Ambrays Armee entgegenzustellen, dann wäre er vielleicht heute noch am Leben. Sicher, Tures wäre wahrscheinlich belagert worden, doch sie hätten immerhin versuchen können, sich zum Hofe Heinrichs durchzuschlagen oder zu den anderen Adeligen, die ihn ebenfalls unterstützten.

Wenn doch nur die Frauen mehr Rechte gehabt hätten, wenn doch nur Heinrich König wäre... wenn doch nur Gilbert sterben würde. Doch auch dafür war es bereits zu spät. Schon waren sie in Lyons Bergfried, und damit befand sie sich unter seiner Herrschaft, so als wären sie bereits vermählt. Trotzdem würde er sie heiraten, um zu erhalten, wonach er trachtete, gleichgültig ob Gilbert sie dazu zwang oder nicht.

In tiefer Verzweiflung stieg Rowena die Treppe hinauf. Gilbert hatte, was die Reichtümer der Lyons betraf, nicht übertrieben. Schon auf dem Weg durch den Zwinger – da hatten sie den eigentlichen Burghof noch gar nicht betreten – hatte sie allein neun Ritter gesehen, die zum Haushalt der Festung gehörten. Und auf den Mauern und Türmen wimmelte es geradezu von bewaffneten Männern. Im Palast selbst befanden sich noch mehr Ritter, die meisten von ihnen saßen bereits an der mit feinstem Leinen gedeckten Tafel, auf der sich die Speisen auf Goldtellern häuften. Selbst die Wände zeugten vom Reichtum des Lords, waren doch auch sie voll von wunderschönen, reich mit Juwelen verzierten Waffen aus blinkendem Gold und Silber.

Allerorten hasteten Diener hin und her, gewiß bediente einer oder gar zwei jeweils einen Gast. Was Rowena ebenfalls nicht übersehen konnte, war, daß der Lord seine Diener zweifellos nicht verwöhnte, denn ihnen hingen die Kleider fast in Fetzen vom Leib. Dazu waren sie schmutzig und völlig eingeschüchtert; die Augen beständig auf den Boden geheftet, hasteten sie wie scheue Tiere durch den Saal. Was nach einem weiteren Blick in die Richtung, wo der Lord in seinem reich verzierten Stuhl, einem König gleich, am Kopf der Tafel saß, nicht verwunderlich war. Dort standen nämlich drei dieser armen Schlucker in Ketten. Einem wurde gerade ein derart harter Tritt versetzt, daß er zu Boden stürzte und dort leblos liegenblieb. Doch nicht genug, man gab ihm noch zwei weitere Tritte, als wolle man prüfen, ob er sich mit seinem Gebaren nicht nur vor der Arbeit zu drücken suchte.

Entsetzt blieb Rowena mit einem Ruck stehen, doch Gilbert, der sie am Arm hielt, verstärkte nur seinen Griff und zog die Widerwillige weiter. Dennoch konnte sie noch einen Blick auf den Ritter erhaschen, der den Diener getreten hatte. Dieser blickte im selben Moment auf und lächelte, als er ihren Blick auffing. Keinerlei Scham oder Reue stand auf seinem Gesicht. Er lächelte ihr nur freundlich zu, als sei die Szene von vorhin das Normalste auf der Welt.

Bekanntlich benehmen sich Männer wie die Tiere, wenn keine Frauen anwesend sind. Doch in diesem Fall waren Frauen anwesend, die Frauen der Burgritter. Ganz offensichtlich hatten sie jedoch keinerlei Einfluß auf das Verhalten der Männer, und für Rowena war dies ein deutliches Zeichen für den Charakter des Lords von Kirkburough, nahmen sich die meisten Männer doch ihren Herrn zum Vorbild, egal ob im guten oder schlechten.

Bis jetzt hatte sie es vermieden, den Lord direkt anzusehen. Sie wollte den Augenblick der Wahrheit so lange wie möglich hinauszögern. Doch nun blieb Gilbert stehen und meinte, der Moment des Treffens mit ihrem künftigen Gatten sei gekommen. Trotz dieser Vorwarnung hätte sie bei ihrem ersten Blick auf Godwine Lyons, den Lord von Kirkburough vor Abscheu fast laut aufgeschrien. Gilberts Griff wurde wieder fester, denn unwillkürlich war sie einen Schritt zurückgewichen.

Es war sogar noch schlimmer, als sie es sich in ihren schrecklichsten Träumen ausgemalt hatte: Der Mann war nicht nur alt, nein, er sah bereits aus wie eine Leiche. Seine Haut war so weiß, daß sie fast schon transparent wirkte, und so über und über mit Fältchen durchzogen, daß seine eigentlichen Gesichtszüge kaum noch erkenntlich waren. Das, was er noch an Haaren auf dem nahezu kahlen Haupt hatte, war völlig weiß, abgesehen von einer einzigen, schmutzigen gelben Strähne, die seine ursprüngliche Haarfarbe ahnen ließ. Sein dürrer, faltiger Körper war schon so sehr gebeugt, daß er Rowena nicht mehr überragte, die mit einer Größe von einem Meter dreiundfünfzig selbst für die damaligen Verhältnisse nicht gerade groß war. Sein helles Gewand aus Seide, das an Ärmeln und Säumen mit kostbarem Pelz besetzt war, ließ die gebeugte Gestalt nur noch lächerlicher erscheinen, als sie ohnehin schon wirkte.

Das Weiß seiner Augen konnte beim besten Willen nicht mehr als solches bezeichnet werden, sondern eher als dunkelgelb. Sein rechtes Auge war von einem silbriggrauen Überzug bedeckt – der Mann war nahezu blind. Er mußte ganz nah an Rowena herantreten, um sie überhaupt sehen zu können, und sie wäre fast wieder zurückgewichen, als sie seinen fauligen Atem roch. Mit gekrümmten Gichtfingern kniff er sie in die Wange und kicherte, wobei man die einzigen beiden noch verbliebenen Zähne in seinem Mund sehen konnte.

Gilbert mußte fast schreien, als er Rowena vorstellte, was diese nicht im Zweifel darüber ließ, daß der Alte auch noch nahezu taub war. Ihr Glück, denn sie konnte sich nicht mehr beherrschen und flehte, ihren Stolz vergessend, Gilbert an, ihr dies zu ersparen.

»Bitte, Gilbert, tut mir das nicht an, um Gottes willen. Wenn Ihr mich schon verheiraten müßt, dann wählt einen anderen, ich flehe Euch an, irgendeinen –«

»Halt den Mund«, zischte er ihr ins Ohr. »Dafür ist es zu spät, ich habe mein Wort gegeben.«

Noch bevor er ihre Zustimmung eingeholt hatte? »Aber Versprechen können gebrochen werden«, meinte sie.

»Nein, meine Teure, es gibt nun mal keinen anderen, der in das einwilligen würde, was ich verlange.«

Was *er* verlangte, was zu *seinem* Nutzen war. Für nichts und wieder nichts hatte sie ihren Stolz hinuntergeschluckt und ihn angebettelt – obwohl sie im Grunde ihres Herzens gewußt hatte, daß es umsonst sein würde. Nein, nie würde sie je wieder einen Mann um etwas anflehen, nie wieder. Nur Gott selbst kannte Gnade, die Männer kannten nur Habgier und Lust.

Sie wandte sich ihm zu und hob den Kopf, um ihm in die Augen sehen zu können, denn er stand dicht neben ihr. Mit ausdrucksloser Stimme sagte sie: »Ihr solltet Euch in Zukunft hüten, mein teurer Bruder. Bei der ersten Gelegenheit werde ich Euch meinen Dolch in den Rücken stoßen.«

»Red keinen Unsinn«, erwiderte er, doch seine Antwort klang eher unbehaglich. Er suchte forschend in ihren Augen. Und irgend etwas in ihrem Blick mußte ihn überzeugt haben, daß dies nicht nur eine leere Drohung war. Bestürzt rief er aus: »Rowena!«

Doch sie hatte ihm bereits den Rücken zugewandt und einen Diener herbeigewinkt, um sie in ihre Gemächer zu bringen. Wenn Gilbert oder Lord Godwine in diesem Augenblick versucht hätten, sie aufzuhalten, dann hätten sie es mit einer Frau zu tun bekommen, die auf Anstand und Sitte keinerlei Rücksicht mehr nahm. Doch weder ihr Stiefbruder noch der Burgherr machten einen derartigen Versuch, und als sie die Stufen zu dem Turmzimmer erreicht hatte, in dem sie die kommende Nacht verbringen sollte, mußte sie einen Augenblick innehalten, weil ihr die Tränen, die sie nun nicht mehr zurückhalten vermochte, den Blick verschleierten.

3. Kapitel

Als Rowena am nächsten Morgen erwachte, wußte sie einen Moment lang nicht, wo sie war, doch es dauerte nur Sekunden, bis es ihr kalt den Rücken hinunterlief im Gedanken an das, was sie heute erwartete. Wann sie letzte Nacht eingeschlafen war, wußte sie nicht, doch es war sicher nach Mitternacht gewesen. Und nun lag sie angsterfüllt und starr in diesem fremden Bett.

Durch das große Fenster im Turmzimmer strömte ein wenig Tageslicht herein, das jedoch das Zimmer um diese frühe Tageszeit nur wenig mehr erhellte als die Kerzen und das Feuer im offenen Kamin. Es dauerte einen Moment, bevor sie sich fragte, wer wohl die Kerzen in ihrem Zimmer angezündet und das Feuer wieder geschürt haben mochte. Und wer hatte übrigens die Bettvorhänge zurückgezogen? Gilbert hatte doch nicht etwa gewagt...

»Habt Ihr vielleicht die Absicht, faul in Eurem Bett liegen zu bleiben, bis es Zeit ist, vor den Priester zu treten?«

»Mildred?« fragte Rowena atemlos vor freudiger Überraschung.

»Aber ja, meine süße Lady.«

Rowena setzte sich mit einem Ruck auf und blickte sich suchend im Zimmer um. Ja, dort saß die Gute auf einer großen Truhe, die noch nicht dagewesen war, als sie das Zimmer gestern abend betreten hatte. Es war ihre eigene Truhe, mit all ihren schönen Gewändern – und ihre eigene Magd saß obendrauf.

Seit Rowena denken konnte, war Mildred ihre Magd, und davor hatte sie schon Lady Anne gedient. Sie war eine kleine Frau, kleiner noch als Rowena, doch von Zierlichkeit war bei ihr keine Spur. Sie war vielmehr ziemlich rund um die Hüften, denn Mildred wußte ein gutes Mahl wahrhaftig zu schätzen. Fünfundzwanzig Lenze zählte sie, und schon durchzogen die ersten grauen Strähnen ihren störrischen und doch liebevollen braunen Lockenkopf. Ihre ebenfalls braunen Augen strahlten Wärme und Güte aus. Sie war die einzige gewesen, die Rowena in die Verbannung hatte begleiten dürfen – und das war das erste und letzte Mal gewesen, daß Hugo d'Ambray etwas Nettes für sie getan hatte.

»Wie kommt es, daß du hier bist?« fragte Rowena und ließ ihren Blick suchend durch das Zimmer schweifen,...

»Als er gestern früh nach Euch geschickt hat, gab er Anweisung, daß alles, was Euch gehört, gepackt und hierhergebracht werden soll. Diese Bauerntölpel wollten mich zurücklassen, aber das habe ich ihnen schleunigst ausgeredet.«

»So sicher war er also, daß ich in diese Farce einwilligen würde«, meinte Rowena bitter.

»Ich habe den alten Mann gestern abend bei meiner Ankunft gesehen. Wie konntet Ihr nur einwilligen, *so jemanden* zu heiraten?«

Rowena fühlte, wie ihr die Tränen wieder in die Augen stiegen, doch sie kämpfte sie zurück, konnte aber nicht verhindern, daß ihre Unterlippe zitterte, als sie antwortete: »Gilbert hat meine Mutter geschlagen. Und ich glaube kaum, daß er ohne meine Zustimmung zu dieser Heirat damit aufgehört hätte.«

»O mein armes Lämmchen!« rief Mildred aus, sprang auf, lief durchs Zimmer und nahm Rowena in die Arme. »Ich habe immer gewußt, daß er ein Monster ist, genau wie sein Erzeuger, und nicht einmal sein Süßholzgeraspel konnte mich vom Gegenteil überzeugen, als er ständig kam und um Eure Röcke herumschnüffelte.«

»Gott möge mir vergeben, aber ich hasse ihn. Er hat das alles nur für sich selbst, zu seinem eigenen Nutzen gemacht. An mich hat er dabei keinen einzigen Gedanken verschwendet.«

»Ja, das ist leider wahr. Und hier bereiten sie sich schon auf die Schlacht vor. Man sagt, die Festung würde noch heute abend fast leer sein, denn der alte Lord will jeden Ritter und fast tausend bewaffnete Männer Gilbert mitgeben. Und er hat genug Gold, um noch viel, viel mehr zu kaufen. Nicht lange, meine süße Lady, und Ihr werdet all das wiederhaben, was dieser Fulkhurst, dieses Monster aus dem Norden, Euch gestohlen hat.«

»Glaubst du das wirklich?« fragte Rowena ungläubig. »Glaubst du allen Ernstes, daß Gilbert mir meine Ländereien wiedergeben wird? *Er* ist derjenige, der sie wiederhaben wird, und wenn Lyons stirbt, dann hat er auch mich wieder und kann mich bei der nächsten günstigen Gelegenheit wiederverheiraten.«

»So also steht die Sache?« rief Mildred entrüstet aus.

»Das hat er mir gegenüber sogar zugegeben. Doch in der Zwischenzeit muß ich von Lyons ein Kind bekommen, damit er auch dessen Ländereien bekommt.« Rowena lachte trocken. »Kann ein so alter Mann überhaupt noch Kinder zeugen, Mildred?«

Die Dienstmagd schnaubte verächtlich. »Das hätten sie wohl gern, die Männer, aber's ist gradheraus unmöglich. Trotzdem hab ich mir den ganzen Abend lang Geschichten darüber anhören müssen, wie dieser Lord schon die ganze Zeit versucht, einen Sohn zu bekommen, um die Söhne zu ersetzen, die im Krieg gefallen sind. Stellt Euch vor, er hat in den letzten vier Jahren vier Frauen gehabt – und noch sechs in jungen Jahren.«

»Was ist denn mit denen passiert?«

»Die ersten sechs sind ausnahmslos auf die eine oder andere Weise gestorben. Man munkelt, es sei dabei meist nicht mit rechten Dingen zugegangen. Und die letzten vier hat er einfach wieder zurückgegeben. Das waren alles unschuldige Jungfrauen, und dennoch hat er behauptet, sie wären's nicht gewesen, nur weil er den erhofften Sohn nicht schnell genug bekommen hat. Das ist alles, was er von Euch will, meine süße Lady.«

»Wenn ich ihm also nicht rasch genug einen Sohn gebäre, dann kann es sein, daß er mich noch in diesem Jahr wieder zurückschickt. Kein Wunder, daß Gilbert gemeint hat, die Ehe würde nicht lange dauern.«

»Nein, mein Kind, der alte Lord wird's nicht mal so lange machen, wenn Ihr mich fragt. Er hätte schon vor fünf Jahren tot sein müssen. Weiß Gott, warum der immer noch am Leben ist, kann wohl nur ein Pakt mit dem Teufel sein.«

»Psst!« zischte Rowena und bekreuzigte sich rasch. Trotzdem konnte sie nicht umhin, ihrer Dienerin recht zu geben. Sie selbst hatte ja bei seinem Anblick gedacht, er sehe aus wie eine Leiche.

Mildred blickte sie prüfend an. »Wollt Ihr Lord Godwine wirklich heiraten?«

»Du sagst das, als ob ich eine Wahl hätte.«

»Das habt Ihr auch. Wir könnten ihn töten.«

Rowena hielt den Atem an und schnaubte dann wütend, denn sie mochte es nicht, wenn man im einen Moment ihre Hoffnungen schürte, nur um sie im nächsten Augenblick wie ein Kartenhaus zusammenbrechen zu lassen. »Glaubst du, daran habe ich nicht selbst schon gedacht? Aber Gilbert ist imstande und prügelt meine Mutter zu Tode, so wütend könnte er auf mich sein. Das kann ich bei Gott nicht riskieren.«

»Nein, natürlich nicht«, stimmte Mildred rasch zu. Sie liebte die Mutter ebenso wie die Tochter und konnte den Gedanken nicht ertragen, eine von beiden leiden zu sehen – wo sie doch geheime Tränke kannte, mit denen das zu verhindern war. »Wenn es also sein muß, so sei es. Doch es ist nicht notwendig, Euren Körper und Euer Bett mit dem alten Lustmolch zu teilen. Nicht, solange ich weiß, wie er unschädlich zu machen ist –«

Doch Rowena winkte müde ab. »Nur blutige Laken werden Gilbert überzeugen können, nicht mehr und nicht weniger.«

»Es muß aber nicht Euer Blut sein.«

Daran hatte Rowena überhaupt noch nicht gedacht. Vielleicht war es am Ende ja gar nicht nötig, diese runzeligen, gekrümmten Gichtfinger und diesen faulen Atem zu ertragen, der ihr schon in Gedanken Übelkeit verursachte? Wenn doch nur... Sie wand sich innerlich, denn mit diesen Wenn-doch-nur-Fragen hatte sie bis jetzt nicht viel Glück gehabt.

»Lord Godwine mag zwar schon mit einem Fuß im Grabe stehen, doch dumm ist er deshalb noch lange nicht.

Wenn ihm also in der Hochzeitsnacht nicht mehr einfällt, wie man eine Ehe vollzieht, dann wird er's sicherlich am nächsten Morgen nochmal versuchen.« Beim bloßen Gedanken daran lief ihr schon ein kalter Schauer über den Rücken. »Ich glaube, das könnte ich nicht ertragen. Lieber lasse ich diese abscheuliche Sache im Dunkel der Nacht über mich ergehen als im hellen Licht des Tages. Mildred, ich könnte es nicht ertragen, seine widerlichen Finger nicht nur zu fühlen, sondern auch noch zu sehen.«

»Also gut, meine süße Lady. Dann werde ich Euch eben einen Trank brauen. Er wird Euch nicht einschläfern, aber doch so weit betäuben, daß Ihr gar nicht mehr merkt, was der alte Ziegenbock mit Euch macht.«

Rowena runzelte die Stirn bei dieser Vorstellung. Sie fühlte sich nicht ganz wohl bei dem Gedanken, in der Gegenwart von Godwine Lyons halb betäubt zu sein. Sie war ohnehin schon hilflos genug, und so ein Trank würde alles nur noch schlimmer machen. Die Frage war lediglich, was war besser, nichts zu wissen oder nur nichts zu sehen?

»Wie lange würde dein Trank wirken?« fragte sie nachdenklich.

»Ein paar Stunden. Lange genug jedenfalls, damit er tun kann, was er tun muß.«

»Und wenn *er* den Trank aus Versehen trinkt?«

»Wird ihm nicht schaden. Wenn er zeugen kann, dann wird er's tun. Höchstens vielleicht, daß er sich hinterher nicht mehr daran erinnert.«

Rowena stöhnte und fiel aufs Bett zurück. »Dann muß ich es dennoch am nächsten Morgen noch einmal mit ihm tun.«

»Aber nicht doch, Liebes. Warum sollte es schiefgehen? Ich werde den Trank einfach rechtzeitig ins Hochzeitsgemach schmuggeln und gleich mit Eurem Wein vermischen. Euer Kelch wird eben bereits eingeschenkt sein und seiner nicht. Ihr werdet sofort, nachdem Ihr das Gemach betreten habt, den Kelch leeren. Keiner wird Euch diesen kleinen Schluck, mit dem Ihr Euch Mut antrinkt, verweigern.«

»Also gut. Alles ist besser als –«

Rowena wurde durch ein Klopfen an der Tür unterbrochen. Glücklicherweise war es nicht Gilbert, wie sie befürchtet hatte, sondern eine große Anzahl von Dienerinnen mit einer Badewanne, Wasser, einem Tablett mit Brot und Käse und nicht zu vergessen mit einem Hochzeitskleid aus cremefarbener Seide. Eine der Dienerinnen sagte ihr, Lord Godwine wünsche, daß sie das Kleid zur Hochzeit trage, falls sie nicht selbst schon ein anderes dafür vorgesehen habe. Was die Dienerin jedoch nicht sagte und Rowena dem Getuschel der anderen dennoch entnehmen konnte, war, daß seine letzten beiden Frauen dieses Kleid ebenfalls getragen hatten. Wie umsichtig von dem Alten, soviel Gebrauch von diesem Gewand zu machen. Auf jeden Fall zeigte es deutlich, wie wenig er sich um ihre Gefühle scherte.

Als eine der Mägde das Kleid hochhob, damit sie es begutachten konnte, sagte Rowena: »Warum auch nicht? Wenn es seinen anderen Frauen gelungen ist, ihm zu entkommen, dann kann mir das Gewand vielleicht ein ebensolches Glück bescheren.«

Einen Moment lang herrschte erschrockenes Schweigen. Erst jetzt wurde Rowena klar, daß das hier ja seine Dienerinnen waren und sie besser ihren Mund gehalten hätte. Doch die Mägde waren lediglich im ersten Moment über ihre Offenheit überrascht, und nach ein paar Sekunden ließ sich ein nervöses Kichern vernehmen, dann noch eins und noch eins, und schließlich erkannte Rowena, daß die Mädchen und Frauen allesamt auf ihrer Seite standen, denn sie alle verabscheuten ihren künftigen Ehemann ebenso sehr wie sie.

4. Kapitel

Und so geschah es, daß Rowena in der sechsten Abendstunde mit Lord Godwine Lyons von Kirkburough vermählt wurde. Nichts war geschehen, das zu verhindern. Vor Zeugen und mit dem Segen des Priesters – sie konnte sich des Gedankens nicht erwehren, daß Gott den seinen zurückgehalten hatte – wurde sie aus der Obhut des einen Mannes in die eines anderen übergeben. So schwächlich wie ihr frisch angetrauter Gatte war, hatte er während der ganzen Zeremonie geschlafen.

Zu Ehren des Paares war ein Festmahl vorbereitet worden, das den Rest des Tages über dauern sollte. Rowena saß neben ihrem Gatten und mußte zusehen, wie er an den kleinen Bröckchen Fleisch, die man für ihn vorbereitet hatte, in Ermangelung von Zähnen lutschte und sie dann hinunterschlang. Auf ihren Teller häufte er, ob aus Fürsorge oder Perversion, das konnte sie nicht sagen, beständig Speisen, denn er hatte sehr wohl gemerkt, daß sie kaum etwas zu sich nahm. Wenn sie jedoch versucht hätte, all das zu verzehren, hätte sie sich mit Sicherheit übergeben müssen.

Gilbert schien in prächtiger Stimmung. Er hatte das erreicht, was er wollte, und so konnte ihm nicht einmal Rowenas Einsilbigkeit die Stimmung verderben.

Er saß an ihrer anderen Seite, aß mit Genuß und trank mit noch mehr Genuß. Der Wein floß in Strömen seine Kehle hinab, während er endlos davon prahlte, wie schnell er Fulkhurst nun aus seiner Grafschaft heraushaben würde. Das hieß, falls es ihm nicht gelang, ihn zu töten, was ihm die bei weitem liebere Lösung gewesen wäre. Mildred hatte recht gehabt. Gilbert hatte es so eilig mit seinem Feldzug, daß Lyons Männer nicht einmal an den Hochzeitsfeierlichkeiten teilnehmen durften – worüber viele heimlich oder auch offen murrten –, sondern in Gruppen von jeweils hundert schon den ganzen Tag über aufbrechen mußten. Sie hatten Order, zu seinen eigenen Truppen zu stoßen, die bereits instruiert waren, noch bei Dämmerung des nächsten Morgens nach Tures aufzubrechen. Er wollte nicht einmal warten, bis noch mehr Söldner angeworben waren, so ungeduldig war er, Fulkhurst in Tures einzukesseln, bevor es diesem gelang, heimlich zu entschlüpfen.

Rowena interessierte sein Gerede über Krieg jedoch überhaupt nicht. Wenn es nach ihr gegangen wäre, dann hätte Fulkhurst Tures ebensogut behalten können, so sehr haßte sie Gilbert. Auch wenn es dann nie wieder ihr gehören würde, ihr war's egal. Gilbert war ein ebensolcher Kriegstreiber wie Fulkhurst, und insgeheim hoffte sie, die beiden würden sich gegenseitig umbringen.

Als die anderen Damen sie schließlich, wie es üblich war, ins Hochzeitszimmer führten, war Rowenas Gesicht ebenso bleich wie das ihres Gatten und ihre Augen rotgerändert, da sie schon den ganzen Tag über gegen die Tränen ankämpfte.

Diesmal gab es jedoch keine zweideutigen Witze und deftigen Ratschläge, wie es sonst bei solchen Gelegenheiten Sitte war. Die anderen warfen ihr lediglich teilnahmsvolle Blicke zu, und die Damen bemühten sich, sie rasch für die Nacht vorzubereiten, um so schnell wie möglich das Gemach wieder verlassen zu können. Da stand sie nun in ihrem dünnen Unterhemd und zitterte. Niemand hatte von ihr verlangt, es auszuziehen – was sie ohnehin verweigert hätte. Godwine war ja fast blind, und würde es vielleicht gar nicht merken, und dann hätte sie zumindest etwas zwischen ihrer und seiner Haut.

Sobald sie alleine war, streifte sie ihr Nachthemd über und löschte rasch alle Kerzen im Zimmer außer denen beim Bett, die sie von dort aus noch im richtigen Moment ausmachen konnte. Sodann hastete sie hinüber zu dem kleinen Tischchen, auf dem der Wein und zwei Kelche standen. Wie versprochen, war nur einer davon bereits gefüllt. Sie zögerte jedoch, nach dem mit Betäubungsmittel versetzten Weinbecher zu greifen. Der Trank würde nur ein paar Stunden anhalten, hatte Mildred ihr versichert. Aber was, wenn ihr Gatte nun ein paar Stunden auf sich warten ließe? Ob sie vielleicht noch ein wenig warten sollte? Sie hätte Mildred unbedingt fragen sollen, wann der Trank anfing zu wirken.

In diesem Moment flog ohne Vorwarnung die Türe auf und Gilbert stürmte herein, den Blick auf ihre nach dem Kelch ausgestreckte Hand geheftet. »Laß das stehen«, befahl er kurzangebunden, und in einem Ton, der keine Widerrede duldete. Er hatte seine eigene Flasche Wein mitgebracht, die er nun auf den Tisch stellte. »Gut, daß mir eingefallen ist, an deiner Fügigkeit zu zweifeln.«

»Warum solltet Ihr, wo doch meine Mutter Euer Faustpfand ist?«

Er beachtete ihre Worte jedoch nicht, sondern schaute grimmig auf den mit Wein gefüllten Kelch. »Hattest du etwa vor, ihn zu vergiften?«

»Nein.«

Seine Züge wurden noch grimmiger, als er sich nun zu ihr wandte. »Dich selbst also?«

Sie lachte nur hysterisch. Hätte sie doch nur den Nerv dazu gehabt! Er packte sie bei den Schultern und schüttelte sie.

»Antworte!«

Sie wand sich aus seinem Griff. »Wenn ich jemanden vergiften würde, dann Euch!« zischte sie, und in dem Blick, mit dem sie ihn dabei bedachte, lag all die Wut und der Haß, den sie für ihn empfand.

Einen Moment lang sah er so verwirrt aus, daß ihr der Gedanke kam, er habe vielleicht tatsächlich befürchtet, sie würde sich etwas antun.

Er mied ihren Blick, als er sagte: »Du machst zu viel Aufhebens um die Sache.« Er sprach von der Heirat. »Je schneller du ein Kind von ihm empfängst, desto schneller kann ich ihn wieder loswerden.«

»Also beabsichtigt Ihr tatsächlich, ihn zu töten?«

Er antwortete nicht, denn die Tür stand offen, und man konnte schon hören, wie die Gruppe mit dem Bräutigam näher kam.

»Geh ins Bett und erwarte ihn dort«, befahl er und gab ihr einen kleinen Schubs in diese Richtung. »Und benimm dich so, wie es sich einer Braut geziemt.«

Rowena wirbelte herum und fauchte giftig: »*Ihr* solltet ihn dort erwarten, denn diese Hochzeit ist Euer Werk. Blind wie er ist, merkt er den Unterschied vielleicht gar nicht.«

Bei diesen Worten legte sich ein Grinsen auf Gilberts Gesicht. »Es freut mich, daß du deine scharfe Zunge noch nicht verloren hast. Trotzdem ist es, glaube ich, besser, das hier mitzunehmen, denn ich traue dir nicht.«

Damit meinte er die Weinflasche und den gefüllten

Kelch. Rowena mußte sich auf die Lippen beißen, um ihn nicht anzuflehen, ihr wenigstens den Kelch zu lassen. Doch damit hätte sie gar nichts erreicht. Im Gegenteil, er wäre danach nur noch entschlossener gewesen, den Trank mitzunehmen.

Mit einem trockenen Schluchzer rannte sie zum Bett und hatte kaum das Laken über sich gezogen, als auch schon ihr Bräutigam erschien, getragen von den wenigen noch verbliebenen Rittern, die ebenfalls schon bald die Burg zu verlassen hatten. Ihr rohes Gelächter blieb ihnen beim Anblick von Rowena im Halse stecken, und es war Gilbert, der sie rasch hinauskomplimentierte, als er sah, wie sie sie beäugten. In weniger als einer Minute war sie allein mit ihrem Bräutigam.

Man hatte ihn vorbereitet, wie Rowena sah. Er trug ein schwarzes Nachtgewand, das seine Haut noch bleicher erscheinen ließ, als sie ohnehin schon war. Der Gürtel hatte sich auf dem Weg ins Hochzeitsgemach gelöst, und er hatte sich gar nicht die Mühe gemacht, ihn wieder festzuziehen. Als er nun auf das Bett zuschritt, öffnete sich sein Gewand, und obwohl Rowena sofort die Augen schloß, erhaschte sie einen Blick auf seine dürren, krummen und faltigen Beine, den eingesunkenen Bauch, die hervortretenden Rippen und das kleine Ding, das zwischen seinen Beinen baumelte. Sie hatte schon viel darüber gehört – meist waren es Namen, die auf irgendeine monströse, furchteinflößende Waffe hindeuteten –, doch was sie nun sah, war alles andere als eine Waffe und ganz sicher nicht furchteinflößend.

Fast hätte sie laut losgelacht, wenn ihr nicht zum Weinen gewesen wäre. Sie betete insgeheim, daß alles rasch vorbei sein möge und daß sie nicht verrückt werden würde, wenn er mit ihr fertig war.

»Nun, wo seid Ihr, meine Schöne?« fragte er mürrisch. »Ich bin zu alt, um noch nach Euch zu jagen.«

»Hier bin ich, mein Gebieter.«

Die Tatsache, daß er immer noch nach links tatterte, sagte ihr deutlich, daß er ihre Antwort nicht gehört hatte, weshalb sie sie wiederholte, diesmal jedoch fast schreiend. Nun wandte er sich endlich in ihre Richtung und stolperte die Stufen zum Bett hinauf.

»Nun? Nun? Worauf wartet Ihr?« fragte er in demselben mißgelaunten Ton und blieb auf der obersten Stufe stehen, ohne irgendwelche Anstalten zu machen, ins Bett zu kommen. »Seht Ihr nicht, daß mein Krieger Eure Hilfe benötigt, bevor er für Euch stramm stehen kann? Kommt her Weib und spielt ein wenig mit ihm.«

Das kleine Ding da sollte ein Krieger sein? Rowena schnappte kurz nach Luft, ein Laut, der dem Lord entging. Er kicherte sein Altmännerkichern. Seine Augen waren nicht direkt auf sie gerichtet, sondern auf einen Punkt hinter dem Bett. Er wirkte wie betäubt.

»Ich hätte auch nichts dagegen, wenn Ihr ihn küssen würdet, meine Süße«, schlug er immer noch kichernd vor.

Bei diesen Worten stieg ein Würgen in ihr auf, sie mußte rasch die Hand auf den Mund pressen, um sich nicht auf der Stelle zu übergeben. Für dieses Mal konnte sie jedoch das Schlimmste verhüten. Wenn er jetzt ihren Gesichtsausdruck gesehen hätte, dann hätte er ganz sicher nicht mehr gelacht. Aber er schien wirklich fast völlig blind und taub zu sein. Und sie würde Gilbert wirklich töten.

»Nun? Nun?« fragte er wieder. Sein Blick wanderte suchend über das Bett, doch selbst jetzt, wo er ganz dicht davorstand, konnte er sie darin nicht erkennen.

»Wo seid Ihr, Ihr törichtes Kind? Muß ich erst meinen Vertrauten, John, holen, um Euch zu finden? Ihr werdet ihn noch früh genug kennenlernen, denn wenn Ihr nicht in einem Monat schwanger seid, werde ich Euch John übergeben, damit er das für mich erledigt. Ihr seid die letzte Frau, die ich nehmen werde, ich bin zu alt, um das alles noch einmal durchzumachen. So oder so werde ich einen Sohn von Euch bekommen. Nun, was sagt Ihr dazu?«

Was? Hatte sie recht gehört?

»Was ich dazu sage ist, Ihr hört Euch an wie ein verzweifelter Mann, außer... Habe ich Euch richtig verstanden, Ihr würdet mich diesem John übergeben, wenn Ihr es nicht schafft, mich zu schwängern?«

»Ja, genau. Ich mag John. Es würde mir nichts ausmachen, seinen Sohn als meinen eigenen aufzuziehen. Das ist immer noch besser, als wenn mein Bruder all das bekommt, was mein ist, denn ihn hasse ich mehr als jeden anderen.«

»Und warum gebt Ihr dann nicht einfach John als Euren Sohn aus?«

»Seid nicht so töricht, Kind. Niemand würde mir glauben. Aber niemand würde bezweifeln, daß Euer Kind von mir ist.«

Wirklich? Der Mann war noch schlimmer, als sie angenommen hatte. Sie war seine Frau, doch er wollte sie ebenso begatten wie seine Kühe und Schweine. Wenn er es nicht schaffte, würde er einem anderen die Aufgabe überlassen – nein, er würde darauf bestehen, daß es ein anderer tat. Und Gilbert würde sicher nicht dagegen protestieren, das war ihr sofort klar, denn auch er wollte ja ein Kind.

Um Himmels willen, mußte sie das wirklich ertragen? Gab es keinen Ausweg? Ein Blick auf ihn – er war so schwach und tatterig, so dürr und ausgezehrt – genügte, um zu wissen, daß sie ihn ohne Mühe abwehren konnte. Aber durfte sie das überhaupt? Was würde dann mit ihrer Mutter geschehen? Und was würde ihr Ehemann mit ihr machen – und das war er ja nun, ohne Zweifel – ihr Ehemann und damit allmächtig. Er konnte ihr Leben fordern, und niemand würde es ihm verwehren, ein Wink von ihm würde genügen.

»Nun, meine Süße, was ist? Du bist doch nicht etwa unwillig?« Seine Stimme klang zuversichtlicher. »Komm her, Weib, und bereite mich vor – sofort!«

Das war ein klarer Befehl, dem sie sich nicht entgegenstellen konnte, doch Rowena wußte, daß sie ohnmächtig werden würde, wenn sie den alten Bock berührte. »Ich kann es nicht«, sagte sie laut genug, um es nicht wiederholen zu müssen. »Wenn Ihr mich nehmen wollt, bitte. Aber ich werde Euch nicht dabei helfen!«

Sein Gesicht wurde feuerrot vor Wut. Er schäumte so, daß Rowena sicher war, daß keine seiner Frauen es gewagt hatte, sich ihm zu verweigern. Würde er sie nun schlagen? Ganz offensichtlich war er aber zu schwach dazu.

»Ihr – Ihr –«

Weiter kam er nicht. Seine Augen schienen aus den Höhlen zu quellen, seine Haut hatte eine dunkelrote Färbung angenommen. Er schwankte wie ein Schiff im Sturm. Die Hände hatte er so fest auf seine magere Brust gepreßt, daß Rowena glaubte, die Rippen würden jeden Moment brechen. Eine versöhnliche Bemerkung lag ihr auf der Zunge, nicht etwa, weil sie bereute, was sie gesagt hatte, nein, nur beruhigen wollte sie ihn, denn er bot ein wahrhaft schreckenerregendes Bild. Doch bevor sie noch ein Wort sagen konnte, schwankte er erneut und fiel dann ohne einen Laut rückwärts die Stufen hinab.

Hastig kroch sie zum Bettende, um nach ihm zu sehen. Er lag da und rührte sich nicht. Die Hände hatte er immer noch auf die Brust gepreßt, die Augen waren weit aufgerissen, so als wollten sie auch jetzt noch aus den Höhlen springen. Kein Atemzug kam über seine bläulich verfärbten Lippen. Tot? War er wirklich und wahrhaftig tot? Rowena unterdrückte einen Freudenschrei. Konnte soviel Glück überhaupt möglich sein? Doch die anfängliche Freude verwandelte sich schnell in Panik, als ihr Gilbert in den Sinn kam. Sie schnappte nach Luft. Was würde er tun, wenn er das sah? Es war nicht ihre Schuld. Woher hätte sie wissen sollen, daß ein bißchen Widerstand ihn gleich umbringen würde? Oder hätte sie es wissen müssen? War es vielleicht doch ihre Schuld? ... Nein, versicherte sie sich, ihre kleine Äußerung allein konnte nicht der Grund sein.

Aber war er auch wirklich tot? Sie würde ihn auf keinen Fall berühren, um das herauszufinden. Selbst jetzt noch war ihr der Gedanke, ihn zu berühren, aufs Äußerste zuwider. Aber irgend jemand mußte sich doch vergewissern!

Sie sprang vom Bett und rannte an dem leblos daliegenden Körper vorbei zur Tür und hinaus in den Gang, wo sie prompt mit Gilbert zusammenstieß.

»Aha – hab ich mir's doch gedacht«, sagte er genüßlich und packte sie bei den Armen. »Du hast also die ganze

Zeit schon vorgehabt, wegzulaufen. Nicht mit mir. Du wirst schön wieder da hineingehen und –«

»Er ist tot Gilbert, er ist tot!« Ihre Stimme überschlug sich.

Er packte sie an den Armen, dann ließ er den einen los und schleifte sie an dem anderen zurück zur Kammer. Er trat sofort zu dem alten Mann, kniete nieder und horchte an seiner Brust. Als er wieder zu ihr aufsah, war sein Gesicht dunkel vor Zorn.

»Wie hast du das angestellt?«

Rowena prallte angesichts dieser unglaublichen Anschuldigung einen Schritt zurück. »Aber nein, ich habe ihn überhaupt nicht berührt, und es war doch nur Euer Wein im Zimmer, von dem er gar nicht getrunken hat. Er ist noch nicht mal ins Bett gekommen, er hat sich einfach an die Brust gegriffen und ist rücklings die Stufen hinabgefallen.«

Gilbert warf einen zweiten Blick auf ihren Gatten und schien ihr zu glauben, denn er zog ohne ein weiteres Wort das schwarze Nachtgewand des Lords über die Leiche und erhob sich.

Er blickte sie ein paar Augenblicke nachdenklich an und sagte dann: »Verlaß auf keinen Fall dieses Zimmer. Und laß auch niemanden herein.«

»Was habt Ihr vor?«

»Ich werde einen geeigneten Ersatz finden. Es ist unbedingt notwendig, daß du noch diese Nacht begattet wirst. Verdammt, wenn ich nicht schwarze Haare hätte, würde ich es selbst tun.«

Angesichts der Bedeutung seiner heftigen Worte weiteten sich ihre Augen vor Schreck. »Nein, ich werde auf keinen Fall – «

»Doch, du wirst«, schnappte er, »wenn du deine Mutter lebend wiedersehen willst, dann wirst du!«

Nun hatte er ausgesprochen, was sie schon die ganze Zeit über befürchtet hatte. Und sie zweifelte nicht, daß es ihm ernst damit war. Doch was er ihr da vorschlug… einen Ersatz! Was für ein abscheulicher Gedanke!

Verzweifelt sprudelte es aus ihr heraus: »Wie könnt Ihr

an so etwas überhaupt denken? Der Mann ist doch gerade erst gestorben!«

»Das braucht ja keiner zu erfahren, jedenfalls noch nicht, nicht bevor ich mit einiger Sicherheit annehmen kann, daß du schwanger bist. Und wenn du nicht gerade damit beschäftigt bist, dann bleibst du tagsüber in dieser Kammer –«

»Mit der Leiche?!« Sie schnappte nach Luft und taumelte noch einen Schritt zurück.

»Nein, die Leiche werde ich so schnell wie möglich fortschaffen lassen«, sagte er ungeduldig. »Und wenn es Zeit ist, ihn zu beerdigen, dann finde ich schon eine andere Leiche, die als seine durchgehen wird. Auf jeden Fall wird er offiziell beerdigt sein, bevor sein Bruder etwas von seinem Tod erfährt, und sobald sicher ist, daß du schwanger bist und Lyons Erbteil somit uns gehört. Sein Bruder bekommt gar nichts. Der alte Godwine selbst hätte es so gewollt.«

Damit hatte er wahrscheinlich sogar recht, aber rechtfertigte das allein schon sein Vorhaben? Er klang auch noch überaus zuversichtlich. Und warum auch nicht? Wieder war sie es, die auf diesem neuen Altar des Betruges geopfert wurde – er brauchte sich nur zurücklehnen und abzuwarten. Und diesmal lag das Leben ihrer Mutter wirklich in ihrer Hand.

5. Kapitel

Sie fielen über ihn her, als er aus dem Gemeinschaftsbad des Gasthauses kam. Es waren fünf, und alle trugen sie das lederne Soldatenwams – obwohl er bezweifelte, daß sie wirklich Soldaten waren. Eher Diebe. In den Städten, in denen keine starke Hand regierte, herrschte Chaos, und Gesetze galten so gut wie nichts. Außerdem kannte er die Stadt Kirkburough nicht, war noch nie zuvor dort gewesen. Es konnte also gut sein, daß es sich hier um eines dieser Schmuggler- und Diebesnester handelte, in der kein Reisender seines Lebens oder auch nur seines Geldbeutels sicher war. Was im England von König Stefan keineswegs die Ausnahme, sondern eher die Regel war. In dieser Zeit allein oder nur mit kleiner Eskorte zu reisen, hieß Leib und Leben zu riskieren.

Sicher war es dumm von ihm gewesen, nur mit seinem Knappen hierher zu kommen – bloß weil er sich noch einmal waschen wollte, bevor er am nächsten Morgen seiner Braut gegenübertreten würde. Da konnte man sehen, wohin einen ein bißchen Eitelkeit führte. Viel zu lange schon hatte er sich auf seinen Ruf als ein Mann verlassen, der jedes ihm zugefügte Unrecht sofort zurückzahlte. Diesen Ruf genoß er schon etliche Jahre, im Grunde seit dem Tag, an dem er sich der Rache verschrieben hatte. Um Feinde abzuschrecken, mußte sein Ruf jedoch bekannt sein, und da er in dieser Gegend noch nie gewesen war, konnte man ihn und seinen Ruf ja schlecht kennen.

Warrick de Chavilles Nachlässigkeit war verzeihlich – wenngleich er sie sich selbst keineswegs verzieh, denn er war kein Mann der Vergebung. Das Städtchen hatte, als er vor einigen Stunden angekommen war, friedlich genug ausgesehen. Friedlich und ordentlich. Außerdem hatte er genug anderes im Kopf gehabt. Schon bald würde er nämlich ein drittes Mal heiraten, und er wollte nicht, daß diese Frau ihn ebenso fürchtete wie seine vorherigen. Er setzte große Hoffnungen auf Lady Isabella. Nahezu ein Jahr hatte er ihr schon den Hof gemacht, obwohl dies nicht nötig gewesen wäre. Ihr Vater hatte ihm ihre Hand nämlich sofort und nur allzu gerne gewährt, war er doch entzückt über die Verbindung und die dabei für ihn entstehenden Vorteile. Warrick hatte trotzdem auf Isabellas Einwilligung bestanden und sich geweigert, den Heiratsvertrag ohne ihr Einverständnis zu machen. Aber nun hatte er es, und er konnte es kaum erwarten, Isabella zu besitzen.

Lady Isabella Malduit war nicht nur eine ausgesprochene Schönheit und überall begehrt, sondern darüber hinaus von ausgewogener und ruhiger Natur mit einem geradezu bezaubernden Sinn für Humor. Warrick brauchte Humor in seinem Leben. Er sehnte sich nach Lachen und

Liebe, denn genau das fehlte ihm, seit er seine Familie auf so grausame Weise verloren hatte. Seitdem erfüllten nichts als Bitterkeit und Haß sein Leben. Er besaß zwei Töchter, doch beide waren eitel und selbstsüchtig. Er liebte sie, weiß Gott, doch er konnte ihre Gegenwart, ihr Gezänk und kleinliches Getue nie lange ertragen. Er wollte eine Familie, eine echte Familie, für die es sich lohnte, nach Hause zu kommen, statt von einer Schlacht in die andere zu ziehen. Und er wollte einen Sohn.

Das war schließlich nicht zuviel verlangt. Er wollte nicht mehr, als sich jeder normale Mann wünschte. Und die richtige Frau konnte ihm all das geben. Schon jetzt hatte er eine große Zuneigung zu Lady Isabella gefaßt. Er hoffte, es würde bald mehr als nur Zuneigung sein, doch er war sich nicht sicher, ob er nach all den Jahren des Hasses überhaupt noch Liebe empfinden konnte. Aber es war gar nicht notwendig, daß er seine Frau liebte. Wichtig war nur, daß sie ihn liebte. Aber all das spielte ohnehin keine Rolle mehr, wenn es ihm bestimmt war, noch in dieser Nacht zu sterben.

Und er war nicht einmal ordentlich bewaffnet. Schwert und Schild hatte er in der Kammer zurückgelassen, die er für die Nacht gemietet hatte – Geoffrey würde sie, war er seinem Befehl gefolgt (und das tat er immer!), eben in diesem Augenblick reinigen. Ins Bad war er mit nicht mehr als einem Dolch im Gürtel gekommen. Und im Moment hatte er nicht einmal seine Gewänder, denn er hatte sie einem der Diener übergeben, um auch sie zu reinigen. Er trug lediglich ein großes Badetuch, das er sich um die Hüften geschlungen und dort festgemacht hatte. Sein Dolch lugte an seiner rechten Seite hervor.

Obwohl er offensichtlich wehrlos war, zögerten die fünf Männer, die ihn umzingelt hatten, anzugreifen, denn Warrick de Chaville war ein außerordentlich hochgewachsener Mann. Mit einer Größe von einszweiundneunzig überragte er selbst den größten der fünf um einen halben Kopf, ganz zu schweigen von den anderen vier. Angesichts seiner bloßen Brust und Arme konnte kein Zweifel an der Stärke bestehen. Doch das war noch nicht alles; er hatte darüber hinaus einen gemeinen, ja rücksichtslosen Gesichtsausdruck, so als ob es ihm ein Vergnügen bereite, jemanden zu töten. Und die grauen Augen blickten so eisig, daß zumindest einer der fünf sich am liebsten bekreuzigt hätte, bevor er das Schwert zog.

Und ihre Schwerter zogen sie trotz ihrer Zweifel. Der Anführer hätte vielleicht lieber verhandelt als gekämpft, aber Warrick war nun mal kein Ritter, der abwartet. Alles, was er tat, tat er aggressiv. Deshalb umklammerte er auch jetzt fest seinen Dolch und stieß einen Kriegsschrei aus, der einem das Blut in den Adern gefrieren ließ. Im selben Moment stürzte er sich auch schon auf den ihm am nächsten stehenden Mann und schlitzte ihm mit seiner Klinge quer übers Gesicht. Eigentlich hatte er auf seine Kehle gezielt, doch der Mann war – Glück für ihn – bei seinem Kriegsgeheul ein paar Zentimeter zurückgewichen.

Er merkte schnell, daß seine Angreifer entweder sehr ungeschickte Kämpfer waren, oder aber nicht die Absicht hatten, ihn zu töten. Um so besser, dachte er bei sich, wenn sie es so haben wollten, sollte es ihm recht sein. Er verwundete einen weiteren, bis die anderen schließlich anfingen zu kämpfen. Auch wenn sie vielleicht nicht vorgehabt hatten, ihn ernsthaft zu verletzen, sterben wollten sie deswegen noch lange nicht.

In diesem Moment stürzte sich auch Geoffrey, der Warricks Geheul gehört hatte, mit einem weniger beeindruckenden Kriegsgeschrei ins Kampfgetümmel. Der Bursche zählte erst fünfzehn Lenze, und Warrick hätte den Knappen niemals in eine Schlacht mitgenommen, denn er hielt ihn dafür noch zu jung. Er war zwar geschickt im Umgang mit seinem Schwert, doch war er noch nicht völlig ausgewachsen und konnte deshalb nicht genügend Wucht in seine Hiebe legen. An Mut und Willen fehlte es ihm ganz sicher nicht, doch er befand sich in der irrigen Annahme, es seinem Herrn gleichtun zu können. Er griff an, doch angesichts seines jugendlichen, schmalen Körpers wich keiner der Angreifer zurück, und bevor er noch einen richtigen Schlag führen konnte, hatte ihm schon einer seine Klinge in den Bauch gerammt.

Warrick konnte den ungläubigen Ausdruck auf dem Gesicht des Knaben sehen, der sich rasch in Entsetzen verwandelte, als er sich über die Klinge in seinem Bauch beugte und erkannte, daß es in wenigen Minuten mit ihm vorbei sein würde. Er lebte seit seinem siebten Lebensjahr in seiner Burg, und erst im letzten Jahr hatte er ihn unter seine Fittiche genommen, obwohl er eigentlich schon genug Knappen besaß und keinen weiteren gebraucht hätte. Doch er hatte gerade zu diesem Burschen, der immer begeistert das getan hatte, was man von ihm verlangte, eine besondere Zuneigung gefaßt.

Als er nun sah, was geschehen war, stieß er ein Wutgeheul aus und stürzte sich mit gezücktem Dolch auf den Mann, der Geoffrey getötet hatte. Die Klinge traf ihr Ziel, die Kehle des Mannes, und noch bevor einer der Männer reagieren konnte, hatte er dem Verletzten bereits das Schwert aus der Hand gerissen.

Er kam jedoch nicht mehr dazu, diese bessere Waffe zu gebrauchen, denn nach einem Schwerthieb auf den Kopf sank er bewußtlos zu Boden.

Jene zwei, die klug genug gewesen waren, außer Reichweite seiner mächtigen Arme zu bleiben, standen nun schweratmend über seinen Körper gebeugt. Eine ganze Minute verging, bevor es ihnen einfiel, die Schwerter wieder einzustecken. Einer versetzte Warrick gar einen Tritt mit dem Fuß, um nur ja sicher zu gehen, daß er ungefährlich war. Blut erschien auf seinen vom Bad noch feuchten blonden Haaren. Doch er atmete wenigstens noch und konnte ihnen daher von Nutzen sein.

»Dieser Mann ist kein Leibeigener, verdammt«, sagte einer der beiden. »So wie der gekämpft hat, kann er nur ein Ritter sein. Konntest du das nicht sehen, als er das Bad betreten hat?«

»Nein, er war über und über mit Reisestaub bedeckt, als er hereinkam. Außerdem trug er weder Schwert noch Schild – und er hatte sowohl die richtige Augen- als auch Haarfarbe. Du weißt, daß Lord Gilbert gerade darauf bestanden hat. Ich war froh, daß ich ihn überhaupt entdeckt habe.«

»Dann kneble ihn besser und bete, daß es Lord Gilbert nicht einfällt, mit ihm zu sprechen.«

»Was macht das schon? Die Hälfte der Ritter von Lord Godwine sind Bauerntölpel. Außerdem konnten wir außer ihm keinen finden, der die richtige Augen- *und* Haarfarbe hat. Wofür braucht er ihn überhaupt?«

»Das ist nicht unsere Sache. Wir tun nur, was uns aufgetragen wurde. Mußtest du ihn unbedingt so hart anfassen? Jetzt müssen wir ihn auch noch tragen.«

Der andere schnaubte verächtlich. »Immer noch besser, als mit ihm fertigzuwerden, wenn er bei Bewußtsein ist. Als ich ihn zuerst gesehen habe, erschien er mir gar nicht so groß. Glaubst du, dieser Junge war sein Sohn?«

»Kann sein. Und das heißt, daß er, sobald er aufwacht, wieder kämpfen wird. Wir binden ihm am besten Hände und Füße zusammen. Sogar Lord Gilbert hätte Mühe, den da zu überwältigen.«

6. Kapitel

Rowena war am Rand des Bettes eingeschlafen, das Gesicht immer noch der Stelle zugewandt, wo Lord Godwine gestürzt war. Gilbert hatte die Leiche eigenhändig entfernt und sie dann allein gelassen, nicht ohne ihr vorher nochmals einzuschärfen, niemanden außer ihm einzulassen.

Am liebsten hätte sie auch ihm den Eintritt verwehrt. Wenn sie eine Waffe gehabt hätte, wäre sie in ihrer jetzigen verzweifelten Stimmung vielleicht sogar imstande gewesen, Gilbert zu töten, bevor er sie zu noch abscheulicheren Dingen zwingen konnte. Doch eine Waffe hatte sie leider nicht – außerdem stand da immer noch das Leben ihrer Mutter auf dem Spiel, eine Tatsache, die ihr die Ausweglosigkeit ihrer Lage auf grausame Weise verdeutlichte. Sie konnte nicht einmal sagen, was schlimmer war, Lyons zu heiraten und die Ehe mit ihm vollziehen zu müssen oder das, was Gilbert nun mit ihr vorhatte. Doch nein – was konnte für eine Maid von achtzehn Lenzen schon schlimmer sein, als mit diesem alten Lustmolch das Bett zu teilen?

Obwohl sie zum Teil vielleicht für seinen Tod verantwortlich war, konnte sie nicht die geringste Reue über das, was geschehen war, empfinden. Immerhin hatte er in seinem lasterhaften Leben schon eine ganze Reihe unschuldiger Ehefrauen auf dem Gewissen – und nur deshalb, weil er dieser Unglücklichen entweder überdrüssig geworden war oder aber eine neue Mitgift gebraucht hatte, um seine leer gewordenen Geldsäcke zu füllen. Sie wußte, es gab eine ganze Menge solch skrupelloser Männer, die genau das taten, und zwar ohne die geringsten Gewissensbisse. Sie wußte aber auch, daß es andere Männer gab, Männer wie ihren Vater, die ehrlich und anständig waren. Nicht die ganze Welt war verdorben, nur ein kleiner Teil in dieser Zeit der Anarchie war schlecht.

Es war immer noch dunkel und der Bergfried ruhig und friedlich, als Gilbert zurückkam, um sie zu wecken. Rowena wußte nicht, wie spät es war, doch die Müdigkeit und Erschöpfung, die sie spürte, sagten ihr, daß sie nicht sehr lange geschlafen haben konnte. Als sie Gilberts Worte hörte, war sie ganz plötzlich hellwach.

»Es ist alles bereit. Meine Männer hatten Glück und haben genau den Richtigen für dich gefunden. Haar- und Augenfarbe passen, und das ist es ja, worauf man bei einem Baby zuerst achtet.«

Das Blut stieg Rowena in den Kopf, zuerst heiß, dann kalt. Ihr Magen krampfte sich vor lauter Angst zusammen, und fast hätte sie die Übelkeit übermannt, doch auch diesmal konnte sie den Drang, sich zu übergeben, noch einmal niederkämpfen. Er hatte es also wirklich getan. Er hatte einen Mann herbeigeschafft, dem er sie vorwerfen konnte, genau wie Lyons dies vorgehabt hätte, wenn sie nicht schnell genug schwanger geworden wäre. Lyons und Gilbert, die beiden waren von der gleichen üblen Sorte. Es hätte sie nicht mal überrascht, wenn Gilbert denselben Mann ausgewählt hätte wie Lyons, diesen John nämlich. Nahm dieser Alptraum denn nie ein Ende?

»Los, beeil dich«, fuhr er sie ungeduldig an und zog sie vom Bett hoch. »Es sind zwar noch einige Stunden bis Sonnenaufgang, doch du wirst dich mehr als einmal mit dem Mann zusammentun müssen, um sichergehen zu können, daß sein Samen wohl gepflanzt ist.«

»Warum sagt Ihr mir das auch noch?« schnappte Rowena und versuchte, sich aus seinem Griff herauszuwinden, als er sie zur Tür schleppte. »Gebt Eure widerwärtigen Anweisungen lieber dem Deckhengst, den Ihr für mich auserkoren habt.«

»Du wirst schon sehen«, war alles, was er darauf zur Antwort gab.

Das tat sie auch und zwar umgehend, denn der Mann war in die kleine Kammer gebracht worden, die dem Hochzeitsgemach direkt gegenüber lag. Sie enthielt lediglich ein Bett und zwei große Kerzenhalter auf beiden Seiten, und sonst gar nichts. Diese Kammer hatte ihr sauberer Ehemann für seine Schäferstündchen mit den weiblichen Leibeigenen benützt, doch das wußte Rowena glücklicherweise nicht. Es gab sogar Ketten an den Wänden, die jedoch nicht zu sehen waren, da man sie unterhalb der Matratzen angebracht hatte. Doch mit diesen war der Mann nicht gefesselt worden, denn dafür waren sie zu schwach. Gilbert hatte befürchtet, der Hüne könnte die zarten Kettenglieder zerreißen, waren sie doch ausschließlich für Frauen angefertigt. Und so hatte er in aller Eile eine lange, starke Kette geordert, diese unter dem Bett durchziehen und den Mann an Händen und Füßen anbinden lassen. Auf diese Weise konnte er sich überhaupt nicht bewegen.

Alles, was Rowena jedoch zunächst sah, war ein Mann, der ans Bett gebunden, mit nichts weiter bekleidet war, als mit einem Badetuch. Bei näherem Hinsehen bemerkte sie auch die starken Handschellen, mit denen seine Handgelenke über seinem Kopf festgemacht waren. Zwei weitere Ketten kamen am Fußende des Bettes zum Vorschein und verschwanden dort unter dem Badetuch. Man hatte ihn *festgekettet!* War das denn nötig gewesen? Und er schlief, wenn er nicht vielleicht sogar bewußtlos war.

Sie begriff das alles nur zu rasch, doch das einzige, was ihr dazu einfiel, war: »Warum habt Ihr ihn nicht einfach für diese Aufgabe bezahlt?«

Gilbert stand neben ihr am Fußende des Bettes. Ihren Arm hielt er immer noch umklammert. »Dann würde er dich nehmen. Ich dachte, es ist besser, wenn ich ihn dir so gebe, daß du ihn nehmen kannst, dann fühlst du dich vielleicht nicht so, als ob man dich…«

Er zögerte so lange, das Wort auszusprechen, daß sie es für ihn tat. »Vergewaltigen würde?«

Er wurde rot. »Nicht doch. Ich wollte nur, daß du die Sache auf deine Weise hinter dich bringen kannst. Deine Jungfräulichkeit hättest du so oder so in dieser Nacht verloren.«

Sie begriff, daß er glaubte, ihr damit einen Gefallen zu tun – was sie ganz und gar nicht so sah wie er. In ihren Augen war es Unrecht, einen Mann festzubinden und ihn dann auch noch zu einer solchen Sache zu zwingen. Doch Gilbert konnte die Dinge eben nur von seiner Warte aus sehen; er wollte einen möglichst hohen Profit für sich selbst herausschinden. Ohne ein Kind hätte er weder ein Recht auf die Ländereien der Lyons, noch auf die großen Söldnertruppen gehabt, die er für seinen Krieg so dringend benötigte. Er konnte zwar in den wenigen Wochen, in denen er Lyons Tod zu verheimlichen gedachte, von dieser Armee Gebrauch machen, doch diese Zeit würde nicht ausreichen, um Fulkhurst all das zu entreißen, was er ihm genommen hatte.

In der Hölle sollte er schmoren, dieser verdammte Ritter! Er war genauso schlimm wie Gilbert, wenn nicht sogar noch schlimmer. Ohne ihn wäre sie niemals in diesen Schlamassel geraten. Ohne ihn hätte es diese Heirat gar nicht erst gegeben.

Bei der Erwähnung ihrer Jungfräulichkeit fiel Gilbert ein, daß sie ja tatsächlich noch Jungfrau und in diesen Dingen völlig unbedarft war. »Weißt du, äh, weißt du, was du zu tun hast? Wenn nicht, kann ich dir gerne jemanden mitgeben, der dir hilft. Ich würde es ja selbst tun, aber ich glaube nicht, daß ich ertragen könnte, dir…«

Sie blickte ihn erstaunt an, als er zögerte, den Satz zu beenden. »Ihr selbst findet es geschmacklos und zwingt mich dennoch, es zu tun?«

»Es muß ganz einfach getan werden«, erwiderte er mit zusammengepreßten Lippen. »Es gibt nun mal keinen anderen Weg, um Kirkburough für uns zu sichern.«

Sie schöpfte wieder Hoffnung, da es den Anschein hatte, daß er die Sache ebenso verabscheute wie sie. »Den Tod des alten Mannes wollt Ihr verschweigen«, erinnerte sie ihn, »könnt Ihr nicht einfach auch bezüglich einer Schwangerschaft lügen, bis ihr von seiner Armee genügend Gebrauch gemacht habt?«

»Und wenn dann doch kein Kind aus der Verbindung entsteht? Nein, das Risiko kann ich nicht eingehen. Ich will nicht alles durch deine Zimperlichkeit gefährden. Du wirst tun, was ich verlange, Rowena. Ich habe ihn so nahe bei dir untergebracht, daß du des Nachts, ohne gesehen zu werden, zu ihm gehen kannst. Während des Tages kannst du meinetwegen schlafen. Ich werde das Gerücht verbreiten, der Lord sei ganz plötzlich von einem Unwohlsein befallen und du würdest ihn nun pflegen, was man von dir ja auch erwartet. Die Diener werde ich dir vom Leib halten. Außer deiner eigenen Dienstmagd, die wohl tun wird, was du von ihr verlangst – wenn du die Absicht hast, sie zu behalten –, hat kein anderer Zutritt.«

Noch mehr Drohungen? Mildred wollte er ihr auch noch nehmen? O Gott, wie sie ihn haßte!

»Wie lange, Gilbert?«

Er wußte genau, was sie meinte. »Bis du schwanger bist. Wenn du das Ganze schon so widerwärtig findest, dann würde ich dir raten, dich mehr als nur einmal pro Nacht seiner Lanze zu bedienen. Zwei oder dreimal pro Nacht wird diesem Kraftprotz sicher nichts ausmachen, und du hast die Sache um so schneller hinter dir.«

Der Alptraum würde also nach dieser Nacht noch nicht vorüber sein, sondern weiter und weiter gehen? Und nun sah es gar aus, als ob ein weiterer unschuldiger Mensch darunter leiden würde, ein Mann, der nur deshalb in dieser Lage war, weil er goldenes Haar und graue Augen hatte.

»Wollt Ihr damit sagen, daß er die ganze Zeit so daliegen soll?«

»Du mußt dir dein hübsches Köpfchen wegen ihm nicht zerbrechen. Er ist nur ein Leibeigener. Man wird sich schon richtig um ihn kümmern, wenn er uns nicht mehr von Nutzen ist.«

»Ein Leibeigener?« Sie hatte auf den ersten Blick bereits gesehen, daß der Mann sehr groß war, doch nun sah sie ihn sich noch einmal genauer an. Seine Füße waren an dem einen Bettende angekettet, sein Kopf lag weit oben am anderen Ende. »Er kann gar kein Leibeigener sein, dafür ist er viel zu groß. Habt Ihr etwa einen freien Mann gefangengenommen?«

»Aber nein, du Dummchen, er gehörte höchstens vielleicht zur Eskorte eines Lords, mehr nicht«, sagte Gilbert zuversichtlich. »Und wenn ein Lord nach Kirkburough gekommen wäre, hätte er sich sicher hier in der Festung angekündigt und die Nacht dort kostenlos verbracht – und nicht in irgendeinem billigen Gasthaus. Selbst ein unbedeutender, landloser Ritter hätte die Gesellschaft seinesgleichen gesucht und wäre hierher in die Burg gekommen. Ein Freier kann er schon sein, das gebe ich zu, aber sicherlich keiner von Bedeutung, höchstens ein armer Pilger.«

»Aber Ihr habt die Absicht, ihn anschließend zu töten?«

Diese Frage traf ihren Stiefbruder unvorbereitet, und er fauchte sie wütend an: »Sei doch nicht so dumm – wir können ihn einfach nicht am Leben lassen, denn dann müßten wir damit rechnen, daß er das Kind als seines fordert. Niemand würde ihm glauben, das ist sicher, aber es würde dennoch Anlaß zu unliebsamen Gerüchten geben, Gerüchten, die Godwines Bruder nur allzu willkommen wären.«

Also so stand die Sache: Selbst wenn sie das tat, was Gilbert von ihr verlangte, würde ein Mensch sterben müssen. Diese Erkenntnis entfesselte den Zorn, der sich in ihrem Inneren angestaut und den bisher nur ihre Angst hatte zurückhalten können.

»Gott verdamme Euch, Gilbert, Euch und Eure schreckliche Gier«, fluchte sie leise und riß sich los. Sein überraschter Gesichtsausdruck entfachte ihre Wut noch mehr. »Hinaus mit Euch! Ich brauche keine Hilfe, um diesen Mann zu vergewaltigen. Aber schickt mir schleunigst Mildred, damit sie mir hilft, ihn wieder zum Leben zu erwecken. In diesem Zustand kann ich ja nicht viel mit ihm anfangen, nicht wahr?«

Nur aus Wut und Bitterkeit sagte sie dies, aber es war jener Schrei, den Warrick als erstes hörte, als er langsam wieder zu sich kam. Doch er öffnete seine Augen nicht sofort. Zu lange war er ein Mann des Krieges gewesen, um einen solchen Vorteil allzu rasch aufzugeben. Dieses Mal nützte ihm das jedoch nicht viel, denn es wurde nichts mehr gesagt, und einen Augenblick später fiel eine Tür krachend ins Schloß.

Stille. Für den Augenblick zumindest war er allein, doch das kreischende Frauenzimmer würde bald zurück sein, wenn das, was er gehört hatte – nein, er konnte ihre Worte einfach nicht ernst nehmen. Frauen vergewaltigten nicht. Wie auch? Sie hatten ja nicht einmal die richtigen Körperteile dafür. Und ihn konnte sie auch unmöglich gemeint haben. Es handelte sich sicher um einen unflätigen Scherz aus dem Munde einer Dirne. Das war alles. Aber da er nun schon mal allein war...

Er öffnete die Augen und konnte deutlich die Decke der Kammer erkennen, denn die großen Leuchter zu beiden Seiten, die er aus den Augenwinkeln sah, erhellten den Raum mehr als ausreichend. Er wandte den Kopf suchend zur Seite, doch der Schmerz schoß ihm wie eine Messerklinge durch den Schädel. Er schloß erneut die Augen – und ihm wurde klar, daß er auf einem Bett liegen mußte. Er merkte auch, daß ein Knebel seine Lippen auseinanderpreßte und er immer noch ohne seine Gewänder war. Er war noch genau in dem Zustand, in dem sie ihn erwischt hatten. Doch das beunruhigte ihn nicht. Warum auch? Es gab keinen Grund, ihn anzukleiden, wenn er dies später genausogut selbst machen konnte. Und das Bett? Immer noch besser als ein Verlies.

Dann fühlte er die Handschellen an seinen Gelenken. Er versuchte, eine Hand zu bewegen, und hörte dabei die

Ketten rasseln – und fühlte den Ruck an seinem Bein. Gottverflucht, er war gefesselt, nicht etwa mit Stricken, sondern mit Ketten!

Wenn sie ein Lösegeld erpressen wollten, dann wußten sie also, wer er war, und riskierten damit seine Rache, die schon durch weit Geringeres hervorgerufen werden konnte. Diebe und Verbrecher scherten sich jedoch nicht um derartige Überlegungen, sie nahmen, was sie kriegen konnten. Es war ihnen egal, ob das Opfer ein Ritter, ein Kaufmann, eine Lady oder ein Fischweib war, und Folter war rasch zur Hand, wenn sie nicht schnell genug das bekamen, was sie wollten. Er hatte einmal die Festung eines Räuberbarons eingenommen, und selbst ihm war damals übel geworden angesichts dessen, was er in dessen Verlies vorgefunden hatte – Leichen, deren Knochen einzeln unter schweren Steinen zermalmt worden waren, nackte Körper, an den Daumen aufgehängt, die Haut schwarzgeräuchert. Einigen von ihnen waren die Füße fast völlig weggebrannt worden. Sie waren alle tot – und nur, weil ihr Peiniger sie in der Hitze der Belagerung einfach vergessen hatte. Doch hier lag er ganz sicher nicht in einer elenden Hütte oder gar in dem Gasthaus, in dem er Quartier gesucht hatte. Die Decke der Kammer war aus Stein, und das konnte nur heißen, daß er sich in einer Festung befand. Ein gemeiner, hinterlistiger Lord also – was ebenso verachtenswert war wie ein ganz gewöhnlicher Dieb.

Warrick öffnete erneut die Augen, um trotz der Schmerzen so viel wie möglich von seinem weichen Gefängnis zu sehen. Er hob den Kopf, und da stand sie, am Fußende des Bettes – und er entschied, daß er wohl doch tot sein mußte, denn die liebliche und überaus berückende Gestalt konnte nur dem Himmel selbst entsprungen sein.

7. Kapitel

Rowenas Blick war immer noch auf die Tür geheftet, die Gilbert hinter sich zugeschlagen hatte, als sie hörte, wie seine Ketten klirrten. Seine Augen waren jedoch immer noch geschlossen, und er lag völlig regungslos da. Dennoch fühlte sie instinktiv, daß er bei Bewußtsein war. Bis jetzt hatte sie ihn noch nicht genauer in Augenschein genommen, für sie war er zunächst nur ein männlicher Körper gewesen – ein sehr großer männlicher Körper –, der dort flach ausgestreckt auf dem Rücken lag. Sie selbst stand immer noch am Fußende des Bettes, dessen Matratze in Hüfthöhe ihres zierlichen Körpers lag. Da sein Kopf nicht auf einem Kissen ruhte, konnte sie auch jetzt, wo sie genauer hinsah, nicht viel von ihm erkennen. Doch dann, als er plötzlich den Kopf hob und sein Blick sie scheinbar an der Stelle festnagelte, wo sie stand, vergaß sie für einen Augenblick sogar das Atmen.

Das Grau seiner Augen war eher silbern, und jetzt funkelten die Augen vor Überraschung. Obwohl der Knebel seine Gesichtszüge ein wenig verzerrte, konnte sie sehen, daß der Mann ziemlich gut aussah. Sein Gesicht war feingeschnitten – und arrogant.

Wie kam sie nur auf so etwas? Etwa wegen der ziemlich breiten Backenknochen? Oder der fast adlerartigen Nase? Vielleicht trat ja auch sein kantiges Kinn aufgrund des Knebels noch mehr in den Vordergrund. Sie mußte sich ganz einfach irren. Arroganz – das gab es nur bei Adeligen. Einem Leibeigenen würde Arroganz lediglich einen blutig gepeitschten Rücken einbringen.

Aber dieser Leibeigene senkte nicht einmal den Blick in Gegenwart einer Lady. Vielleicht war er so kühn, daß es schon an Übermut grenzte, oder aber er wußte immer noch nicht, wo er sich befand. Was dachte sie da eigentlich? Wie konnte er überhaupt wissen, daß sie eine Lady war? Immerhin trug sie ja nur ein Nachthemd. Doch dann fiel ihr ein, daß er es sehr wohl merken mußte, denn der Stoff ihres Nachtgewandes war aus feinstem Linnen und so dünn, daß er fast durchsichtig war. Ihre Mutter hatte ihr den Stoff zu ihrem vierzehnten Geburtstag geschenkt, und sie selbst hatte sich das Nachthemd daraus genäht.

Dann war er also doch irgendein einfacher Ritter, genau

wie Gilbert gesagt hatte, und er schien offensichtlich auch noch stolz darauf zu sein. Was machte sie sich überhaupt Gedanken darüber? Er würde ohnehin sterben müssen. Doch zuvor mußte sie ihm noch ihre Jungfräulichkeit opfern – o Gott! Wie? Wie konnte sie das nur tun? Dummes Zeug – wie konnte sie es *nicht* tun, wo doch ihre Mutter…?

Am liebsten wäre sie zu Boden gesunken und hätte ihren Tränen freien Lauf gelassen. Sie war geliebt und behütet aufgewachsen, die Grausamkeiten und Härten des Lebens hatte sie erst während der letzten drei Jahre kennengelernt. Ihr Leben erschien ihr unwirklich, wie ein böser Traum. Und nun stand sie hier, und man verlangte von ihr, diesen Mann zu nehmen, ja ihn zu vergewaltigen. Wie denn? In ihrem Zorn hatte sie Gilbert gesagt, sie brauche keine Hilfe, doch das war mehr als übertrieben. Sie wußte nichts über die körperliche Liebe, oder davon, wie man Kinder zeugte.

Der Ausdruck in seinen Augen hatte sich gewandelt. Er sah nun nicht länger überrascht aus, sondern – bewundernd. Ob das gut war? Wohl doch. Für ihn war es auf jeden Fall besser, wenn er sie nicht abstoßend fand. Darüber zumindest konnte sie froh sein. Und er war so gar nicht wie ihr soeben verstorbener Gatte. Nein, wahrhaftig nicht, sein Körper war jung, straff, seine Haut glatt und sauber, ja um der Wahrheit die Ehre zu geben, er sah gar nicht so übel aus. Selbst das Grau seiner Augen und das Blond seiner Haare hatten eine andere Tönung als das ihres Gatten – die Augen heller, das Haar dunkler.

Seltsamerweise hatte sie das Gefühl, seine Gedanken in seinen ausdrucksvollen Augen lesen zu können, in denen nun unübersehbar eine Frage lag. Ob man ihm wohl gesagt hatte, weshalb er hier war? Nein, wahrscheinlich nicht, da er vor wenigen Augenblicken ja noch bewußtlos gewesen war. Und warum hätte Gilbert sich die Mühe machen sollen, wenn der Mann sowieso nur dazuliegen und das zu akzeptieren hatte, was mit ihm geschah? *Sie* war diejenige, die Gilbert instruiert hatte, denn ihr oblag es ja auch zu tun, was getan werden mußte. Und doch lag da diese Frage in seinen Augen…

Man hatte es ihr überlassen, ihm zu sagen, was ihn erwartete, und sie konnte ihm nicht einmal versichern, daß man ihn anschließend wieder freilassen würde. Wieder stieg Wut in ihr hoch, dieses Mal jedoch nur um seinetwillen. Nichts, aber auch gar nichts hatte er getan, um so eine Strafe zu verdienen. Er war lediglich eine weitere unschuldige Figur in einem abscheulichen Plan. Sie würde seinen Samen nehmen und Gilbert danach sein Leben. O nein, das konnte sie einfach nicht zulassen. Das eine würde sie tun, mußte sie tun, wegen ihrer Mutter, doch das andere würde sie irgendwie zu verhindern wissen. Sie würde ihn freilassen, wenn die rechte Zeit dafür gekommen war, und noch bevor Gilbert wissen konnte, daß sein Samen Frucht getragen hatte und er damit überflüssig war.

Doch das konnte sie dem Mann jetzt einfach nicht sagen. Nein, sie würde ihm keine falschen Hoffnungen machen – es konnte ja sein, daß ihr Plan mißlang. Alles, was sie tun konnte, war, es zu versuchen. Und er mußte ja auch gar nicht wissen, daß sein Tod beschlossene Sache war. Es gab wahrhaftig keinen Grund, ihn damit zu beunruhigen. Sollte er doch denken, was er wollte – und warum nicht, daß er freikommen würde, sobald sie mit ihm fertig war?

Wieder versuchte er ihr etwas mit den Augen mitzuteilen, und wieder verstand sie ihn. Er senkte den Blick auf den Knebel und hob ihn dann wieder ihr zu. Er wollte, daß sie den Knebel entferne, damit er mit ihr sprechen konnte. Doch das würde sie auf keinen Fall tun, denn sie konnte es nicht ertragen, ihn um sein Leben und seine Freiheit betteln zu hören – und somit noch mehr Schuld auf ihr ohnehin schon belastetes Gewissen zu laden. Sie *wußte* ja, daß das, was sie tun mußte, falsch war, doch sie hatte keine andere Wahl. Und auch noch anhören zu müssen, wie er sie um sein Leben anflehte – nein, es ging einfach nicht.

Langsam schüttelte sie den Kopf, und er ließ den seinen enttäuscht auf die Matratze zurückfallen, damit er sie nicht länger ansehen mußte. Wenn sie es nicht besser gewußt hätte, hätte sie fast glauben können, er habe sie arrogant abgetan, da sie nicht getan hatte, was er wünschte. Es konnte aber genausogut sein, daß sein Hals überanstrengt war, nachdem er den Kopf so lange hochgehalten hatte. Sie ging daher um das Bett herum und stellte sich neben ihn, damit er sie leichter sehen konnte. Doch er hatte die Augen wieder geschlossen. Es war ihm also egal, daß sie nun neben ihm stand. Oder aber er hatte nicht gehört, wie sie auf bloßen Füßen ans Bett getreten war.

Nun, da sie dicht neben ihm stand und ihn besser sehen konnte, heftete sich ihr Blick fasziniert auf seinen großen, sehnigen, wohlgeformten Körper. Wahrhaftig, der Mann füllte wirklich das ganze Bett aus. Rowena dachte, daß er vielleicht sogar noch größer war als Gilbert, auf jeden Fall war er jedoch viel breiter und kräftiger gebaut. Seine Arme waren lang und muskulös, die Muskeln zogen sich von den Schultern bis zu den Handgelenken. Auch die Schultern selbst, seine Brust und sein Hals waren kräftig, seine sonnengebräunte Haut war überall straff gespannt – an dem Mann gab es nichts Weiches. Es war offensichtlich, daß er hart arbeitete, um seinen Lebensunterhalt zu verdienen. Ein Holzfäller vielleicht. Sie hatte einmal einen der Holzfäller ihres Vaters gesehen, und er war kräftiger gebaut gewesen als alle Ritter, die sie kannte.

Sie merkte, daß sie ihn anstarrte, doch sie konnte einfach nicht anders, sie konnte ihren Blick nicht von diesem Körper abwenden. Er war stark, so daß sie Gilbert doch noch dankbar war, daß er ihn festgekettet hatte, obwohl sie sich dieses Gedankens sofort schämte. Trotzdem – der Mann konnte sie mit seinen bloßen Händen erdrücken, wenn er nur wollte, und es war wohl besser für sie, daß diese mächtigen Hände festgebunden waren.

»Es tut mir leid«, begann sie und fragte sich gleichzeitig, warum sie eigentlich flüsterte, wo sie doch alleine waren. »Aber es ist wohl besser, ich höre gar nicht, was du zu sagen hast. Ich kann dir jedoch sagen, warum du hier bist.«

Bei ihren Worten hatte er erneut die Augen geöffnet und den Kopf zu ihr umgedreht. In seinen Augen stand keine Frage mehr, auch keine Neugier. Geduld, das war es, was sie nun darin las. Er erwartete, daß sie alle seine Fragen beantwortete, doch so viel Mut hatte sie einfach nicht. Sie würde ihm nur das sagen, was unbedingt notwendig war, und nicht mehr.

Doch nun, da der Moment gekommen war, fühlte sie, wie ihr die Röte erneut in die blassen Wangen stieg. »Ich – ich – du und ich – wir – wir müssen – wir müssen –«

Wieder stand die Frage in seinen Augen, wäre er nicht geknebelt gewesen, er hätte sie angeschrien, ihm doch endlich zu sagen, was er wissen mußte. Sie konnte ihm nicht verdenken, daß er die Geduld verloren hatte, trotzdem konnte sie kein Wort mehr über die Lippen bringen. Sie schämte sich einfach zu sehr. Immer wieder versuchte sie sich ins Gedächtnis zu rufen, daß er nicht mehr war als ein Leibeigener, ein Diener also, und ihre Mutter hatte ihr immer eingeschärft, freundlich, aber bestimmt mit der Dienerschaft umzugehen. Doch dieser hier wirkte so gar nicht wie die Diener, die sie bisher gekannt hatte. Und dazu noch diese Arroganz – sie konnte sich des Gedankens einfach nicht erwehren, daß er mehr war als nur ein Leibeigener, und obwohl dies keinen Unterschied machen sollte, war genau das der Fall.

Dann hörte sie das Kratzen an der Tür, und ihr Herz pochte vor Erleichterung darüber, daß Mildred endlich da war. Ohne einen weiteren Gedanken an den Mann zu verschwenden, der dort lag und jeden Muskel seines Körpers angespannt hatte, um endlich ihre Antwort zu hören, lief sie zur Tür.

Warrick fiel zurück und stöhnte vor Enttäuschung und Frustration. Gott verdamme sie. »Wir müssen« – was?! Warum konnte sie nicht einfach geradeheraus sagen, was sie wollte? Doch dann zwang er sich zur Ruhe. Ihr konnte er nichts vorwerfen. Sie war ein kleines zartes Ding, fast überirdisch schön, und sie war ganz sicher nicht diejenige gewesen, die ihn hierhergebracht hatte.

Er konnte sich jedoch beim besten Willen nicht denken,

warum sie hier gewesen war, außer vielleicht, um ihm Essen zu bringen. Aber er konnte keines sehen – doch vielleicht hatte sie es ja auf den Boden gestellt. Dennoch, seinen Knebel wollte sie nicht entfernen, wie sollte er da also essen können?

Fragen über Fragen und keine Antworten. Geduld, nur Geduld. Was immer man von ihm wollte, er würde es noch früh genug erfahren, und erst dann konnte er sich Gedanken über eine mögliche Rache machen; wer immer für seine Gefangennahme verantwortlich war, würde dafür bezahlen – er würde ihn, ohne mit der Wimper zu zucken, töten, das war er seinem Eid schuldig, den er vor langen Jahren geschworen hatte, als sein Herz angesichts des schrecklichen Verlustes, den er erlitten hatte, zu Stein geworden war. Damals hatte er sich geschworen, daß niemand ihm mehr ein Leid zufügen würde, ohne tausendfach dafür zu bezahlen. Diesen Eid hielt er nun schon seit sechzehn langen Jahren, sein halbes Leben also. Und er würde ihn halten bis zu seinem Tode, und nichts konnte ihn davon abbringen.

Die kleine Maid schlich sich wieder in seine Gedanken, und er hatte nichts dagegen, denn sie war weit reizvoller als seine dunklen Grübeleien. Sein erster Blick auf sie hatte ihn davon überzeugt, daß der Himmel sie geschickt haben mußte, denn mit den langen goldenen Locken, die ihre Gestalt umhüllten, sah sie aus wie ein Engel. Ganz in Weiß war sie gehüllt, und ihre liebreizende Gestalt hatte sich zart unter ihrem dünnen Gewand abgezeichnet.

Ihre saphirblauen Augen hatten ihr kleines, zartes Gesicht beherrscht; sie waren groß, rund und betörend, verhüllten Geheimnisse, versteckten Gedanken, aber auch Zorn hatte er in ihren Augen leuchten sehen. Das hatte seine Neugier mehr entfacht als alles andere. In dem Moment hatte er das seltsame Bedürfnis verspürt, diesen Engel zu beschützen, und den oder das zu zerstören und in Stücke zu hauen, was sie so beunruhigte.

Die Frage nach dem Grund ihres Zornes hatte ihm auf der Zunge gelegen. Ihre Weigerung, ihm den Knebel aus dem Mund zu nehmen, hatte ihn überrascht. Überrascht und verärgert, so sehr, daß er sich nicht besser verhalten hatte als ein schmollendes Kind. Er hatte sich geweigert, sie noch länger anzusehen und ihre Gegenwart noch länger zur Kenntnis zu nehmen. Als er jetzt daran dachte, was er in dem Moment gefühlt hatte, war er erstaunt. Die kleine Maid übte tatsächlich eine eigenartige Wirkung auf ihn aus.

Doch es war ihm nicht gelungen, sie lange zu ignorieren. Er wollte sie ansehen, denn sie war die reinste Augenweide, und als sie ihm dann eröffnet hatte, ihm den Grund seines Hierseins zu verraten, hatte er dies als willkommene Entschuldigung gesehen, um sie wieder anzusehen. Und ihre Schönheit, nun da sie so nahe bei ihm stand, hatte ihn auch ein zweites Mal überwältigt. Ihre alabasterweiße Haut war makellos, ihre Lippen voll üppiger Süße, und zu seinem Kummer konnte er nicht verhindern, daß bei ihrem Anblick die Hitze in seinen Lenden aufflammte.

Er wäre an seinem Lachen erstickt, hätte er dem nachgegeben, was er fühlte, doch der Knebel, der ihn gewürgt hatte, hielt ihn auch davon ab, dem Verlangen nachzugeben, die Maid an Ort und Stelle zu verführen. Doch dann fiel ihm wieder ein, daß er für sie ja nicht mehr war als ein Gefangener. Er hatte nichts, das er ihr für ihre Gunst bieten konnte, nicht eine Münze hatte man ihm gelassen. Und bei diesem Gedanken stieg Bitterkeit in ihm hoch. Doch sie würden alle noch sehen, was sie davon hatten. Sobald er frei war, würde er sich der Maid annehmen. Wenn er frei war, würde er diesen verhaßten Ort bis auf die Grundfesten niederbrennen. Dann hätte sie ihr Zuhause verloren und müßte seines annehmen. Seine Braut, die jetzt in diesem Augenblick auf ihn wartete, kam ihm flüchtig in den Sinn, doch auch sie konnte seinen Entschluß nicht ändern. Er würde die Maid auf jeden Fall in sein Heim führen.

8. Kapitel

»So, jetzt weißt du alles«, sagte Rowena angewidert, nachdem sie Mildred die ganze Geschichte vom plötzlichen Tod ihres Gatten und der Begegnung mit dem für ihn vorgesehenen Ersatz berichtet hatte. »Und diesmal meint es Gilbert bitterernst, das hat er mit klar und deutlich gesagt. Entweder ich werde schwanger, oder er tötet meine Mutter.«

»Ich zweifle nicht daran, daß er's ernst meint. Er ist der Teufel in Person, das ist es. Ihr habt Glück, daß er nicht auch noch dabei zusehen will. Euer Ehemann hätte das in dem Fall sicher getan.« Mildred seufzte. »Ich fürchte, da müßt Ihr durch, meine süße Lady.«

Rowena rang die Hände. »Ich weiß ja – aber wie? Wie?«

Mildreds Augen flackerten kurz, dann schloß sie sie, nur um sie einen Augenblick später mit einem Ausdruck von Ärger wieder zu öffnen. »Ich bin wirklich unverzeihlich dumm. Wie könnt Ihr das auch wissen? Euer Gatte hätte sich genommen, was er wollte, und ihr hättet nur daliegen und stillhalten müssen. Doch hier müßt Ihr alles selbst machen – und der Bursche da drinnen kann Euch nicht einmal hilfreiche Anweisungen geben, da er geknebelt ist. Und er liegt auf dem Rücken, sagt Ihr?«

»Ja, flach auf dem Rücken, und ich bezweifle, ob er sich überhaupt bewegen kann, die Ketten scheinen sehr straff zu sein.«

Mildred seufzte erneut. »Ich versuche gerade, mir das alles vorzustellen – ich habe noch nie zuvor einen Mann geritten, versteht Ihr. Es ich einfach nicht normal.«

»Gilbert nimmt an, es wäre nicht so schwer, gerade weil er angebunden ist.«

»Ich hab nicht gesagt, daß es unmöglich ist«, meinte Mildred unbehaglich.

Das war ein Thema für Küchenmägde und nicht für eine Lady. Ihre Wangen waren nun ebenso rot wie Rowenas Wangen weiß waren – doch es half nichts, dieser verdammte d'Ambray würde zweifellos morgen früh wieder hier sein, um sich zu vergewissern, ob die Sache auch zu seiner Zufriedenheit erledigt worden war. Es half also nichts…

»Nun denn, ich weiß jetzt, wie Ihr's am besten bewerkstelligt«, fuhr sie deshalb fort. »Und ich werde ganz offen reden, damit es keine Mißverständnisse gibt. Also, Ihr setzt Euch rittlings auf seine Hüften, steckt seine Lanze in Eure Öffnung, und dann reitet Ihr ihn. Bis Euer Jungfernhäutchen zerrissen ist, wird es wehtun, doch dann sollte es eigentlich nicht mehr so schlimm sein. Stellt Euch einfach vor, Ihr sitzt auf Eurem Zelter und reitet einen leichten Galopp. Ihr wippt auf und ab – nein, das ist kein Grund zu erröten –, Ihr werdet sicher sehr schnell herausbekommen, wie, wenn Ihr erst einmal im Sattel sitzt, wenn ich so sagen darf. Ihr dürft nicht vergessen, seine Lanze braucht Bewegung, damit sie ihren Samen verliert. Und für diese Bewegung müßt Ihr sorgen, wenn er es nicht kann. Einfach nur auf ihm zu sitzen, wenn er ganz in Euch ist, genügt nicht. Glaubt Ihr, daß Ihr nun wißt, wie es zu tun ist? Oder soll ich noch mehr erklären?«

»Nein, ich – nein.«

Daraufhin umarmte Mildred Rowena. »Ihr müßt dies einfach als Pflicht ansehen, meine süße Lady. Ich könnte Euch noch andere Ratschläge geben, die leichter zu befolgen wären. Vergeßt nie – er ist nur ein Fremder, und Ihr braucht ihn nie wiederzusehen, sobald das Baby sicher in Euch heranwächst. Er verdient Eure Scham also nicht.«

Doch daß sie sich schämte, konnte sie einfach nicht verhindern. Ihre Wangen waren auch dann noch feuerrot, als sie die kleine Kammer am anderen Ende des Ganges wieder betrat. Sein Blick ruhte auf ihr, sobald sie die Tür geöffnet hatte, und folgte ihr, als sie sich dem Bett näherte. In seinen Augen lag diesmal echtes Interesse, und auch sie ließ sich nichts anmerken von den Gefühlen, die in ihr tobten.

Nur eine Pflicht, so wie jede andere? Also gut, dachte sie. Dann will ich es auch schnell hinter mich bringen.

Sie senkte den Blick auf die Matratze, denn sie konnte ihm nicht in die Augen sehen, während sie ihm die schrecklichen Tatsachen eröffnete. »Ich muß schwanger werden, und zwar sofort. Aus diesem Grund bist du hier, denn deine Haar- und Augenfarbe ähneln denen meines Ehemannes, und es ist unbedingt notwendig, daß das Kind aussieht wie er; deshalb müssen wir uns noch heute nacht zusammentun, und ebenso nächste und übernächste Nacht, bis dein Samen Frucht getragen hat. Ich mag das ebensowenig wie du, doch ich habe keine andere Wahl – und du auch nicht.«

Seine Ketten rasselten, doch sie weigerte sich, ihm in die Augen zu sehen. Rasch, bevor sie es sich noch anders überlegen konnte, griff sie nach dem Handtuch und zog es mit einem Ruck von seinen Hüften. Sie warf es auf das Bettende, wo es langsam zu Boden glitt. Doch das sah sie gar nicht mehr, denn ihr Blick hatte sich wie durch eine fremde Kraft getrieben auf seine Männlichkeit gerichtet. Ihre Augen weiteten sich in maßlosem Staunen: Da war sie, die riesengroße Waffe, von der sie schon so viel gehört hatte. Sie lag ruhig und sanft auf einem Bett goldbrauner Löckchen.

Ein Grollen kam aus seiner Kehle und ließ sie erschrocken innehalten. Ihre Augen flogen zu seinem Gesicht. Ausdrucksvolle Augen hatte er, wahrhaftig, und sie versprachen grimmige Rache, falls sie nicht sofort aufhörte. Ihre Angst ließ sie einen Schritt zurückweichen. Wie konnte nur soviel Wut in einem einzigen Blick liegen?

Damit hatte sie nicht gerechnet. Den meisten Männern würde das, was sie vorhatte, nichts ausmachen. Es wimmelte doch sowieso überall von Bastarden, was machte einer mehr da schon aus? Doch nein, das war die Einstellung von Adeligen, nicht von Leibeigenen. Aber männliche Leibeigene holten sich ebenfalls, was sie kriegen konnten, mit dem einen Unterschied, daß sie eher dazu neigten zu heiraten, wenn sie erwischt wurden.

Dachte er etwa, er müsse sie heiraten? Oder war ihm etwa die Art und Weise ihres Zusammenseins zuwider? Mildred hatte behauptet, es sei nicht normal, daß die Frau oben war, und vielleicht dachte er ebenso. Nun, dagegen konnte sie nichts machen. Sie konnte gar nichts gegen die ganze widerliche Sache machen.

»Es tut mir leid, daß es dir nicht gefällt, doch das ändert gar nichts«, sagte sie bitter. »Ich muß es dennoch tun. Aber ich werde mich beeilen und es schnell hinter uns bringen.«

Seine Augen blitzten, als hätte sie etwas unglaublich Dummes gesagt. Sie wünschte, seine Gedanken nicht so gut lesen zu können. Sie wünschte, er würde ihr das Ganze ein wenig leichter machen. Doch warum sollte er? Er mußte sich ja ebenso mißbraucht fühlen wie sie. Nun, für den Augenblick weigerte sie sich jedenfalls, nochmals in seine Augen zu sehen. Aber sie würde die Sache hinter sich bringen, koste es, was es wolle.

Nachdem dieser Entschluß einmal gefaßt war, zögerte sie nicht länger und kletterte aufs Bett, doch dieses schwankte auf einmal mit solcher Gewalt, daß sie rücklings wieder herunterfiel und auf dem Boden landete. Sie starrte hoch, schnappte nach Luft und fragte sich, was eigentlich passiert war. Doch dann hörte sie, wie die Ketten aufhörten zu rasseln, und wußte mit einemmal Bescheid – woraufhin sie fuchsteufelswild wurde.

Zur Hölle mir dir! hätte sie ihm am liebsten ins Gesicht geschrien, doch statt dessen rappelte sie sich wieder auf und sah ihn wütend an. »Ich *werde* mich mit dir paaren, verstehst du? Ich habe keine andere Wahl!«

Und wieder kletterte sie auf das Bett, diesmal war sie auf seine wilden Verrenkungen vorbereitet. Diese dann tatsächlich mitanzusehen, war allerdings eine ganz andere Sache. O Gott – er *war* gewalttätig, daran bestand kein Zweifel mehr. Sein Verrenken und Winden war einfach schrecklich. Sein Körper schien sich noch mehr auszudehnen und größer zu werden, als er ohnehin schon war. Das ganze Bett hüpfte und sprang und bewegte sich langsam durchs Zimmer. Wieder verlor sie das Gleichgewicht, doch diesmal schaffte sie es gerade noch, sich in seine Richtung zu lehnen und landete anstatt auf dem Boden quer über seinem Unterleib.

Er hörte sofort auf mit seinem Widerstand, und sie befürchtete schon, ihn verletzt zu haben, doch ein Blick unter sich zeigte ihr, daß seine Männlichkeit noch genauso aussah wie vorher. Sie hätte also nicht sagen können, ob ihr Aufprall ihn verletzt hatte oder nicht. Doch in ihrer jetzigen Position konnte sie das Blut an seinen Füßen sehen, dort wo er angekettet war. Sie blickte auf seine Handgelenke und auch dort quoll Blut hervor.

Bei diesem Beweis seiner Gewalttätigkeit schnappte sie erneut nach Luft und fauchte: »Du dummer Mann. Warum fügst du dir wegen einer Sache Schmerzen zu, die du ohnehin nicht ändern kannst?«

Seine Antwort war nur ein weiteres, aus tiefer Kehle kommendes Grollen. Während er noch bewegungslos dalag, nützte Rowena die Gelegenheit und setzte sich blitzschnell auf seine Hüften. Sie blickte ihn triumphierend an. Wenn er sich nun wieder aufbäumen und wie wild verrenken würde, um so besser – ihr konnte das in ihrer jetzigen Position nur nützen. Das schien auch er erkannt zu haben, denn er tat mit einemmal gar nichts, sondern sah sie nur mit diesem eiskalten, mordlüsternen Blick an.

Warrick war noch nie in seinem Leben so wütend gewesen. Sie wollte ihm ein Kind stehlen, *sein* Kind. Wenn es ihr gelingen sollte, würde er sie töten. Nein, ein schneller Tod, das wäre noch zu gut für sie. Lieber sollte sie die Qualen der Hölle erleiden. Doch es würde ihr nicht gelingen! Das, was sie vorhatte, machte ihn zwar fuchsteufelswild, ließ ihn gleichzeitig aber auch kalt. Und diese dumme Dirne schien, wenn er ihren triumphierenden Blick richtig gedeutet hatte, das gar nicht zu bemerken.

Er sah zu, wie sie ihr Nachthemd gerade hoch genug hob, daß er ihr goldfarbenes Dreieck sehen konnte, dann ließ sie sich auf seinen Lenden nieder. Auf eine Weise machte es ihn noch wütender, daß sie ihm sogar ihre Nacktheit vorenthalten wollte. Sie würde ein Kind von ihm stehlen, doch ihren Körper sollte er dabei nicht sehen. Auch gut, sie würde schon noch früh genug merken, was ihr das einbrachte. Sie würde scheitern. Deshalb schloß er die Augen, denn ihrem Anblick war wahrhaftig schwer zu widerstehen.

Er schürte seinen Zorn. Er stellte sich vor, wie er sie in die Finger bekam und ihr die Seele aus dem Leib prügelte. Wie konnte sie es wagen! Wie konnte sie es wagen, ihn zu vergewaltigen! Er erinnerte sich an ihre Worte, Worte die er noch vor wenigen Minuten für einen Witz gehalten hatte, daß sie nämlich keine Hilfe benötige, um ihn zu vergewaltigen. Schon deshalb verachtete und verabscheute er sie. Doch damit nicht genug, sie wollte ihn bestehlen, Fleisch von seinem Fleisch. Schon allein diese Tatsache besiegelte ihr Schicksal.

Die Dirne war wirklich dumm, anzunehmen, einen Mann vergewaltigen zu können. Hätte sie nur den Mund gehalten und sich ihm einfach angeboten, sie hätte ohne Probleme haben können, was sie wollte. Sein Fleisch hätte auf ihre Einladung sofort reagiert – hatte ihr bloßer Anblick ihn ja schon in Aufruhr versetzt. Doch wie die Sache jetzt stand, mußte er sich nicht einmal bemühen, ungerührt zu bleiben, denn seine überschäumende Wut ließ ihn schlaff an ihrem warmen Körper ruhen.

Sie saß jedoch nicht nur einfach auf ihm und wartete auf ein Wunder. Er fühlte, wie sich ihre Finger an ihm zu schaffen machten. Sie tat dies jedoch auf eine Weise, wie ihn noch nie eine Frau berührt hatte. Doch als ihm klar wurde, daß sie versuchte, sein schlaffes Glied in sich hineinzustopfen, öffnete er ungläubig die Augen. Er sah, daß die ihren nun geschlossen waren. Sie biß sich vor lauter Konzentration auf die Unterlippe. Er zuckte zusammen, als sie ihn mit einem Fingernagel kratzte, sah jedoch, daß sie es überhaupt nicht bemerkt hatte, so vertieft war sie in ihre Aufgabe.

Er fragte sich, wie lange sie wohl das Unmögliche versuchen würde. Nicht sehr lange. Irgendwann stieß sie schließlich einen frustrierten Seufzer aus und kletterte, ohne ihn nochmals anzusehen, vom Bett und rannte aus der Kammer hinaus.

Warrick verspürte eine derartige Befriedigung, daß er am liebsten einen Triumphschrei ausgestoßen hätte. So leicht war er mit ihr fertig geworden, wer hätte das gedacht! Er hatte gewonnen. Sie hatte verloren.

Doch sie kam zurück.

Das hätte er nicht gedacht. Ihr Gesicht war nun flammend rot, doch ihr Blick gleichzeitig so entschlossen, daß er seine Sicherheit zum ersten Mal wanken fühlte. Und mit Recht. Sie knöpfte langsam ihr Nachtgewand auf und ließ es zu Boden gleiten. Als sie nach den Säumen ihres Unterhemdes griff, schloß er fest die Augen.

Ihre Stimme hörte sich sehr sanft an. »Du kannst dich gegen mich wehren, Bursche, doch ich weiß aus sicherer Quelle, daß dir das nicht viel nützen wird.«

Darauf hätte er ihr keine Antwort gegeben, selbst wenn er dazu in der Lage gewesen wäre. Was er am liebsten getan hätte, war, derjenigen Person, die ihr Mut gemacht hatte, die Kehle durchzuschneiden. Er spitzte die Ohren, um zu hören, ob sie schon nähergekommen war. Als ihre Hand sanft seine Brust berührte, wußte er, daß sie ganz nah war.

»Du hast sicherlich bemerkt, daß ich noch Jungfrau bin.«

Das hatte er keineswegs, doch dieses Wort hatte die gewünschte Wirkung, ebenso wie ihre kleine Hand, die nun sanft über seine Brust und hinunter zu seinem Bauch strich. Er hatte erwartete, daß seine Wut ihn wieder ablenken würde, doch das tat statt dessen ihre Stimme.

»In meiner Unwissenheit und Unschuld wußte ich nicht, daß du noch nicht bereit warst für mich – daß du eine bestimmte Art von Stimulanz brauchst. Ich wußte nicht, daß die weiche Männlichkeit zwischen deinen Beinen wachsen und ebenso hart werden kann wie dein übriger Körper.« Bei diesen Worten berührte sie ihn an besagter Stelle. »Es fällt mir schwer, das zu glauben, denn sie ist jetzt schon ziemlich groß. Aber Mildred hat mir versichert, es ist so. Jetzt bin ich selbst neugierig geworden.«

Wußte sie, daß ihre Worte genauso stimulierend waren wie die Berührung ihrer Hände? Zur Hölle mit ihr und ihrer teuflischen Ratgeberin! Der Schweiß stand ihm auf der Stirn. Verdammt, er würde ihrer Verführung *nicht* erliegen!

»Mildred sagte, ich müsse dich küssen – und lecken, überall, wenn es notwendig sein sollte, sogar – hier. Sie sagt, nur ein Toter würde dabei nicht reagieren.«

Er reagierte bereits. Sein Verstand brüllte vor Wut, doch sein Fleisch war ein Verräter schlimmster Sorte; es war betört und erregt angesichts dieser verlockenden Aussichten. Wieder bäumte er sich in seinen Fesseln auf, warf sich hin und her in dem Versuch, ihre Hand abzuschütteln. Doch diesmal stand sie neben dem Bett, seine heftigen Windungen konnten ihr nichts anhaben, sie hielt die Finger fest um seine Männlichkeit geschlossen. Er fiel in erschöpfte Bewegungslosigkeit, als er merkte, daß sein Widerstand ihr nur half.

»Wenn ich's nicht selbst sehen würde – ich hätte es nicht geglaubt«, stieß sie atemlos hervor.

In ihrer Stimme lag Ehrfurcht und Bewunderung. Und nun streichelte sie dieses wertlose Stück Fleisch auch noch, so als wolle sie es dafür belohnen, daß es ihr gehorchte und nicht ihm. Sie wußte nicht, daß es seine volle Größe noch gar nicht erreicht hatte, daß er mit aller Kraft dagegen ankämpfte.

»Ich nehme an, es ist nun doch nicht notwendig, dich dort zu küssen.«

Lag da etwa Enttäuschung in ihrer Stimme? O Gott, er konnte es nicht mehr ertragen. Das Unmögliche war möglich geworden, wider alle Erwartung. Es *war* möglich, daß sie bekam, was sie wollte, wenn sie so weitermachte. Und es stand wohl außer Frage, *daß* sie fortfahren würde.

Als sie zu ihm aufs Bett kletterte, warf er sich erneut wild hin und her, doch diesmal griff sie sofort nach seinen Hüften und hielt sich fest. Und nun konnte er ihre Nacktheit fühlen, ihre Brüste preßten sich an seine Haut, dort, wo er am empfänglichsten war. Auch diesmal half er ihr nur mit seinem Widerstand, pumpte nur noch mehr Blut in diesen Verräter, weshalb er versuchte, ganz still zu liegen. Er hoffte, sein Glied würde noch nicht hart genug sein, um in sie einzudringen, er *betete,* daß sie tatsächlich noch Jungfrau war und den Unterschied nicht merken würde.

Als sie wieder auf seinen Körper krabbelte und sich dabei vorsichtshalber gut festhielt, stöhnte Warrick erneut auf. Schließlich saß sie auf ihm, und sein Glied war hart genug – sie brauchte ihm nur einen kleinen Schubs in die richtige Richtung zu geben.

Hitze. Brennende Hitze und Feuchtigkeit. Warum konnte sie nicht trocken sein? Warum zum Teufel, konnte sie nicht...?

Ihr Wimmern bohrte sich wie eine Lanze in sein Herz, als er merkte, was die Ursache dafür war. Sie versuchte immer noch, sich ganz auf ihn zu setzen, doch ihr Jungfernhäutchen verhinderte dies, und sie ging so langsam vor, daß sie sich nur noch mehr Schmerzen zufügte. Dieser Gedanke erfüllte ihn mit wilder Befriedigung. Sie war also tatsächlich noch Jungfrau, und ihr eigener Schmerz würde sie schließlich besiegen.

Weil ihr jede Bewegung nur geholfen hätte, blieb er völlig regungslos liegen. Doch sie war so klein und betörend eng, daß der Wunsch fast überwältigend war, sich mit einem wilden Stoß in sie hineinzubohren. Er kämpfte jedoch gegen diesen Wunsch an. Er hatte zwar den Verräter nicht unter Kontrolle, den Rest seines Körpers aber schon.

Als er wieder ein Wimmern hörte, lauter diesmal, öffnete er die Augen, um sich an ihrem Schmerz zu weiden. Tränen strömten über ihre sanft gerundeten Wangen. Ihre saphirblauen Augen, die vor Nässe glänzten, spiegelten den Schmerz wider, den sie empfand. Doch er hatte völlig ihre Nacktheit vergessen.

Sie war eine kleine, zierliche Frau, dennoch war sie üppig gebaut, hatte runde, feste Brüste und eine sehr schmale Taille. Die langen, runden Schenkel, die exquisiten Brüste, die aufgrund ihres schweren Atmens leicht auf und ab hüpften, die feuchte Wärme, die ihn nur halb umschloß – und der Anblick seiner halb in ihr vergrabenen Männlichkeit ... alles zusammen führte zu seiner Kapitulation. Er bewegte sich nicht, aber das war gar nicht nötig. Das Blut strömte mit einem Mal in sein Glied und ließ es ganz plötzlich zu voller, pulsierender Größe anschwellen; es durchstieß mit einem Ruck ihr Jungfernhäutchen, ohne daß einer von beiden auch nur die kleinste Bewegung gemacht hatte.

Sie schrie auf und sank hinab und nahm ihn dabei vollständig in sich auf. Warrick biß knirschend auf den Knebel in seinem Mund. Seine Muskeln spannten sich, doch er bewegte sich nicht. Er rang um Selbstbeherrschung, kämpfte gegen die mächtige, alles verschlingende Lust in seinem Körper. Eine Folter. Noch nie hatte er so mit sich gerungen, noch nie sich so sehr gesehnt nach dem, was sein Verstand bekämpfte.

Sie bewegte sich jetzt, zögernd zunächst und ungeschickt. Sie hatte noch immer Schmerzen und weinte, doch sie war immer noch entschlossen. Ihr Atem strich über seine Brust, ebenso wie ihr langes, goldenes Haar – eine weitere Folter. Und dann wußte er plötzlich, daß er den Kampf verloren hatte. Er versuchte ein letztes Mal, sie abzuwerfen, ignorierte den Schmerz in Hand- und Fußgelenken, doch sie wußte, sie *wußte,* und sie hielt fest. Und dann war ihm alles egal, er hörte auf zu kämpfen, die Fleischeslust überwältigte ihn, und er schoß seinen Samen in einer einzigen, unglaublich befreienden Explosion in sie hinein. Zur Hölle mit ihr, *zur Hölle mit ihr!*

9. Kapitel

Ich bin froh, daß du es warst.

Diese Worte würde Warrick niemals vergessen, geschweige denn vergeben. Wieder und wieder rief er sie sich in den Tagen, die nun folgten, ins Gedächtnis zurück.

Sie war, als es vorbei war, auf seine Brust gesunken, und ihre Tränen hatten seine Haut benetzt. Sie hatte keine Lust während ihrer Vereinigung empfunden, doch sie hatte bekommen, was sie wollte. Und bevor sie gegangen war, hatte sie ganz sanft seine Wange berührt und geflüstert: »Ich bin froh, daß du es warst.« Sein Haß hatte sich bei diesen Worten verzehnfacht.

Später war ihre Dienerin gekommen, um seine Wunden zu versorgen. Sie hatte mißbilligend mit der Zunge geschnalzt, als sie sah, was er sich selbst zugefügt hatte.

Doch sie hatte auch die Wunde an seinem Kopf entdeckt und auch sie behandelt. Er hatte es geschehen lassen. Die soeben erlebte Niederlage machte ihn gefühllos und gleichgültig gegenüber allem, was mit ihm passierte. Auch der Mann, der später hereinkam und mit einer Mischung aus Triumph und Haß auf das immer noch feuchte Blut und den Samen auf seinen Lenden geblickt hatte, war ihm gleichgültig gewesen.

»Ich habe gehört, du hast dich gewehrt. Das ist gut so, denn andernfalls würde ich dich gleich töten, weil du sie besessen hast.«

Dann hatte sich der Mann wortlos umgedreht und das Zimmer verlassen. Warrick hatte ihn danach nicht wieder gesehen. Dennoch hatte ihm dieser Besuch über eine ganze Reihe von Fragen Aufklärung verschafft. Er wußte nun, daß man ihn nicht lebend gehen lassen würde. Sie wollten gar kein Lösegeld von ihm. Alles, was sie wollten, war dieses Kind – das die Dirne vielleicht schon unter ihrem Herzen trug. Er wußte darüber hinaus, daß der Mann eifersüchtig war, und daß es ihm ein Vergnügen sein würde, ihn zu töten, sobald er nicht mehr gebraucht wurde.

Doch auch das kümmerte ihn nicht, nicht während dieses Tages. Selbst die Demütigung, die er empfand, während er sich von Mildred füttern und säubern ließ, war ihm gleichgültig. Er versuchte nicht einmal dann mit ihr zu sprechen, als man ihm den Knebel zum Essen kurz herausnahm. Er war apathisch – bis die Maid wiederkam.

Erst dann wußte er, daß es wieder Nacht sein mußte, denn in der kleinen Kammer waren keine Fenster. Und erst dann wurde er wieder lebendig, schlug um sich, als ob er diesmal wirklich verrückt geworden wäre. Die Bandagen um Hand- und Fußgelenke lockerten sich, und erneut sickerte Blut durch die Verbände, als die Fesseln in sein rohes Fleisch schnitten.

Doch sie war geduldig in dieser zweiten Nacht. Erst nachdem er völlig erschöpft war, versuchte sie, ihn zu berühren. Und sie vermied es, zu ihm aufs Bett zu klettern, bevor er nicht fast völlig bereit war.

Dreimal kam sie zu ihm in dieser zweiten Nacht, und dreimal in der darauffolgenden. Wenn nötig, weckte sie ihn. Es dauerte zwangsläufig jedesmal länger, da sein Körper gesättigt war, doch das hielt sie nicht davon ab, zu tun, was sie tun mußte. Er war ihr vollkommen ausgeliefert. Sie studierte sorgfältig seinen Körper, indem sie tat, als würde sie ihn streicheln. Schon die leiseste Berührung versetzte seinen Körper in höchste Erregung.

Sie war fasziniert von seiner Lanze, brachte Gesicht und Mund nahe, ohne ihn allerdings dort zu küssen, wie sie es in der ersten Nacht versprochen hatte, aber es war gar nicht notwendig. Schon der bloße Gedanke daran genügte. Und er konnte sich nicht wehren, konnte nichts verhindern, konnte sie mit keinem mörderischen Blick einschüchtern. Sie hatte ihn vollständig in der Hand. Sie benutzte ihn, saugte ihn aus bis auf den letzten Tropfen und zeigte nicht die geringste Reue. Und auch keine Gnade.

Rache. O Gott, wie sehr wünschte er sich Rache. Es ihr heimzuzahlen, das war alles, woran er am dritten Tag noch denken konnte. Was er tun würde, hätte er sie in seiner Hand. Daß er ihr ein Zuhause hatte geben wollen, erschien ihm jetzt geradezu grotesk. O ja, er würde ihr ein Zuhause geben – in seinem Verlies. Doch zuerst würde er es ihr heimzahlen. Oder nein, zuerst würde er fliehen müssen.

»Sagt mir ihren Namen.«

Es war das erste Mal, daß er mit Mildred sprach. Sie sah ihm wachsam und unsicher in die Augen, während sie ihm einen weiteren Löffel Eintopf in den Mund schob.

»Nein. Ihr braucht nicht zu wissen, wie sie heißt.«

»Meine Männer werden mich finden, Frau. Wenn Ihr die Zerstörung dieses Ortes überleben wollt, dann sagt Ihr mir lieber gleich, was ich wissen will.«

Sie wagte es, ihm verächtlich zu antworten. »Ihr wart allein, als sie Euch fanden.«

»Nein, ich hatte meinen Knappen Geoffrey bei mir. Sie haben ihn getötet, wußtet Ihr das?«

Die plötzliche Kälte in seiner Stimme ließ Mildred erschaudern, obwohl er festgebunden war. Doch dann schalt sie sich wegen ihrer Ängstlichkeit und entgegnete verächtlich: »Ein Ritter? Ihr? Nein, die Männer wurden losgeschickt, um einen ganz gewöhnlichen Gauner zu finden. Glaubt Ihr etwa, sie könnten den Unterschied nicht erkennen?«

Er versuchte erst gar nicht, sie vom Gegenteil zu überzeugen. »Ich habe meine Männer vorausgeschickt. Ich sollte am nächsten Morgen wieder mit ihnen zusammentreffen. Glaubt Ihr etwa, sie würden ohne mich weiterreiten?«

»Ich denke, Ihr macht mir da was vor, Bursche, doch was bezweckt Ihr damit?« fragte sie.

»Laßt mich frei.«

»Ah, schöne Taktik.« Sie grinste ihn an. »Aber es ist unnötig, mir Lügen zu erzählen. Selbst wenn ich die Schlüssel zu Euren Ketten hätte, würde ich Euch nicht losmachen, nicht bevor meine Lady bekommen hat, was sie braucht.«

Sie erwähnte nicht, daß Rowena sie bereits gebeten hatte, die Schlüssel ausfindig zu machen. Doch bis jetzt hatte sie sie noch nicht gefunden, und sie wollte ihm keine unnötigen Hoffnungen machen.

Das Essen hatte diesmal länger gedauert, da er nicht aufgehört hatte zu reden. Währenddessen waren erstmals die roten Striemen, die der Knebel auf seinen Wangen verursacht hatte, verblaßt. Sie merkte es, als sie ihn wieder knebeln wollte; sein Anblick ließ ihr erneut einen Schauer über den Rücken laufen.

»Bei Gott – Ihr habt wirklich einen grausamen Zug im Gesicht«, sagte sie mehr zu sich selbst als zu ihm. »Das ist mir bisher noch nicht aufgefallen.«

Das war nichts Neues für Warrick. Aus diesem Grunde hatten ihn seine Ehefrauen gefürchtet. Und aus dem gleichen Grund fürchteten ihn auch seine Feinde. Auch die verdammte Dirne hätte ihm deshalb vom Leib bleiben müssen. Die Grausamkeit lag vor allem in seinen Augen, die die ganze Kälte seiner dunklen Gedanken widerspiegelten, aber auch in dem harten Mund, der nur selten lächelte. In dem Moment, da er wußte, daß sie ihm nicht helfen würde, war sein Ausdruck ganz besonders bitter.

»Ihr würdet gut daran tun, das nicht zu vergessen –«

Sie stopfte ihm den Knebel in den Mund, um ihn zum Schweigen zu bringen, und sagte ungehalten: »Mich zu bedrohen, bringt Euch ganz sicher nichts Gutes ein, Bursche. Ich gehorche meiner Lady, nicht Euch. Kein Wunder, daß sie immer so traurig ist, wenn sie Euch verläßt. Hätte Euch nicht geschadet, sie anständig zu behandeln. Schließlich hatte sie keine andere Wahl. Aber nein, Ihr seid innen ebenso grausam wie außen.«

Bei diesen abschließenden Worten kochte wieder die Wut in ihm. Sollte er etwa Mitleid für eine Frau empfinden, die ihn wiederholt vergewaltigt hatte? Sollte er etwa mit einer Frau mitfühlen, die beabsichtigte, ihm ein Kind zu stehlen? Die froh war, *froh, ihn* in ihrer Kontrolle zu haben und keinen anderen? Und warum war das so? Warum sollte sie darüber froh sein, wo seine anderen Frauen ihn doch gefürchtet hatten? So war es schon seit seinem sechzehnten Lebensjahr gewesen, als er alles verloren hatte, was ihm lieb und teuer gewesen war, sein Heim, seine Familie, und ihm nichts weiter geblieben war, als ein Heiratsvertrag, der nicht gebrochen werden konnte. Damals hatte er sich vollkommen verändert, nicht nur in seinem Wesen, sondern auch in seinem Äußeren, denn die Dunkelheit, die in seine Seele eingezogen war, hatte sich auch in seine Gesichtszüge gegraben.

Seit damals hatte er keine Frau mehr in sein Bett geholt, die nicht gefürchtet hatte, daß er ihr auf die eine oder andere Weise wehtun würde. Selbst nach einem zweiten oder dritten Mal hatten sie noch Angst vor seiner Grausamkeit. Was für eingeschüchterte, schwächliche Kreaturen seine Frauen doch gewesen waren – keine von ihnen hatte ihre Angst vor ihm überwinden können, obwohl er ihnen nie Grund gegeben hatte, anzunehmen, er würde brutal mit ihnen umgehen. Doch beide waren schon vor Jahren gestorben. Beide hatten mit ihm die Jahre durchlebt, in denen er nur an seine Rache gedacht hatte, nur an Zerstörung und Mord – so wie jetzt.

Wie konnte sie da froh sein? Vielleicht, weil er gefesselt

und damit wehrlos war? Vielleicht, weil sie wußte, er würde tot sein, noch bevor man ihm die Ketten abnehmen würde und sie daher nichts von ihm zu befürchten hatte? Es war sehr gut möglich, daß man ihn, so wie er dalag, ermorden würde, ohne daß er eine Chance auf Verteidigung oder Rache hatte.

Er fürchtete den Tod nicht. Es hatte eine Zeit gegeben, da hatte er den Tod geradezu gesucht, eine Zeit, in der sein Leben so leer und sinnlos gewesen war, daß es ihm einfach egal war, ob er lebendig oder tot war. Und seitdem hatte sich nicht sehr viel verändert. Dennoch hätte er es bedauert, wenn er nun nicht mehr die Chance gehabt hätte, sein Leben durch eine Heirat mit Lady Isabella zu ändern. Noch mehr jedoch hätte er bedauert, durch seinen Tod um die Rache an jenen gebracht zu werden, die ihm diese Demütigungen zugefügt hatten.

Daher war Warrick baß erstaunt, als Mildred am nächsten Tag statt mit dem Essen, mit einem Häufchen Kleidungsstücke und dem Schlüssel zu seinen Ketten auftauchte. Und sie schien, wenn sie die Wahrheit sprach, auf Geheiß ihrer Herrin zu kommen.

»Es ist ein Glück, daß ich den Schlüssel gefunden habe, Bursche, denn meine Lady möchte, daß Ihr geht, solange ihr Bruder noch in der Stadt ist und Söldner sucht«, meinte sie, während sie seinen Knebel entfernte. »Ich werde ihn davon überzeugen, daß Euer Samen Frucht getragen hat, doch das wird ihn keineswegs davon abhalten, hinter Euch herzujagen.«

»Bruder?« Warrick erinnerte sich an den Mann und an seine Eifersucht. »Doch sicher nicht per Blutsbande.«

»O nein, das verhüte Gott und die Jungfrau Maria«, sagte sie, ohne ihn dabei anzusehen, denn sie wollte keine Zeit verlieren und so schnell wie möglich seine Schlösser öffnen.

»Wenn mein Samen nun keine Frucht getragen hat? Wird dann ein anderer meinen Platz in diesem verfluchten Bett einnehmen?«

»Das soll nicht Eure Sorge sein, Bursche.«

»Dann sagt mir wenigstens, warum ein Kind gebraucht

wird, *mein* Kind? Das zu erfahren, könnt Ihr mir nicht verwehren.«

Mildred war überrascht, denn sie hatte angenommen, Rowena habe es ihm bereits gesagt. Sie zuckte mit den Schultern. »Warum wohl? Um diesen Ort in die Hände zu bekommen. Sie hat Kirkburoughs alten Lord geheiratet, der jedoch am Tag der Heirat, am selben Tag, an dem man Euch hierhergebracht hat, gestorben ist. Das Kind wird als seines gelten.«

Habgier also, das hätte er wissen müssen. Und Kirkburough war ein großes Lehngut, sogar mir einem kleinen Städtchen. Er hatte die Burg von der Stadt aus gesehen und hatte sie nur deshalb gemieden, weil er nicht hatte erklären wollen, warum er sich in dieser Gegend aufhielt. Seine Eskorte von dreißig Männern hätte wahrscheinlich Anlaß zu Unruhe gegeben, selbst in der Stadt, deshalb hatte er sie vorausgeschickt. Alles, was er gewollt hatte, war ein Bett und ein Bad gewesen, und das konnte ihm jedes Gasthaus bieten. Mit einer habgierigen Braut, die um jeden Preis behalten wollte, weswegen sie geheiratet hatte, hatte er nicht gerechnet.

Mildred wich, sobald die letzte Kette zu Boden gerasselt war, außer Reichweite seiner mächtigen Fäuste. Warrick senkte vorsichtig die Arme, seine Muskeln brannten nach tagelanger unnatürlicher Haltung wie die Hölle. Er biß die Zähne zusammen, um nicht vor Schmerz zu stöhnen. Auch das fühlte sich seltsam an, so ohne Knebel. Doch er wartete nicht, bis die Schmerzen in seinen Schultern nachgelassen hatten, sondern griff sofort nach der Kleidung, die Mildred gebracht hatte.

Der Überrock war aus so grobem und billig gewebtem Stoff, wie Warrick ihn noch nie zuvor gesehen hatte, und höchstens geeignet für den niedrigsten Gauner. Und er stank zum Himmel. Doch zumindest paßte er ihm über Schultern und Arme, auch wenn er etwas zu kurz war, ebenso wie die groben, mottenzerfressenen und ausgefransten Beinkleider. Die Schuhe waren ebenfalls aus Stoff und paßten sich so zumindest seinen großen Füßen an. Der Gürtel war nur ein dünner Lederriemen.

Er sagte nichts zu diesen traurigen Fetzen. Sobald er angekleidet war, hatte er nur noch einen Gedanken im Sinn.

»Wo ist sie?«

»O nein.« Mildred wich zurück und stellte sich vor die Tür. »Wenn Ihr versucht, ihr auch nur ein Haar zu krümmen, werde ich die Wachen rufen.«

»Ich möchte nur mit ihr sprechen.«

»Ihr lügt, Bursche. Ich kann's in Euren Augen lesen. Sie hat mich gebeten, Euch zur Flucht zu verhelfen, denn sie wollte ihr Gewissen nicht mit Eurem Tod belasten, doch sie will Euch nie wiedersehen. Wenn Ihr zurückkommt, wird Lord Gilbert Euch töten. So einfach ist das. Also nehmt Euer Leben und geht.«

Er starrte sie einen langen Moment an, und sein Wunsch, Hand an die Dirne zu legen, die vielleicht schon sein Kind trug, lag im Widerstreit mit seinem Wunsch nach Freiheit. Doch er wußte nicht, gegen wie viele er zu kämpfen hatte, wenn Mildred die Wachen um Hilfe rief – und das gab den Ausschlag.

»Also gut, doch ich brauche jetzt noch mein Schwert, mein Pferd –«

»Habt Ihr den Verstand verloren?« zischte sie. »Ihr werdet so gehen, wie Ihr seid, um keine Aufmerksamkeit zu erregen. Von Euren Sachen ist ganz sicher nichts mehr übrig, ob Ihr's glaubt oder nicht. Nun kommt schon. Ich werde Euch durch die Geheimtür hinauslassen. Wir haben keine Zeit mehr zu verlieren.«

Er folgte ihr ohne ein weiteres Wort, doch er prägte sich alles, was auf dem Weg lag, genau ein, während sie ihn durch den Bergfried und den Zwinger führte. Fast hätte er noch seine Meinung geändert, als er sah, wie wenig Leute, die meisten zudem einfache Diener, in der Burg waren. Die Verteidigungsstellungen waren stark, doch er sah nur wenige Wachen.

Kein Wunder, daß ihr Bruder Söldner verpflichten wollte. Kirkburough konnte in einem Tag erobert werden, und er würde in weniger als einer Woche zurück sein, um genau das zu beweisen.

10. Kapitel

»Es ist vorüber.«

»Ich weiß«, sagte Rowena niedergeschlagen und wendete sich vom Fenster ab. »Ich habe ihn beobachtet, bis er in den Wäldern verschwunden ist.«

»Ich habe ein ungutes Gefühl«, sagte Mildred unbehaglich. »Wir hätten noch warten sollen.«

»Nein, Gilbert hat gemeint, er würde erst dann von hier weggehen, wenn er sicher weiß, daß ich guter Hoffnung bin. Die Belagerung von Tures will er seinen Rittern überlassen, da in den ersten Wochen ohnehin keine großen Ereignisse zu erwarten sind und er deshalb auch nicht unbedingt benötigt wird. Heute hat er zum ersten Mal die Burg verlassen. Das wird vielleicht so schnell nicht wieder passieren. Und er beobachtet jeden mit Argusaugen, damit ja niemand sich hier heraufschleicht. Oder glaubst du, er würde diesen Riesenburschen nicht bemerken, wenn er sich davonstiehlt?«

»Er schläft –«

»Der Bergfried ist überall verschlossen, und an den Toren hat er zusätzliche Männer postiert. Du weißt ganz genau, Mildred, daß dies die beste, vielleicht sogar die einzige Gelegenheit für eine Flucht war.«

»Aber er hat seinen Zweck noch nicht erfüllt«, erinnerte Mildred sie ohne Umschweife.

Rowena zitterte plötzlich, obwohl es in der Kammer nicht kalt war. »Ich – ich hätte es nicht noch einmal tun können, selbst wenn er noch da gewesen wäre. Das habe ich dir schon letzte Nacht gesagt. Nicht noch einmal.«

»Ist gut, mein Lämmchen. Ich weiß, es war hart –«

»Hart?« unterbrach sie Rowena mit einem bitteren Lachen. »Es war unrecht, so unrecht, was ich mit ihm gemacht habe! Und ich kann nicht länger ein Unrecht begehen, nur um ein anderes zu verhindern. Zuerst mußte ich es tun, um Gilbert zu überzeugen, doch sobald ich ihm einmal klargemacht hatte, daß er dem Mann fernbleiben mußte, damit es mir gelang, ihn zu erregen, spätestens dann war es nicht mehr notwendig, noch einmal da hinein zu gehen. Und dennoch habe ich es getan. Ich habe Gilbert auch dann noch gehorcht, obwohl ich nur einmal hätte überlegen müssen –«

»Warum macht Ihr Euch Vorwürfe?« fragte Mildred. »Es hat *Euch* doch überhaupt kein Vergnügen bereitet – ganz im Gegensatz zu *ihm.*«

»O nein, ihm hat es ebenfalls keine Freude gemacht. Warum sollte ihm auch etwas gefallen, das er haßt? Mildred, er hat *jedesmal* gegen mich gekämpft. Er hat sich sogar selbst dabei verletzt. Er hat es gehaßt, er hat mich gehaßt – und er hat nicht gezögert, mir das zu zeigen. Diese Augen –« Wieder schauderte sie. «Ich hätte einfach nicht noch einmal da hineingehen können, beim besten Willen nicht. Ich hätte ihn nicht noch einmal zwingen können, auch nicht, wenn es mich mein Leben gekostet hätte.«

»Aber wenn Euer Plan nun nicht funktioniert?«

»Er wird. Er muß einfach. Gilbert wird gar nicht erfahren, daß er geflohen ist. Er wird denken, ich gehe immer noch jede Nacht zu ihm. Wenn ich weiß, daß ich schwanger bin, werde ich ihm sagen, daß *ich* ihn habe gehen lassen. Er wird mich deswegen nicht bestrafen, denn er will sicher nicht das Kind gefährden. Außerdem ist das Leben dieses Mannes für seine Pläne nicht wichtig. Er hat selbst gesagt, niemand würde einem Leibeigenen glauben, wenn er das Kind für sich fordern würde. Das ist also meine geringste Sorge.«

»Ich bin gar nicht so sicher, daß er wirklich ein Leibeigener ist«, sagte Mildred unbehaglich.

»Dir ist seine Arroganz also auch aufgefallen?«

»Er behauptete, er hätte einen Knappen gehabt, den man getötet hat, als er festgenommen wurde.«

»O Gott, noch ein Grund mehr für ihn, mich zu verabscheuen«, seufzte Rowena. »Dann ist er also tatsächlich ein Ritter einfacher Herkunft. Glaubst du, er wird je zugeben, was hier mit ihm passiert ist?«

»Nein, niemals«, meinte Mildred im Brustton der Überzeugung.

»Dann brauchen wir uns auch keine Sorgen zu machen, daß er Gerüchte in die Welt setzt – falls es überhaupt ein Kind geben wird. Wichtig ist nur, daß Gilbert glaubt, daß es eins gibt. Dann wird er die Burg verlassen und hinter diesem Fulkhurst herjagen – ich hoffe, die beiden bringen sich gegenseitig um. Und sobald er verschwunden ist, werden auch wir gehen. Ich habe immer noch meine Gewänder, die ein Vermögen wert sind, und dort unten ist auch gleich ein Städtchen, in dem wir einen guten Preis dafür erzielen können. Dann werden wir unsere eigenen Männer anheuern, meine Mutter von Ambray holen, solange Gilbert noch in Tures ist, und uns nach Frankreich zum Hofe Heinrichs durchschlagen.«

»Lord Gilbert wird nicht erfreut darüber sein, Kirkburough *und* Euch zu verlieren.«

»Glaubst du, das kümmert mich?« fauchte Rowena bitter. »Nach allem, was er mir angetan hat, kann ich nur hoffen, daß er sich nie wieder über irgend etwas freuen kann.«

Noch an diesem Nachmittag sah es aus, als ginge Rowenas Wunsch in Erfüllung, zumindest vorübergehend. Gilbert war noch nicht lange aus der Stadt zurück, wo er nicht mehr als drei brauchbare und vier halbwegs brauchbare Männer aufgetrieben hatte, als er eine Botschaft erhielt, die ihn augenblicklich vor Wut schäumen ließ. Sie freute sich, als sie dies von ihrem Platz aus sah.

Er hatte ihr gestattet, einige Stunden pro Tag in der großen Halle zu verbringen, damit die Leute sich an ihren Anblick gewöhnten, und damit sie jedem, der fragte, versichern konnte, Lord Godwine sei immer noch nicht wohlauf und wünsche niemanden außer ihr zu sehen. Gilbert hatte erkannt, daß es notwendig war, die Leute glauben zu machen, der alte Lord sei immer noch zu krank, um seine Kammer zu verlassen, aber nicht krank genug, um seine Pflichten als Ehemann zu erfüllen. Wenn die Zeit gekommen war, würde Gilbert einfach sagen, der Lord habe einen Rückfall erlitten und sei gestorben.

Nun beobachtete sie, wie ihr Bruder vor Wut schäumend und laut fluchend in der Halle umherlief, so daß alle Diener schnellstens das Weite suchten. Ihr erster Gedanke war, er habe vielleicht erfahren, daß Lyons' Ersatz entkommen war – was jedoch unmöglich war, wenn nicht dieser Mann so dumm gewesen war, sich erwischen zu lassen. Gilbert selbst war nämlich seit der ersten Nacht nicht mehr oben gewesen.

Als Gilbert sie bemerkte, beruhigte er sich ein wenig. Er erschien so nachdenklich, als er sie betrachtete, fast zu nachdenklich – und berechnend. Sie hielt den Atem an, als er auf sie zukam, denn plötzlich hatte sie Angst, er könne sie erneut zu etwas Abscheulichem zwingen. Als sie dann hörte, was er zu sagen hatte, hätte sie am liebsten laut aufgelacht, wenn sie nicht gewußt hätte, daß ihr das nur eine Ohrfeige eingebracht hätte.

»Ich weiß nicht, wie Fulkhurst herausgefunden hat, daß Kirkburough nun mir gehört, aber er muß wohl, denn er ist mir hierher gefolgt. Gott verfluche diesen Mann, er ist einfach nicht abzuschütteln!«

»Habt Ihr nicht gesagt, er wäre in Tures.«

»Das war er auch. Doch er muß vor meiner anrückenden Armee gewarnt worden sein und ist entschlüpft, noch bevor die Belagerung begann. Und er muß noch mehr Männer unter dem Banner des Drachens versammelt haben, denn er ist mit fast fünfhundert hierher unterwegs.«

»Wenn er noch eine Armee zusammengestellt hat, warum ist er dann nicht gleich nach Tures aufgebrochen, um deine Truppen dort zu besiegen?«

»Sei doch nicht so dumm, Rowena«, fuhr Gilbert sie ungehalten an. »Die Feste Tures war das Bollwerk deines Vaters. Du weißt selbst, wie stark sie ist. Die Männer, die Fulkhurst zur Bewachung dagelassen hat, können sie wochenlang verteidigen. Es gibt keinen Grund für ihn, nach Tures zu eilen, wenn er weiß, daß ich hier weniger als eine Handvoll Männer habe, um Kirkburough zu verteidigen. Und wenn er mich einmal gefangen hat, kann er Bedingungen stellen, die meine Armee zerstören.«

»Oder er kann dich töten.«

Er funkelte sie wütend an, doch es freute sie zu sehen,

daß die Röte auf seinen Wangen einer unnatürlichen Blässe wich.

»Bist du sicher, daß er es ist?« fragte sie. »Tures liegt immerhin zwei Tagesritte im Norden.«

»Seine Farben sind unverwechselbar, ganz besonders dieser verdammte feuerspeiende rote Drachen auf schwarzem Grund. Er ist es, daran besteht kein Zweifel, und er kann in weniger als einer Stunde hier sein. Es ist also Zeit, daß ich verschwinde.«

»Und ich?«

»Er wird die Burg einnehmen, ob ich nun hier bin oder nicht. Er weiß, daß sie mir gehört, und er hat geschworen, alles zu nehmen, was mir gehört, als Strafe für unseren Überfall auf Dyrwood. Verflucht, warum konnte er sich mit dem Tod meines Vaters nicht zufriedengeben?«

Als er das sagte, versuchte sie gar nicht erst zu antworten. Solche Rachegelüste verstand sie ohnehin nicht. Es beunruhigte sie auch nicht, daß dieser Lord von Fulkhurst hierher unterwegs war, genausowenig wie die Tatsache, daß Gilbert sie zurücklassen wollte. Alles, was Gilbert von seinen verhaßten Plänen mit ihr abhalten konnte, war ihr willkommen.

»Du wirst selbst mit ihm über dein Schicksal verhandeln«, fuhr er fort. »Er wird dir nichts tun. Letztes Jahr hat er ein anderes meiner Mündel, Lady Avice, gefangengenommen und lediglich darauf bestanden, daß sie ihm die Treue schwört, nichts weiter. Tu dasselbe, wenn er es verlangt, denn es bedeutet nicht viel. In weniger als drei Tagen werde ich mit meiner Armee wieder hier sein und ihn besiegen. Ja, es ist ohnehin besser, wenn es hier zur Schlacht kommt, denn Kirkburough ist viel leichter zu umstellen. Außerdem habe ich jetzt genug Männer, weit mehr als er. Hab also keine Angst, Rowena, du wirst schon bald wieder unter meinem Schutz stehen.«

Kaum gesagt, packte er sie und gab ihr einen Kuß, den man beim besten Willen nicht als brüderlich bezeichnen konnte. Die Überraschung nahm ihr den Atem. Sie ekelte sich vor ihm. Bis zu diesem Moment hatte sie nicht gewußt, daß er sie begehrte.

11. Kapitel

Erst nachdem Gilbert gegangen war, wurde Rowena klar, daß nur seine Zerstreutheit sie und ihre Mutter gerettet hatte. Er war so versessen auf seinen neuen Plan, hatte nur Fulkhurst und den Sieg über ihn im Kopf, daß er den Mann in Ketten einfach vergessen hatte. Wäre der immer noch dagewesen, hätte sie sich eine gute Erklärung für die Eroberer ausdenken müssen.

Glücklicherweise mußte sie sich darüber keine Sorgen machen. Sie verschwendete auch nicht einen einzigen Gedanken an Gilberts Anweisungen, denn sie hatte die feste Absicht, ebenfalls zu fliehen, sobald Gilbert die Feste verlassen hatte. Doch sie brauchte nicht lange, um festzustellen, daß der Schurke nicht nur jeden noch verbliebenen Soldaten, sondern auch alle Pferde mitgenommen hatte.

Sie hatte daraufhin kurz mit dem Gedanken gespielt, sich in die Stadt zu schleichen und dort zu verstecken, und die Diener allein in der Burg zurückzulassen, doch Fulkhurst war nicht nur auf Rache, sondern auch auf Eroberung aus, und es konnte leicht sein, daß er die Stadt auf der Suche nach Gilbert – oder der neuen Lady von Kirkburough – bis auf die Grundfesten niederbrennen würde. Eine Flucht in die Wälder, wie Lyons' Ersatz dies getan hatte, würde ebenfalls nicht viel nützen. Zu Fuß und ohne Geld würde sie ihre Mutter nicht befreien können, bevor Gilbert entdeckte, was sie getan hatte.

So war sie auch diesmal gezwungen, Gilberts Anweisungen zu folgen, denn es gab nichts, was sie sonst hätte tun können. Doch sie würde keine Forderungen stellen. Sie würde warten, was Fulkhurst ihr anbot. Er konnte ja nicht wissen, daß die Burg vollständig wehrlos war. Das Fallgatter war unten, das Tor geschlossen. Von außen sah Kirkburough wie eine starke Festung aus. Sie bezweifelte nicht, daß Fulkhurst Gnade vor Recht ergehen lassen würde.

Und sobald sie ihm einmal begegnet war und ihn einschätzen konnte, konnte sie ihn vielleicht sogar um Hilfe bitten. Wenn er nicht schlimmer war als Gilbert, würde sie sich in seine Obhut begeben. Er hatte zwar schon drei ihrer Ländereien in seinem Besitz und würde sie wohl kaum herausgeben, doch das würde sie gar nicht erwähnen. Sie hatte noch andere, die immer noch in Gilberts Hand waren – doch Fulkhurst hatte ohnehin die Absicht, alles, was Gilbert beherrschte, zu erobern. Für sich selbst natürlich. Gott im Himmel, sie hatte wirklich nichts, worüber sie mit Fulkhurst hätte verhandeln können – oder doch? Sie konnte ihm helfen, wenn sie wollte. Sie kannte Gilberts Pläne und konnte ihn vor seiner Rückkehr warnen. Doch würde ihr Fulkhurst überhaupt glauben?

Mildred hatte sie zum Torhaus begleiten wollen, doch Rowena bat sie, im Palas zu bleiben und die Dienerschaft zu beruhigen. Vier Diener nahm sie mit sich, denn sie war nicht kräftig genug, das Fallgatter allein hochzuziehen. Doch sie hatte fast zu lange gewartet. Fulkhurst war bereits auf einen Bogenschuß herangekommen, und der Anblick von fünfhundert bis an die Zähne bewaffneten Soldaten und nahezu fünfzig Rittern auf Pferden versetzten die vier Diener in Panik.

Sie wollten nur noch wegrennen und sich verstecken. Rowena konnte es ihnen nicht verübeln, hatte sie doch denselben Gedanken, aber sie durfte keine Schwäche zeigen. Die Angst verlieh ihrer Stimme eine besondere Kälte, als sie den Dienern erklärte, daß sie entweder bei ihr bleiben oder sterben konnten. Der Feind würde sie töten, sobald er das Tor eingerannt hätte – oder sie würde es tun. Die Männer blieben also, auch wenn sie sich auf den Boden des Torhauses, weit weg von den Schießscharten, gekauert hatten.

Rowena beobachtete die anrückende Truppe und zwang sich zur Ruhe. So viele Ritter. Das hatte sie nicht erwartet. Und der rote, feuerspeiende Drache, ja, auch er flatterte auf etlichen, deutlich erkennbaren Wimpeln, und viele der Ritter hatten dieses Symbol auf den Gewändern ihrer Schlachtrösser angebracht. Es war Fulkhurst, ohne

Zweifel, doch sie hätte nicht sagen können, welcher von den Rittern er selbst war.

Es dauerte nicht lange, bis sich einer aus der Gruppe löste und näherkam. Er trug keinen schweren Panzer, war also kein Ritter. Mindestens vierzig weitere Soldaten saßen auf Pferden, wenn auch nicht auf jenen großen Schlachtrössern, wie sie die Ritter verwendeten.

Er hatte eine klare Stimme. Rowena vernahm jedes seiner Worte, doch sie konnte nicht glauben, was sie hörte. Keine Bedingungen, keine Zugeständnisse. Völlige Kapitulation oder völlige Zerstörung. Sie hatte zehn Minuten, sich zu entscheiden.

Es gab nichts zu entscheiden. Selbst wenn das Ganze ein Bluff war, was sie bezweifelte, hätte sie nichts tun können, denn die Männer, die sie mitgebracht hatte, waren bei seinen Worten sofort und ohne ihre Order abzuwarten, zum Fallgatter gestürzt und hatten angefangen, es hochzuziehen. Sie konnte nichts dagegen tun. Alles, was sie tun konnte, sich im Zwinger auf ihre Ankunft vorzubereiten.

Die Ritter kamen mit gezogenen Schwertern angaloppiert, doch außer Rowena war niemand übriggeblieben, um sie zu erwarten. Sie selbst stand auf der untersten Stufe zum Bergfried. Keiner schien überrascht, sie dort zu sehen. Die, die man zur Verteidigung der Mauern abgestellt hatte, taten dies rasch und ohne jede Vorsichtsmaßnahme, so als wüßten sie, daß kein Widerstand zu erwarten war.

Der Rest der Armee näherte sich, an der Spitze drei Ritter, die abstiegen, als sie Rowena erreicht hatten. Zwei von ihnen trugen so prächtige Rüstungen, daß sie gewiß Lords sein mußten, obwohl nur einer davon Fulkhurst sein konnte. Der andere war vielleicht sein Vasall. Dennoch war es der dritte Ritter, der mit dem Schwert in der Hand auf sie zukam. Er war weit größer als die anderen. Ohne den Blick auch nur einmal von ihr abzuwenden, kam er näher. Seine Augen konnte sie nicht genau erkennen, da sie von seinem Helm verdeckt wurden.

Sie hatte sich den falschen Platz ausgesucht, denn die

Sonne stand hinter ihnen und schien ihr direkt ins Gesicht. Ihr flachsfarbenes Haar erglühte unter ihren Strahlen wie Gold, und ihre Haut schimmerte weiß. Sie konnte nichts erkennen von dem Mann, der nun dicht vor ihr stand, außer daß er riesig und bis auf die Zähne bewaffnet war. Selbst die unter dem Helm liegende Panzerkappe hatte er fest unter dem Kinn verschlossen, den Helm mit dem Nasenschutz tief in die Stirn gezogen, was seine Gesichtszüge vollständig verbarg – bis auf den Mund, dessen grausamer Zug unübersehbar war.

Sie öffnete schon den Mund, ihn zu begrüßen, schnappte jedoch nach Luft, als er ihre Oberarme so fest packte, daß sie schon dachte, er würde ihr die Knochen brechen. Sie schloß die Augen vor lauter Schmerz. Der Mann schüttelte sie jedoch mit aller Gewalt und herrschte sie an: »Dein Name?«

Seine Stimme war ebenso kalt wie sein Mund grausam. Rowena wußte nicht, was sie von ihm halten sollte. Er mußte wissen, daß sie eine Lady war, schon wegen ihrer kostbaren Gewänder, und dennoch behandelte er sie wie eine Bauernmagd. Das alles jagte ihr Angst ein.

»La-lady Rowena Bel- Lyons«, quiekte sie mit dünnem Stimmchen.

»Du warst eine Lady. Von nun an bist du meine Gefangene.«

Rowena wäre vor Erleichterung fast zusammengesunken. Zumindest hatte er nicht vor, sie hier und jetzt mit seinem Schwert zu durchbohren. Gefangen zu sein war nicht so schlimm, wahrscheinlich war es ohnehin nur vorübergehend. Die meisten Adeligen bekamen sogar ihrem Stande angemessene Quartiere und genossen meist alle möglichen Annehmlichkeiten. Doch was hatte er gemeint mit »Du warst eine Lady«?

Immer noch hielt seine Hand ihren Arm umklammert. Er wartete. Aber worauf? Daß sie gegen ihre Gefangennahme protestierte? Doch nicht bei ihm, o nein. Soweit sie wußte, war er noch schlimmer als Gilbert. Doch was hätte sie von einem Mann wie ihm auch anderes erwarten können?

Ihre Angst wurde immer größer, da er sie noch immer unverwandt anstarrte, aber sie hatte nicht den Mut, aufzusehen. Schließlich wandte er sich um und schleuderte sie an die gepanzerte Brust einer der beiden hinter ihm stehenden Männer.

»Bringt die Gefangene nach Fulkhurst und werft sie in mein Verlies. Sollte sie nicht mehr da sein, wenn ich ankomme, dann werdet ihr selbst in der Hölle schmoren.«

Der hinter ihr stehende Mann erbleichte. Rowena sah es nicht. Sie war selbst kreidebleich und einer Ohnmacht nahe.

»Warum?!« schrie sie, doch Fulkhurst hatte sich bereits von ihr abgewandt und erklomm die Stufen zum Bergfried.

12. Kapitel

Mildred fand ihn in der kleinen Kammer. Während der letzten Tage war es auch ihr immer schwerer gefallen, sie zu betreten, denn sie hatte diese haßsprühenden Augen des Fremden ebenfalls gefürchtet. Die langen Kerzen waren seit Rowenas letztem Besuch im Morgengrauen dieses Tages niedergebrannt, doch er hatte eine neue gefunden, die er auf einen Stummel gedrückt und angezündet hatte. Seine Männer schienen überall und plünderten alles, was irgendwie von Wert erschien. Es war ihr ein Rätsel, warum er noch hier war, wo man doch mit einem Blick sehen konnte, daß die Kammer nicht mehr zu bieten hatte als das große Bett.

Sie zögerte, ihn anzusprechen. Er stand einfach nur da und starrte auf die Lagerstatt. Den Helm hatte er abgenommen, doch die Kettenhaube bedeckte immer noch seinen Kopf. Er war sehr groß. Und diese breiten Schultern erinnerten sie...

»Was wollt Ihr?«

Sie erschrak, denn er hatte sich nicht zu ihr umgewandt; es war auch unwahrscheinlich, daß er sie gehört hatte, denn sie war lautlos eingetreten. Auch jetzt drehte er sich nicht um, sondern bückte sich und zog die lange Kette unter dem Bett hervor. Sie beobachtete fasziniert, wie er sie einmal zusammenlegte und dann wie eine Trophäe um seinen Hals drapierte. Die Kettenenden reichten bis zu seinen Hüften. Sie erbleichte bei diesem Anblick und fragte sich angstvoll, was er wohl damit vorhatte.

»Antwortet!«

Diesmal sprang sie vor Schreck einen Schritt zurück und stotterte: »Man – man sagte mir, Ihr seid der Lord von Fulkhurst.«

»Ganz richtig.«

»Bitte, was habt Ihr mit meiner Lady gemacht? Sie ist bis jetzt noch nicht zurückgekehrt –«

»Das wird sie auch nicht – nie.«

Als er sich bei diesen Worten umdrehte, prallte Mildred zurück. »Gott sei mir gnädig – Ihr seid es!«

Er verzog den rechten Mundwinkel zu einem bedrohlichen Lächeln. »Warum auch nicht?«

Einen Augenblick lang konnte Mildred nur an Flucht denken. Ihr zweiter Gedanke war, ihn um Gnade anzuflehen. Schließlich fiel ihr Rowena wieder ein, die sich in den Händen dieses Mannes befand, und sie hätte am liebsten geweint.

»Lieber Gott – bitte tut ihr nicht weh!« rief sie voller Angst. »Sie hatte doch keine andere Wahl –«

»Haltet den Mund«, donnerte er. »Glaubt Ihr etwa, ich könnte vergessen, was sie mir angetan hat? Ihre Gründe sind unwichtig. Bei meinem Eid – niemand fügt mir ein Leid zu, ohne tausendfach dafür zu bezahlen!«

»Aber sie ist doch eine Lady –!«

»Eine *Frau* ist sie – und diese Tatsache rettet ihr das Leben, nicht mehr. An ihrem Schicksal ändert sich dadurch gar nichts. Auch Ihr könnt nichts dagegen tun. Bettelt also nicht ihretwegen oder Ihr erleidet dasselbe Schicksal!«

Mildred preßte die Lippen zusammen, als er an ihr vorbeischritt und die gegenüberliegende Kammer betrat.

Warrick wußte jedoch, daß sie immer noch in der Tür stand, die Hände verzweifelt rang und Tränen aus ihren sanften braunen Augen die Wangen hinabliefen. Nun, vielleicht stand er ja tatsächlich in ihrer Schuld, doch bei Gott, wenn sie ihn noch ein einziges Mal wegen dieser flachsblonden Hure anbettelte, dann würde er auch sie, ohne mit der Wimper zu zucken, in eines seiner Verliese werfen. Und er war nicht der Mann, der eine Drohung nicht wahrmachte.

Die Kammer, in der er sich nun befand, war weitaus größer. Nach ihrer zwar spärlichen, aber überaus kostbaren Ausstattung zu schließen, mußte eine hochstehende Persönlichkeit hier gewohnt haben. Obwohl das Zimmer unpersönlich wirkte, wußte Warrick sofort, wer hier gewohnt hatte. Mit einem Ruck öffnete er die einzige Truhe und fand seine Vermutung bestätigt: kostbare, seidene Gewänder im Überfluß.

Trotzdem fragte er: »Ihre?«

Mildred, der es vor lauter Aufregung die Stimme verschlagen hatte, schluckte und antwortete dann: »Ja.«

»Meine Töchter werden sich darüber freuen.«

Er sagte das mit einer solchen Gleichgültigkeit und Teilnahmslosigkeit, daß in Mildred die Wut langsam wieder hochstieg. Dennoch war sie klug genug, sich nichts anmerken zu lassen. »Das ist alles, was sie noch hat.«

Er wirbelte herum, und in diesen unheilvollen, grauen Augen blitzte es, was man bei der Kälte seiner Stimme gar nicht vermutet hätte. »O nein, alles, was sie noch besitzt, ist ihre Haut, oder besser gesagt die Fetzen, die *ich* bereit bin, ihr zu geben – auch wenn mir weniger als das zuteil wurde, was ich keineswegs vergessen habe!«

Gleichgültigkeit? Hatte sie das wirklich gedacht? Nun, sie hatte sich geirrt. Die Kleider waren nur eine Form der Rache. Und sicher nicht die schlimmste. Sie wußte nicht, wie sie Rowena noch helfen konnte, da er ja nicht glauben wollte, daß auch sie nur ein Opfer war, ebenso wie er. Aber für einen Mann wie ihn, der kein Leibeigener war und kein einfacher Ritter, spielten Rowenas Gründe gar keine Rolle. Einem Lord so etwas anzutun war einfach unverzeihlich – und ganz sicher konnte man nicht erwarten, am Leben zu bleiben, um Kunde davon zu tun.

Wieder fuhr ihr der Schrecken in alle Glieder, doch wieder nicht um ihretwillen. »Habt Ihr vor, sie zu töten?«

»Das wäre ein zu rasches Vergnügen«, erwiderte er kalt. »Nein, töten werde ich sie nicht. Sie ist meine Gefangene. Sie wird Fulkhurst niemals wieder verlassen, nicht einmal gegen ein Lösegeld. Sie wird bis zu ihrem Tode meiner Gnade ausgeliefert sein.«

»Seid Ihr überhaupt dazu fähig?«

»Für jene, die mir Schaden zufügen? Nein, Mistress.« Er ließ den Blick nochmals durch die Kammer schweifen, bevor er fragte: »Hatte Lyons Verwandte?«

Mildred war angesichts seiner letzten Antwort so entsetzt, daß sie sich über diese Frage keine Gedanken machte. »Einen Bruder, glaube ich.«

»Er wird nur eine verkohlte Ruine vorfinden«, meinte er. »Und dasselbe gilt für ihren Bruder.«

Ihre Augen weiteten sich, als sie zu verstehen begann, was er meinte. »Ihr wollt die Feste also niederbrennen?«

»Es ging doch von Anfang an immer nur um diesen Besitz, nicht wahr?«

Eine solche Rache verstand sie einfach nicht. Doch es stimmte, Rowena hatte all das nur wegen Kirkburough tun müssen. Vielleicht verstand sie ja doch. Ihr tat es jedenfalls nicht leid, diesen Ort hier brennen zu sehen, und sie wußte, Rowena würde ebenso empfinden, wurde Gilbert damit doch ein empfindlicher Schlag versetzt.

»Und was wird aus der Dienerschaft?«

Er zuckte gleichgültig mit den Schultern, so als ob ihn das alles gar nicht interessiere. Dennoch sagte er: »Die Stadt werde ich nicht niederbrennen – nur das Gasthaus«, fügte er grimmig hinzu. Die Bewohner der Burg können in die Stadt ziehen oder aber in meine Dienste treten, was ihnen bei dem traurigen Anblick, den sie bieten, nur zum Vorteil gereichen kann.« Nach diesen Worten nahm er sie genauer in Augenschein und meinte angesichts ihres feingeschnittenen Gewandes: »Ihr stammt nicht von hier, stimmt's?«

»Ich bin erst vor drei Tagen hier angekommen, als auch meine Lady hierhergebracht wurde.«

»Dann steht es Euch frei, wieder nach Hause zurückzukehren.«

Etwa zurück zu Gilberts Feste, die Fulkhurst früher oder später sowieso belagern würde? Oder vielleicht in ihr wahres Heim, nach Tures, das er bereits eingenommen hatte und das Gilbert um jeden Preis zurückerobern wollte? Eine schöne Wahl, die sie da hatte. Doch das verschwieg sie ihm wohlweislich. Wenn er auch jetzt noch nicht wußte, wer Rowena wirklich war, und es sich bei ihrem Stiefbruder um seinen erklärten Feind handelte – sie würde den Teufel tun, ihn darüber aufzuklären, um damit seinen Haß gegen Rowena noch mehr zu schüren.

»Mein Heim habe ich verloren«, sagte sie deshalb nur.

Er runzelte die Stirn, und sie erschauderte, denn auf diese Weise wirkte er noch grausamer. »Ich belohne und ich bestrafe. Ihr mögt deshalb, wenn ihr es wünscht, die Burg Fulkhurst Euer neues Zuhause nennen.«

Dort, wo er Rowena hingebracht hatte? So viel Glück hatte sie gar nicht erwartet.

Dennoch erkannte er die Erleichterung, die sie bei seinen Worten empfand und wußte sie auch sehr wohl zu deuten. »Versteht mich wohl, Mistress«, fügte er deshalb in scharfem Ton hinzu. »Wenn Ihr Euch entschließt, nach Fulkhurst zu gehen, dann nur, um mir und den meinen zu dienen, nicht ihr. Nie wieder. Wenn Ihr mir das nicht zusagen könnt –«

»O doch, das kann ich«, beeilte sich Mildred zu versichern. »Sehr gerne sogar.«

»Wirklich?« fragte er skeptisch, und der Zweifel stand ganz deutlich in seinen ausdrucksvollen, silbergrauen Augen. »Nun, wir werden sehen. Doch vielleicht verratet Ihr mir den Namen Ihres Bruders?«

In Mildreds Kopf überstürzten sich die Gedanken. Was würde geschehen, wenn sie ihm die Wahrheit sagte? Gilbert würde deshalb sicher nicht mehr leiden, denn Fulkhursts Haß auf ihn war kaum mehr zu steigern. Rowena war es, der dadurch weiteres Leid zugefügt würde. Es konnte gut sein, daß er daraufhin seine Meinung ändern und sie doch noch töten würde, um so einen klaren Anspruch auf ihre Besitztümer zu haben. Aber würde er die Wahrheit nicht ohnehin von der Dienerschaft auf Kirkburough erfahren? Nein, die kannten Rowenas Bruder nur als Lord Gilbert. Und sie bezweifelte, daß Fulkhurst jeden einzelnen Bewohner der Stadt befragen würde.

»Warum zögert Ihr, Mistress?« fragte er barsch. »Ihr wißt doch sicherlich seinen Namen.«

Mildred versteifte sich und machte sich auf einen Zornesausbruch gefaßt. »Ja, aber ich kann ihn Euch nicht nennen. Obwohl meine Lady ihn haßt, ist er nun ihre einzige Chance, sich Eurer ›Gnade‹ zu entziehen. Ich habe nicht die Absicht, ihr zu helfen, aber Euch helfe ich auch nicht. Wenn Ihr das von mir verlangt, dann muß ich Euer Angebot zurückweisen.«

Er starrte sie eine ganze Weile lang an, bevor er antwortete: »Warum fürchtet Ihr mich nicht?«

»Ich fürchte Euch.«

Er brummte mißbilligend. »Das wißt Ihr trefflich zu verbergen.«

Er reagierte nicht zornig, nur mit dem für Männer typischen Grollen, wonach sie erleichtert feststellte, daß er ihre Antwort akzeptierte, auch wenn sie ihm ganz und gar nicht paßte. Sie ertappte sich dabei, daß sie ihn anlächelte und sich fragte, ob er wirklich so grausam war, wie er aussah.

Warrick kümmerte sich nicht um ihr Lächeln. Da er keine weiteren Fragen mehr an die Frau hatte, entließ er sie mit der Order, ihre Sachen zu packen und einen seiner Männer zu schicken, um Rowenas Gewänder mitzunehmen. Beatrix und Melisant konnten sie sicher gebrauchen, nachdem man sie ein wenig umgeändert hatte, denn beide Mädchen waren ein Stück größer als die flachsblonde Maid. Er würde es genießen, ihr Gesicht zu sehen, wenn andere ihre kostbaren Gewänder trugen. Frauen machten bekanntlich ziemlich viel Aufhebens um solche Dinge. O ja, das würde er bei Gott genießen – das und noch viel mehr.

Er würde eine passende Belohnung für Robert Fitz Johns kluges Verhalten in diesem für ihn äußerst mißlichen Vorfall finden müssen. Sir Robert hatte das Kommando über die Truppe gehabt, die die Eskorte von Lady Isabella nach Fulkhurst übernehmen sollte. Zur gleichen Truppe gehörten noch sechzehn andere Burgritter, einige davon älter als Sir Robert, doch Warrick war von der Geschicklichkeit und raschen Auffassungsgabe des jungen Mannes so beeindruckt gewesen, daß er ihn erst vor kurzem zum Hauptmann dieses Wachtrupps ernannt hatte.

In der Tat hatte er sich dieser neuen Verantwortung mehr als würdig erwiesen. Als er nicht, wie verabredet, zu seinen Männern gestoßen war, hatte Robert zunächst einige zurück in die Stadt geschickt, um zu erkunden, was ihn aufgehalten hatte. Der Wirt des Gasthauses, in dem er abgestiegen war, hatte behauptet, Warrick habe die Stadt am frühen Morgen verlassen – eine Lüge, die er noch heute bereuen würde. Robert hatte jedoch keinen Grund gehabt, seinen Worten zu mißtrauen. Da er nun annehmen mußte, daß Warrick sich nicht länger in der Stadt aufhielt, hatte er begonnen, die umliegenden Wälder systematisch nach ihm abzusuchen. Im Süden jedoch waren diese so dicht und undurchdringlich, daß dreißig Männer allein nicht so schnell vorwärtskamen, wie Robert sich das gewünscht hätte. Auch verfügte er auf diese Weise nicht mehr über genügend Männer, Lady Isabella gebührend zu empfangen.

Robert hatte sich daher entschlossen, so schnell wie möglich Verstärkung zu organisieren. In Frage kam hierfür die Feste Manns, welche einer von Warricks Vasallen, Sir Felix Curbeil, bewohnte und die gar nicht weit von Kirkburough entfernt lag. Inzwischen war Isabella eingetroffen und mit Recht aufgebracht, ihren Verlobten nicht vorzufinden, ja gar zu erfahren, daß er gänzlich verschwunden war.

Wie es der Zufall wollte, hielt sich zu der Zeit, als Roberts Bote eintraf, ein weiterer von Warricks Vasallen, Sir Brian, bei Sir Felix auf. Sir Brian hatte an dic zweihundert Männer bei sich und war sofort bereit, in den

Kampf zu ziehen. Als Warrick schließlich zu seinen versprengten Männern stieß, erfuhr er zu seiner Freude, daß sowohl Sir Felix als auch Sir Brian innerhalb von Stunden mit ihren Armeen eintreffen würden, und fest entschlossen waren, Kirkburough bis auf den letzten Stein niederzureißen, sollte der Vermißte immer noch nicht aufgetaucht sein.

Etwas Besseres hätte Warrick wahrhaftig nicht passieren können. Er hatte erwartet, noch tagelang auf Verstärkung aus Burg Fulkhurst warten zu müssen, da es ihm trotz seines Hasses und seiner Ungeduld nicht eingefallen wäre, Sir Felix um Unterstützung zu bitten, hatte dieser ihm doch heuer bereits die ihm als Lehnsherrn zustehenden vierzig Tage gewährt. Das war während der Belagerung der Burgen gewesen, die seinem neuesten Feind, dem Lord von Ambray gehörten. Ihm noch mehr abzufordern, wäre nicht seine Art gewesen. Und nun erfuhr er, daß Sir Felix sogar freiwillig herbeieilte. Was Sir Brian betraf, war dieser ein Mann, der einem guten Kampf einfach nicht widerstehen konnte, weshalb er auch immer eine kleine Söldnertruppe in Bereitschaft hielt. Tatsache war, daß Warrick Sir Brian erst letzten Monat nach Hause geschickt hatte, damit er sich »seinen eigenen Angelegenheiten widme«, harrte er doch schon seit fast einem halben Jahr in seinen Diensten aus, ohne Anstalten zu machen, zu Hause nach dem Rechten zu sehen.

Eigentlich war nur die Sache mit Lady Isabella nicht in seinem Sinn verlaufen. Er war ziemlich enttäuscht gewesen, als er erfahren hatte, daß sie lediglich einen Tag lang gewartet hatte, bevor sie mit ihrer kleinen Eskorte wieder aufgebrochen war. Das konnte er einfach nicht verstehen. Zu allem Überfluß hatte sie keinerlei Nachricht für ihn hinterlassen. Sie hatte Sir Robert lediglich mitgeteilt, daß sie aufbrechen wollte. Wahrlich, er hatte nicht die Absicht, ihr Vorwürfe zu machen, wo sie doch noch gar nicht verheiratet waren, dennoch konnte er solche Torheiten bei seiner künftigen Ehefrau nicht dulden. Er hatte Robert den Befehl übertragen. Sie hätte in seiner Obhut bleiben müssen.

Doch diese Enttäuschung konnte sein Triumphgefühl beim Anblick von Rowena Lyons, wie sie dort allein auf den Stufen zum Bergfried stand, nicht mindern. Ein Gefühl wilder Erleichterung hatte ihn angesichts der kleinen, verloren wirkenden Gestalt durchströmt. Nun war sie in seiner Hand. Wahrhaftig. Genau, wie er es sich geschworen hatte.

Warrick verließ Kirkburough gegen Abend, nicht ohne vorher höchstpersönlich jenes Bett mit einer Fackel anzuzünden, auf dem er noch vor wenigen Stunden hilflos und in Ketten gelegen hatte. Und nicht, ohne vorher weitere zwanzig Männer auszusenden, um sicherzustellen, daß seine Gefangene nicht entkommen konnte.

13. Kapitel

Den Rest dieses alptraumhaften Tages erlebte Rowena in einer Art von Betäubung. Man hatte sie auf ein Pferd gesetzt und ihre Handgelenke am Sattel festgebunden. Die Zügel hatte einer ihrer Bewacher übernommen, was sie der Verpflichtung enthob, sich auf den Weg zu konzentrieren – in dem Zustand, in dem sie sich befand, war ihr das willkommen. Sie wußte nur, daß die Burg Fulkhurst im Norden lag, wie sie dort hinkam, spielte keine Rolle.

Ihre Eskorte, die sich mit aller Eile voranbewegte, hatte ursprünglich aus nur fünf Rittern bestanden, weshalb sie trotz ihrer geringen Zahl vor Überfällen – in dieser Region keine Seltenheit – relativ sicher war. Dennoch war nur wenige Stunden später ein sechster zu ihnen gestoßen, der weitere Order seines Herren brachte.

Rowena vernahm, daß von nun an niemand mehr das Wort an sie richten durfte, außer um ihr die Richtung zu weisen, daß ihr keine besondere Behandlung zukommen solle, nur weil sie »angeblich eine Lady war« – was einigen Anlaß zu Spekulationen gab –, daß niemand sie berühren dürfe, außer beim Auf- und Absteigen vom Pferd, und daß sie während jeder Rast sorgfältig zu fesseln sei. Rowena war all das jedoch gleichgültig. Ja, sie dachte nicht einmal weiter nach über diese rätselhaften Befehle, so durcheinander war sie noch von dem, was im Zwinger geschehen war.

Am Abend schlugen sie ihr Lager direkt an der Straße auf, und sie hatten kaum abgesattelt und ein Feuer entfacht, als auch schon weitere zwanzig Männer angeritten kamen. Ein Blick auf ihre Pferde genügte, um zu erkennen, daß Lord Fulkhorst Order gegeben hatte, die Gruppe noch vor Dunkelheit einzuholen.

Jetzt wurde Rowena doch unruhig, wenn auch nur deshalb, weil sie fürchtete, Fulkhurst selbst könne darunter sein, ganz besonders, als sie unter den Ankommenden ein Schlachtroß erblickte, das weit größer war als alle anderen. Doch als der Trupp näher kam, sah sie, daß er es nicht sein konnte, denn dieser dunkelhaarige Mann trug lediglich einen Überrock und wollene Beinkleider.

Obwohl er nicht wie die anderen Ritter gekleidet war – und es waren derer neun unter den Neuankömmlingen –, nahm einer der Knappen sein Pferd ebenso in Empfang wie das der anderen Ritter. Sie hielt die anderen zehn zunächst für Knappen, denn sie waren alle jünger als sie selbst und für gewöhnliche Soldaten viel zu fein gekleidet. Doch auch das wußte sie nicht mit Sicherheit. Da fast alle gleichzeitig redeten, war es unmöglich, die einzelnen Worte von ihrem Platz aus zu verstehen. Man hatte sie etwas abseits mit dem Rücken an einen Baum gesetzt und festgebunden. Vor ihr brannte ein Lagerfeuer.

Tatsächlich hatte man sie noch fester angebunden, nachdem man ihr erlaubt hatte, ihre Notdurft zu verrichten – nicht ohne allerdings kaum zwei Meter entfernt eine Wache zu postieren. Und nun hatte man ihre Fußgelenke mit einem Strick zusammengebunden, der ihr einen Spielraum von ungefähr einem halben Meter ließ. Auch um ihre Hüften war ein Seil geschlungen und am Baumstamm festgemacht worden. Es war sogar noch länger als das um ihre Füße. Die Hände hatte man ihr hinter dem Rücken gefesselt, so daß sie nicht die Möglichkeit hatte, etwa ihre Fußfesseln zu lösen. Daß diese Lage für sie äußerst unbequem war, kümmerte ihre Bewacher nicht, entsprach es doch Fulkhursts Befehl, ihr »keine besondere Behandlung« angedeihen zu lassen.

Als ihr der Neuankömmling einen neugierigen Blick zuwarf, empfand sie ungeheure Erleichterung. Es war also nicht Fulkhurst, denn dieser hätte ihr mehr Aufmerksamkeit zukommen lassen. Gleichsam als Bestätigung ihrer Annahme hörte sie, wie ihr ursprünglicher Bewacher sich mit folgenden Worten an ihn wandte: »Er hat *Euch* geschickt, Sir Robert? Ich hätte nicht gedacht, daß sie eine so wichtige Gefangene ist.«

»Für ihn ist jeder, den er gefangen nimmt, wichtig«, erwiderte Sir Robert.

»In der Tat«, stimmte der andere bei. »Trotzdem bin ich froh, die Verantwortung nun an Euch abgeben zu können, da Lord Warrick unbedingt darauf bestanden hat, daß sie sicher in Fulkhurst eintrifft. Wißt Ihr vielleicht, warum er sie ausgerechnet in sein Verlies werfen will?«

»Er hat's mir nicht gesagt, und es ist auch nicht unsere Sache.«

Doch alle miteinander waren sie neugierig, den Grund für eine solch ungewöhnliche Behandlung zu erfahren, das konnte Rowena aus den Blicken sehen, die ihr die Neuangekommenen zuwarfen. Auch sie hatten die Frage gehört. Und wenn *sie* schon nicht wußten, warum sie so behandelt wurde, dann würde auch Rowena selbst den Grund hierfür nicht so schnell in Erfahrung bringen. So wie die Sache stand, hätte die Neugier der Männer nicht größer sein können als ihre eigene.

Doch die Blicke der Männer waren nicht nur neugierig auf sie gerichtet, sondern auch bewundernd, was ein Gefühl des Unbehagens auslöste. Vielleicht war es am Ende ja ihr Glück, daß sie den Befehl hatten, sie nicht zu berühren, denn sie wußte, was mit weiblichen Gefangenen passiert. In Gilberts Bergfried hatte man dafür einmal einen ganze zwei Tage ins Verlies geworfen, eine lächerliche Strafe, wenn man in Betracht zog, daß der Mann sich an dem Mädchen vergangen hatte, während es sich in seiner Obhut befand.

»Sir Richard, seid Ihr wirklich sicher, daß die Gefangene nicht entkommen kann?«

Sir Robert sagte dies in so trockenem Ton, daß Richard rot wurde. Der Strick um ihre Hüften war es gewesen, den Robert dabei im Auge gehabt hatte. Der, der ihre Fußgelenke verband, war unter ihren Röcken, sowie unter der dünnen Decke, die man über ihren Schoß geworfen hatte, verborgen.

»Ihr habt Lord Warricks Ton nicht gehört, als er sie auf mich schleuderte«, meinte Richard trotzig.

»Nein, das habe ich nicht. Doch es sind nun genügend Männer da, um sie sowohl nachts, als auch tagsüber ausreichend zu bewachen. Er hat nichts davon gesagt, daß sie nicht schlafen darf.«

Noch während er das sagte, schritt Sir Robert um das Feuer herum und löste den Strick um ihre Taille. Auch die Hände band er ihr wieder vorne zusammen. Rowena bedankte sich, als er fertig war, doch er tat so, als habe er sie nicht gehört und mied ihren Blick. Danach war sie vergessen, während die Männer das mitgebrachte Mahl verzehrten, um sich anschließend zur Nachtruhe zu begeben.

Einer der Knappen brachte ihr schließlich ein Stück hartes Brot und ein Stück schimmligen Käse zusammen mit einem Beutel Wasser. Sie verspürte kein bißchen Hunger, doch sie war dankbar für das Wasser, wenngleich sie dies nie zugegeben hätte. Wenn die Männer nicht mit ihr sprachen, warum sollte sie das Wort an sie richten?

Sie wünschte, sie wäre durch die Ankunft Sir Roberts nicht so sehr aufgerüttelt worden. Es war viel leichter gewesen, ihr Schicksal zu ertragen, solange ihr Verstand sich weigerte, die ganze Tragweite des Geschehens zu erfassen.

Sie kannte nun seinen Namen, den Namen des Mannes, der sie in sein Verlies werfen ließ. Warrick de Chaville, sie hatte den Namen schon früher einmal gehört, jedoch nicht gewußt, daß er und der Lord von Fulkhurst ein und dieselbe Person waren. Sein Verlies – Himmel, ein *Verlies!* Zum ersten Mal sah sie es deutlich vor sich. Ein Verlies. Bei der Geschwindigkeit, mit der sie vorankamen, würde sie schon am nächsten Morgen dort sein.

Er mußte sie einfach gekannt haben. Es gab keine andere Erklärung für sein Verhalten. Wahrscheinlich hatte er gewußt, daß sie die rechtmäßige Erbin der drei Güter war, die er vor kurzem in seinen Besitz gebracht hatte. Warum auch sonst? – Doch woher sollte sie es auch wissen? Sie war ihm nie zuvor begegnet, hatte ihn nie zuvor gesehen. Nun, er konnte gehört haben, daß sie Lord Godwine Lyons heiraten sollte – und hatte sie ihm nicht ihren neuen Namen genannt? Das mußte es sein – warum auch sonst sollte er sie in sein Verlies werfen lassen? Im Verlies starb man an verfaultem Essen, an Krankheiten, Hunger und tausend anderen Gründen. Wenn sie starb, dann konnte sie ihre Ländereien nicht länger beanspruchen. Sie nicht – und auch nicht Gilbert.

O Gott, das bedeutete, daß er sie nicht nur vorübergehend gefangenhalten wollte. Fulkhurst wollte ihren Tod. Er wollte nur nicht selbst Hand an sie legen. Für sie bestand da kein Unterschied. Für ihn wohl doch.

Sie wünschte, sie wäre keine begüterte Erbin. Sie wünschte, sie wäre eine einfache Leibeigene, deren Name nicht die Besitzgier der Männer hervorrufen würde. Tures und alles, was damit zusammenhing, hatte ihr nichts als Unglück gebracht, seit die d'Ambrays beschlossen hatten, ihren Vater umzubringen, um selbst in den Besitz der Ländereien zu gelangen.

In dieser Nacht machte Rowena kaum ein Auge zu, dennoch war sie am nächsten Tag nicht müde. Die Angst und Sorge machten sie hellwach. Der Tag verging viel zu schnell, ebenso wie die Wegstrecke, die sie zurücklegten.

Bei Sonnenuntergang desselben Tages erreichten sie schließlich Fulkhurst. Die rote Glut, in der die Burg erstrahlte, erinnerte Rowena so sehr an Kirkburough, daß sie anfing zu zittern. Hatten ihre Qualen wirklich erst vor vier Tagen begonnen?

Und dies hier, das wußte sie, war noch weit schlimmer als alles bisherige – es war das Heim des feuerspeienden Drachen aus dem Norden.

Die Festung erschien uneinnehmbar, ein Bollwerk wie die Feste Tures. Doch während Tures sich mit seinem fünfstöckigen Bergfried gen Himmel reckte, schien sich Fulkhurst beinahe endlos über das ganze Land auszubreiten. Erst im Verlauf der letzten zehn Jahre war ein neuer Zwinger gebaut worden, weshalb der ursprüngliche – nun der eigentliche Burghof – weit größer war als gewöhnlich. Die Mauern des neuen wie auch des alten Zwingers, waren von beeindruckender Dicke und umgeben von tiefen Torgräben.

Der Zwinger war so groß, daß er fast wie eine kleine Stadt erschien, so viele Gebäude waren darin versammelt, einschließlich eines neuen, lediglich zweistöckigen Palas, der sich noch im Bau befand. Die Waffenübungen fanden jedoch nach wie vor im Burghof, dem ehemaligen Zwinger statt, da er angesichts seiner Größe wie geschaffen dafür war.

Der steinerne Bergfried war nur vier Stockwerke hoch, doch ebenfalls weitläufiger als gewöhnlich. Rascher, als ihr lieb war, erkannte Rowena, daß es noch ein weiteres, untererdig gelegenes Stockwerk gab – das Verlies, noch einer jener hübschen, kleinen Anbauten, den Lord Warrick seiner Burg hinzugefügt hatte. Man erreichte das Verlies durch eine einfache Falltür im Erdgeschoß.

Die darunterliegenden Stufen führten zu einem kleinen Wachstübchen mit Steinwänden und Holzboden, das im Moment leer war. Die einzige Tür bestand aus Eisen und hatte einen Eisenriegel, der sich quer darüberspannte. Dahinter lag ein enger Gang, nicht mehr als zwei Meter lang, an dessen Ende sich wiederum eine Eisentür befand, sowie zwei weitere links und rechts davon. Die Zelle am Ende des Ganges war die größte, auch wenn Rowena dies nicht vermutet hätte, denn sie war höchstens zwei mal zwei Meter groß. Der Boden bestand aus gestampfter Erde, die Wände aus Stein und die Decke aus einem Eisengitter, ähnlich einem Fallgatter. Darüber konnte man den Holzboden des Erdgeschosses erkennen.

Die Zelle war völlig leer, sie enthielt nichts, worauf man sich hätte setzen können. Kalt war es nicht gerade, denn es war Sommer, dennoch war ein kräftiger Zug zu spüren, der durch den darüberliegenden Holzboden pfiff. Im Schein der Fackel betrachtete Rowena die kleine Zelle: sie mußte all ihre Willenskraft aufbieten, um nicht zu weinen.

Sir Robert selbst hatte sie hierhergebracht. Er sagte kein Wort, als er ihr die Fesseln abnahm, doch sie konnte sehen, wie er die Stirn runzelte. Als sein Blick am Ende doch noch dem ihren begegnete, war sie sicher, daß er ihr etwas sagen wollte. Doch die Order seines Herrn verschloß seine Lippen, denn er war ein Mann, der einen Befehl genauestens befolgte.

Dennoch brummte er dem Fackelträger zu, als er sich zum Gehen wandte: »Laß das hier und hole den Aufseher, damit er ihr eine Holzpritsche bringt und was sie sonst noch braucht.«

Erst nachdem die Tür ins Schloß gefallen war und sie allein in der schrecklichen Zelle saß, wurde ihr klar, daß man sie ebensogut in völliger Dunkelheit hätte lassen können. Immerhin ließ man sie in völliger Stille. Sie strengte sich an, um den davoneilenden Schritten zu lauschen, aber schon bald hörte sie gar nichts mehr. Bis auf das Tapsen von Rattenpfoten auf dem Boden über ihr.

14. Kapitel

Als der Aufseher eintrat, wußte Rowena sofort, daß sie in Schwierigkeiten war. Er brachte ihr nämlich nur zwei dünne Decken, auf denen sie schlafen sollte, sowie einen rostigen Eimer mit Wasser. Der Mann war kräftig gebaut, in den mittleren Jahren, und hattes braunes, filziges Haar und wässrige Augen. Er verbreitete einen Gestank, der Rowena den Atem nahm. Er schien überrascht, sie zu sehen, sehr überrascht sogar. Doch nur einen Moment lang. Danach versuchte er gar nicht erst, seine Freude darüber zu verbergen, sie in seiner Obhut zu haben. Er war derart vergnügt, daß er fast lachte, als er ihr den gewöhnlichen Tagesablauf schilderte, dessen Regeln sie von nun an zu befolgen hatte.

Sie würde nur eine Mahlzeit pro Tag bekommen, und da sie die heutige bereits verpaßt hatte, würde sie bis morgen warten müssen, bevor es wieder etwas gab. Und wenn sie mehr als schimmeliges Brot und fauliges Wasser haben wollte, müsse sie sich schon etwas einfallen lassen. Für ihr kostbares Gewand zum Beispiel bekäme sie etwas Butter und Käse. Eine Woche oder zwei würden dabei rausspringen. Aber danach... Ihre Notdurft würde sie in der Ecke dort verrichten müssen, und wer weiß, vielleicht würde er einen der Stallburschen bitten, den Dreck einmal pro Woche zu entfernen. Wasser zum Baden gäb's keines. Er war schließlich kein Lakai, und es würde ihm gar nicht einfallen, das Wasser eimerweise vom Brunnen herunterzuschleppen – auch wenn die Zisterne nicht weit weg war. Beklagen dürfe sie sich nicht, denn sonst könne er vergessen, ihr etwas zu essen zu geben. Und wenn sie eine bessere Behandlung wolle, einschließlich einer Fackel, würde sie dafür bezahlen müssen.

Rowena schaffte es, während dieser Litanei ruhig zu erscheinen und sich das Entsetzen, das sie beschlich, nicht anmerken zu lassen. Sie wußte, welche Art von Bezahlung ihm vorschwebte. Das konnte sie nur allzu deutlich von seinen Augen ablesen, die wiederholt zu ihrer Hüfte und ihren Brüsten schweiften. Jetzt fiel es ihr nicht schwer, zu sagen, daß es ihr nie im Leben einfallen würde, dieses stinkende Schwein zu berühren, doch was war in einem Monat? Vielleicht schon in zwei Wochen? Sie hatte weder gestern abend gegessen, noch heute. Schon jetzt fühlte sie eine gewisse Schwäche, ganz zu schweigen von dem Knurren ihres Magens. Und ohne Fackel? Wollte man sie etwa auf ewig in totaler Finsternis lassen, mit einem ranzigen Grobian als einzigem Lichtblick, weil er eine Leuchte mit sich trug?

Sie hätte nichts sagen können, selbst wenn sie gewollt hätte, doch der Mann war gar nicht unzufrieden über ihr Schweigen, ja es entschlüpfte ihm sogar ein Kichern, als er sich zum Gehen wandte. Sobald er jedoch die Zelle verlassen hatte, sank Rowena auf die Decken und weinte. Ihre Fackel würde nur noch wenige Stunden brennen und dann... Die Dunkelheit an sich hatte ihr noch nie viel ausgemacht, nicht, solange sie die Möglichkeit gehabt hatte, Licht zu machen, wenn sie wollte. Aber noch nie hatte sie die Dunkelheit an einem Ort wie diesem ertragen müssen, wo die Ratten nicht fern waren.

Sie war so versunken in ihre Verzweiflung und ihren Kummer, daß sie den lauten Wortwechsel aus dem Wachstübchen zunächst gar nicht hörte. Nur die letzten Worte, die da lauteten »mach, daß du wegkommst«, vernahm sie ganz deutlich. Wenige Augenblicke später drang das Geräusch eines Schlüssels, der sich im Schloß drehte, an ihr Ohr, und ihr Magen krampfte sich zusammen bei diesem Laut. Doch es war nicht der Aufseher, der hereinkam. Dieser Mann war ein wenig älter, und seine Überraschung war ihm deutlich anzumerken. Doch dann schweifte sein Blick durch die Zelle, und als er sah, was man ihr gebracht hatte, fluchte er laut.

»Dieser Hurensohn! Ich wette, er hat Euch nicht einmal etwas zu essen gegeben, stimmt's?« Rowenas Augen flatterten, dann schüttelte sie zögernd den Kopf. »Genau, wie ich gedacht habe. Er will sich unbedingt um Euch kümmern, dabei haßt er die Arbeit. Jetzt ist mir klar, warum er seine Meinung so plötzlich geändert hat. So ein hübsches, kleines Ding wie Ihr. Muß wohl ein abscheuliches Verbrechen sein, dessen Euch Lord Warrick für schuldig hält, sonst hätte er Euch kaum hierher bringen lassen. Aber ich bin sicher, das wird sich aufklären, sobald er da ist.«

Rowena starrte ihn nur fassungslos an. Sie wußte nicht, was sie von ihm und seinen Worten halten sollte. Sicher war, daß er über irgend etwas wütend war, doch sie konnte sich nicht denken, über was.

Immerhin jagte ihr dieser Mann keine Angst ein, ganz im Gegensatz zu dem anderen. Tatsächlich lag eine solche Güte in seinen hellblauen Augen, daß sie fast wieder angefangen hätte zu weinen.

Das mußte er gespürt haben, denn er brummte: »Nun,

nun, Kindchen, wird schon nicht so schlimm werden. Euer Aufenthalt hier bei uns. Das hier ist wahrhaftig ein verdammt trauriger Ort für eine Lady, aber ich werde sehen, was ich tun kann, um's hier ein wenig gemütlicher für Euch zu machen.«

Gemütlich? Ein Verlies? Bei dieser Vorstellung huschte ein Lächeln über ihre Lippen.

»Wer seid Ihr?« fiel ihr nun ein zu fragen.

»John Giffard ist mein Name.«

»Seid Ihr auch Aufseher?«

»Nur wenn's nötig ist, und das ist nicht oft der Fall. Man hat mich erst jetzt davon in Kenntnis gesetzt, daß nur ich allein mich um Euch kümmern soll. Weiß schon, der Befehl ist reichlich spät gekommen, aber besser spät als nie, nicht wahr? Dieser Hurensohn hat Euch doch nicht etwa wehgetan?«

Welcher Hurensohn? hätte sie fast gefragt, doch es fiel ihr rechtzeitig ein, daß er damit den anderen Aufseher meinte. »Nein, er hat mich nicht angefaßt. Das entspricht auch der Order Eures Lords – niemand darf mich berühren, mir helfen, oder auch nur mit mir sprechen. Hat man Euch nicht gesagt, daß Ihr nicht mit mir sprechen dürft?«

»Nein, das hat mir keiner gesagt. Würde mich sowieso nicht daran halten, auch wenn's so wäre. Das hat mir zwar schon den einen oder anderen Striemen am Rücken eingebracht, aber wen kümmert's schon.«

Die Wut, die sie bei seinen Worten empfand, überraschte sie einen Moment lang. »Wer, um Gottes willen, hat Euch ausgepeitscht?«

»Nicht doch«, kicherte er, »zerbrecht Euch darüber nicht Euer hübsches Köpfchen. Das ist schon lange her, und es war meine eigene Sturheit, die mir das eingebracht hat. Nun, wir wollen sehen, was ich zu so später Stunde noch für Euch kriegen kann. Die Küche ist sicher schon geschlossen, aber ich wette, in der Vorratskammer ist noch etwas Obst zu finden.«

Und er hielt Wort. Vier große, glänzende Äpfel brachte er ihr, die ihren Hunger mehr als stillten. Doch das war noch nicht alles. Er schleppte darüber hinaus eine schmale Holzpritsche mit einer Matratze und jeder Menge Bettzeugs an. Außerdem hatte er noch einen alten, ausgeblichenen Teppich aufgetrieben, der fast den ganzen Boden bedeckte, und eine Kiste, auf die sie Kerzen stellen konnte; er hatte eine ganze Schachtel davon gebracht, so daß sie vor der Dunkelheit sicher war. Außerdem brachte er einen Nachttopf, einen Eimer Wasser, worin sie ihre Kleider waschen konnte, und schließlich frisches, kaltes Wasser zum Trinken.

John Giffard war ein Geschenk des Himmels. Er verwandelte ihre Zelle in einen Ort, der, wenn schon nicht angenehm, so doch zumindest bewohnbar war. Darüber hinaus versorgte er sie mit zwei üppigen Mahlzeiten pro Tag, Mahlzeiten, die selbst der Tafel eines Lords zur Ehre gereicht hätten. Sie erhielt nicht nur frisches Trinkwasser, sondern auch Badewasser. Er brachte ihr Nadel und Faden, um sich die Zeit zu vertreiben. Jeden Tag verbrachte er ziemlich viel Zeit in ihrer Zelle, schwatzte über dies und das, erzählte Geschichten, oft auch nur Unsinn. Er redete gern, und sie hörte ihm gern zu.

Sie wußte, daß es Sir Robert war, dem sie John Giffard zu verdanken hatte. Er mußte gewußt haben, was für ein Halunke der andere Aufseher war, und daß dieser hier ein gütiger Kerl war. Robert hatte also doch Mitleid mit ihr bekommen, auch wenn Warrick de Chaville ihm das kaum danken würde – ganz im Gegensatz zu ihr.

Die Tage vergingen, eine Woche ging schnell vorbei, dann zwei, dann drei. Als Rowena schließlich merkte, daß ihre monatliche Blutung ausblieb, sank sie aufs Bett und lachte hysterisch. Hatte Gilberts Plan am Ende also doch noch funktioniert, und der Samen dieses verdammten Bauern war tatsächlich aufgegangen. Doch Kirkburough gab es nicht mehr. Sie hatten von der Straße aus gesehen, wie der Rauch in dicken Schwaden aufgestiegen war, nachdem das Holz innerhalb von wenigen Augenblicken Feuer gefangen hatte. Es gab nichts mehr, wofür sie ein Kind hätte bekommen sollen. Ein zur Sicherung dieses Besitzes gezeugtes Kind war nun überflüssig.

Nach dem hysterischen Lachanfall kamen die Tränen und wollten gar nicht mehr versiegen. Was hatte sie bloß schreckliches getan, um das hier zu verdienen? Was würde geschehen, wenn Warrick de Chaville nach Fulkhurst zurückkam?

Man würde ihr zweifellos John Giffard wegnehmen, ebenso wie die Annehmlichkeiten, für die er gesorgt hatte. Der andere Aufseher – oder einer wie er – würde wiederkommen. Und würde Warrick de Chaville sich überhaupt darum kümmern, daß sie schwanger war? Nein, er wollte gewiß, daß sie starb. Er ließ sich bestimmt durch nichts erweichen, nicht einmal, wenn sie ihn um das Leben ihres Kindes anflehte, dessen war sie ganz sicher. Er hatte Kirkburough nicht gewollt. Er hatte die Burg zerstört, also würde ihn auch ein Kind, das Lyons Erbe war, nicht interessieren. Doch das Kind war auch das ihre, und sein Plan, sie loszuwerden, um sich alles, was ihr gehörte, unter den Nagel zu reißen, würde mit diesem Kind zunichte gemacht.

Über die Geburt eines Kindes in einem Verlies mußte sie sich erst gar keine Gedanken machen, denn so lange würde sie nicht leben – außer Fulkhurst kehrte nicht zurück. Und würde ihn dieser Krieg mit Gilbert, dem ja immer noch Lyons Männer zur Verfügung standen, nicht sehr lange aufhalten? Wenn sie das Kind doch nur auf die Welt bringen könnte, bevor Fulkhurst etwas davon erfuhr, dann könnte sie John Giffard sicher überreden, ein Zuhause für den Wurm zu finden.

Rowena war nicht sicher, wann sie angefangen hatte, das Kind als Mittelpunkt ihres Lebens zu sehen. Es mochte zwar sein, daß es aus den falschen Gründen gezeugt worden war – aber es war trotzdem *ihr* Kind. Nicht eimal die Tatsache, daß sein Vater ein riesiger Bauerntölpel war, spielte jetzt noch eine Rolle. Ein Vater, der jede einzelne ihrer Berührungen gehaßt hatte. Ein Vater, der...

Sie hatte einfach zuviel Zeit zum Grübeln in diesem Verlies, und viel zu häufig beschäftigten sich ihre Gedanken mit Lyons Ersatz. Es gefiel ihr gar nicht, doch sie konnte nichts dagegen tun. Immer, wenn sie die Augen schloß, sah sie ihn vor sich, wie er dort auf dem Bett gelegen hatte. Sie konnte seinen Körper einfach nicht vergessen. Seinen Körper nicht und auch nicht das Gefühl der Macht und Erregung, das sie empfunden hatte, weil sie ihn beherrscht hatte.

Es war keine Lüge gewesen, als sie ihm gesagt hatte, daß sie froh darüber war, daß er es gewesen war. Es hatte ihr kein Vergnügen bereitet, ihn zu nehmen, doch nachdem die anfänglichen Schmerzen vorüber waren, hatte sie es keineswegs als unangenehm empfunden, ihn zu berühren und zu schmecken. Sein sauberer Geruch stieß sie nicht ab, ganz im Gegenteil. Auch seine äußere Erscheinung war anziehend gewesen – bis auf diese schrecklichen, silbergrauen Augen, in denen der Haß auf sie gestanden hatte. Dennoch – bevor sie ihn das erste Mal angesprochen hatte, war der Ausdruck in seinen Augen ein ganz anderer gewesen –, damals hatte sie ihn, trotz des Knebels, für sehr gutaussehend gehalten.

Sie hatte John nicht gehört. Erst das vertraute Quietschen der Tür riß sie aus ihren Gedanken. Diesmal lächelte er nicht. Irgend etwas schien ihn heute zu beunruhigen. Und dann...

»Seid Ihr guter Hoffnung, Lady Rowena?«

Sie starrte ihn erstaunt an. Bis jetzt war ihr noch kein einziges Mal übel gewesen, sie hatte sich noch an keinem Morgen erbrechen müssen, und auch ihre Brüste hatten sich bis jetzt noch kein bißchen vergrößert.

»Woher wißt Ihr?«

»Dann stimmt es also?«

»Ja, aber wie –«

»Ich selbst wäre nicht so schnell darauf gekommen, doch mein Herr hat gefragt, ob Ihr Eure – äh – monatliche Blutung schon gehabt hättet, und da wurde mir klar, daß Ihr mich bis jetzt noch gar nicht um – äh – extra Kleidung gebeten habt. Warum habt Ihr mir nichts davon gesagt?«

»Ich habe es selbst erst vor kurzem gemerkt. Doch was meint ihr damit, Euer Herr hat Euch gefragt? Wann?«

»Gerade eben.«
Rowena erbleichte. »Er ist zurückgekehrt?«
»Ja. Und ich soll Euch jetzt gleich zu ihm bringen.«

15. Kapitel

Rowena versuchte gar nicht erst, John dazu zu bewegen, sie nicht zu seinem Herrn zu bringen. Sie wußte, daß nichts genützt hätte. Wenn er es nicht getan hätte, wäre ein anderer gekommen. Alles, woran sie sich bei Fulkhurst noch erinnern konnte, war seine Größe und der grausame, unerbittliche Zug um seinen Mund. Auch seine eiskalte Stimme, mit der er sie in sein Verlies geschickt hatte, hatte sie nicht vergessen.

Den Palas nahm sie kaum wahr, als sie hindurchgeführt wurde. Da es früher Nachmittag war, waren kaum Leute unterwegs. Außer ein paar Dienern, die geschäftig hin und her eilten und ein paar Soldaten und Rittern, war alles ruhig.

Man brachte sie ins Zimmer des Lords, einem großen Raum am anderen Ende des Palas. Das großzügig angelegte Zimmer war hell, das Licht fiel durch zwei vom Boden bis zur Decke reichenden, in Alkoven gesetzte Fenster herein. Zwischen den Fenstern befand sich ein großer, offener Kamin. Das riesige Bett hatte vier Pfosten und war von feinsten Vorhängen umgeben. Es stand an der zum Palas liegenden Wand und konnte so im Winter auch noch von der Wärme des in der Halle befindlichen, großen Herdes profitieren.

Es gab noch mehr zu sehen, doch Rowenas Blick war wie hypnotisiert auf die Ketten gerichtet, die mitten auf dem Bett lagen. Daher bemerkte sie den Mann, der dahinter stand, erst dann, als er vortrat.

Seine außerordentliche Größe und der kostbare Überrock, den er trug, verrieten ihn. Und ja – da war er, dieser grausame Zug um seine zusammengepreßten Lippen. Sie brauchte ein paar Sekunden, bevor sie auch sein dunkelblondes Haar bemerkte, das fast brünett gewirkt hätte, wären nicht die goldenen Strähnen gewesen, die es wie einen feingewebten Schleier durchzogen – und die Augen, diese silbergrauen Augen, die auch jetzt Zornesfunken versprühten.

Ihre Augen weiteten sich ungläubig, ihre Lippen formten ein einziges Wort: »Du...«, – doch bevor sie es noch äußern konnte, umfing sie gnädig die Schwärze einer Ohnmacht.

»Nun, nun«, brummte John, der sie auffing, bevor sie auf dem Boden aufschlug.

Warrick sprang mit einem Riesensatz nach vorn und riß sie dem alten Mann aus den Armen. Er hob sie hoch und legte sie aufs Bett. Eine ihrer kleinen Hände fiel dabei auf die Ketten. Sie würde sie spüren, wenn sie erwachte. Er lächelte grimmig.

»Ich kann mir nicht vorstellen, wieso das passiert ist, Mylord«, sagte John besorgt. »Sie hat immer gut gegessen.«

Warrick wandte den Blick nicht von der flachsblonden Maid. »Du hast sie also gefüttert und gepäppelt? Keine Rattenbisse auf ihrer makellosen Haut?«

John schnaubte laut anstelle einer Antwort. Warrick kannte seinen Mann. John war nur allzu bekannt für sein weiches Herz und seinen sanften Umgang mit allen Lebewesen.

Warrick war wütend auf sich selbst gewesen, als er die Order gegeben hatte, nur John Giffard allein dürfe sich um die Gefangene kümmern. Aber er hatte seine Meinung nicht geändert. Er wollte nicht, daß sie litt, bevor er selbst dafür sorgte. Und er wollte auch nicht, daß ihr zierlicher kleiner Körper unter den Entbehrungen abmagerte, ganz gewiß nicht angesichts dessen, was er vorhatte. Vor allem jedoch wollte er nicht, daß ein anderer Mann sie berührte, zumindest nicht, bevor er sicher sein konnte, daß sie mit ihrem Diebstahl erfolgreich gewesen war. Nachdem, was John behauptete, war sie es.

»Sie ist eine so süße, sanfte Lady, Mylord. Was hat sie nur getan, daß Ihr sie ins Verlies werft?«

»Ihr Verbrechen hat sich gegen mich persönlich gerichtet. Es war so abscheulich, daß ich es nicht aussprechen kann.«

»Das kann nicht sein!«

»Du hast dich von ihrer hübschen Larve täuschen lassen. Sie ist nichts weiter als eine besitzgierige Dirne, die alles tun würde – und ich sage wirklich alles! –, nur um das zu erreichen, was sie will. Sie hat eine Sturheit und Entschlossenheit in sich, die dem stärksten Mann zur Ehre gereichen würde. Sie –« Er hielt inne, als er merkte, daß er schon mehr gesagt hatte, als ihm lieb war. Seine Motive mußte er vor keinem Menschen rechtfertigen. »Ich habe sie des Titels enthoben, den sie durch ihre Heirat mit Godwine Lyons erhalten hat, also nenn sie nicht Lady. Du brauchst dich nicht weiter um sie zu kümmern, John, denn sie wird nicht mehr zurück ins Verlies gehen – fürs erste jedenfalls nicht.«

Warrick fühlte, daß John ihm am liebsten widersprochen hätte. Aber der Mann tat diesmal besser daran, seine Grenzen nicht zu überschreiten. John mußte das gefühlt haben, denn er ging ohne ein weiteres Wort hinaus.

Warrick starrte immer noch auf seine Gefangene, und es machte ihm gar nichts aus, daß ihre Ohnmacht ihn fürs erste von der Ausführung seiner Rachepläne abhielt. Nun, da die Zeit gekommen war, konnte er warten, auch wenn er bis jetzt keineswegs so geduldig gewesen war. Er war mit Absicht so lange nicht nach Hause zurückgekehrt, denn er wußte, daß ihn, sobald er Fulkhurst einmal betreten hatte, kaum etwas von seiner Rache an ihr abhalten konnte. Doch zuvor mußte er unbedingt sicher wissen, ob die Dirne mit ihrem gierigen Plan Erfolg gehabt hatte.

Nun wußte er Bescheid, und das Wissen um ihr Gelingen verschlimmerte ihr Vergehen. Wenn er den Wunsch gehabt hätte, sie zu verschonen, was nicht der Fall war, so wurde dieser Wunsch durch ihre Schwangerschaft zunichte gemacht, und ihr Schicksal war besiegelt; darüber hinaus entbrannten erneut sein Zorn und seine Rachegelüste. Sie trug *sein* Kind. *Sie hatte kein Anrecht auf sein Kind!*

Er wußte ganz genau, wann sie ihn erkannt hatte – er hatte die Angst in ihren Augen gesehen, kurz bevor sie ohnmächtig geworden war. Diese Angst hatte ihn mit einem nie gekannten Triumphgefühl erfüllt. Er war ursprünglich nicht sicher gewesen, ob sie ihn in Kirkburough erkannt hatte, als er Roberts Rüstung trug. Nun wußte er es. Wahrscheinlich hatte sie inzwischen auch gehört, was für ein Mann er war, daß er jeden und alles zerstörte, der sich ihm in den Weg stellte. Die Tatsache, daß er bei einer Frau bisher noch nie auf Rache aus gewesen war, spielte keine Rolle. Er hatte nur eine geeignete Art der Rache ersinnen müssen. Genug Zeit hatte er ja gehabt auf seiner Suche nach Lady Isabella.

Seine Nachforschungen waren jedoch erfolglos geblieben. Als einer seiner Boten mit der Nachricht eingetroffen war, daß Lady Isabella nicht in Fulkhurst angekommen war, hatte er dies als willkommene Gelegenheit gesehen, seine eigene Rückkehr hinauszuzögern. Doch die Suche nach ihr war von Anfang an ein frustrierendes Unterfangen gewesen. Es gab einfach zu viele Pfade, die sie auf dem Weg zur Feste Fulkhurst hätte einschlagen können. Schließlich hatte er die Suche nach ihr ihrem Vater überlassen, der ohnehin weit aufgebrachter war über ihr Verschwinden als er. Die Tatsache, daß er mehr an dieser Dirne interessiert war, als daran, seine vermißte Verlobte wiederzufinden, hatte wiederum ihn verärgert.

Sie seufzte, und Warrick hielt den Atem an. Er wartete, wünschte sich, sie möge endlich diese großen, saphirblauen Augen aufschlagen. Ihre Lippen waren leicht geöffnet. Er erinnerte sich an ihre Süße, erinnerte sich an ihren heißen Atem, erinnerte sich, wie sie seine Haut damit gefoltert, wie sie ihn damit immer wieder dazu gebracht hatte, ihr nachzugeben, gegen all seine Willenskraft. Ihr flachsblondes Haar war in zwei dicke Zöpfe geflochten, einer davon war hinter ihrem Rücken verborgen, der andere lag quer über ihren Brüsten. Auch an diese Brüste erinnerte er sich, voll, rund und verführerisch, doch niemals hatte er sie berühren, streicheln oder liebkosen dürfen. Immer nur mit Blicken hatte er sie verfolgen können, sie hatten seine Sinne entflammt und zu seiner Niederlage beigetragen. In diesem Moment mußte er all seine Willenskraft aufbieten, um ihr nicht gleich hier und jetzt das Gewand vom Leib zu reißen. Nein, der richtige Zeitpunkt war noch nicht gekommen. Zuerst mußte sie vollkommen wach sein, um ja alles mitzubekommen, was er mit ihr vorhatte.

Sie streckte sich, und ein sanfter, kleiner Laut entschlüpfte ihrer Kehle. Dann lag sie wieder bewegungslos, bis auf die Hand, die auf den Ketten ruhte. Er sah, wie ihre Finger zuckten, wie sie suchend über die eisernen Glieder tasteten, sah das leichte Runzeln ihrer Stirn.

»Ein Souvenir«, erklärte er. »Aus Kirkburough.«

Sie riß die Augen auf, riesige, schreckerfüllte Augen. Sie stieß einen weiteren Laut aus, als würde sie ersticken. Ihre Furcht war greifbar, fühlbar, doch es war schon keine Furcht mehr, es war blanker Terror, der in ihren Augen stand. Er wußte nicht, was er mit ihr tun würde, wenn sie noch einmal in Ohnmacht fiele, denn er glaubte nicht, genügend Geduld zu besitzen, um noch länger zu warten.

Rowena wünschte sich eine Ohnmacht. O Gott, kein Wunder, daß sie die letzten Wochen in einem Verlies verbracht hatte. Mit ihrem Besitz hatte das gar nichts zu tun gehabt. Sie würde sterben, das schien ihr jetzt sicher, doch nicht vor Hunger und Entbehrungen, wie sie zu Anfang gedacht hatte. Sie erinnerte sich an den Haß, den dieser Mann versprüht hatte, und hielt es für möglich, daß er sie sogar zu Tode foltern würde. Nun war ihr auch klar, warum er sich so heftig gegen die Vergewaltigung gewehrt hatte. Er war kein gewöhnlicher Gauner, der in Ehrfurcht vor ihr erstarrte, sondern ein mächtiger Kriegsherr, den niemand so behandeln durfte, wie sie es getan hatte. Und Gilbert, dieser ausgemachte Trottel hatte nicht einmal gewußt, daß es sein ärgster Feind war, den er in Händen hielt! Und Fulkhurst schien nicht zu wissen, wer *sie* in Wirklichkeit war und daß es *sein* ärgster Feind gewesen war, der ihn gefangengenommen hatte.

Ein Lachen wollte aus ihr herausbrechen. Sie konnte

nicht anders. Wenn sie bis jetzt noch nicht den Verstand verloren hatte, dann konnte es jetzt nicht mehr lange dauern. Er stand neben dem Bett und sah stirnrunzelnd auf sie herunter. Hatte sie ihn wirklich für gutaussehend gehalten? Was für ein Irrtum. Dieser Mund, diese eiskalten Augen – er war ein leibhaftiger Alptraum, ihr Alptraum, ein Mann, dem die Grausamkeit in jedem Zug seines scharfgeschnittenen Gesichtes geschrieben stand.

Sie begann zu zittern. Er fluchte wild und fuhr mit der Hand an ihre Kehle. Sie riß entsetzt Augen und Mund auf.

»Wenn du noch einmal ohnmächtig wirst, dann werde ich dich verprügeln«, grollte er.

Sollte sie das etwa beruhigen? Doch er ließ sie los und wandte sich ab. Ihr Blick war der eines Kaninchens, das man in die Enge getrieben hat, doch sie sah, daß er sich lediglich mit dem Rücken zu ihr vor den großen, im Augenblick kalten Kamin stellte.

Von hinten sah er keineswegs aus wie ein Monster, nur wie ein Mann. Ein sehr großer Mann. Sie hatte gewußt, daß er groß war, aber nicht wie groß. Und er hielt sich so steif und aufrecht in seiner Wut. Sein Überrock spannte sich fest über Schultern und Rücken. Sein goldenes Haar war nicht unbedingt lockig zu nennen, nur im Nacken kräuselte es sich ein wenig, was ihn sanft, ja fast verwundbar aussehen ließ. Sie hatte es jedoch nie gewagt, ihn dort zu berühren, über diese sanften Locken zu streichen.

Minuten vergingen, Minuten, in denen sie langsam aufhörte zu zittern. Nach einigen tiefen Atemzügen hatte sie sich halbwegs beruhigt. Die Folter würde nicht jetzt gleich beginnen, nicht hier, nicht in diesem Raum. Wahrscheinlich hatte er sie nur deshalb hierhergebracht, um ihr Angst einzujagen – und um sie zu verhöhnen. Das Opfer war nun der Täter.

»Habt Ihr Euch beruhigt, Dirne?«

Beruhigt? Sie bezweifelte, daß sie je wieder ruhig sein würde. Doch sie nickte, und dann fiel ihr ein, daß er das ja gar nicht sehen konnte, denn er hatte sich ihr immer noch nicht zugewandt.

»Ja.«

»Obwohl es mein Recht ist, habe ich nicht die Absicht, Euch zu töten.«

Als sie das hörte, merkte Rowena erst, wie verkrampft sie die ganze Zeit gewesen war. Erleichtert sank sie auf die Matratze zurück. Nie hätte sie gedacht, sich unter diesen Umständen auch noch glücklich schätzen zu können – und daß er ihr dies sagen würde, obwohl er es nicht nötig gehabt hätte. Genausogut hätte er ... doch er war noch nicht fertig mit ihr.

»Natürlich werdet Ihr bestraft. Zweifelt nicht daran. Gleiches mit Gleichem – das ist es, was ich mit Euch im Sinn habe.« Er wandte ihr sein Gesicht zu, um zu sehen, wie sie seine Worte aufgenommen hatte. Da er nur Unverständnis und Verwirrung in ihren Augen las, erklärte er: »Da Ihr und Euer Bruder die Absicht hattet, mich zu töten, wäre ich nicht vorher entkommen, gehört Euer Leben nun mir – auch wenn ich ihm nicht sehr viel Wert beimesse. Ich werde Euch ebenso behandeln, wie Ihr mich behandelt habt. Den kleinen Aufschub habt Ihr nur deshalb erhalten, weil ich sichergehen wollte, ob Ihr mit Eurem Diebstahl erfolgreich gewesen seid. Wir wissen beide, daß dem so ist. Fleisch von meinem Fleisch habt Ihr mir geraubt – und dasselbe werde ich mit Euch tun. Das Kind wird Euch genommen, sobald es auf der Welt ist.«

»Nein«, sagte sie sehr ruhig.

»Nein!?« explodierte er ungläubig.

»Der Besitz ist gleich neun Zehnteln –«

»Wir sprechen hier aber nicht über Besitz! Fleisch von meinem Fleisch – darum geht es!«

Himmel, wie hatte sie es nur wagen können, ihn so gegen sich aufzubringen? Der Mann war außer sich vor Zorn, jeden Moment konnte er sich auf sie stürzen und ihr alle Knochen im Leib zerbrechen. Doch sie durfte es nicht zulassen, daß das Kind ebenfalls seiner Rache ausgeliefert war.

Sie hörte nicht auf, in sanftem Ton auf ihn einzureden, in der Hoffnung, Vernunft in ihm zu wecken. »Ich trage es unter meinem Herzen, ich werde es zur Welt bringen, und ich will es allein um seinetwillen, aus keinem anderen Grund. Ich will es, weil es *mein* Kind ist.«

»Nie und nimmer wird es Euer Kind sein. Ihr seid nichts weiter als ein Gefäß, Ihr tragt es, bis es geboren wird.«

Er brüllte nicht, im Gegenteil, seine Stimme war kalt, *zu* kalt. »Warum wollt Ihr denn das Kind?« rief sie verzweifelt. »Für Euch ist es doch nur ein Bastard. Habt Ihr nicht schon genug von der Sorte?«

»Was mein ist, wird auch mein bleiben – genauso, wie Ihr jetzt. Ihr werdet tun, was ich verlange, also keine weiteren Einwände, Dirne, oder Ihr werdet es noch in diesem Moment bereuen.«

Diese Drohung konnte sie nicht unbeachtet lassen. Sie hatte ihn ohnehin schon zu weit getrieben, hatte viel mehr gewagt, als zu diesem Zeitpunkt ratsam war. Auch wenn sie glaubte, den Mann zu kennen, kannte sie ihn doch überhaupt nicht. Doch sie würde ihn kennenlernen – mit der Zeit. Und Zeit hatte sie ja genug, das hatte er ihr selbst versichert. Ihr Leben war nicht in Gefahr. Das Kind würde ganz sicher später noch einmal zur Sprache kommen. Sie würde also warten, bis der Zeitpunkt günstiger war.

Sie erhob sich von seinem Bett und stand nun neben ihm. Sie war überrascht, daß sie überhaupt dort gelegen hatte, wo er sie doch so verabscheute. Und er hatte allen Grund, sie zu verabscheuen. Sie wünschte, seinen Standpunkt weniger gut zu verstehen, und daß er sie dafür besser verstand. Für ihn spielte es keine Rolle, daß sie bereute, was sie getan hatte, und daß sie es gar nicht hatte tun wollen. Für ihn zählte nur, daß sie es getan hatte. In seinen Augen verdiente sie also eine Strafe. Fairerweise mußte sie sogar zugeben, daß sie eigentlich gar kein Recht auf das Kind hatte, wo sie es ihm doch gegen seinen Willen entrissen hatte. Doch in bezug auf das Kind waren Logik und Fairneß unwichtig.

Sie verkrampfte sich wieder unter seinem eiskalten Blick, als er schließlich sagte: »Es sollte mich eigentlich nicht überraschen, daß es Euch an Verstand fehlt, wenn man bedenkt, was Ihr ausgeheckt habt, um Kirkbur –«

»Es war Gilberts Plan, nicht meiner. Er wollte das, nicht ich.«

»Ihr seid noch dümmer, als ich dachte. Unterbrecht mich *nie* wieder, Dirne. Und versucht nie wieder, Euer Tun zu entschuldigen. Es war nicht Euer Gilbert, der zu mir gekommen ist, sondern –«

Er war viel zu aufgebracht, um den Satz zu beenden. Rowena fing erneut an zu zittern, als sie die Zornesröte in seinem Gesicht sah.

»Es tut mir leid!« sprudelte es aus ihr heraus. Sie wußte, daß dieser Satz lächerlich klang, doch es fiel ihr einfach nichts Besseres ein.

»Leid? Es tut Euch leid?! Dann könnt Ihr ja gleich zeigen, wie sehr. In Kleidern seid Ihr kaum wiederzuerkennen, Dirne. Los, ausziehen.«

16. Kapitel

Rowena schnappte nach Luft. In panischer Angst schloß sie die Augen, ihre Gedanken überstürzten sich. Gleiches mit Gleichem, das hatte er gesagt. Sie wußte, das bedeutete, er würde ihr ebenso Gewalt antun wie sie ihm. Doch warum nur hatte er sich diese Art von Bestrafung ausgedacht, wenn er sie so sehr haßte? Warum sollte er sie auch noch berühren wollen? Obwohl – die Rache war wichtiger für ihn. So gut kannte sie ihn inzwischen schon. Doch sich für ihn ausziehen zu müssen...

»Wenn ich Euch behilflich sein soll...«

Noch eine Drohung. Was er damit meinte, wollte sie lieber nicht wissen. »Nein, ich werde es tun«, flüsterte sie.

Sie wandte ihm den Rücken zu, um ihren bestickten Leibriemen zu öffnen, doch mit wenigen Schritten war er hinter ihr, packte sie bei den Schultern und wirbelte sie herum. Irgend etwas mußte sie falsch gemacht haben, denn sein Blick war grimmiger denn je. Aber sie wußte nicht was. Doch er ließ sie nicht lange im Unklaren.

»Ich will sehen, wie Ihr Euch auszieht, wißt Ihr. Ich

brauche das, um mir Appetit auf Euch zu machen. Denn wenn ich keine Lust für Euch empfinde, dann wird ein anderer, nein zehn andere, tun, was ich nicht tun kann. Ihr habt das doch vorher schon gemacht, oder habt Ihr das etwa schon vergessen? Man hat Euch gut beraten damals. Ihr tut also besser daran, Euch dieser guten Ratschläge zu erinnern.«

Rowena begegnete seinem Blick, als er zurücktrat, und sie hätte viel darum gegeben, zu wissen, ob er dies ernst gemeint hatte, oder ob es nur eine leere Drohung war. Grausam genug sah er ja aus. Wütend genug auch. Doch er wollte Gleiches mit Gleichem vergelten. Und zuzusehen, wie sie von anderen vergewaltigt wurde, war schließlich nicht dasselbe, oder?

Rasch ließ sie daher ihren Gürtel zu Boden fallen und griff hastig nach den Verschlüssen an der Seite ihres Übergewandes. Lieber kein Risiko eingehen – nicht, wenn ihr solche Konsequenzen drohten. Sie versuchte, sich an Mildreds Ratschläge zu erinnern, doch ihr Kopf schien wie leergefegt. In der Kammer war es viel zu hell, ihr Gesicht rot vor Scham und ihre Finger viel zu ungeschickt. Sie *wußte* ganz einfach, daß sie kein bißchen erotisch wirkte.

Warricks Puls raste jedoch bereits. Ihre Furcht erregte ihn. Nicht etwa die reizende Schamröte ihrer Wangen, auch nicht ihr jungfräulich zögerliches Verhalten. Und ganz sicher nicht ihr schön geformter, sanft gerundeter Körper, der sich ihm in wenigen Augenblicken offenbaren würde. Zu seinem Ärger erkannte er, daß er nicht länger zusehen konnte, oder es wäre ihm unmöglich geworden, all das zu tun, was er geplant hatte.

Innerlich fluchend wandte er sich daher von der lieblichen, erregenden Erscheinung ab und ging auf die andere Seite des Bettes, wo er die Ketten in die Hand nahm. Eigentlich hatte er vorgehabt, sie dies selbst tun zu lassen, die Ketten unter dem Bett durchzuziehen und an allen vier Seiten zu befestigen, doch nun tat er es selbst, um sich von ihrem Anblick abzulenken. Nur leider funktionierte das nicht lange genug, nicht so lange jedenfalls, wie sie brauchte, um die Hüllen fallenzulassen.

Ihr rotes Untergewand ringelte sich nun am Boden, ebenso wie ihr langärmeliges Hemd. Nun trug sie nur noch ein dünnes Unterhemdchen und hatte auch dies schon ergriffen, um es sich über den Kopf zu ziehen, als sie bemerkte, was er tat.

»Nicht. Bitte nicht«, bat sie und blickte von den Handschellen, die er soeben ergriffen hatte, zu seinen kalten, eisgrauen Augen. »Ich werde mich nicht wehren, ich verspreche es.«

Ohne sich von dem, was sie gesagt hatte, in seinem Tun beirren zu lassen, antwortete er: »Es wird genau so sein, wie damals. Ganz genau so.«

Rowena starrte auf die Ketten, die er am Fußende des Bettes befestigte. Die Enden waren um die Außenpfosten geschlungen, was sie zwingen würde, die Beine zu spreizen. »Aber das hier ist nicht dasselbe«, sagte sie.

»Die Verschiedenheit der Geschlechter muß berücksichtigt werden. Bei mir war es nicht notwendig, die Beine zu spreizen. Bei Euch schon.«

Als sie begriff, was er meinte, schloß sie für einen Moment die Augen. Gleiches mit Gleichem. Und sie konnte es nicht verhindern, konnte ihn nicht einmal um Gnade bitten, denn er kannte keine. Er war entschlossen, ihr das anzutun. Er würde genau das tun, was sie getan hatte.

»Verlier nicht zuviel Zeit, Dirne, meine Geduld währt nicht ewig«, warnte er sie in bedrohlich ruhigem Ton.

Mit einer raschen Bewegung zog sie sich das Unterhemd über den Kopf und kletterte hastig aufs Bett. Ohne zu zögern legte sie sich in die Mitte, denn sie wollte alles so schnell wie möglich hinter sich bringen. Mit geschlossenen Augen lag sie stocksteif auf dem Bett. Ihre Ohren sagten ihr, daß er zum Fußende des Bettes schritt.

»Beine spreizen.« Sie wand sich innerlich, wagte jedoch nicht, es nicht zu tun. »Weiter«, fügte er hinzu. Sie tat, was er verlangte.

Dennoch mußte sie nach Luft schnappen, als sie seine Hände an ihren Fußgelenken spürte und fühlte, wie er die Fußfesseln anlegte. Da ihre Gelenke so zierlich waren, rutschte der eiserne Ring durch das Gewicht der Kette fast bis zu ihren Fersen. Als er jedoch die Handschellen anlegen wollte, fluchte er laut, denn die Kette war viel zu kurz. Sie war für seinen langen Körper zugeschnitten, und bei Rowena fehlte trotz ausgestreckter Arme ein gutes Stück.

»Sieht so aus, als ob wir auch hier Zugeständnisse machen müßten.«

Sie hörte deutlich die Enttäuschung in seiner Stimme. Sie hoffte, daß er vielleicht gänzlich auf die Ketten verzichten würde. Aber sie hätte es besser wissen müssen, denn wenige Augenblicke später kam er mit zwei Tuchstreifen zurück, die er um ihre Handgelenke band und dann an den Handschellen befestigte. Gleiches mit Gleichem. Nun würde auch sie bei jeder ihrer Bewegungen Kettenrasseln hören, würde auch sie das Gewicht der Eisenglieder spüren, genau wie er.

Sie prüfte die Fesseln, und Panik überkam sie. Mein Gott, hatte auch er sich so hilflos, so ängstlich gefühlt? Nein, bei ihm war es nur Wut gewesen, keine Angst. Sie wünschte, sie könnte ebenso fühlen, doch Zorn über das, was er mit ihr vorhatte, war das letzte, was ihr in den Sinn kam. Dann würde es also doch nicht genau dasselbe sein. Sie würde sich nicht winden, aufbäumen und hin und her werfen, um ihn abzuschütteln. Sie würde ihn nicht mit zornigen Augen anfunkeln, um ihm Angst einzujagen. Sie hoffte, er würde den Unterschied nicht merken.

Sie riß überrascht die Augen auf, als er ihr den Knebel in den Mund schob. Das hatte sie vollkommen vergessen. Er jedoch nicht. Er wollte ihr Bitten und Betteln genausowenig hören, wie sie das seine hatte hören wollen – auch wenn die Gründe hierfür nicht dieselben waren. Er fühlte keine Schuld, so wie sie damals. Er hatte nur seine Rache im Sinn. Sie dagegen hatte versucht, das Leben ihrer Mutter zu retten.

Die Zufriedenheit über ihre Hilflosigkeit stand ihm unübersehbar ins Gesicht geschrieben. Sie wünschte, sie hätte sie nicht gesehen. Und sie wünschte, er hätte sich ausgezogen, bevor er ihr den Knebel in den Mund geschoben hatte. Daß er mehr als bereit war, war kaum ein

Trost. Nun würde sie zumindest nur die Vergewaltigung durch *ihn* erdulden müssen und nicht die zahlreicher anderer, während er dabei zusah. Außerdem wußte sie ja bereits, wie es sich anfühlte, wenn er in ihr war. Das konnte sie ertragen – mußte sie wohl auch.

»Ich frage mich, ob Ihr auch hier Jungfrau seid, genau wie Ihr es dort wart?«

Seine Hände, beide Hände, berührten ihre Brüste, und auch sein Blick richtete sich dorthin. Alles, was Rowena beobachtete, waren seine Augen, damit sie erkennen konnte, wann es vorbei war mit dem Spiel und der Ernst begann. Doch das war alles, was er tun würde. Es war nicht nötig, sie zu streicheln und mit allen möglichen Tricks so weit zu bringen, daß sie bereit war für ihn. Er war bereit, und das war die Hauptsache. Ob sie bereit war, kümmerte ihn nicht. Sie fühlte daher nichts weiter als die Hitze seiner Handflächen auf ihrer Haut, und es überraschte sie, wie sanft seine Berührung war. Sie war viel zu ängstlich und eingeschüchtert, um mehr zu empfinden.

Er spielte lange mit ihren Brüsten, strich sanft über ihre Brustwarzen, massierte sie, nahm sie zwischen seine Finger und drückte sie, kniff sie, niemals jedoch hart. Als er nach einiger Zeit die Stirn runzelte, wäre sie vor Angst beinahe gestorben. Sie wußte nicht, daß er verärgert war, weil es ihm nicht gelungen war sie zu erregen, nicht einmal ganz kurz. Die Stirn immer noch gerunzelt, faßte er mit der Hand zwischen ihre Schenkel und stieß einen Finger in sie hinein.

Sie stöhnte laut auf vor Schmerz. Die Runzeln auf seiner Stirn vertieften sich.

»Ihr wollt Euch also um die Scham drücken, die ich empfunden habe? Das kann nicht sein, Dirne.«

Noch eine Drohung, doch diesmal konnte sie beim besten Willen nicht sagen, was der Grund dafür war. Sie tappte völlig im dunkeln und getraute sich nicht zu fragen. Sie hatte keine Ahnung, was ihm derart mißfiel, noch was er mit der Scham meinte, die sie ihm angeblich verweigerte. Zum jetzigen Zeitpunkt hätte sie alles getan, alles, nur um dieses schreckliche Stirnrunzeln aus seinem Gesicht zu vertreiben. Doch was konnte sie ans Bett gekettet und geknebelt schon tun?

Wieder begann sie zu zittern, diesmal nicht so stark, doch genug, daß er es bemerkte und sie anfuhr: »Augen zu, verdammt. Ihr tut gut daran, mich zu fürchten, doch ich werde es bei Gott nicht zulassen, daß Ihr auf jede Verärgerung in meinem Gesicht reagiert. Noch nicht. Es wird Euch nicht mehr geschehen, als was Ihr mit mir getan habt. Ihr wißt doch, was das war. Legt also Eure Furcht ab. Ich befehle es.«

Er mußte verrückt sein, anzunehmen, daß das möglich war – egal, wie er auch versuchte, sie zu beruhigen. Verrückt war er wohl ohnehin, wenn er meinte, sie solle ihn fürchten, wenn auch nicht jetzt. Warum nicht jetzt? Doch er hatte es *befohlen*. O Gott, wie konnte sie gehorchen? Wie?

Sie schloß die Augen. Er hatte recht gehabt, sie hatte auf jedes Anzeichen von Unzufriedenheit in seinem Gesicht geachtet. Nichts war schlimmer gewesen als dieses Stirnrunzeln, nicht einmal die Tatsache, daß sie nicht wußte, was ihm als Nächstes einfallen würde. Und jetzt machte er genau das, was sie mit ihm gemacht hatte, nicht mehr und nicht weniger. Er fing wieder an, sie zu streicheln, aber diesmal nicht nur ihre Brüste, sondern ihren ganzen Körper.

Sie beschloß, sich nicht länger den Kopf darüber zu zerbrechen, warum er das tat, wo es für sein Vorhaben doch gar nicht notwendig war. Die Berührung seiner Hände wirkte beruhigend, und sie freute sich darüber, denn sie schien auch ihn zu entspannen. Es erschien ihr grotesk, doch sie entspannte sich und fing an, ihre Angst zu vergessen: sie spürte seine Hände zum Beispiel, ein wenig rauh und schwielig, dennoch zart, seinen warmen Atem, der über ihre nackte Haut strich, wenn er sich nah über sie beugte. Gänsehaut, wenn er sich einer empfindsamen Stelle näherte.

Sie war bereits so entspannt, als er ihre Brüste mit seinen Lippen berührte, daß sie nur einen flüchtigen Augenblick alarmiert war. Dann durchflutete eine Wärme ihren Körper, ein seltsames Kribbeln stahl sich in ihre Brüste, dort wo er sie mit den Lippen liebkoste, und ein seltsames, nie gekanntes Gefühl durchströmte sie und mündete dort unten, zwischen ihren Beinen. Es erinnerte sie an das, was sie manchmal gefühlt hatte, wenn sie ihn gestreichelt hatte. War es ihm damals ebenso gegangen? Fühlte er es auch jetzt?

Seine Berührungen wurden nun, da er die gewünschte Wirkung erzielte, etwas rauher und forscher. Doch auch das machte ihr nichts aus, im Gegenteil, sie sehnte sich nach seinen kräftigen Händen und reckte sich ihm entgegen. Ihre Brüste, ihre Schenkel, ihr Bauch, ja ihr ganzer Körper brannte unter seinen Händen, so als bettelten sie um mehr. Als sich seine Hand wieder zwischen ihre Schenkel stahl, erstarrte sie. Diesmal versuchte er jedoch nicht, in sie einzudringen. Er fuhr einfach nur fort, sie zu streicheln, bis er etwas berührte, das dort verborgen lag, und von dem sie nicht gewußt hatte, daß es derart lustvolle Gefühle in ihr auslösen konnte. Sie vergaß, warum das mit ihr geschah, vergaß, *wer* es mit ihr machte. Dieses köstliche Lustgefühl schwappte über sie hinweg wie eine Welle, vor und zurück, vor und zurück, immer heftiger.

Sie merkte gar nicht, daß er auf sie gestiegen war, doch als sein hartes Glied langsam und dennoch leicht in ihre heiße Grotte glitt, riß sie erstaunt die Augen auf – und begegnete seinem vor Triumph sprühenden Blick. Sie krümmte sich innerlich, als sie das sah. Auf die Arme gestützt, lehnte er über ihr, so daß er sie nur dort berührte, wo er in ihr war, wo er sie ausfüllte. Sie blickte nicht herunter zu der Stelle, an der sich ihre Körper vereinigten, denn sie konnte den Blick nicht von seinem lösen.

»Aha – jetzt wißt Ihr also, wie es ist, wenn man die Kontrolle über einen verräterischen Körper verloren hat.« Er schnurrte fast vor Zufriedenheit. »Ihr habt mich dazu gebracht, Euch zu begehren, trotz meiner Wut, also habe ich Euch dazu gebracht, mich ebenfalls zu begehren, trotz Eurer Angst.« Sie warf den Kopf in wilder Verzweiflung hin und her, doch er lachte nur und stieß nur noch tiefer in sie hinein. »Ja, leugnet es nur, so wie ich, doch die Leichtigkeit, mit der ich in Euch eindrang, ist Beweis genug. Die heiße Nässe, die mich umgibt, ist Beweis genug. Genau das ist es, was ich wollte, Dirne. Euch soweit zu bringen, daß Ihr mich wollt, so wie Ihr dies bei mir getan habt. Und die Scham darüber, sich mir nicht verweigern zu können, wird Euch jedesmal, wenn ich Euch nehme, begleiten.«

Seine offensichtliche Genugtuung darüber, sie in der Hand zu haben, war für Rowena ebenso schwer zu ertragen wie seine Wut. Sie schloß erneut die Augen, was, wie sich nur allzubald herausstellen sollte, ein Fehler war. Denn so fühlte sie auf einmal seine Härte in ihr, eine Härte, die sie vollkommen ausfüllte, an sich keine neue Erfahrung, aber dann wieder doch, denn noch nie hatte es ein Vorspiel gegeben. Der Unterschied war einfach unbeschreiblich, wie Tag und Nacht. Jeder seiner langsamen, genüßlich tiefen Stöße ließ sie noch mehr versinken, nach jedem Stoß ersehnte sie den nächsten, mehr, tiefer, schneller – härter. Bis sie schließlich laut aufschrie unter ihrem Knebel und sie von der Wucht der Explosion in nie gekannte Höhen getragen wurde.

Danach lag sie schwach, willenlos und gesättigt auf dem Bett. Scheinbar endlose Augenblicke später, als sie langsam wieder zu sich kam, fühlte sie die Scham, von der er gesprochen hatte. Einfach unglaublich, daß ihr diese Qual Vergnügen bereitet hatte, daß sie unter den Händen dieses Mannes, der ihr Feind war, erglüht und explodiert war, dieses Mannes, der sie mit jeder Faser haßte. Jetzt wußte sie, wußte ganz genau, wie er sich gefühlt hatte, und auch sie haßte ihn nun mit jeder Faser ihres Seins. Haßte ihn, weil er ihr ein Geheimnis offenbart hatte.

17. Kapitel

Dieser erste Tag im Gemach des Lords erschien Rowena endlos lang, obwohl de Chaville sie verließ, sobald er mit ihr fertig war – genauso, wie sie es immer getan hatte.

Natürlich blieb sie auch danach angekettet – Gleiches mit Gleichem, genau wie er ihr versichert hatte. Und wenn er sich wirklich exakt an das hielt, was er erlitten hatte, dann würde er heute nicht mehr zu ihr kommen. Sie war in der Tat überrascht, daß er nicht bis zur Nacht gewartet hatte, denn genau um diese Zeit hatte Gilbert sie zu ihm gebracht.

Das erste Mal... sie hatte schreckliche Schmerzen gehabt, bis ihr Jungfernhäutchen endlich zerissen war – schlimmer noch, als es hätte sein müssen, denn sie war ja so ahnungslos gewesen... Fairerweise mußte sie jedoch zugeben, daß auch er sich Schmerzen bei jedem einzelnen ihrer Besuche zugefügt hatte. Nur heute hatte er keine gehabt. Außerdem hatte sie kein Vergnügen daran gefunden, ihn zu nehmen, doch er war jedesmal zum Höhepunkt gekommen. Und während er sie hier vergewaltigte, kam er ebenfalls in den Genuß dieses Vergnügens, und das war nun ganz und gar nicht fair. Außerdem haßte sie ihn, weil er nun nicht nur jedesmal seine Rache bekam, sondern auch sein Vergnügen. Jedesmal.

Gleiches mit Gleichem. Wenn er es ernst meinte, dann mußte sie sich auf drei Nächte in Ketten einstellen. Am dritten Morgen würde er sie dann freilassen – sofern er sich an die Abmachung hielt. Des weiteren konnte sie erwarten, daß er ihr in der zweiten Nacht dreimal Gewalt antun würde und in der dritten ebenso – falls er das ohne ihre Mithilfe überhaupt schaffte. Sollte dies nicht der Fall sein... sie weigerte sich, diesen Gedanken zu Ende zu denken.

Die Stunden verstrichen in völliger Stille. Ohne daß sie es gemerkt hatte, waren ihr die Arme eingeschlafen. Erst als sie versuchte, sie zu strecken, kündigte ein unangenehm stechendes Kribbeln die Blutzirkulation an. Danach achtete sie darauf, die Arme in regelmäßigen Abständen zu schütteln. Sie konnte nur ahnen, wie es sich anfühlte, wenn sie einmal ein paar Stunden schlief.

Doch diese Gefahr bestand im Moment nicht. Die Kammer verdunkelte sich mit der hereinbrechenden Dämmerung, aber sie hielt die Augen offen. Obwohl sie unbedingt ihre Notdurft verrichten mußte, unterdrückte sie den Drang. Langsam fürchtete sie, sie würde die Schande erleben, dies hier, auf seinem Bett erledigen zu müssen, falls nicht... O Gott – und ihn hatte man kein einziges Mal losgemacht, er hatte seine Notdurft in Ketten verrichten müssen. Mildred war es gewesen, die sich um ihn gekümmert hatte, und als Rowena überlegte, wie das alles wohl vonstatten gegangen sein mußte, brannten ihre Wangen vor Scham – dabei war es noch nicht einmal so weit. Doch ihm war genau das passiert, eine weitere Demütigung, die er hatte erdulden müssen, eine Demütigung, die ihr bis jetzt noch gar nicht in den Sinn gekommen war. Doch auch wenn sie es gewußt hätte, was hätte sie schon dagegen tun können? Gilbert hatte ausdrücklich befohlen, daß nur sie und Mildred von dem Mann wissen sollten, wie hätte sie da also nach einem Diener schicken können, der die Sache für ihn etwas erleichtert hätte?

Als hätte er ihre Gedanken selbst durch die dicken Steinmauern erraten, betrat Fulkhurst genau in diesem Moment das Gemach. Er hatte eine Dienerin bei sich, die ein Tablett mit Essen trug. Ohne zu zögern, trat er ans Fußende des Bettes. Die Frau blieb abrupt stehen, als sie Rowena sah. Ihre dunklen Augen weiteten sich in maßlosem Entsetzen. Er hatte sich nicht einmal die Mühe gemacht, sie zuzudecken, bevor er gegangen war, so wie sie das immer mit ihm gemacht hatte.

»Stell das hin, Enid, und hole was sonst noch gebraucht wird«, befahl er der Frau.

Das ließ sich Enid nicht ein zweites Mal sagen; hastig verließ sie die Kammer. Das bemerkte Fulkhurst jedoch gar nicht, denn er starrte immer noch auf Rowena. Sie machte die Augen zu, bis er schließlich sanft mit einem Finger über ihren Fuß strich, was wohl seine Art war, ihre Aufmerksamkeit auf sich zu lenken. Jetzt öffnete sie die Augen und versuchte gar nicht erst, ihren Haß zu verbergen.

»Oho, was ist denn das? Ihr scheint also doch mehr zu besitzen als nur ein zartes Gemüt, nicht wahr?« Er lächelte, doch es war kein aufrichtiges Lächeln, nur ein weiterer Triumph, in dem er immer noch schwelgte. »Ihr merkt wahrscheinlich, daß mich Eure Antipathie keineswegs verärgert. Ich begrüße sie sogar.«

Daraufhin schloß sie wieder die Augen, damit er sich nicht weiter an ihrem Haß erfreuen konnte, doch er gestattete ihr nicht einmal dies.

»Schaut mich an«, befahl er streng. Als sie umgehend gehorchte, meinte er: »Schon besser. Immer, wenn Ihr Euch in meiner Gegenwart befindet, Dirne, habt Ihr mich anzusehen, außer ich befehle etwas Gegenteiliges. Ihr tut gut daran, zu gehorchen.«

Noch eine von seinen Drohungen. Darin war er wirklich ein Meister: Drohungen auszustoßen, ohne deren Konsequenzen zu nennen. Und diesmal zeigte sie ihm, was sie davon hielt, indem sie ihm einen weiteren, haßerfüllten Blick zuwarf. Warum auch nicht, wo er das doch ohnehin *begrüßte?*

Doch er dachte bereits an ein ganz anderes Thema, das, welches ihn ursprünglich hierhergeführt hatte. »Es sieht so aus, als müßte ich ein weiteres Zugeständnis an Euer Geschlecht machen. Ihr habt mir eine Frau geschickt, die sich um mich gekümmert hat. Dafür hätte ich Euch gerne einen Mann geschickt, das dürft Ihr mir glauben, doch ich kenne leider keinen Mann, der sich nur um Eure Bedürfnisse gekümmert hätte und nicht gleichzeitig um seine eigenen. Daher wird Enid sich Eurer annehmen. Sie ist erfahren im Umgang mit Kranken und Bettlägrigen, und sie wird auch nichts weitererzählen, da sie ihre Zunge schon vor langer Zeit verloren hat, als noch ein anderer Herr auf Fulkhurst war.«

Sein Gesicht verzog sich zu einer grausamen Grimasse, die anzeigte, daß er sich in einem Zustand äußerster Wut befand, in dem man ihm jede nur denkbare Gemeinheit zutrauen konnte. Da sie sich diesmal jedoch keiner Schuld bewußt war, mußte sie annehmen, daß seine Wut durch die Erwähnung des anderen Burgherren ausgelöst worden war. Und sie hatte angenommen, daß nur Gilbert und sie ihn zum Feind hatten! Sie bedauerte denjenigen, falls er nicht ohnehin bereits tot war.

Sein grimmiger, brütender Gesichtsausdruck währte jedoch nicht lange. Schon bald lächelte er wieder dieses Lächeln, das eigentlich keines war. »Ich werde nicht eher zufrieden sein, als bis Ihr jede Demütigung, die ich erdulden mußte, am eigenen Leib erfahren habt. Daher werde ich Euch mit meiner erlauchten Gegenwart beehren, während Enid sich um Euch kümmert. Und ich warne Euch nochmals, wendet den Blick nicht von mir ab, und wagt nicht, Eure Augen zu schließen und mich zu ignorieren, verstanden?«

Rowena war so entsetzt, daß sie nicht einmal nickte. Am liebsten hätte sie ihn jedoch mit einer Schimpftirade bedacht, wenn sie nur gekonnt hätte. Jetzt wußte sie außerdem, wie frustrierend es war, zum Schweigen verurteilt zu sein.

Enid kam bald zurück und machte sich wortlos an die Arbeit, und ohne daß man ihr sagen mußte, was zu tun war. Eingedenk Warricks Drohungen hielt Rowena den Blick auf ihn geheftet, während er sich an einen der Bettpfosten lehnte. Doch sie sah ihn nicht wirklich. Sie konzentrierte sich auf Enid und das, was sie tat. Trotz ihres grauen Haars war die Frau nicht alt, sie zählte höchstens vierzig Lenze. Ihre Nase war leicht verkrümmt, doch ansonsten hatte sie ein hübsches Gesicht, und eine helle, glatte Haut. Und sie besaß sanfte Hände, die alles rasch und geschickt erledigten, eine Tatsache, für die ihr Rowena auf ewig dankbar sein würde.

Das Schlimmste war bald vorbei, doch diese Preisgabe ihrer Privatsphäre war noch erniedrigender als die Vergewaltigung. Doch auch er war nackt gewesen, und er vergalt nur Gleiches mit Gleichem. Dies hier hatte sie jedoch nicht verdient. Sie mußte zwei Zeugen ertragen, während er nur einen gehabt hatte.

Sie rief sich ins Gedächtnis, daß er genau dasselbe hatte erdulden müssen, und daß sie nur deshalb hier war. Doch Trost war ihr dies nicht, weshalb sie, sobald man ihr den Knebel entfernte, jedes Schuldgefühl beiseite schob und ihn deutlich wissen ließ, was sie von ihm hielt. Die Konsequenzen waren ihr egal.

»Ihr seid der abscheulichste, verabscheuungswürdigste und grausamste Mann auf der Welt, tausendmal schlimmer als Gilbert!«

Statt einer Antwort wandte er sich an die Dienstmagd. »Ich lege keinen Wert darauf, ihr zuzuhören, Enid. Sieh also zu, daß sie den Mund immer hübsch voll hat, damit sie keine Zeit hat, etwas anderes zu tun, als zu kauen.«

»Bast –«

Sie wäre fast erstickt an dem riesigen Löffel, den ihr Enid nun in den Mund schob. Und noch bevor sie hinuntergeschluckt hatte, schob sie ihr schon den nächsten nach. Enid – hatte sie wirklich gedacht, ihr dankbar sein zu müssen? – gehorchte ihrem Herrn aufs Wort. Und bevor Rowena noch ein weiteres Wort äußern konnte, hatte sie wieder den Knebel im Mund.

Die Dienstmagd ward danach mit einer Handbewegung entlassen. Warrick verließ seinen Platz am Fußende des Bettes und schritt an ihre Seite und beugte sich über sie. Sein Gesicht war schon fast wieder gutaussehend, so gleichmäßig waren seine Züge.

»Törichte Maid«, sagte er ohne Umschweife. »Das war gar kein dummer Trick, mich anzusehen und doch nicht zu sehen. Aber wenn Ihr mir gehorcht hättet, dann hättet Ihr gesehen, daß ich Euch überhaupt nicht beachtet habe. Dafür verdient Ihr eine Bestrafung. Könnt Ihr raten, was das sein wird?«

Sie mußte nicht lange überlegen. Er faßte ihr, ohne zu zögern, mit der Hand zwischen die Beine und stieß mit seinen Fingern in ihre trockene Höhle. Dort blieben sie auch. Die ausbleibende Wirkung schien ihn diesmal jedoch nicht zu stören, hatte er doch die Erinnerung an ihre vorhergehende Niederlage als Beweis dafür, daß sie nicht länger widerstehen konnte als er.

Ganz langsam fing er an, mit seiner freien Hand die Bänder an seinen enganliegenden Beinkleidern zu lösen, während er die andere fest zwischen ihre Schenkel gepreßt hielt. Seinem Befehl entsprechend durfte sie den Blick nicht von ihm abwenden.

»Kämpfe dagegen an, kleine Diebin«, befahl er sanft.

»Kämpfe, so wie ich es getan habe, und lerne, daß der Leib sich weder um Wut, noch Rache, noch Scham kümmert. Er ist nichts als ein einfaches Gefäß mit einfachen, aber mächtigen Trieben, und einer davon ist der uralte Fortpflanzungstrieb.«

Nachdem er den Überrock aufgeknöpft hatte, sah sie die Wölbung unter dem schwarzen Tuch seiner Beinkleider, und wußte, daß sich sein Glied bereits zu voller Größe aufgerichtet hatte. Bei diesem Anblick wurde ihre Grotte naß, und sie stöhnte, da sie nun wußte, was dies zu bedeuten hatte.

Er berührte sie nicht, sondern stieg sofort auf sie und glitt ohne Schwierigkeiten in sie hinein. Dies hier war eine Bestrafung, nicht Teil seiner Rache. Doch ihrem Körper war das egal. Er sorgte für Feuchtigkeit, um Schmerzen zu vermeiden, und begrüßte die Gelegenheit zur Fortpflanzung. Doch da war noch mehr, was ihr Körper gegen ihren Willen tat. Sie kämpfte weiß Gott dagegen an, kämpfte mit jeder Faser ihres Seins, schrie innerlich vor Wut und konnte es trotzdem nicht verhindern: die unglaubliche Lust, die jeder seiner Stöße in ihr auslöste, Stöße, die sie schüttelten, die sie bis zum Zerreißen ausfüllten, die ihren Verstand ausschalteten. Und das Schlimmste war, daß Warrick ihr dabei die ganze Zeit ins Gesicht sah, sah die Lust, sah wie sie sich dem Höhepunkt näherte, sah, wie sie explodierte, sah wie sie vollkommen willenlos wurde. Doch diesmal sah sie auch ihn an, zum ersten Mal, und als auch er von derselben Lust fortgerissen wurde, verschwand für einen Moment die Grausamkeit aus seinem Gesicht, und einen kurzen Augenblick lang sah sie den wahrhaft gutaussehenden Mann unter der haßerfüllten Maske.

Weil sie das alles gar nicht sehen wollte, schloß sie die Augen; es war ihr egal, ob er sie dafür töten würde. Er aber sank lediglich auf sie hinunter, die Stirn lag auf ihrem Kissen, die Wange an ihrer Schläfe, der stoßweise Atem deutlich an ihrem Ohr. Und er verließ sie diesmal nicht so schnell wie beim ersten Mal.

Als er es schließlich tat, atmete er wieder normal, und

sein Gesicht war wieder eine Maske. Er kleidete sich rasch an, und als er damit fertig war, hielt er inne und starrte sie an, sein Blick glitt dabei über ihren ganzen Körper, bevor er schließlich an ihrem immer noch geröteten Gesicht hängenblieb. Seine Finger strichen sanft über die weiche Unterseite ihrer hochgereckten Arme.

»Vielleicht werdet Ihr in Zukunft meine Befehle besser befolgen – vielleicht auch nicht.« Seine Lippen kräuselten sich verächtlich. »Ihr werdet zugeben, daß ich selbst nie so schnell nachgegeben habe wie Ihr, Dirne. Ich frage mich, was wohl der Gedanke, wie oft ich in der nächsten Zeit noch zu Euch kommen werde, bei Euch bewirkt. Ich werde nicht auf die Nacht warten, denn ich beabsichtige nicht, mich um meinen Schlaf zu bringen. Fürchtet Ihr Euch davor, meine kleine Diebin, oder findet Ihr meine Besuche etwa gar nicht mehr so widerwärtig?«

Am liebsten hätte sie ihm ins Gesicht gespuckt. Er las es in ihren Augen und lachte.

»Ausgezeichnet. Es hätte mir gar nicht gefallen, wenn Ihr meine Besuche ungeduldig erwartet hättet, wo ich doch die Euren so verabscheut habe und ich nur daran denken konnte, wie ich meine Hände um diesen zarten Hals legen könnte, um den letzten Atemzug aus Eurem kleinen Körper herauszupressen.«

Als sich seine nun genau dorthin legten und leicht zudrückten, beunruhigte das Rowena keineswegs. Sie wußte, er würde sich, rachsüchtig wie er war, niemals mit einem schnellen Tod zufriedengeben. Er sah sehr wohl, daß sie keine Angst hatte, was ihm ganz und gar nicht gefiel.

»Ihr glaubt, mich zu kennen, nicht wahr?« stieß er giftig hervor. »Ich rate Euch, Dirne, das noch einmal genau zu überlegen, denn Ihr werdet mich *nie* gut genug kennen, um zu wissen, wozu ich fähig bin, welche dämonischen Kräfte mich zu dem gemacht haben, was ich bin. Betet lieber, daß ich in der Rache gegen Euch Befriedigung finde, oder Ihr werdet noch Euren Tod herbeisehnen.«

Wenn er sie damit in Angst und Schrecken hatte versetzen wollen, dann war ihm dies aufs Trefflichste geglückt.

18. Kapitel

Rowena wollte lieber nicht daran denken, was passieren konnte, wenn Warrick de Chaville sie erneut besuchte, denn sie wußte, sie würde bloß anfangen zu zittern. Aber er kam.

Sie war kaum wach, als er am nächsten Morgen noch vor Sonnenaufgang erschien. Als sie ihn schließlich bemerkte, hatte er ihren Körper bereits so weit stimuliert, daß sie bereit war, ihn aufzunehmen. Und diesmal ging alles schnell; er nahm sie in solcher Hast, daß sie ebenso wütend darüber war, im Schlaf gestört zu werden, als mißbraucht zu werden. Es war schon vorüber, noch bevor sie irgend etwas fühlte, aber obwohl sie übermüdet war, konnte sie, nachdem er gegangen war, nicht mehr einschlafen.

Enid kam bald danach, diesmal allerdings ohne Warrick. Rowena kümmerte sich nicht um die teilnahmsvollen Blicke der Dienstmagd, obwohl sie ihre Fürsorge auch heute wieder als ungeheuer tröstlich und wohltuend empfand. Sie hatte gar nicht gewußt, wie verspannt ihre Schultern waren, bis Enid anfing, sie zu massieren. Und obwohl sie es nicht hätte tun müssen, wusch das Mädchen sie, bis der Geruch dieses Monsters verschwunden war. Am Mittag kam er wieder. Und noch einmal kurz nach Einbruch der Dämmerung. Rowenas einziger Trost war, daß er sich beim dritten Mal ziemlich anstrengen mußte, um ihr diese verräterische Feuchtigkeit zu entlocken. Dasselbe passierte am darauffolgenden Tag, nur daß er sich beim dritten Mal, ihrer letzten Vereinigung also, nicht mehr nur mit ihrer Bereitschaft, ihn in sich aufzunehmen, zufriedengab.

Diesmal wollte er mehr, etwas ganz anderes, möglicherweise wollte er sie sogar verrückt machen – überrascht hätte sie das nicht. Auch nachdem er wußte, daß sie längst für ihn bereit war, hörte er nicht auf, sie zu streicheln. Er liebkoste sie so lange und auf so teuflische Weise, daß sie glaubte, es nicht länger ertragen zu können. Er schürte so lange die Lust in ihr, trieb sie in solche Höhen, daß sie ihn, wenn sie gekonnt hätte, angefleht hätte, sie doch endlich zu nehmen. Es blieb ihr jedoch nichts anderes übrig, als sich mit dem zu begnügen, was er ihr gab. Das brachte sie zu der Einsicht, daß ihr Geist genauso schwach sein konnte wie ihr Fleisch. Dieser Bastard brachte sie dazu, ihn zu *begehren*. Und er wußte es. Das war sein allerletzter Triumph.

Das einzige, was sie zu diesem Zeitpunkt noch bei Verstand hielt, war die Gewißheit, am nächsten Morgen freigelassen zu werden, denn dann mußte sein Plan, es ihr mit gleicher Münze heimzuzahlen, ja erfüllt sein. Trotzdem wagte sie nicht, daran zu denken, was er wohl noch im Sinn hatte, denn sie zweifelte keinen Augenblick daran, daß er sich nicht mit dem zufriedengeben würde, was er ihr bis jetzt angetan hatte. Er hatte ja gesagt, daß ihr Leben ihm gehörte, weil Gilbert die Absicht gehabt hatte, ihn zu töten, und daß er ihrem Leben recht wenig Wert beimesse. Er hatte gesagt, er könne mit ihr tun, was immer er wolle.

Nein, er würde sie nicht gehen lassen, so wie sie ihn – zumindest nicht, bevor das Kind geboren war. Wenn er wirklich die Absicht hatte, es ihr wegzunehmen, und sie von dem Kind fernzuhalten, dann mußte er sie ja wohl gehen lassen – oder sie in eine seiner zahlreichen anderen Burgen verbannen. Ihr fiel immer noch nicht ein, was sie dagegen tun konnte, wußte sie doch nicht einmal, was ihr der nächste Tag bringen würde.

Am nächsten Tag kam Enid mit den Schlüsseln zu den Ketten. Rowena hatte erwartet, Warrick selbst zu sehen, und zu erfahren, welche Demütigungen er sich nun für sie hatte einfallen lassen. Enid konnte ihr natürlich nichts darüber sagen. Immerhin hatte sie etwas zu essen gebracht. Und Rowena konnte nun zum ersten Mal in drei Tagen wieder selbst essen. Außerdem hatte sie Kleider gebracht.

An den Kleidern merkte Rowena, daß irgend etwas

ganz und gar nicht in Ordnung war. Ihre eigenen hatte man ihr schon vor langer Zeit weggenommen, doch diese neuen hier waren ganz anders als ihre. Die Bluse und das Wams waren aus grobem, selbstgewebtem Wollstoff, von undefinierbarem Grau. Es waren Gewänder für eine Burgmagd, das Wams beispielsweise kürzer, als jede Lady es zu tragen gewagt hätte, neu zwar, immerhin, und nun Rowenas. Anstelle eines Gürtels erhielt sie einen einfachen Lederriemen. Dazu gehörten dicke, wollene Beinkleider und einfache Stoffschuhe, doch keine weiche Unterwäsche oder ähnliches. Sie würde also nackt sein unter diesen Gewändern, ein weiterer, demütigender Hinweis auf ihre jetzige Lage.

Die Gemächer des Lords hatte sie umgehend zu verlassen.

Sobald Rowena sich angekleidet und ihr Haar in Zöpfe geflochten hatte, winkte Enid ihr zu folgen. Das Mädchen konnte zwar nicht sagen, was sie erwartete, doch sie wußte genau, wo sie sie hinführen mußte. Sobald sie den Palas betreten hatte, fühlte sie, wie ihr Blick wie von selbst auf den Tisch des Lords gezogen wurde.

Warrick saß am Kopfende der riesigen Tafel, ein Sonnenstrahl fiel durch eins der großen Fenster und ließ sein Haar golden aufleuchten. Obwohl die Frühstückszeit längst vorüber war, stand ein Teller mit Fleisch und ein Krug Bier vor ihm. Er schien nicht die Absicht zu haben, sie über das aufzuklären, was sie erwartete. Aber wenn er scheinbar gar nicht auf ihre Reaktion gespannt war, konnte es so schlimm nicht sein.

Ihr Blick richtete sich auf eine Bewegung hinter seinem Rücken. Sie sah hinüber zum Herd und erkannte eine Gruppe von Frauen, die alle in ihre Richtung starrten und nun in ihrer Tätigkeit innegehalten hatten. Sie bemerkte sie erst jetzt, weil die große Tafel durch die hereinbrechende Sonne so hell erleuchtet war, daß alles übrige im Dunkel lag. Nun, da sich ihre Augen daran gewöhnt hatten, sah sie, daß die meisten dieser Frauen adlige Damen waren, einige davon ziemlich jung. Die beiden jüngsten blickten stirnrunzelnd zu ihr herüber.

Wo hatte sie dieses Stirnrunzeln nur schon vorher einmal gesehen…

Aber natürlich, es waren Warricks Töchter, fast erwachsen sogar! Sie sahen ihm nicht unbedingt ähnlich, lediglich dieses Stirnrunzeln war ganz das seine, die Ähnlichkeit war nicht zu übersehen. Dann mußte er ja auch eine Frau haben. Doch nein, eine Ehefrau würde nie ihr Gemach aufgeben, damit ihr Gatte dort fremde Frauen vergewaltigen konnte, oder doch? Das würde bedeuten, daß Warrick de Chavilles' Frau überhaupt keinen Einfluß auf das hatte, was ihr Ehemann tat.

Rowena konnte eine solche Frau nur bedauern – eine Frau, die mit einem Mann wie ihm geschlagen war.

Und dann schnappte sie nach Luft, als sie eine der Frauen, die sich bei ihrem Anblick erhoben hatten, erkannte. Mildred! War das möglich?

Rowena wäre vor lauter Freude beinahe in die Luft gesprungen, ihr Gesicht leuchtete, sie machte einen Schritt nach vorn. Zu ihrer Überraschung wandte sich Mildred aber ab und sah hinüber zu Warrick, woraufhin sie wieder Platz nahm. Ohne ein Wort? Ohne die kleinste Begrüßung? Rowena begriff nichts mehr. Doch dann sah sie erneut zu Warrick hinüber. Sie sah ihn lächeln, und plötzlich verstand sie. Dies war noch eine Art, es ihr heimzuzahlen. Hatte er es etwa geschafft, Mildred gegen sie aufzuhetzen? Aber nein, das war unmöglich. Offensichtlich war es Mildred jedoch verboten, mit ihr zu sprechen.

So schnell, wie die Freude gekommen war, kam nun die Wut. Sie war bereits verwirrt und verärgert, weil sie unter den Röcken nichts als Strümpfe und nackte Haut tragen durfte. Doch daß man ihr nun auch noch die einzige Vertraute, die Frau, die für sie wie eine zweite Mutter war, verwehrte, war zuviel. Sie vergaß die Gefahr, in der sie sich befand, vergaß, daß er sie ohne mit der Wimper zu zucken wieder in sein Verlies werfen lassen, sie schlagen, ja sogar töten konnte.

Sie achtete nicht auf Enids Hand, die sie zurückhalten wollte, sondern rannte geradewegs auf die verhaßte Gestalt zu. Als sie dicht vor ihm stand, zog er erstaunt die

Augenbrauen hoch, als wisse er beim besten Willen nicht, was sie so aufgebracht hatte.

Sie beugte sich vor und zischte leise: »Ihr könnt mir alles, aber auch alles nehmen, was ich schätze und liebe, doch Ihr könnt mich nicht davon abhalten, jeden Tag dafür zu beten, daß Ihr bald in der Hölle schmort, Warrick.«

Er lächelte sie auf diese grausame Weise an, die sie schon an ihm kannte. »Erwartet Ihr etwa von mir, eine Seele zu fürchten, die bereits verdammt ist, Dirne? Und habe ich Euch etwa diese vertraute Anrede gestattet?«

Sie richtete sich ungläubig auf. Sie wünschte ihn in die tiefste Hölle, und alles, was ihm dazu einfiel, war, daß sie ihn mit Vornamen angesprochen hatte? Sie schäumte vor Wut, und er lächelte sie einfach an?

»Ich bitte um Vergebung«, fauchte sie höhnisch. »Bastard, das wäre wohl geeigneter gewesen.«

Bei diesen Worten schoß er so schnell hoch, daß ihr Ärger auf der Stelle verflog. Bevor sie noch daran denken konnte zu fliehen, lehnte er sich über den Tisch und packte ihr Handgelenk.

Sein Griff war so fest, daß sie nach Luft schnappte. »Mein Gebieter«, lautete seine Antwort.

»Wie bitte?«

»Ihr habt Euren Satz nicht mit der geziemenden Anrede beendet. Sagt ›mein Gebieter‹.«

Er wollte sie nicht töten, weil sie ihn Bastard genannt hatte? »Aber Ihr seid nicht mein Gebieter.«

»Das bin ich sehr wohl – ab jetzt. Und ich will, daß Ihr es sagt, sehr oft sagt sogar. Ich will, daß Ihr es sofort sagt.«

Lieber hätte sie sich die Zunge abgebissen. Ihr sturer Gesichtsausdruck mußte es ihm verraten haben, denn er riß sie näher zu sich heran und flüsterte in leisem, drohendem Ton: »Ihr sagt es sofort, oder ich lasse eine Peitsche holen, die Euch Gehorsam lehren wird.«

Er meinte es ernst. Er war kein Mann, der leere Drohungen ausstieß. Da war es ihr schon lieber, wenn sie die Folgen gar nicht erst kennenlernte.

Trotzdem wartete sie einen Augenblick, bevor sie zwischen zusammengebissenen Zähnen hervorstieß: »Mein Gebieter.«

Er ließ sie sofort los. Sie rieb ihr schmerzendes Handgelenk, während er sich mit ausdruckslosem Gesicht wieder setzte. Sie hatte ihn herausgefordert – und verloren. Doch diesmal täuschte sein gelassener Gesichtsausdruck. Er war verärgert, weil sie nach ihrer Freilassung nichts anderes getan hatte, als ihn zu beschimpfen, wo sie doch nach der Behandlung der letzten drei Tage viel zu eingeschüchtert hätte sein sollen, um sich brüskiert zu geben.

»Vielleicht habt Ihr doch noch nicht völlig den Verstand verloren«, sagte er und fügte dann grimmig hinzu, »aus meinen Augen, bevor mir noch einmal einfällt, *wie* Ihr mich genannt habt.«

Das mußte er nicht zweimal sagen. Rowena wandte sich ohne einen weiteren Blick ab und eilte zurück zu Enid, die bereits unter dem Türbogen auf sie wartete. Sie folgte ihr aus dem Palas und über einen Gang in die Küche.

Normalerweise befand sich die Küche einer Burg außerhalb des Bergfriedes, im Zwinger, doch im Laufe der Jahre war man mehr und mehr dazu übergegangen, die Küche näher am Palas, im Hauptgebäude also, unterzubringen. Dies hatte sich besonders in kalten und regnerischen Gegenden als sehr praktisch erwiesen. Fulkhurts Küche war eine davon; man hatte sie in den ehemaligen Soldatenquartieren untergebracht.

Mindestens zwanzig Leute waren eifrig an der Arbeit, denn die Vorbereitungen für das abendliche Mahl hatten bereits begonnen. Eine ganze Rinderhälfte briet über einem riesigen Feuer, und der Duft des Fleisches erfüllte den Raum. Köche umstanden eine lange Tafel, auf der sie die verschiedensten Gemüse putzten, Kuchen und Pasteten zubereiteten oder Fleisch schnetzelten. Der Chefkoch würzte die Speisen. Zwei Soldaten verzehrten ein hastiges Mahl im Stehen, während eine hübsche Küchenmagd mit ihnen flirtete. Eine Milchmagd kassierte gerade eine Ohrfeige, weil sie über einen der zahlreich herumlungernden Hunde gestolpert war und dabei etwas Milch aus ihrem Eimer verschüttet hatte. Daraufhin versetzte sie dem Hund einen Tritt, der zwar jaulte, seinen Platz bei der Bank jedoch nicht aufgab. Ein Küchenjunge wusch die vom Morgenmahl noch schmutzigen Deckelkannen und Trinkkrüge. Der Bäcker schob frisch geformte Brotlaibe in den Ofen. Zwei kräftig gebaute Diener schleppten große Getreidesäcke aus dem Keller.

Die Hitze war erträglich, weil der Raum so groß und hoch war, dennoch lief den geschäftigen Leutchen der Schweiß in Strömen von der Stirn, da in allen Öfen Feuer brannte. Rowena nahm all das mit einem einzigen erschreckten Blick wahr. Der Kämmerer war ebenfalls da, er verließ gerade das Zimmer des Verwalters, das sich einen Stock höher befand. Enid brachte sie jedoch nicht zu ihm, sondern zu der hochgewachsenen Frau, die eben die Milchmagd geohrfeigt hatte. Mit einer Größe von fast einssiebzig war sie für eine Frau außergewöhnlich groß. Sie hatte blondes Haar und einen frischen, rosigen Teint. Sie war keine Leibeigene, sondern eine Freie, die Gattin des Chefkochs.

»Also Ihr seid das Mädel aus Kirkburough«, sagte Mary Blouet und maß Rowena von Kopf bis Fuß – wie alle anderen in der Küche, nur daß die anderen es nicht so offen taten. »Man munkelt, 'ne Lady war im Verlies, doch das war wohl 'ne Lüge, sonst wärt Ihr ja jetzt nicht hier, bei mir. Ihr werdet mich Mistress Blouet nennen, und keine Mucken oder Widerreden! Diese eingebildete Mildred reicht mir schon – da aber der Lord selbst 'nen Narren an ihr gefressen hat, kann ich ihr nicht mal zeigen, wer hier der Herr ist. Doch Ihr genießt nicht solche Privilegien, Mädchen, nicht wahr?«

»Wahrhaftig«, erwiderte Rowena und konnte dabei ihre Verachtung nicht verbergen. »Der Lord hält so wenig von mir, daß ich auf ewig bestraft werde.«

»Bestraft?« Mary runzelte die Stirn. »Nein, nur wenn's nötig ist. Nun kommt schon. Ich muß meine Runden machen, sonst bleibt die Arbeit liegen – den faulen Weibern, die unter meiner Aufsicht stehen, muß man nämlich gehörig auf die Finger schauen. Die Arbeiten, die Ihr von nun an zu verrichten habt, erkläre ich Euch unterwegs.«

Das überraschte Rowena. »Ich soll also nicht in der Küche arbeiten?«

»Hier?« Mary lachte herzlich. »Hier gibt's schon genug Hände. Außerdem hat's mein Mann nicht gern, wenn meine Mädchen in seinem Bereich arbeiten. Faulheit kann der nämlich nicht ausstehen, und genau damit hab ich's zu tun, aber da ist kein Kraut dagegen gewachsen – nicht solange diese Schlampe Celia meine Autorität untergräbt, sobald ich ihr den Rücken zuwende. Sie kommt durch damit, weil sie Lord Warricks Lieblingshure ist – was hier jeder weiß. Ach, ich wünschte...«

Sie beendete den Satz jedoch nicht und stieg resolut die Treppen zum Palas hinauf. Rowena mußte sich beeilen, um Schritt zu halten, denn ihr grauste schon vor einer neuerlichen Begegnung mit Warrick, doch glücklicherweise hielt er sich nicht mehr dort auf. Auch an dem großen Kamin saßen weniger Damen wie zuvor. Und kein Anzeichen von Mildred.

»Was die Dienerinnen der Ladies betrifft, habe ich nichts zu sagen«, meinte Mary, die Rowenas Blick verfolgt hatte. »Aber Ihr scheint nicht so viel Glück wie diese Mildred zu haben. Ihr bekommt keine so leichte Arbeit.«

»Ist Mildred schon lange hier?«

»Nein, sie ist mit dem Lord hier angekommen. Kennt Ihr sie?«

»Ja.«

»Nun, Ihr haltet Euch besser von ihr fern. Es gibt 'ne ganz bestimmte Hierarchie unter dem Burgvolk, und da sie nun mal die Aufsicht über die Töchter des Lords hat, steht sie noch über den Dienerinnen der anderen Ladies, die ohnehin schon über Euch stehen. Doch Ihr wiederum steht über dem Küchenvolk, also haltet Euch auch von denen fern. Ich habe genug Mädchen unter meiner Aufsicht, unter denen Ihr Euch 'ne Freundin suchen könnt, aber wenn Ihr meinen Rat hören wollt, dann vergeßt ganz schnell diese Celia.«

Rowena interessierte »diese Celia« jedoch kein bißchen, selbst wenn sie Warricks Favoritin war. Sie machte sich weit mehr Sorgen um ihr eigenes Schicksal. Sie wußte, sie würde eine von Marys »Mädchen« werden, doch man hatte ihr bisher noch nicht gesagt, was das bedeutete.

Der Schock über ihre jetzige Stellung als Dienstmagd war nicht allzu groß, denn die Gewänder, die man ihr am Morgen gegeben hatte, hatten sie auf etwas Derartiges schon vorbereitet. Und das erste, was Warrick ihr in Kirkburough gesagt hatte, war ja gewesen, daß sie keine Lady mehr war. Die bittere Ironie war, daß sie sich noch sehr genau daran erinnerte, vor nicht allzu langer Zeit eben dies herbeigewünscht zu haben, eine einfache Leibeigene zu sein, ohne Besitz, um den es zu streiten lohnte. Wahrlich, sie würde in Zukunft vorsichtiger sein müssen, was sie sich wünschte.

Eine Dienerin konnte Warrick jedoch nie aus ihr machen, denn sie war als Adelige geboren und erzogen worden. Das konnte er ihr nicht wegnehmen, ganz gleich, was er tat oder sagte. Er konnte nur befehlen, sie zu behandeln wie eine Dienstmagd, und dagegen konnte sie überhaupt nichts tun, denn sie befand sich vollkommen in seiner Hand. Wenn sie allerdings daran dachte, daß er sie ebenso gut wieder ins Verlies hätte werfen können – ohne den guten John Giffard als treuen Wächter –, dann konnte sie sogar noch von Glück reden. Und als Dienstmagd hatte sie Bewegungsfreiheit, konnte unbemerkt überall hingelangen. Als Dienstmagd konnte sie fliehen.

19. Kapitel

»Hier werdet Ihr also die meiste Zeit verbringen«, erklärte Mary, als sie die Tür zum Webzimmer öffnete, das sich genau über dem Palas befand.

Drei Frauen hasteten geschwind wieder an die Webstühle, weg vom Fenster, von wo aus sie den Soldaten bei den Waffenübungen zugesehen hatten. Mary sah die Frauen zornig an und fing an zu schimpfen.

Rowena blickte sich in der Kammer um. In einer Ecke stand ein riesiger Korb mit genügend Arbeit für mehr als die acht anwesenden Arbeiterinnen. In noch größeren Körben lagen Berge von Wolle, die darauf warteten, zu Fäden und schließlich zu Tuch verarbeitet zu werden. Daneben standen sechs große Webstühle und mehrere kleinere Handwebstühle, doch nur auf drei großen waren Fäden aufgezogen, und nur auf einem sah sie ein fast fertiges Webstück. Das riesige Fenster ließ genug Licht herein, so daß keine Kerzen gebraucht wurden, deren Rauch den frisch gewebten Stoffen geschadet hätte.

Mary wetterte immer noch: »Schon wieder nur Zeit verschwendet, stimmt's?« rief sie. »Eure Arbeit werdet ihr beenden, das garantiere ich euch, oder es gibt kein Abendessen. Und wenn ich in dieser Woche noch eine einzige beim Herumlungern erwische, werdet ihr in Zukunft Wäsche waschen. Es gibt genug andere, mit geschickteren und fleißigeren Fingern, und wenn ich sie aus der Stadt heraufholen müßte.«

Nach diesen Worten schlug sie die Tür hinter sich zu. Rowena, die im Türrahmen stehengeblieben war, meinte überrascht: »Ich dachte, ich müßte hier arbeiten.«

»Stimmt, aber zuerst gibt es noch genug anderes für Euch zu tun. Mit Spinnen und Weben werdet Ihr noch früh genug anfangen.«

Rowena fiel ein Stein vom Herzen. Dankbar erzählte sie Mary: »Ich weiß, wie man einen ganz feinen Faden spinnt, obwohl es länger dauert, weil er doppelt gesponnen werden muß. Ich könnte den Mädchen zeigen, wie man besseres Tuch herstellt, Tuch von einer Qualität, wie sie einem Burgfräulein zukommt.«

In den letzten drei Jahren hatte sie kaum Gelegenheit gehabt, ihre Kenntnise weiterzugeben. Aber sie war immerhin schon fünfzehn gewesen, als sich ihr Leben so drastisch geändert hatte; sie hatte bereits alles von ihrer Mutter gelernt, was man zur Leitung eines großen Haushaltes wissen mußte. Und sie konnte jede Arbeit selbst verrichten, denn ihre Mutter stand auf dem Standpunkt, daß man nur dann andere unterweisen konnte, wenn man die Arbeit selbst ausführen konnte. Und einiges konnte sie sogar noch besser als andere.

Da sie jetzt Marys volle Aufmerksamkeit hatte, fuhr sie fort: »Aber noch geschickter bin ich mit der Nadel.«

»Das muß mein Lord wohl gewußt haben, denn er hat Anweisung gegeben, daß ihr Euch um seine Gewänder kümmert. Auch neue sollt Ihr für ihn machen. Dafür haben wir aber bessere Wolle. Und Ihr könnt den anderen beibringen, feiner zu weben, sagt Ihr?«

Da Rowena angesichts dieser neuerlichen Demütigung – *seine* Kleidung, wahrhaftig! – die Röte ins Gesicht gestiegen war, nickte sie nur steif. Da es im Gang jedoch relativ dunkel war, bemerkte Mary dies nicht. Sie schien überrascht.

»Dann hattet Ihr wohl die Weberinnen von Kirkburough unter Eurer Aufsicht?« fragte sie.

»Nein, ich war nicht lange genug dort.«

»Nun, es würde mir gar nichts ausmachen, wenn Ihr die Mädchen ein wenig unterrichtet, während Ihr Eure Webarbeiten macht. Doch wenn Ihr das tut, was Euch aufgetragen wurde, werdet Ihr kaum Zeit haben zu weben.« Dem fügte sie abschließend hinzu: »Wenn Ihr mit der Arbeit fertig seid, könnt Ihr hierherkommen und bei den anderen schlafen.«

Rowena, die an die kleine, ohnehin schon volle Kammer dachte, meinte erschrocken: »Schlafen denn alle da drinnen?«

»Nein, nur drei. Die anderen fünf sind Huren wie Celia. Die schleichen sich alle davon, um bei irgendeinem Mann die Nacht zu verbringen.« Mary blieb am Ende der Treppe stehen und maß Rowena mit zusammengekniffenen Augen. »Ihr seid doch nicht etwa auch von der Sorte?«

Rowena ahnte, daß man sie beobachtet hatte, als sie vor drei Tagen die Gemächer des Lords betreten hatte und sie dann heute morgen wieder verlassen hatte. Obwohl Mary es anscheinend nicht wußte, würde sie es früher oder später doch erfahren. Wenn Rowena tatsächlich unter dem Schutz und der Aufsicht dieser Frau stand – und alles deutete daraufhin –, dann wollte sie sich diese Frau nicht zur Feindin machen. Mary schien keine hinterhältige Frau, höchstens überarbeitet. Vielleicht konnte sie ihr sogar helfen, wenn es ihr gelang, ihre Sympathie zu gewinnen.

»Ich wäre Euch in der Tat überaus dankbar, wenn Ihr mir *alle* Männer vom Leib halten könntet, Mistress Blouet – doch es gibt eine Sache, die ich Euch sagen muß, falls Euer Lord das nicht schon getan hat. Er hat mich während der letzten drei Tage in seinen Gemächern gefangengehalten – an sein Bett gekettet.«

»Nein, das würde er niemals tun!« sagte Mary entrüstet. »Warum lügt Ihr?«

Das letzte, was Rowena erwartet hatte, war, daß jemand diesen grausamen, rachsüchtigen Mann verteidigte. Vielleicht wußte Mary gar nicht, wie er wirklich war?

»Enid weiß es, und ich zweifle, ob Euer Lord es leugnen würde, denn er hatte Gründe, mich zu bestrafen. Ich sage Euch das nur, weil er mich vielleicht noch mehr bestrafen will, denn ich bezweifle, daß seine Rachsucht schon befriedigt ist.«

Mary sah sie skeptisch an. »Nein, wahrscheinlich habt Ihr recht, denn wenn ich an Eure Arbeit denke, könnte das sehr wohl eine Bestrafung sein, wenn ich mir's so recht überlege. Er hat nämlich noch befohlen, daß Ihr ihn bei jeder Mahlzeit bedient, seine Kammer säubert – nur Enid darf Euch dabei helfen – und daß Ihr Euch um sein Bad kümmert. Celia wird darüber höchstwahrscheinlich ziemlich aufgebracht sein, denn bisher war das ihre Aufgabe, die sie mit Genuß getan hat.«

Rowena fühlte, wie Übelkeit in ihr aufstieg. Und sie hatte schon geglaubt, das Schlimmste hinter sich zu haben!

»Es gibt noch etwas, das Ihr wissen solltet. Ich bin schwanger, und Lord Warrick weiß, daß es sein Kind ist.«

»Und er gibt Euch mehr Arbeit als jedem anderen Diener hier? Nein, das ist unmöglich, ich kann diese Lügengeschichte nicht glauben.«

»Warum sollte ich lügen, wo die Wahrheit doch in wenigen Monaten offensichtlich sein wird?«

»Dann weiß er es eben nicht«, beharrte Mary.

»Kein anderer hat mich je berührt, Mistress Blouet. Das

Kind ist seins, und er hat sogar vor – es mir wegzunehmen.«

Mary rang nach Luft. »Ihr geht zu weit, Mädchen. Wenn es stimmt, daß Ihr guter Hoffnung seid, dann wird mein Herr einen Mann für Euch finden. Und nun Schluß damit, ich will nicht noch mehr von diesem Unsinn hören. Kommt schon. Ihr müßt für den Rest des Tages die Gemächer des Lords säubern, denn sie sind während der ... letzten ... drei –«

Mary beendete diesen Satz nicht, war er doch Beweis dafür, daß Rowenas Behauptungen wahr waren. Sie preßte die Lippen zusammen und eilte die Stufen hinab.

Rowena folgte ihr nicht sofort, denn erst jetzt begriff sie. Mary hatte recht, er *konnte* sie, wenn er wollte, tatsächlich an irgendeinen Leibeigenen, an irgendeinen Schurken verheiraten. *O Gott, bitte laß das nicht geschehen.*

Rowena betrat das Schlafgemach nur widerwillig, fand es dann aber nicht halb so schrecklich, wie noch vor Stunden, als sie noch Ketten an Händen und Füßen hatte. Dennoch hätten sie keine zehn Pferde in die Nähe des Bettes gebracht, lieber wollte sie auf Knien den Boden schrubben. Das tat sie auch, während Enid die Bettwäsche wechselte, abstaubte und aufräumte. Rowena wollte gerade den Teppich zum Ausklopfen hinaustragen, als Enid den Kopf schüttelte. Sie sollten sich stattdessen um die Wäsche kümmern, Enid um die Bettwäsche, Rowena um *seine* Wäsche. Enid drückte ihr selbige einfach in die Arme und deutete an, ihr zu folgen.

Rowena hatte bisher erst einmal Wäsche gewaschen, obwohl sie wußte, wie man es machte. Es war bei Gott keine angenehme Arbeit. Die Bettwäsche wurde lediglich in einem Holztrog eingeweicht, in dem sich eine Mischung aus Holzasche und Seife befand. Danach wurden die Laken herausgenommen, geschlagen, ausgewrungen, gespült und dann zum Trocknen aufgehängt. Mit den grobgewebten Kleidern der Bediensteten konnte ebenso verfahren werden, nicht jedoch mit feinen Gewändern. Diese mußten per Hand und mit einer milderen Seife gewaschen, anschließend erneut gekocht und nicht nur einmal, sondern gleich dreimal ausgespült werden, bevor man sie zum Trocknen aufhing.

Obwohl der Waschraum voller Dampf war, und obwohl sich ihre empfindliche Haut trotz der milderen Seife bereits rötete, entschied Rowena, daß dies noch nicht die schlimmste ihrer Arbeiten sein konnte, noch dazu, wo die anderen Waschfrauen sie alle sehr freundlich behandelten, ja einige ihr sogar zu Hilfe kamen, nachdem Enid gegangen war. Nein, das Schlimmste war das noch nicht. Sie konnte nur hoffen, daß der Herr von Fulkhurst nicht mehr als einmal pro Woche zu baden wünschte. Vielleicht hatte sie ja noch ein paar Tage Schonfrist, bevor sie sich dieser neuen Demütigung unterziehen mußte.

Als sie in den Palas zurückkehrte, bemerkte sie, daß man die Tische zum nächtlichen Mal bereits aufgestellt hatte. Warrick selbst war noch nicht anwesend, doch die Tafel des Herrn von Fulkhurst füllte sich bereits mit jenen, die das Privileg genossen, an seinem Tisch zu sitzen: seine Töchter, mehrere seiner Ritter, der Kämmerer, ebenfalls ein Ritter, sowie eine Dame mittleren Alters, die die Töchter des Burgherrn in Haushaltsführung unterwies.

Einer der Ritter war Sir Robert. Rowena eilte in die Küche, um aufzutragen. Sie hoffte, Gelegenheit zu finden, mit Sir Robert zu sprechen, bevor Warrick eintraf. Sie hatte keineswegs vergessen, daß er ihr damals John Giffard geschickt hatte, ebensowenig wie ihren Schwur, ihm ihre Dankbarkeit zu zeigen, sobald sich die Gelegenheit bot. Außerdem würde sie gut daran tun, sich seiner Freundschaft zu versichern, denn wer einmal geholfen hatte, konnte es auch ein zweites Mal tun – und sie würde weiß Gott jede Hilfe brauchen, um von hier zu entkommen.

Als sie schließlich mit einer Fleischplatte zurückkam, saß Warrick bereits auf seinem Platz, er ließ sie nicht aus den Augen, während sie sich in der Halle aufhielt. Sie spürte seinen Blick, denn trotz seiner Anordnung weigerte sie sich, ihn nach dem ersten Blick noch einmal anzusehen. Allein dieses Gefühl war so beunruhigend, daß sie schleunigst wieder in der Küche verschwand.

Als sie wieder herauskam, wartete Warrick auf sie. Sein Gesichtsausdruck war unheilverkündend.

»Habe ich Euch nicht befohlen, mich anzusehen?« fragte er drohend.

»Ich – ich hab's vergessen«, log sie.

Das besänftigte ihn nur wenig. »Werdet Ihr es nochmals vergessen?«

»Nein.«

»Nein, was?«

»Mein Gebieter«, stieß sie zwischen zusammengebissenen Zähnen hervor.

Das besänftigte ihn schon eher. »Vielleicht muß ich Euch ja daran erinnern, wem Ihr von nun an gehört«, sagte er sinnend, kurz bevor er mit der Hand nach ihrer Brust griff.

Rowena wich zurück und verlor das Gleichgewicht. Warrick versuchte noch, sie zu halten – zu spät. Sie schrie nicht, dafür passierte alles viel zu schnell. Einen Moment lang war sie erleichtert, daß ihr Elend nun ein Ende haben sollte, doch schon einen Augenblick später empfand sie Reue. Gleichzeitig prallte sie auf den hinter ihr stehenden Diener.

Er trug ebenso wie sie eine Fleischplatte, und beide fielen nun scheppernd zu Boden. Der Mann versuchte, das Gleichgewicht zu halten, und es war ein Glück, daß er nicht versucht hatte, sie festzuhalten, denn sonst wäre es zu einem schmerzhaften Tauziehen gekommen, da Warrick sie ebenso schnell von ihm wegriß, wie sie auf ihn gekracht war. Und oben ließ er sie erst wieder los, nachdem er sie zweimal hart geschüttelt hatte.

»Versucht nie wieder meiner Berührung auszuweichen, Dirne, oder es wird Euch weit Schlimmeres zustoßen, als ein Sturz. Nun, macht sauber, was Ihr da angerichtet habt, und zwar schnell, denn ich werde nicht eher essen, als bis Ihr mir persönlich den Teller gefüllt habt – und ich bin sehr hungrig.«

Das hieß gewiß, daß sein Zorn mit jeder Sekunde, die er warten mußte, größer werden würde. Kein Wunder, daß ihre Hände zitterten, bevor sie fertig war.

20. Kapitel

Rowena war wütend, als sie sah, daß Warrick ihr ganz umsonst Furcht eingejagt hatte, denn er pickte bereits hie und da an dem, was die Tafel bot. Ja, er war so tief in ein Gespräch mit seinem Kämmerer vertieft, daß er sie nicht einmal eines Blickes würdigte, als sie mit einer neuen Fleischplatte herantrat. Er deutete lediglich mit dem Finger auf die Speisen, die er haben wollte. Damit nicht genug, er bestand auch noch darauf, daß sie ihm seinen Krug mit Bier füllte, obwohl direkt hinter seinem Stuhl ein Page mit einer Bierkanne stand. Und während der ganzen Zeit durfte sie den Blick nicht von ihm abwenden.

Rowena war wütend, daß sie gezwungen war, jede seiner Stimmungen zu sehen, jede Nuance, jeden Gesichtsausdruck, und genau zu wissen, *wann* sich seine Gedanken ihr zuwendeten. Sie wußte zwar, daß dies nur noch eine Art war, sich an ihr zu rächen, doch das half wenig, wenn sie dabei dieses grausame Gesicht beobachten und den Mann auch noch bedienen mußte. Beides zusammen überzeugte sie erst recht davon, daß sie seiner Gnade völlig ausgeliefert war – und er zeigte immer noch keine.

Als er sein Mahl schließlich beendet hatte, winkte er sie zu sich heran. Auch jetzt gab er sich nicht die Mühe, den Blick auf sie zu richten, um festzustellen ob sie es bemerkt hatte. Es war ihr Glück, daß sie es bemerkt hatte, denn sonst wäre sie in ernsten Schwierigkeiten gewesen. Dies sollte wohl ein Test sein, um festzustellen, ob sie seinen Befehlen gehorchte, soviel war ihr klar. Gleichzeitig jedoch benahm er sich so arrogant, als käme Widerspruch gar nicht in Frage. Auch das machte sie wütend. Er war so *sicher,* daß sie alles tun würde, was er verlangte. Widersetzte sich denn niemand? Provozierte niemand bewußt seinen Ärger? Ein dummer Gedanke, denn selbst wenn er nicht die Stirn runzelte, sah er furchterregend aus. Egal, wie wütend er sie machte, sie hatte nicht den Mut, Schläge oder eine andere Art von Bestrafung zu riskieren – jedenfalls noch nicht.

»Ich nehme heute abend ein Bad«, sagte er, als er spürte, daß sie bei ihm stand. Immer noch würdigte er sie keines Blickes. »Geht und bereitet es vor.«

Rowena schloß einen Moment lang die Augen. Das würde ihr heute also nicht erspart bleiben. Sie hörte eine der Töchter kichern, was jedoch umgehend von der Gouvernante unterbunden wurde. Sie fühlte, wie ihr die Schamesröte in die Wangen schoß. Die anderen hätten blind sein müssen, um nicht zu bemerken, wie sich die Aufmerksamkeit ihres Herrn wiederholt auf diese Dienstmagd richtete. Und immer, wenn ein Adliger sein Augenmerk auf eine Dienstmagd richtete, hieß das, daß sie früher oder später in seinem Bett landete – das dachten zumindest alle. Was in ihrem Fall nicht zutraf, da sie diese unerfreuliche Erfahrung bereits gemacht hatte. Keiner ahnte jedoch, daß die Auszeichnung in ihrem Fall eine Strafe war.

Sie verließ rasch den Palas, um diesen kalten, silbergrauen Augen möglichst schnell zu entkommen. Sie fand Mary in der Küche beim Abendessen mit ihrem Mann, was sie daran erinnerte, daß sie selbst seit dem Frühstück nichts mehr zu sich genommen hatte. Doch wann sollte sie Zeit zum Essen finden, bei all den Pflichten, die man ihr aufgebürdet hatte? Ganz sicher nicht heute – doch heute war eine Ausnahme. Sie hatte den Schmutz von drei Tagen beseitigen müssen, und noch dazu recht spät damit angefangen – außerdem würde er wohl nicht *jeden* Tag ein Bad haben wollen, oder?

Mary erklärte ihr die Aufgabe: zwischen den Worten schob sie jeweils ein kräftiges Stück Braten in den Mund. Rowenas Magen knurrte – gestand man ihr doch nur den Geruch von Essen zu. Sie erfuhr, daß man nicht von ihr erwartete, die große Badewanne aus dem kleinen Vorzimmer, in dem seine Knappen schliefen, in seine Gemächer zu schleppen. Im Sommer badete er immer gleich dort. Glücklicherweise mußte sie auch nicht selbst das Wasser vom Brunnen hereintragen. Mary erklärte ihr, wer für diese Aufgabe verantwortlich war, so daß sie beim nächsten Mal Bescheid wußte. Sie erfuhr, wo sich die ausschließlich Warrick vorbehaltenen Badetücher und Seifen befanden. Mary warnte sie wohlweislich, daß der Lord sein Wasser gerne heiß, aber nicht zu heiß wünsche, daß die richtige Temperatur ihr obläge und daß sie sich eine Ohrfeige einhandeln konnte, wenn sie sich irrte. Noch eine Sorge, die sie sich lieber erspart hätte, doch an sich keine Überraschung, denn die meisten Ritter reagierten wütend, wenn ihnen etwas nicht paßte – und Gnade dem, der sich dann gerade in der Nähe aufhielt.

Es war zum Verrücktwerden, daß sie auf dem Weg zu seinen Gemächern den Palas erneut durchqueren mußte, doch diesmal schien Warrick sie gar nicht zu bemerken, obwohl sie angesichts seines Befehls alle paar Schritte zu ihm hinübersah. Man konnte schließlich nicht von ihr erwarten, ihn unverwandt anzusehen und gleichzeitig zu gehen, ohne mit jemandem zusammenzustoßen, oder?

Wohl nicht, denn er rief sie nicht zurück, um ihr vorzuwerfen, mehr auf ihre Schritte als auf ihn geachtet zu haben. Als sie sein Vorzimmer endlich erreicht hatte und eingetreten war – stand sie Celia gegenüber.

Sie wußte genau, daß es nur Celia sein konnte, denn die lebhaften, grünen Augen waren nun haßsprühend auf sie gerichtet. Sowohl ihr Wams, als auch die darunterliegende Bluse waren tief ausgeschnitten, so daß ihre prallen, wohlgeformten Brüste sofort ins Auge sprangen. Ihre wilde, rote Mähne vermittelte den Eindruck ungezähmter Erotik, der wohl kein Mann leicht widerstehen konnte. Ihre leicht gelben Zähne bemerkte man kaum, doch der Geruch von Rosen, der sie umgab, war überwältigend. Die Frau war offenbar wie viele andere Adelige auch der irrigen Ansicht, daß Parfum regelmäßiges Waschen ersetze.

Celia versuchte gar nicht erst, um den heißen Brei herumzureden, sondern steuerte direkt auf ihr Anliegen los. »Ich kenne dich – du warst im Verlies. Was hast du getan, um da rauszukommen und jetzt so bevorzugt zu werden?

Hast du die Beine für ihn gespreizt? Bist du auf die Knie gegangen und hast –«

»Halt dein schmutziges Maul, Celia, und mach, daß du rauskommst!«

Ihre grünen Augen flackerten ungläubig. »Du – du wagst es, so mit mir zu sprechen? Mit mir?«

Genau das hatte Rowena noch gefehlt, ein Streit um einen Mann, den sie verabscheute. Das war lachhaft. Anzunehmen, daß sie in seiner Gunst stand! Daß man sie um ihre verhaßten Pflichten beneidete! Gott im Himmel, was noch? Doch die arrogante Haltung der anderen Frau ärgerte sie und erinnerte sie an das, was Mary Blouet gesagt hatte. Celia war ihre Stellung als Favoritin offensichtlich zu Kopf gestiegen und machte sie auf eine Weise hochmütig, wie es einer Dienstmagd ganz sicher nicht anstand. Und das war sie nun mal, eine einfache Dienstmagd, egal, wie sehr sie sich auch um eine gewähltere Ausdrucksweise bemühte, damit man nicht merkte, daß sie genau das war und nichts anderes. *Genau wie du, Rowena – noch. Welches Recht hast du also, dich über die Frechheiten einer anderen Dienstmagd aufzuregen?*

Trotzdem klang ihre Antwort sarkastisch: »Ich glaube, daß ich mit dir sprechen kann, wie es *mir* gefällt – wo *ich* doch jetzt seine Favoritin bin!«

Celia verpaßte ihr daraufhin eine saftige Ohrfeige und fauchte wütend: »Aber nicht lange, du Hure. Denn sobald er deines blassen, dürren Körpers überdrüssig ist, werde ich dir heimzahlen, daß du glaubst, du könntest *meinen* Platz einnehmen!«

Rowena war viel zu erstaunt, um darauf zu antworten, als Celia auch schon aus der Kammer stürzte. Noch nie hatte man sie geschlagen. Doch das war wohl etwas, woran sie sich wohl oder übel an einem Ort wie diesem und in ihrer jetzigen Stellung gewöhnen mußte. Was konnte sie auch dagegen tun, wenn so etwas beispielsweise Mistress Blouet, die doch die Aufsicht über sie hatte, oder gar Warrick selbst einfiel? Aber eine andere Dienstmagd? Nein, das würde sie sich nicht bieten lassen – obwohl sie bei dieser bestimmten Dienstmagd gar nicht so sicher sein konnte. Wenn sie sich vorstellte, wie Warrick reagieren würde, wenn sie seiner »Favoritin« eine verpaßt hätte – nicht auszudenken. Und Celia wußte das.

Die Diener brachten nun das Wasser und schütteten es eimerweise in die Wanne. Rowena holte Badetücher und Seifen aus dem entsprechenden Fach. Sie nahm noch einen zusätzlichen Waschlappen mit, den sie in kaltes Wasser tauchte, um damit ihre brennende Wange zu kühlen. Als Warrick schließlich hereinschlenderte, war der rote Abdruck von Celias Fingern schon fast verschwunden.

Er sah zunächst auf die Wanne, aus der der heiße Dampf aufstieg. Sie hatten das ganze heiße Wasser benötigt, um das kalte aufzuwärmen, das die Diener hineingeschüttet hatten, als sie gerade nicht hingesehen hatte. Auf diese Weise war nur noch kaltes Wasser übrig, um ihn hinterher abzubrausen. Sie vergaß ihr Tun, als er eintrat, ganz besonders, als sie merkte, daß sein Blick auf sie gerichtet war und er die Augen verengte, als er den roten Fleck auf ihrer Wange bemerkte.

Mit raschen Schritten kam er zu ihr und hob ihr Kinn hoch. »Wer hat Euch geschlagen?« frage er barsch.

»Niemand.«

»Ihr lügt, Dirne. Was habt Ihr getan, Mistress Blouets Mißfallen schon jetzt zu erregen?«

Warum nahm er automatisch an, daß sie die Schuldige war? Sie hätte ihm die Wahrheit sagen sollen – was ihr jedoch schwerfiel, da sie ihrer Ansicht nach die Ohrfeige schon dafür verdient hatte, weil sie sich auf Celias Niveau herabgelassen hatte. Sie wußte außerdem, daß er sowieso nichts gegen seine geschätzte Celia unternehmen würde. Das schmerzte auf eine Weise sogar noch mehr als die Ohrfeige.

Also log sie, und in diesem besonderen Fall fiel es ihr nicht einmal schwer. »Ich bin einfach gestolpert, weil ich nicht auf meinen Weg achten konnte, da ich Euch ja unverwandt ansehen muß.« Darauf wußte er nichts zu sagen.

Sein finsteres Gesicht schüchterte sie diesmal nicht ein. Schließlich sagte er: »Törichtes Ding – muß ich Euch neben Euren Pflichten auch noch gesunden Menschenverstand lehren?«

»Wenn es mir gestattet ist, meinen Blick in Eurer Anwesenheit auch auf meinen Weg zu richten, dann müßt Ihr mir dies sagen. Ich will schließlich nicht ungehorsam sein.«

»Wirklich nicht?« grollte er, ließ sie aber trotzdem los. »Dann wollen wir doch mal sehen, *wie* gerne Ihr gehorcht. Entkleidet mich.«

Das hatte sie erwartet. Dennoch schoß ihr die Röte ins Gesicht, so daß nun beide Wangen gleich glühten. Er stand einfach nur vor ihr, ein Riese, und ließ entspannt die Arme baumeln. Er dachte gar nicht daran, ihr auch nur ein klein bißchen entgegenzukommen. Sie haßte das, haßte es, überhaupt in seiner Nähe zu sein, und er wußte das. Wieder einer dieser Einfälle von ihm, es ihr heimzuzahlen, sie zu behandeln wie eine Leibeigene – oder schlimmer noch, wie seine ganz persönliche Sklavin.

Sie schälte ihn so rasch wie möglich aus seinen Gewändern und versuchte gar nicht erst, ihr Mißfallen zu verbergen. Er bemerkte es sehr wohl und lächelte wieder auf diese eigenartig humorlose Art, die sie so sehr haßte. Sie vermied deshalb, ihm nochmals ins Gesicht zu sehen – was jedoch nur noch seinen makellosen Körper übrig ließ. Auch jetzt konnte sie nicht umhin, die Bewunderung für diesen wunderschönen Körper zu verbergen.

Selbst als sie ihm den Überrock ausziehen wollte, kam er ihr keinen Millimeter entgegen. Sie war gezwungen, nahe an ihn heranzutreten und sich auf die Zehenspitzen zu stellen, um ihm das Gewand über Kopf und Schultern zu ziehen. Ein Keuchen entschlüpfte ihrer Kehle, als ihre Brüste dabei aus Versehen über seinen mächtigen Brustkorb strichen. Und sie stöhnte wieder unfreiwillig, als sich daraufhin ihre Brustwarzen aufrichteten. In ihrer Wut und Scham zog sie so hart an seinem Rock, daß sie mehrere Schritte zurücktaumelte, als sie endlich von ihm loskam.

Er lachte über ihren grimmigen Gesichtsausdruck – und sie hoffte von Herzen, daß das alles war, worüber er lachte. Er konnte ja auch gar nicht gemerkt haben, wie ihr Körper auf den seinen reagiert hatte, oder etwa doch? Und wie hatte es überhaupt dazu kommen können, wo sie ihn doch aus tiefster Seele verabscheute? Das machte einfach keinen Sinn.

Sie konnte und wollte sich ihm nicht noch einmal nähern. Er hatte immer noch seine engen Beinkleider und die Stiefel an, doch der Gedanke, ihn wieder berühren zu müssen, war einfach unerträglich. Schon jetzt merkte sie, daß es in ihren Brüsten wieder angefangen hatte zu kribbeln. Gott im Himmel – was war nur los mit ihr?

Er wartete geduldig. Als sie jedoch keine Anstalten machte, ihn weiter zu entkleiden, sagte er: »Fahrt fort.« Sie schüttelte langsam den Kopf, worauf er fragend eine Augenbraue hochzog. »Ihr würdet es demnach vorziehen, wieder an mein Bett gekettet zu werden?«

Bei diesen Worten schoß sie so hastig vorwärts, daß sie mit ihm zusammenstieß. Er lachte erneut, und sie biß die Zähne zusammen. Damit drohte er ihr also? Er war wirklich der abscheulichste, verabscheuungswürdigste –

»Auf die Knie.«

Sie gehorchte geschwind und war nun direkt in Augenhöhe mit der mächtigen Ausbuchtung in seinen engen Hosen. Wieder schoß ihr die Röte in die Wagen, und ihre Finger zitterten, als sie sich an den Schnüren zu schaffen machte, die seine rachsüchtige Waffe im Zaum hielten.

»Es befriedigt mich ungeheuer, Euch in einer so demutsvollen Haltung zu sehen – wie ein Schoßhündchen, nicht wahr?«, fuhr er in beiläufigem Ton fort. »Mag sein, vielleicht werde ich mich auch bei Tische so von Euch bedienen lassen.«

Vor aller Augen? »O bitte nicht«, stöhnte sie.

Er legte ihr die Hand auf den Kopf, so wie man es tatsächlich bei einem Schoßhündchen macht, das schwanzwedelnd um Aufmerksamkeit bettelt, und drückte ihn so weit zurück, bis sie ihn ansehen mußte. »Werdet Ihr nochmals zögern, Eure Pflicht zu erfüllen?«

»Nein, ganz bestimmt nicht.«

Darauf sagte er gar nichts mehr und ließ sie im Unklaren darüber, ob ihre Antwort zufriedenstellend war oder nicht. Sie kniete jetzt vor ihm, nur weil sie gezögert hatte, ihn fertig zu entkleiden – eine schnelle, demütigende Bestrafung für einen kleinen Fehler. Was würde ihm noch alles einfallen?

Sie zog ihm hastig die Hose herunter, vermied jedoch, auf das zu blicken, was sich, nun befreit, zu voller Größe aufrichtete, sondern sah rasch auf seine Füße und gab vor, seine Schuhe ausziehen zu wollen. Als sie fertig war, stand er immer noch bewegungslos da. Auch sie starrte nach wie vor unverwandt auf seine Füße, was nicht direkt Ungehorsam war, denn seine Füße waren doch schließlich Teil seines Körpers, oder nicht?

»Ihr stellt meine Geduld auf eine harte Probe«, sagte er, als ihr Blick auch weiterhin auf seinen Füßen ruhte.

Doch er beharrte nicht länger auf der Sache, und sie sah zu ihrer Erleichterung, wie sich seine Füße in Richtung Badewanne bewegten und dann hineinstiegen. Leider hatte sie den Rest der Arbeit schon wieder vergessen. Er ließ sie jedoch nicht lange im Unklaren.

»Worauf wartet Ihr, törichte Maid? Kommt her und wascht mir Haare und Rücken.«

Das war es also. Sie hätte es wissen müssen. Nun, immerhin bestand er nicht darauf, daß sie ihn überall wusch. Doch sie wollte nicht mehr in die Nähe seines nackten Körpers kommen, dessen bloßer Anblick schon genügte, um die warme, feuchte Lust zu entfachen – worüber sie ziemlich wütend war.

Sie griff nach dem Waschlappen und feuchtete ihn an. Bevor sie ihn jedoch damit einseifte, fragte sie: »Warum kümmert sich Eure Frau nicht darum?«

»Ich habe keine Frau.«

»Aber Ihr habt zwei Töchter.«

»Ich hatte auch zwei Frauen – aber sie sind beide schon lange tot. Trotzdem hätte ich jetzt bereits eine dritte, wenn –«, plötzlich packte er sie, zog sie nahe an sich heran und grollte: »Bei dem vereinbarten Treffen mit ihr wurde ich aufgehalten. Sie ist daraufhin fortgeritten und wird seitdem vermißt. Könnt Ihr erraten, Dirne, was mich abgehalten haben könnte, dieses Treffen einzuhalten?« Sie wagte nicht zu antworten: »Ich war an ein Bett gekettet, *Euch* zu Gefallen.«

Gott im Himmel, das warf er ihr nun auch noch vor?

»Nicht mir zu Gefallen«, flüsterte sie.

Er stieß sie wieder weg. »Ihr tut gut daran zu beten, daß Lady Isabella *lebend* gefunden wird.«

Noch eine dieser Drohungen, deren Konsequenzen sie nicht absehen konnte. Sie fragte sich, ob die Lady sich wirklich verirrt, oder nicht vielmehr die Gelegenheit beim Schopf gepackt hatte, einer Ehe mit ihm zu entfliehen. Sie hätte das an ihrer Stelle ganz sicher getan.

Dieses Thema hatte ihn verärgert, das merkte sie an seiner angespannten Haltung, als sie nun eilig seinen Rücken schrubbte. Es überraschte sie im Grunde nicht, daß er den Rest nicht selber wusch. Ihr war nur zu klar, daß sie sich eine neuerliche Bestrafung dafür eingehandelt hatte, weil sie ihn wütend gemacht hatte.

»Ich glaube, ich habe mich heute ein wenig überanstrengt – also werdet Ihr mich waschen, Dirne. Überall. Und ihr entkleidet Euch besser, damit Eure Gewänder nicht naß werden.«

Zur Hölle mit ihm – warum konnte er ihr nicht einmal das nachsehen? Ein Monster war er, wahrhaftig. Warum sollte er sonst so grausam sein?

Da ihr nichts anderes übrig blieb, tat Rowena, wie ihr geheißen; sie riß sich Wams und Bluse gleichzeitig vom Leib, zerriß in ihrer Hast sogar einige der Verschlüsse. Doch dann zog sie das ärmellose Wams sofort wieder über den Kopf, bevor er bemerkte, daß sie dadurch ihr Problem mit ihrem Körper, der ihr bei seinem Anblick nicht gehorchte, versteckte.

Als sie schließlich wieder vor ihn trat, sich hinkniete und anfing, seine Brust einzuseifen, sah er, daß sie ihr Wams immer noch trug. Sie hielt den Atem an, weil sie die erste Ohrfeige von ihm erwartete, doch als nichts kam, sah sie zu ihm auf. Er lächelte, ein ehrliches Lächeln diesmal, was seine Züge sympathisch wirken ließ. Ein gutaussehender Mann, wahrhaftig. In ihrem eigenen Gesicht mußte das Erstaunen unverkennbar gewesen sein, denn nun brach er gar in Gelächter aus.

Rowena lehnte sich zerknirscht zurück. Das letzte, was sie gewollt hatte, war, dieses Monster auch noch zu amüsieren. Aber heute schien sie kein einziges Mal zu bekommen, was *sie* wollte.

Als er sich wieder beruhigt hatte, sagte er, immer noch lächelnd: »Kommt und macht hier fertig, bevor das Wasser kalt wird.«

Das tat sie auch, aber diesen großen kräftigen Körper zu waschen, war die reinste Tortur. Ihr Herz klopfte wie wild, ihr Puls raste, und ihre Brustwarzen waren so hart, daß sie schmerzten, sobald sie mit dem groben Stoff in Berührung kamen. Ihn zu waschen, erinnerte sie all zu sehr an die Zeiten, da sie ihn mit sanfter Gewalt verführt und gestreichelt hatte. Außerdem hatte ihr Arm schon oft genug aus Versehen über sein gewaltiges Glied gestrichen, um zu merken – noch bevor sie es tatsächlich wusch –, daß es hart war wie Eisen.

Ihr Gesicht stand in Flammen. Er sah immer noch erstaunlich gut aus, denn er grinste immer noch, offensichtlich amüsierte ihn ihr Unbehagen. Doch das kümmerte sie im Moment wenig, denn ihr Gesicht war nicht der einzige Körperteil, der in Flammen stand. Plötzlich überkam sie das wilde Verlangen, zu ihm in die Badewanne zu steigen.

Statt dessen sprang sie auf und begann, sein Haar einzuseifen, machte dies jedoch so ungestüm, daß ihm die Seife bald in den Augen brannte.

»Genug, Dirne«, befahl er, »spült mich ab.«

Rowena griff erleichtert zum Eimer, als ihr plötzlich einfiel, daß nur noch kaltes Wasser da war. »Ihr werdet ein wenig warten müssen –«

»Nein, spült mich ab, sofort.«

»Aber – mein Gebieter, das Wasser ist –«

»*Jetzt sofort,* verdammt!«

Sie preßte die Lippen zusammen. Nun gut, wenn er's nicht anders wollte...

Mit großem Vergnügen schüttete sie ihm das eiskalte Wasser über den Kopf.

Sie hörte, wie er nach Luft schnappte, würgte und spuckte, weil er Wasser geschluckt hatte. Die Genugtuung, die sie soeben noch erfüllt hatte, verwandelte sich in Schrecken. Nun mußte sie sich ganz gewiß auf Schläge gefaßt machen, auch wenn es nicht ihre Schuld war. Obwohl er in der Wanne sitzenblieb, wich sie zurück bis zur Tür, während er sich das Wasser aus dem Gesicht wischte. Als er schließlich aufsah, blieb ihr einen Moment lang das Herz stehen.

»Ich – ich habe versucht, Euch zu warnen, daß kein heißes Wasser mehr da ist – mein Gebieter.«

»Das stimmt sogar. Und wenn meine Augen nicht so gebrannt hätten, dann hätte ich auch zugehört.«

Sie versteifte sich. »Ihr werdet mir also auf jeden Fall die Schuld zuschieben? Hättet Ihr Euch nur die Mühe gemacht zu fragen, dann hätte ich Euch sagen können, daß ich noch nie zuvor jemanden gebadet habe, daß ich überhaupt keine Ahnung hatte, wie –«

»Schweigt!«

Er war ganz offensichtlich verärgert. Trotzdem sah es nicht so aus, als ob er sich erheben und ihr eine Ohrfeige geben wollte. Deshalb meinte sie bittend: »Was wollt Ihr anziehen? Ich werde es für Euch holen.«

»Dazu besteht kein Grund. Ich habe drei Nächte nicht in meinem Bett geschlafen und werde daher sofort schlafen gehen.«

»Dann bin ich also entlassen – mein Gebieter?«

Es entging ihm keineswegs, daß sie vor der Anrede jedesmal zögerte, und der Blick, den er ihr nun zuwarf, bestätigte dies. Wohl deshalb meinte er: »Nein, Ihr werdet mich zuvor abtrocknen.« Das konnte jedoch genausogut ihre Strafe für das kalte Wasser sein. Das Dumme war nur, daß er dabei aufgestanden war, und aus dieser Entfernung konnte sie zu ihrem Leidwesen viel zu viel von seinem Körper sehen.

Wieder schüttelte sie den Kopf und weigerte sich, ihm zu gehorchen, doch er fragte zunächst nur: »Seid Ihr zufrieden mit der Wirkung, die Eure Behandlung ausgelöst hat?«

»Nein!« rief sie aufgebracht.

»Bis jetzt wart Ihr es jedenfalls immer«, erinnerte er sie. Seine Stimme klang heiser. Um Gottes willen, er wollte sie doch nicht etwa wieder dazu bringen, ihn zu begehren? Und wenn sie so weit war, würde er wahrscheinlich nach Celia schicken und sie entlassen. Sein »Gleiches mit Gleichem« hatte er ja schließlich gehabt. Sicher würde er sie danach nicht nochmals haben wollen. Nein, er wollte nur Rache.

»Ich – ich mag Vergewaltigung genausowenig wie Ihr«, sagte sie mit leiser, unglücklicher Stimme. »Ich habe Euch bereits gesagt, wie leid mir das alles tut. Wann werdet Ihr mit Eurer Rache endlich aufhören?«

»Wenn mich Euer Anblick nicht länger erzürnt. Wenn jedes einzelne Eurer Vergehen gesühnt ist. Wenn ich den Tod meines Knappen gerächt habe. Wenn ich das Interesse an Euch verloren habe, Dirne, nicht früher... vielleicht auch nie.«

21. Kapitel

Rowena lag auf ihrem Lager auf dem Boden des Webzimmers. Sie war hellwach. Bevor sie sich hingelegt hatte, hatte sie ihre Bluse wieder angezogen, die zwar auch aus grobem Stoff war, aber immer noch weicher als das wollene, kratzige Wams. Ihre Gedanken und ihr knurrender Magen ließen sie jedoch nicht zur Ruhe kommen. Auch die Gefühle, die Warrick in ihr hervorgerufen hatte, Gefühle, die sie beunruhigten und verwirrten, wollten und wollten sich nicht verscheuchen lassen.

Sie verstand das alles einfach nicht. Sie wollte Warrick de Chaville doch gar nicht. Einen Mann, den sie haßte, konnte sie schließlich nicht begehren. Trotzdem hatte er es in den letzten Tagen immer wieder geschafft, sie so weit zu bringen, daß sie ihn begehrte. Und ihr Körper hatte sich heute abend im Badezimmer wieder daran erinnert und wieder einmal völlig gegen ihren Willen reagiert.

Und er war so wütend gewesen, nachdem er sich an all die Gründe für seine Rache erinnert hatte. Er hatte es gut zu verbergen gewußt, das stimmte, aber sie hatte es dennoch in seinen ausdrucksvollen Augen gelesen. Genug jedenfalls, um sie erneut zittern zu lassen. Und es gefiel ihm, wenn sie Angst hatte. So sehr, daß er fast wieder versöhnt war – fast.

Ihre Füße hatten sich steif und hölzern angefühlt, als sie mit dem weichen Badetuch auf ihn zugegangen war. Und seine Stimme hatte ihr die Sache auch nicht leichter gemacht.

»Auf die Knie«, hatte er erneut befohlen. »Und daß Ihr ja keinen einzigen Tropfen Feuchtigkeit überseht. Sollte ich euretwegen eine Erkältung bekommen, Dirne, werde ich Euch prügeln, zweifelt nicht daran.«

Er sagte das so, als ob er es die anderen Male gar nicht ernst gemeint hatte, doch nun meinte er es ernst. Sie zwang sich deshalb, ihn langsam und sorgfältig abzutrocknen und auch nicht das kleinste Fleckchen Haut auszulassen.

Es war eine Erfahrung gewesen, die sie nicht noch einmal machen wollte. Ihr ängstliches Zittern hatte sich in ein Zittern der Erregung verwandelt – und er wußte es, wußte es ganz genau, denn er beobachtete sie unablässig, wie ein Adler seine Beute. Nichts entging ihm, nicht die kleinste Regung, und natürlich war nicht zu übersehen, welche Wirkung er auf sie ausübte – genausowenig jedoch war zu übersehen, welche Wirkung *sie* auf *ihn* ausübte. Den Beweis hierfür hatte sie ja unübersehbar vor Augen. Wieder einmal war sie fasziniert von seinem mächtigen Glied. Gegen ihren Willen streichelte sie es beim Abtrocknen.

Da hatte er sie angeschnauzt, sie solle sich aus dem Staub machen. Sie war überrascht gewesen, hatte sich's jedoch nicht zweimal sagen lassen. Sie war aus dem Vorzimmer gerannt, die Stufen hinauf und direkt in die Kammer der Webmägde.

Sie hatte sie leer vorgefunden, denn es war noch nicht spät, die anderen Frauen waren alle noch draußen oder im Palas. Das Beste wäre freilich gewesen, sich einfach zu beruhigen, um dann in die Küche gehen und sich etwas zu essen zu holen. Statt dessen hatte sie eine Fackel aus dem Gang geholt und einige Kerzen im Zimmer angezündet. Sie hatte sich ihr Lager bereitet, ihre Bluse wieder angezogen und war danach sofort zu Bett gegangen.

Der Schlaf wollte jedoch nicht kommen. Sie war immer noch hellwach, als schließlich vier der Mädchen kamen, die ein Weilchen leise miteinander schwatzten, um dann einzuschlafen. Sie war immer noch wach, als sich das laute Knurren ihres Magens mit den leisen Schlafgeräuschen der anderen mischte. Und sie war wach, als die Tür kurz nach Mitternacht aufging und sich eine riesige Gestalt vor dem Schein der Fackeln im Gang abzeichnete.

Sie wußte genau, daß er es war... hatte sogar geahnt, daß er noch kommen würde, obwohl sie sich vorgestellt hatte, wie er sich bei Celia das holen würde, was er brauchte. Oder dachte er vielleicht, Celia hier zu finden? War er etwa wegen seiner Favoritin gekommen?

Doch er sah Rowena an, als er sagte: »Kommt.«

Sie bezweifelte nun nicht mehr, daß sie es war, die er wollte, auch wenn sie sein Gesicht nicht sehen konnte. Sie blieb stocksteif liegen und schüttelte nur abwehrend den Kopf.

Er streckte die Hand aus und wiederholte seinen Befehl, und schon diese Berührung genügte, um eine Flut von Erinnerungen auszulösen. Sie konnte nicht anders, als sich an die unglaubliche Lust zu erinnern, die er ihr noch vor gar nicht langer Zeit aufgezwungen hatte. Da schüttelte sie erneut den Kopf, diesmal heftiger. Sie *wollte* diese Lust nicht noch einmal, nicht von ihm.

Als Antwort flüsterte er ihr ins Ohr: »Euch plagt dasselbe wie mich, oder Ihr wärt schon längst eingeschlafen. Ich für meinen Teil möchte es jedenfalls nicht länger ertragen. Kommt schon, oder ich werde Euch von hier forttragen.«

Ihr grauste vor einer solchen Szene, die ganz gewiß die

anderen wecken würde, machte aber immer noch keine Anstalten, sich zu erheben, weshalb er hinzufügte: »Euer Schreien wird Euch nichts nützen, habt Ihr das immer noch nicht gemerkt?«

Etwas mehr Würde hatte sie schon – aber sie wußte, sie *würde* bei der ersten Berührung seiner Hand schreien, also stand sie auf und folgte ihm. Bis zum Gang jedenfalls. Da er keinen weiteren Widerstand erwartete, ging er rasch voran. Als er schließlich merkte, daß sie ihm nicht mehr folgte, kam er zurück. Er war nicht wütend – noch nicht. Er hatte lediglich die Augenbrauen hochgezogen.

»Braucht Ihr Hilfe?«

Seine Gelassenheit machte sie fuchsteufelswild. »Ich werde nicht mit Euch gehen«, sagte sie ohne Umschweife. »Ihr hattet Eure Rache, was das betrifft, und es wäre nicht mehr Gleiches mit Gleichem, würdet ihr mich erneut zwingen, Euch zu Willen zu sein.«

»Habe ich etwa behauptet, daß damit Genüge getan sei? Daß Ihr nicht mehr zu erwarten hättet? Der heutige Tag sollte Euch eigentlich eines Besseren belehrt haben. Ich tue, was mir gefällt, um meine Rachegelüste zu stillen.« Er zuckte mit den Schultern. Dieses schreckliche, humorlose Lächeln umspielte erneut seine Lippen. »Das hier hat gar nichts damit zu tun. Mir ist nur eben eingefallen, daß Ihr nun nichts weiter seid als eine Leibeigene, an Fulkhurst gebunden wie jeder andere Leibeigene auch. Was bedeutet, daß Ihr ohne meine Erlaubnis nichts tun dürft. Und wie jeder Leibeigene schuldet Ihr mir Tribut. Ihr seid völlig in meiner Hand. Da ihr eine weibliche Leibeigene seid, habe ich außerdem das Recht auf Euren Körper, wann immer und wo immer es mir gefällt, mich seiner zu bedienen, das ist nun mal mein Vorrecht als Euer Gebieter. Wenn ich Euch also befehle, in mein Bett zu kommen, so habt Ihr zu gehorchen, verstanden?«

»Ja, aber –«

»Aber, was?«

»Mein Gebieter«, zischte sie.

»Ihr begreift ziemlich langsam, doch was will man von einer so dummen Person wie Euch auch anderes erwarten.«

»Ich bin *nicht* dumm – mein Gebieter.«

»Ach wirklich? Glaubt Ihr nicht, daß es äußerst dumm war, zu versuchen, mir ein Kind zu stehlen?«

»Nicht dumm«, widersprach sie. »Nur sehr, sehr falsch, aber – ich hatte keine andere Wahl.«

»Keiner hat Euch das Messer an die Kehle gesetzt«, fauchte er.

Sie hätte wissen müssen, daß es keinen Zweck hatte, ihm irgendwelche Erklärungen anzubieten. Er war wieder einmal wütend und hätte nicht zugehört, selbst wenn sie versucht hätte, ihm ihre Lage verständlich zu machen. Doch was er über ihre jetzige Stellung als Leibeigene gesagt hatte, konnte sie nicht einfach hinnehmen, selbst auf die Gefahr hin, ihn noch zorniger zu machen.

»Ihr wißt ebensogut wie ich, daß ich *keine* Leibeigene bin, *Lord* Warrick. Wenn ich es wäre, dann würde ich zweifellos all dem zustimmen, was Ihr gesagt habt und vielleicht sogar mit Freude mitten in der Nacht in Euer Bett kommen. Aber mich eine Leibeigene zu nennen, macht mich noch lange nicht zu einer solchen, ändert noch lange nicht meine Gefühle, läßt mich noch lange nicht gutheißen, was Ihr als Euer ›Privileg‹ bezeichnet.«

»Da es Euch so oft beliebt, mir zu sagen, Ihr hättet keine Wahl gehabt – glaubt Ihr etwa, Ihr hättet eine?«

»Dann müßt Ihr mich wieder anketten, denn ich werde niemals freiwillig in Euer Bett kommen«, versicherte sie ihm.

Er lachte angesichts ihrer Zuversicht. »Diese Ketten waren da, um Euch vor Euch selbst zu schützen, denn was mich angeht, so habe ich gar nichts dagegen, wenn Ihr Euch gegen mich wehrt. Das ist mir sogar lieber, denn ich will Euren Haß und nicht Eure Liebe. Ich will Eure Scham, wenn Ihr Euch mir schließlich ergebt. Mag sein – vielleicht werde ich Euch diesmal sogar darum betteln lassen, daß ich Euch nehme, wer weiß.«

Sie erbleichte bei seinen Worten, obwohl er das im spärlichen Licht der Fackeln nicht sehen konnte. Nur zu gut konnte sie sich an das letzte Mal in seinem Bett erinnern, als er sie so verrückt gemacht hatte, daß sie ihn tatsächlich angefleht hätte, sie zu nehmen, wenn der Knebel nicht gewesen wäre. Und genau das wäre erniedrigender gewesen als alles andere, was er bisher mit ihr gemacht hatte. Immerhin war sie angekettet gewesen und hatte all die intimen Zärtlichkeiten nicht verhindern können. Ohne Ketten würde das alles jedoch völlig anders laufen, ohne Ketten würde er sie nie wieder zu solcher Lust treiben können – nein, er würde es nicht schaffen, daß sie ihn anbettelte. Niemals.

Beinahe hätte sie die Dummheit begangen, ihm dies unter die Nase zu reiben – was der sicherste Weg gewesen wäre, ihn dazu zu bringen, ihr das Gegenteil zu beweisen –, als ihr Magen als erster die Stille durchbrach; er knurrte laut und vernehmlich. Auch das war ihr äußerst peinlich, noch dazu als er seinen Blick sofort auf den rücksichtslosen Ruhestörer richtete.

»Wann habt Ihr das letzte Mal gegessen?« wollte er wissen.

»Heute morgen.«

»Warum? Ihr hattet doch genug Zeit –«

»O nein, nicht vor Eurem Bad, und danach – ich wollte danach einfach allein sein, niemanden mehr sehen.«

»Ihr werdet nicht mir die Schuld dafür geben, daß Ihr eine Mahlzeit ausgelassen habt, Dirne. Es wird auch nicht noch einmal vorkommen. Mir ist's egal, wenn Ihr Euch zu Tode hungert, doch Ihr werdet verdammt nochmal damit warten, bis Ihr mein Kind geboren habt. Ihr habt ohnehin schon zu wenig Fleisch auf den Rippen. Wenn Ihr noch einmal eine Mahlzeit versäumt, werde ich Euch verprügeln.«

Nun fragte sie sich langsam, ob er diese Drohung auch ernst meinte. Es klang ernst, das war richtig, doch er gebrauchte sie viel zu oft, als daß er damit noch große Angst bei ihr auslösen konnte.

»Ich habe nicht die Absicht, mich zu Tode zu hungern, nur um Eurer Rache zu entkommen.«

»Um so besser. Ihr werdet ohnehin feststellen, daß es kein Entkommen gibt, nicht für Euch. Nun kommt –«

»Nein. Ich gehe zurück in mein Bett.«

»Ihr kommt mit mir – und habe ich Euch nicht davor gewarnt, mich zu unterbrechen?«

»Das habt Ihr. Doch da Ihr Euch selbst nicht an Eure ach so wichtige Regel haltet, habe ich angenommen, Ihr wolltet nicht auch noch für einen Heuchler gehalten werden – *und* für ein Monster.«

Er lächelte wieder auf diese eigenartige Weise. Das wirkte fast noch einschüchternder als seine Drohungen, denn bis jetzt war es immer dieses Lächeln gewesen, das die meisten seiner »kleinen Bestrafungen« nach sich gezogen hatte.

Er machte einen Schritt nach vorn. Sie trat einen zurück.

»Ihr denkt doch nicht etwa, mir davonlaufen zu können, Dirne?« höhnte er.

Sie streckte trotzig das Kinn vor. »Warum nicht? Ich werdet mich doch so oder so bestrafen.« *Und ich glaube, daß ich immer noch schneller bin als du, du Riese Ungeschlacht.*

Bevor er noch einen Schritt vortreten und sie damit in Reichweite gehabt hätte, schoß sie an ihm vorbei und lief den Gang hinunter in Richtung Wendeltreppe. Wenn es ihr nur gelingen würde, die Stufen zu erreichen, bevor er sie einholte, dann könnte sie vor ihm im Palas sein. Dort gab es zahllose kleine Verstecke – zwischen dem schlafenden Personal zum Beispiel. Am besten wäre jedoch die riesige Vorratskammer im Erdgeschoß, da würde er sie so schnell nicht finden.

Während sie flink die Treppe hinunterrannte, hörte sie ihn hinter sich fluchen, hörte ihr eigenes Keuchen – und das Geräusch von Stahl am Fuß der Treppe. Als sie den Mann sah, prallte sie zurück und schlitterte auf dem rutschigen Steinboden noch ein paar Schritte vorwärts, so daß sie fast in sein gezücktes Schwert gelaufen wäre. Er war nicht viel älter als sie, aber mindestens einen Kopf größer.

Noch bevor sie überlegen konnte, wie sie an dem Mann und seinem Schwert vorbeikommen sollte, wurde sie auch schon von hinten gepackt und hochgehoben. Warrick befahi: »Steckt Euer Schwert weg, Bernard, und weckt den Koch.« Sobald sich der junge Mann aus dem Staub gemacht hatte, verwandelte sich die harte, befehlende Stimme in ein bedrohliches Flüstern, als er sich dicht an ihr Ohr beugte: »Jetzt habt Ihr Euch Eure Bestrafung ganz sicher eingehandelt, – doch zuerst werdet Ihr essen.«

22. Kapitel

Die Küche sah öd und verlassen aus, denn nirgendwo brannte ein Feuer. Die wenigen hastig angezündeten Fackeln verbreiteten ein trostloses, flackerndes Licht. Die Burgkatze beklagte sich miauend über diese ungewöhnliche Störung, bevor sie sich hinter den Brunnen verzog. Der Koch murmelte ebenfalls mißmutig in seinen Bart, während er im Schein der Kerze, die Bernard ihm hinhielt, rasch ein paar Reste zusammensuchte. Warrick hielt Rowena immer noch in seinen Armen. Bei jeder Bewegung ihrerseits festigte er seinen Griff, da er annahm, sie wolle schon wieder ausreißen.

Als er sie schließlich auf einen der Stühle am Küchentisch niedersetzte, standen vor ihr allerlei kalte Speisen, die sehr appetitlich aussahen. Ihr Magen protestierte angesichts dieser Versuchung mit lautem Knurren. Vor ihr lag zum Beispiel ein halber Laib Brot, ein großes Stück Butter, kalter Rostbraten, Kalbsfüße in Aspik, ein ordentliches Stück Makrelenpastete, gewürzt mit Minze und Petersilie, jedoch ohne die Sauerampfersoße, mit der sie zum Abendessen serviert worden war. Des weiteren ein Riesenstück Käse, gebackene Birnen und zu guter Letzt noch ein gedeckter Apfelkuchen. Dazu gab es einen Krug mit kühlem Bier.

»Gibt es keine gebackenen Rebhühner mehr?« fragte Warrick den Koch, als Rowena sich ans Werk machte.

»Eines, Mylord, aber Lady Beatrix hat gebeten, es ihr morgen zum Frühstück auf ihr Zimmer –«

Warrick ließ ihn nicht ausreden. »Holt es. Meine Tochter wird das essen, was alle anderen auch essen. Diese Maid hier ist am Verhungern.«

Rowena traute kaum ihren Ohren. Merkte er denn nicht, daß er ihr damit noch eine Feindin schaffte? Man nahm nicht einfach von der Tochter des Hauses, um es einer Dienerin zu geben. Einem Gast vielleicht, das schon, aber nicht einer Dienstmagd. Und dazu hätte es der Koch am nächsten Tag noch mit der wütenden Beatrix zu tun bekommen. Außerdem war er der Mann von Mary Blouet, ihrer Vorgesetzten.

»Hier steht ohnehin schon mehr, als ich essen kann«, versicherte sie daher rasch. »Es ist wirklich nicht nötig –«

»Ihr braucht abwechslungsreiche Speisen«, beharrte Warrick.

»Aber ich mag Rebhühner gar nicht«, log sie.

»Ihr füttert nicht nur Euch selbst, vergeßt das nicht«, gab er zurück. Diese Mahnung trieb ihr die Schamesröte ins Gesicht, noch dazu, da die anderen beiden Männer sie nach diesen Worten mit ganz anderen Augen ansahen, so, als hätte Warricks seltsames Verhalten auf einmal Sinn bekommen. Wenn er diese Sache auch weiter so ausposaunt, wußte bald die ganze Burg, daß sie guter Hoffnung war. Betrachtete man außerdem die Aufmerksamkeit, die Warrick ihr angedeihen ließ, fiel es nicht schwer, zu erraten, wer der Vater des Kindes war. Machte ihm das denn gar nichts aus? Doch warum sollte es, wo er ohnehin vorhatte, ihr das Kind wegzunehmen.

Bei diesem Gedanken funkelte Rowena Warrick zornig an. »Das Baby und ich mögen keine Rebhühner, und wir haben nicht die Absicht, welche zu essen.«

Er starrte sie einen Moment lang finster an, bevor er brummte: »Also gut«, und sich an den erleichterten Koch wandte. »Aber sie sollte zumindest Wein trinken, statt dieses saure Gebräu. Los, holt eine Flasche von dem, den wir aus Tures mitgebracht haben.«

Rowena versteifte sich, als sie das hörte. Der Koch ebenso. Er meinte: »Ich werde den Mundschenk wecken müssen, wegen des Schlüssels, Mylord.«

»Dann tut es.«

Gerade hatte sich Rowena zwei Feinde erspart, indem sie auf eine ihrer Lieblingsspeisen verzichtet hatte, und nun handelte sie sich ganz sicher einen ein, nur um in den Genuß ihres eigenen Weines zu kommen, an dem sie hier, in *seiner* Burg lieber erstickt wäre, als auch nur einen Tropfen davon zu trinken. Es war grausam, ihr ihren eigenen Wein anzubieten, aber sie konnte es Warrick diesmal nicht einmal verübeln, denn er wußte ja nicht, daß sie die Lady von Tures war.

Sie hielt den Koch, der schon davoneilen wollte, zurück. »Das wird nicht nötig sein, Master Blouet. Vom Wein wird mir jetzt nur übel«, log sie erneut. »Ich könnte wahrhaftig keinen Schluck davon hinunterbringen.«

Der Koch wandte sich hoffnungsvoll seinem Herrn zu, doch dieser sah stirnrunzelnd auf Rowena nieder. »Es ist seltsam, daß Ihr immer nur das nicht verzehren könnt, was anderen zusätzliche Arbeit macht.«

»Das ist nicht wahr«, verteidigte sie sich.

»Wirklich nicht?« fragte er zweifelnd und fügte dann wütend hinzu. »Widersprecht mir nie wieder, Dirne. Würde Master Blouet Euch gehorchen statt mir, dann würde ihm das zehn Peitschenhiebe einbringen.«

Bei diesen Worten flog der Koch geradezu die Treppe hinauf, um den Butler zu wecken. Rowena hörte auf zu essen und legte die Hände in den Schoß, um ihm zu zeigen, daß er ihr damit den Appetit verdorben hatte.

»Ich finde Eure Boshaftigkeit wirklich abscheulich.«

Bernard schnappte nach Luft, was sie jedoch keineswegs davon abhielt, fortzufahren: »Und was wollt Ihr mit dem Wein machen? *Ich* werde ihn nämlich ganz bestimmt nicht trinken.«

»Er wird in meine Gemächer gebracht werden – so wie Ihr, sobald Ihr fertig seid – außer vielleicht, Ihr habt Euer Mal jetzt schon beendet...« Rowena machte sich bei seinen Worten so hastig über ihren Teller her, daß Warrick erneut auf diese humorlose Art lächelte. »Bernard?«

Bernard wußte sofort, was sein Herr wollte. »Ja, Mylord, sobald sie fertig ist«, versicherte er.

Warrick hob ihr Kinn, das sich durch ihr eifriges Kauen

heftig bewegte und meinte: »Stopft Euch nicht zu sehr voll, Maid, und zögert nicht zu lange, denn wenn ich noch einmal kommen müßte, wäre das sehr unangenehm für Euch.«

Nach diesen Worten wandte er sich ab und überließ sie dem Knappen und ihrem Mahl. Rowena kaute nun langsamer, denn allmählich stieg die Furcht wieder in ihr hoch und schnürte ihr den Magen zu. Er würde sie wieder vergewaltigen. Das hatte er ihr so gut wie versprochen.

Vielleicht sollte sie ja versuchen, dem Jungen zu entkommen. Die Chancen stünden sicher besser, denn obwohl Bernard größer war als sie, fehlte es ihm an körperlicher Reife. Doch würde der Knappe dann nicht bestraft werden? Und Warrick würde auf der Suche nach ihr noch viele andere wecken. Unberechenbares Monster – ganz sicher würde er's tun. Er kümmerte sich nicht darum, daß seine Leute den ganzen Tag hart arbeiteten und ihren Schlaf dringend brauchten. Ihr hätte das eigentlich egal sein sollen, doch sie wollte schließlich nicht die ganze Burg gegen sich aufbringen, wo sie niemanden hatte, der sie gegen den Zorn des Personals in Schutz nehmen konnte.

»Ihr beeilt Euch besser, Mistress«, tönte Bernards Stimme hinter ihrem Rücken. »Geduld ist nicht seine Stärke.«

Sie machte sich nicht die Mühe, ihn anzusehen. »Na und? Dann wird er mich eben holen müssen. Glaubt Ihr, das macht mir etwas aus? Ich werde es so oder so mit seinem Zorn zu tun bekommen.« Und mit seinen »kleinen Bestrafungen«...

Sie fragte sich, welche Strafe sie dafür erwartete, daß sie ihm an der Tür zum Webzimmer widersprochen, ihm davongelaufen und ihn schließlich hier unten beschimpft hatte. Daß sie ihn anflehen mußte, sie zu nehmen, vielleicht? Oder noch schlimmer? Nein, es gab nichts Schlimmeres, als den Mann, den man verachtete, darum zu bitten, einen von den Qualen der Lust zu erlösen.

»Ich finde Eure Undankbarkeit diesem großzügigen Mann gegenüber geradezu pervers.«

Wie bitte?! Rowena wäre fast an dem Stück Fleisch, das sie gerade kaute, erstickt. Sie hustete und würgte. Als sie sich wieder gefangen hatte, wandte sie sich um und sah den jungen Mann wütend an.

»Was meint Ihr mit ›großzügig‹«? wollte sie wissen.

»Er gibt Euch zu essen, obwohl die Küche schon längst geschlossen ist. Das hat es noch nie gegeben. Master Blouet würde das nie wagen, selbst wenn einer am Verhungern wäre.«

Das war in den meisten Burgen zu üblich. Man wollte auf diese Weise Diebstählen vorbeugen. Rowena ließ sich davon überhaupt nicht beeindrucken.

»Er füttert sein Kind, nicht mich«, zischte sie.

»Er würde die Küche nicht mal für seine Töchter öffnen«, zischte er ebenfalls.

»Ihr wißt gar nichts!« fauchte sie ungeduldig. »Dieser Mann haßt mich.«

»Weil er Euch begehrt. Wo er stundenlang in seinem Zimmer auf- und abgelaufen ist und mit sich gerungen hat, ob er Euch holen soll oder nicht, obwohl seine Lust sehr groß war? Wo er Euch getragen hat, damit ihr Euch nicht erkältet?«

Mit Leichtigkeit hätte sie jedes einzelne seiner Argumente entkräften können, doch sie glühte vor Scham, weil Bernard Warricks Bedürfnisse erwähnt hatte – wußte sie doch, daß sie es war, die diese während des Bades geweckt hatte. Sie hatte angenommen, er würde nach Celia schicken. Warum hatte er das nicht getan? *Weil er mit dir seine Rache und seine Lust befriedigen kann, deshalb.* Warum hatte er dann so lange gewartet? Weil er es genausowenig ertragen konnte, sie nochmals zu berühren wie sie ihn – nein, sie durfte sich nicht selbst betrügen. Wenn sie ehrlich war, mußte sie zugeben, daß es ihr nie schwergefallen war, seinen schönen, muskulösen Körper anzufassen, als sie ihn in ihrer Gewalt hatte. Und heute abend war sie durch eine einfache Berührung entflammt.

»Spielt es denn gar keine Rolle, daß ich seine Aufmerksamkeiten überhaupt nicht will?« fragte sie, als könne der Junge ihre Lage verstehen und seine Meinung ändern.

Alles, was er darauf erwiderte, war: »Wie ich schon sagte, Ihr seid pervers.«

»Und Ihr seid ein voreingenommener Dummkopf! Euer Herr ist grausam und rachsüchtig –«

»O nein«, rief Bernard, der nun selbst aufgebracht war. »Er ist gut und großzügig mit denen, die ihm dienen. Nur in der Bestrafung seiner Feinde ist er unnachgiebig.«

»Und ich bin einer jener Feinde«, flüsterte sie und wandte ihm wieder den Rücken zu.

Sie starrte auf ihr Essen. Der Appetit war ihr gründlich vergangen. Sie hörte, wie Bernard hinter ihr sagte: »Seine Feindin? Eine Frau? Was könnt Ihr schon getan haben, seine Feindschaft zu erringen?«

Nur, ihn zu vergewaltigen und ihm ein Kind zu stehlen. Doch dieses Verbrechen erschien selbst ihr so abschreckend und widerwärtig, daß sie es niemals laut geäußert hätte. Wenn sie es doch tat, würde Warrick vielleicht seine Meinung ändern und sie trotz allem töten. Sie war sicher, daß mindestens die Hälfte seines Hasses daher rührte, daß *ihm,* einem so mächtigen und unbesiegbaren Mann etwas Derartiges passiert war.

Sie sagte deshalb nichts zu seiner Frage und meinte statt dessen trotzig: »Wenn Ihr mich schon zu Eurem Herrn bringen müßt, dann tut es in Gottes Namen. Ich bin fertig mit dem Essen.«

Der Koch kam soeben hereingeeilt, den Mundschenk im Schlepptau. Als er sah, daß sie kaum etwas angerührt hatte, meinte er ängstlich: »Ihr macht Euch wohl nicht viel aus Resten, Mädchen?«

»Doch, doch, Master Blouet. Es war ausgezeichnet. Ich bin nur schon satt. Und ich werde in Zukunft ganz sicher darauf achten, zu den normalen Essenszeiten zu erscheinen, damit Ihr nicht noch einmal gestört werdet.«

Er winkte ab. »Das macht doch nichts – das Baby braucht schließlich viel Nahrung. Ich werde Euch in Zukunft extra große Portionen zukommen lassen.«

»Aber das ist doch nicht –«

»Lord Warrick würde es so haben wollen.«

Und was immer Lord Warrick haben wollte, das geschah.

Rowena biß die Zähne zusammen und eilte aus der

Küche. Bevor sie noch die Steinstufen erreicht hatte, fühlte sie sich erneut von hinten ergriffen und hochgehoben. Nur daß sie sich in diesen Armen keineswegs so sicher fühlte wie in Warricks. Tatsache war, sie fürchtete, jeden Moment fallengelassen zu werden.

»Laßt mich *sofort* runter, Bernard. Ich bin wirklich selbst in der Lage –«

»Pervers«, stöhnte er, als er langsam die Treppen hinaufkeuchte. »Sie würde doch tatsächlich lieber eine Lungenentzündung riskieren, und ich würde zu Tode gepeitscht werden. Total pervers.«

»Da werde ich mir schon eher das Genick brechen, wenn Ihr mich fallen laßt, Dummkopf.«

»Es ist ritterlich, jeder Frau behilflich zu sein – doch das nächste Mal solltet ihr besser Eure Schuhe anziehen, Mistress.«

Er beschwerte sich? Rowena hätte ihm am liebsten einen kleinen Stoß versetzt, wenn sie nicht befürchtet hätte, daß er sie in seiner Überraschung fallen ließ. Gott beschütze sie vor galanten Rittern.

»Na bitte«, sagte er, als sie schließlich das Ende der Treppe erreicht hatten, wo er sie rasch auf den Boden setzte. »Der Holzboden ist nicht so kalt. Ich muß erst verschnaufen. Ihr könnt schon vorgehen.«

Das konnte sie? Wie gütig. Rowena beschloß, so pervers zu sein, wie er sie sah.

»Woher wollt Ihr wissen, daß der Holzboden nicht so kalt ist, wo Ihr doch Eure Stiefel tragt? Meine Zehen sind halb erfroren. Ihr werdet mich schon noch bis vor die Tür tragen müssen.«

Keuchend stand er vor ihr. Der Gang war ziemlich lang, nur eine einzige Fackel brannte am anderen Ende. Dazwischen lagen die schlafenden Diener.

Bernard betrachtete sie bestürzt. »Äh – vielleicht könntet Ihr ja meine Schuhe anziehen?«

»Vielleicht könnte ich ja auch in mein eigenes Bett gehen.«

Seine Bestürzung steigerte sich. »Das könnt Ihr nicht tun!«

»Dann paßt auf, Bursche.«

Sie wandte sich um und ging in die andere Richtung. Nicht mehr als fünf Sekunden später hatte er sie wieder hochgehoben. Jetzt war er jedoch wütend. Er zischte: »Solche Kapriolen stehen bestenfalls einer Lady zu, nicht einer Dienstmagd. Und falls Ihr glaubt, Eure Stellung als Favoritin des Lords würde Euch zu einer solchen erheben, dann irrt Ihr Euch gewaltig!«

Mit diesen Worten hatte er einen wunden Punkt getroffen. Ohne zu überlegen, antwortete sie: »Dazu muß ich mich nicht erst erheben. Ich bin bereits eine Lady, und zwar die Lady von –« im letzten Moment besann sie sich jedoch und ergänzte, »Kirkburough – der Feste, die Euer kostbarer Lord vor kurzem erst zerstört hat.«

»Ihr lügt, Dirne.«

»Und Ihr klingt ganz wie Euer Herr, Ihr Tölpel«, erwiderte sie schlagfertig. »Wahrlich, meine einzige Lüge war, daß mir die Zehen abfrieren. Also laßt mich schon runter!«

Das tat er, und fast wäre sie dabei doch noch gefallen. Kaum daß sie stand, türmte sich auch schon eine riesige Gestalt vor ihr auf. Warrick hatte sie kommen gehört.

»Was gibt's?« fragte Warrick seinen Knappen, denn der Junge war offensichtlich am Ende seiner Kräfte und schnaufte wie ein Walroß.

Rowena antwortete an seiner Stelle. »Er meinte, es Euch gleichtun zu können, doch er hat dabei außer acht gelassen, daß er noch ein wenig wachsen muß, bevor er den wilden Mann spielen und schwache Frauen abschleppen kann.«

Keinem von beiden entging der Spott in ihrer Stimme. Bernard wurde rot vor Wut, und Warrick lächelte wieder auf diese humorlose Art, die sie so sehr an ihm haßte.

»Meine neue Leibeigene hat ganz schöne Krallen, nicht wahr?« fragte er. »Wir werden ihr diese ziehen müssen. Kommt herein, Rowena.«

Vor Schreck blieb sie wie angewurzelt stehen. Was hatte sie nur getan? Wie konnte sie nur glauben, sie könnte ihn verhöhnen und beschimpfen, ohne dafür bezahlen zu müssen? Aber war sie nicht so oder so verurteilt?

»Ich – ich hab's satt, Bestrafungen hinzunehmen, die nichts zu tun haben mit –« sie warf einen Blick auf Bernard, bevor sie fortfuhr, »uns. Wenn Ihr mich in Eurem Zimmer haben wollt, dann müßt Ihr mich schon hineinzerren. Wie gesagt – ich komme nicht freiwillig.«

Es wäre schön gewesen, wenn Bernard nicht ausgerechnet ihren einzigen Fluchtweg blockiert hätte, denn so blieb ihr nichts anderes übrig, als sich Warrick schließlich zu ergeben. Obwohl sie sich mit aller ihr zur Verfügung stehenden Kraft wehrte, um sich schlug und versuchte, ihr Handgelenk aus seinem eisernen Griff zu befreien, schleppte er sie ohne ersichtliche Mühe in seine Kammer. Sobald sie sie betreten hatten, schlug er die Tür hinter sich zu und ließ sie nicht eher los, als bis sie auf seinem Bett lag.

Sodann senkte er seinen Körper langsam und mit offensichtlichem Vergnügen auf sie nieder, legte sein ganzes Gewicht auf sie, bis es kein Entkommen mehr gab, ja keine Gegenwehr mehr möglich war.

»Seht Ihr, wie wenig Euer Widerstand nützt?« höhnte er.

»Ich hasse Euch.«

»Dieses Gefühl kann ich von ganzem Herzen erwidern, und ich versichere Euch, ich hasse Euch mehr, als ihr mich je hassen könnt.« Wieder lächelte er dieses grausame Lächeln, das die Aufrichtigkeit seiner Worte belegte.

Plötzlich hätte sie am liebsten angefangen zu weinen. Schon sammelten sich ein paar Tränen in ihren großen, saphirblauen Augen und ließen sie glänzen wie Juwelen.

Er bemerkte das sehr wohl, und sah sie einige Augenblicke lang nachdenklich an, bevor er sagte: »Ihr wollt mir das hier doch wohl nicht leicht machen, nicht wahr? Wo bleibt der Widerstand, den Ihr mir versprochen habt?«

»Mein Haß und mein Widerstand bereiten Euch viel zu viel Vergnügen. Ich ziehe es vor, Euch dies künftig zu verweigern.«

»Selbstsüchtige Dirne«, antwortete er vorwurfsvoll, doch seine Augen leuchteten mit einem Mal amüsiert. »Ihr glaubt also, einfach wie tot daliegen und hoffen zu können, daß ich mich langweile und Euch gehen lasse?«

In dieser Stimmung hatte sie ihn noch nie erlebt. Sie sagte deshalb unsicher: »Jetzt, wo Ihr's erwähnt...«

Er lachte, was sie aufs äußerste verwirrte; er lachte noch mehr, als er ihre Verwirrung bemerkte. Doch dann legte er ihr die Hand an die Wange, sehr sanft, und strich langsam über ihre volle Unterlippe.

»Was soll ich nur mit Euch machen?«

Die Frage schien nicht an sie gerichtet, er dachte nur laut vor sich hin. Sie antwortete trotzdem. »Laßt mich gehen.«

»O nein, niemals«, erwiderte er leise, während sich seine Augen auf ihre Lippen hefteten. »Ihr wart auf mehr als nur einem Gebiet Jungfrau. Und wie steht es mit hier?«

Seine Augen glänzten warm, und sein Lächeln machte ihn unwiderstehlich. Und dann berührten seine Lippen die ihren.

Das hatte sie kommen sehen; sie hatte sich innerlich gegen ihn gewappnet, doch sie war gänzlich unvorbereitet auf das, was sein Kuß in ihr auslöste. Seine Zunge leckte sanft ihre Lippen, so als schmecke er etwas unglaublich Süßes. In ihrem Bauch kribbelte es. Seine Zunge schlüpfte zwischen ihre leicht geöffneten Zähne und massierte sie sanft. Schon stieg die Hitze in ihr auf, sammelte sich zwischen ihren Beinen und in ihren Brüsten.

Es stimmte. Bisher hatte ihr noch kein Mann gezeigt, was ein Kuß war. Das, was Gilbert getan hatte, kurz bevor er sie Warricks Gnade anheimgestellt hatte, war damit nicht zu vergleichen. Dieser Kuß war nur kurz gewesen, rücksichtslos und brutal. Sie hatte ihn abstoßend gefunden. Dieser hier war weich, wollte gar nicht aufhören, und sie wünschte, sie hätte den Unterschied nie kennengelernt. Es hätte gar keinen Unterschied geben dürfen. Dennoch konnte sie nicht bestreiten, daß dies wieder eins jener Dinge war, die sie an ihrem Feind ganz und gar nicht haßte.

»Aha – genau wie ich dachte. Ein weiteres jungfräuliches Terrain, das es zu erforschen gilt«, sagte er und schien mehr als zufrieden. »Man muß Euch eingesperrt haben, bevor ich Euch fand.«

Worte waren ihre einzige Waffe. Sie benutzte sie in ihrer Verzweiflung nun als letztes Mittel der Gegenwehr, denn sie erkannte, daß sie, wenn das so weiterging, sich selbst genauso bekämpfen mußte, wie ihn.

»Ihr wart es nicht, der *mich* fand, sondern *Ihr* wurdet *für mich* gefunden – oder habt Ihr das schon vergessen? Ihr wollt das hier doch nicht wirklich tun. Laßt mich gehen, Warrick.«

Statt einer Antwort küßte er sie wieder, diesmal jedoch nicht so sanft. Aber auch das fand sie keineswegs abstoßend. Tatsächlich wurde sie von seiner Leidenschaft so mitgerissen, daß sie ihre Beleidigung Sekunden später bereits vergessen hatte.

Er vergaß sie allerdings nicht. Er war wütend, doch das merkte sie erst viel später. Dann nämlich, als er ihr flüsternd befahl: »Na los, bittet mich«, und sie bereits einen Punkt erreicht hatte, wo jede Verzögerung eine Qual war. Es blieb also nichts anderes übrig, als zu tun, was er verlangte.

23. Kapitel

Warrick befand sich in einem Zustand totaler Sattheit einerseits und Verärgerung andererseits. Beides kam ihm im Augenblick mehr als ungelegen. Am liebsten hätte er seine Gefühle ignoriert, doch das gelang ihm nicht. Das Zusammensein mit dieser flachsblonden Maid war unglaublich befriedigend gewesen, da half kein Leugnen. Natürlich war das Wissen, Rache an ihr üben zu können, dafür verantwortlich – wie hätte es auch anders sein können. Solch ungeheure Lust, solch nie gekannte Freuden konnten keinen anderen Grund haben als diesen.

Eigentlich hätte das alles gar nicht passieren dürfen, da er nie die Absicht gehabt hatte, sie noch einmal zu berühren, nachdem er sie losgemacht hatte. Natürlich hatte er vorgehabt, sie weiter zu foltern, mit ihrer eigenen verräterischen Lust zu quälen, ja, und vor allem hatte er noch mehr Scham hervorrufen wollen. Das wollte er immer noch, denn er hatte nicht die Absicht, ihr das Leben zu schenken, ohne sie beständig daran zu erinnern, daß sie einen Preis dafür zu bezahlen hatte.

Die heutige Nacht hatte ihm jedoch deutlich gezeigt, daß er ein Narr gewesen war, anzunehmen, er könne sie zur Liebe zwingen, ohne selbst dafür zu bezahlen. Er hätte es gekonnt – wenn sie auch weiterhin nur Scham empfunden hätte –, doch sie war erregt, ja geradezu lüstern geworden, auch wenn sie sich alle Mühe gab, dies vor ihm zu verbergen. Die Tatsache, daß sie ihn wieder begehrt hatte, war zuviel für ihn gewesen. Sein Widerstand war zusammengebrochen. Trotzdem hatte er ihrem Sirenengesang widerstanden und sie weggeschickt – leider ohne Erfolg, denn er konnte den süßen, berückenden Anblick ihres halb entkleideten Körpers einfach nicht mehr vergessen.

Es machte ihn fuchsteufelswild, daß sie immer noch Macht über ihn besaß – wahrhaftig, es bestand kaum ein Unterschied zu der Zeit, als er angekettet ihrer Gnade ausgeliefert gewesen war. Damals und heute hatte sie ihn in der Hand gehabt. Gott war sein Zeuge – er hatte sich alle Mühe gegeben, den Drang niederzukämpfen, sie sich wieder in sein Bett zu holen, doch als ihm schließlich zu später Stunde eingefallen war, daß er sie als Dienstmagd jederzeit nehmen konnte, hatte er nicht länger widerstehen können.

Er beugte sich zu ihr und sah sie an. Sie tat, als schliefe sie. Er lächelte. Er hatte wirklich nicht erwartet, daß ihre Gesellschaft so amüsant sein konnte. Ihr Widerspruchsgeist, ihre Versuche, sich gegen ihn zu wehren, waren zum Schreien komisch. Meist hatte sie wirklich Angst vor ihm, manchmal war sie jedoch viel zu wütend, um Angst zu haben. Zu seinem Erstaunen stellte er fest, daß ihn ihre Wut noch viel mehr reizte als ihre Furcht, worauf er sich einfach keinen Reim machen konnte.

Was ihm überdies nicht einleuchten wollte, war, daß sie wieder und wieder bewußt seinen Zorn schürte, was angesichts ihrer Lage mehr als unklug war. Er hatte sich gar nicht erst die Mühe gemacht, Rowena oder sich selbst auszuziehen, er hatte lediglich ihre Röcke hochgeschoben und war zur Sache gekommen. Er hatte ihr gesagt, er wolle ihr Einverständnis gar nicht, das stimmte, dennoch war es unvergleichlich erregend gewesen, zu hören, daß sie ihn bat, sie zu nehmen. Er war sofort wieder besänftigt gewesen.

Immer noch waren ihre Röcke bis zur Hüfte hochgeschoben. Er legte eine Hand auf ihren nackten Schenkel und sah, wie sie den Atem anhielt. Sie tat jedoch immer noch so, als ob sie schliefe. Eine weitere ihrer kleinen Kapriolen, die er im Moment jedoch gerne übersah.

Er befand sich in der Tat in einer eigenartigen Stimmung: einerseits haßte er sie für das, was sie ihm angetan hatte, andererseits genoß er es in vollen Zügen, sie in seiner Gewalt zu haben. Und sein Drang, sie berühren zu wollen, auch nachdem er vollkommen gesättigt war, ärgerte ihn noch mehr.

Stirnrunzelnd zog er die Hand wieder zurück, denn er war sicher, daß nur ihre Gegenwart für seinen Zustand verantwortlich war. Zumindest dagegen wollte er etwas tun, und zwar umgehend.

»Hinaus mit Euch, Dirne. Sich Eurer zu bedienen, heißt nicht, daß Ihr das Recht habt, mein Bett mit mir zu teilen. Es hat mir wahrhaftig keinen Spaß gemacht, die letzten drei Tage auf einem harten Lager am Boden zu verbringen.«

»Ich weine gleich vor Mitleid«, sagte sie spitz, rollte sich von der Matratze und rannte zur Tür.

Ihr Sarkasmus war viel zu offen, um noch amüsant zu sein. »Denkt an mein weiches Bett, wenn Ihr auf Eurem eigenen, harten Lager liegt!« rief er hinter ihr her.

Sie wandte sich um und lächelte. »Euer Bett habe ich bereits vergessen – außerdem würde ich lieber auf einem Steinbrocken schlafen, als noch einmal dieses Privileg genießen zu müssen.«

»Das klang aber ganz anders, als ihr mich angefleht habt, Euch zu nehmen.«

Ihr Gesicht wurde feuerrot. Sehr gut. Das würde sie

lehren, ein wenig vorsichtiger mit ihren Antworten zu sein. Dieser Gedanke war jedoch wie weggeblasen, als er ihre bloßen Füße bemerkte.

»Kommt wieder her, Rowena.« Ihr Gesicht, das gerade noch von Röte überzogen gewesen war, wurde weiß wie die Wand. Ungehalten schnauzte er sie an: »Ich habe nicht die geringste Lust, Euch in Euer Bett zu tragen, nur weil ihr vergessen habt, Eure Schuhe anzuziehen.«

»Vergessen? *Ich?* Ich hatte doch gar nicht die Absicht, das Webzimmer zu verlassen. Ihr weckt mich mitten in der Nacht und erwartet, daß ich vollständig angekleidet bin?«

»Ihr habt ja gar nicht geschlafen. Egal, Ihr werdet heute nacht wohl oder übel hier schlafen müssen, da ich Eure Schuhe erst morgen bringen lassen kann.«

»Ich werde mich ganz sicher nicht erkälten, ich schwör's.«

»Wollt Ihr wirklich hier stehenbleiben und mit mir darüber streiten, Dirne?« fragte er barsch.

Sie senkte den Kopf. »Nein«, sagte sie so leise, daß er es kaum hörte.

»Dann kommt jetzt wieder ins Bett.«

Er schwieg, als sie nun im Schneckentempo auf ihn zukam und damit seine Geduld und seine guten Vorsätze erneut auf die Probe stellte. Als sie das Bett schließlich erreicht hatte, war er zornig genug, hinzuzufügen: »Zieht zuerst diese Bluse aus, ich habe keine Lust, meine Haut daran aufzureiben, sollte ich im Schlaf zufällig in Eure Richtung rollen.«

Als ihr Kopf bei seinen Worten hochfuhr, sah er, daß sie keineswegs eingeschüchtert war, sondern lediglich versucht hatte, ihren Zorn vor ihm zu verbergen. Jetzt zog sie wütend die Bluse über den Kopf und warf sie zu Boden. Diese Geste der Entrüstung fand er fast schon wieder amüsant. Als er jedoch sah, wie sehr ihre Haut unter dem groben Stoff gerötet war, stieg erneut der Zorn in ihm hoch.

Verdammt empfindliche Haut hatte die Maid. Gerade erst hatte er ihr um ihrer Gesundheit willen gestattet, die

Nacht in seinem Bett zu verbringen, und schon sah er sich erneut gezwungen, noch ein Zugeständnis zu machen.

Er liebte es gar nicht, durch derartige Vorfälle in seinen Racheplänen gestört zu werden. Dennoch nahm er sich vor, Enid morgen zu bitten, Rowena ihr seidenes Unterhemd, vielleicht ja auch ihre Bluse wieder zu geben, wenn sie ihr die Schuhe brachte. Das mußte allerdings das letzte Zugeständnis sein, wenn er nicht wollte, daß sie langsam Zweifel an der Ernsthaftigkeit seiner Abneigung ihr gegenüber bekommen sollte.

Um sie erst gar nicht auf diesen Gedanken zu bringen, ließ er seine Augen ausgiebig über ihren nackten Körper schweifen und meinte: »Es bereitet mir in der Tat großes Vergnügen, Euch auf Euren Platz zu verweisen.«

»Wohl zu Euren Füßen?« fauchte sie.

Er fing an, sich ebenfalls zu entkleiden, meinte jedoch mit einem trockenen Lächeln: »Wenn *ich* es so wünsche – ja. Nun kommt schon ins Bett. Ich will heute nacht kein Wort mehr von Euch hören.« Oder noch mehr von diesem süßen, verführerischen Körper sehen, den sie ihm so offen zeigte.

Diesmal zumindest gehorchte sie sofort. Doch als er wenige Augenblicke später, nachdem er die Kerzen gelöscht hatte, ebenfalls ins Bett schlüpfte und sich in ihre Richtung wandte, schrie sie auf: »Ich kann heute keine weitere Berührung mehr ertragen – oder ich werde verrückt!«

Er war versucht, sie eines Besseren zu belehren, sagte statt dessen aber nur: »Seid still. Ich bin viel zu müde, um Euch zu irgend etwas zu zwingen – egal, wie sehr Ihr mich auch darum bitten mögt.« Trotzdem legte er nach diesen Worten seinen Arm um sie und zog sie näher heran.

»Ich kann so nicht schlafen«, sagte sie zwischen zusammengebissenen Zähnen.

»Hofft lieber, daß ich es kann, Dirne, oder ich überlege mir doch noch einmal, ob ich wirklich so müde bin.« Danach hielt sie sogar den Atem an. Er lachte und umarmte sie noch fester. »Wenn ich Euch noch einmal nehmen will, dann werden mich auch Eure komischen Possen nicht davon abhalten. Schlaft also, bevor ich's mir anders überlege.«

Sie fing wieder an zu atmen und sagte kein Wort mehr. Warrick war in der Tat todmüde, doch nicht so müde, als daß er den warmen, dicht an ihn gepreßten Körper nicht genossen hätte. Ihre Zartheit und ihre weiche Haut hatten also doch ihre Vorteile. Er merkte plötzlich, daß er sich ohne weiteres daran gewöhnen könnte.

24. Kapitel

Gott meinte es gut mit ihr heute morgen, denn sie erwachte in einer leeren Kammer. Sie hätte nicht gewußt, wie sie nach der letzten Nacht Warrick hätte gegenübertreten sollen. Zumindest hatte sie nun eine kleine Galgenfrist – nicht jedoch, was ihre Erinnerung betraf.

Sie stöhnte, als diese über sie herfielen; sie drehte sich auf den Bauch und vergrub den Kopf im Kissen. Sie war so sicher gewesen, Warrick niemals und unter keinen Umständen anzubetteln, doch dann waren da seine Finger gewesen, seine betörenden Küsse, die Qualen der Lust in ihr entfacht hatten, die ihr das Blut schneller und schneller durch die Adern gejagt hatten, bis die Worte, die sie niemals hatte äußern wollen, ihr einfach entschlüpft waren. Zu dem Zeitpunkt war ihr alles egal gewesen. Einzig und allein die Erlösung, die er ihr bis dahin auf so quälende Weise verwehrt hatte, beherrschte ihre Sinne, ihr ganzes Sein. Die Selbstvorwürfe, der Selbsthaß und die bittere Reue waren erst viel später gekommen – würden aber wohl ihr Leben lang andauern. Sie konnte den Gedanken immer noch nicht ertragen, ihm gegenüberzutreten und sein höhnisches Grinsen sehen zu müssen.

Lieber würde sie sterben, verbrennen vor Scham – und er würde lachen. *Sein* Triumph war wichtiger als alles andere. O ja, lachen würde er, und sie würde ihn mehr denn je hassen...

»Kommt heraus da, Dirne, und zieht das hier an.«

Rowena keucht erschrocken und warf sich herum. Da stand er, direkt neben dem Bett. In der Hand hielt er ihre eigene Bluse und ihr eigenes Unterhemd. Außerdem hatte er auch das Wams und die Schuhe, die sie im Webzimmer vergessen hatte, dabei. Er runzelte die Stirn und schimpfte: »Glaubt Ihr etwa, Ihr könnt ewig hier im Bett herumfaulenzen, wie Ihr dies wahrscheinlich gewöhnt seid, nur weil ich gestern abend ein wenig Vergnügen an Euch gefunden habe? Nein, Euer Stand ist noch derselbe, ebenso wie Eure Pflichten, die Ihr heute morgen bereits schändlich vernachlässigt habt. Da ich jedoch bereits gespeist habe, braucht Ihr mir vor heute abend nicht mehr zu servieren. Geht also und nehmt Euer Frühstück ein. Dann kümmert Euch um Eure anderen Pflichten.«

Er war wieder draußen, bevor sie sich eine schlagfertige Antwort einfallen lassen konnte. Im Bett herumfaulenzen, wahrhaftig. Als ob sie das je getan hätte, ganz besonders in *seinem* Bett.

Und dann erkannte sie plötzlich, daß sie ihm ja soeben ins Gesicht gesehen hatte und nicht daran gestorben war. Er hatte nicht die Absicht, sich an Ihrer Scham zu weiden? Ja, er hatte die letzte Nacht nicht einmal erwähnt, außer, daß er *ein wenig* Vergnügen an ihr gefunden hatte. Schrecklich, sie wurde einfach nicht schlau aus dem Mann. Er hatte eine perfekte Gelegenheit, sie zu demütigen, einfach ungenutzt verstreichen lassen.

Sie blickte auf die Kleider, die er gebracht hatte, und ihre Verwirrung war perfekt. Sie wußte genau, *warum* man ihr einfache Dienstkleider gegeben hatte, damit sie nämlich beständig an ihren Stand erinnert würde. Und dennoch – hier lagen ihre eigenen Unterkleider, feinstes Leinen, um ihre Haut zu schützen. Sie würde zwar immer noch das grobe Übergewand tragen müssen, doch es würde ihre Haut nicht länger aufreiben.

Verwirrt starrte sie zur Tür, durch die Warrick soeben verschwunden war. Dieser grausame Mann weigerte sich, sie hungern zu lassen, er sorgte sich sogar um ihre Gesundheit. Einfach erstaunlich – auch wenn er dies nur für das Baby tat. Doch nun wollte er gar verhindern, daß sie sich die Haut vollkommen aufrieb – und das konnte schlecht um des Babys willen sein, das tat er nur und ausschließlich um ihretwillen. Grausam? Das war er ganz sicher – aber vielleicht nicht durch und durch.

Doch nein – was dachte sie sich da eigentlich? Warrick de Chaville und gütig? O nein, dieser Mann besaß kein Quentchen Güte. Zweifellos hatte er einen triftigen Grund für sein seltsames Verhalten. Irgend etwas mußte dahinter stecken. Sie wußte zwar noch nicht, was, war sich jedoch sicher, daß ihr die Sache mit den Kleidern bestimmt irgendwelche Peinlichkeiten einbringen würde. Verhaßtes Monster. Hatte er denn nichts Besseres zu tun, als darüber zu brüten, wie er sie quälen konnte?

Sie zog sich rasch an und seufzte erleichtert, als sie den vertrauten, weichen Stoff auf ihrer Haut spürte. Ihre rote Bluse umschloß eng die Arme, so wie sich das gehörte – für eine Lady zumindest. Das grobe Wams kam nun überhaupt nicht mehr mit ihrer Haut in Berührung, doch es tauchte gleich ein neues Problem auf. Der derbe Stoff rutschte jetzt nämlich beständig von ihren Schultern, da die Seidenbluse darunter ihm keinen Halt mehr bot. Nun, dagegen war wohl nichts zu machen.

Sie war so glücklich, wenigstens einen Teil ihrer eigenen Sachen zu tragen, daß sie fast gelächelt hätte, als sie den Palas betrat. Und als sie dann merkte, daß Warrick nicht dort saß und sie mit seinen eiskalten, grauen Augen maß, lächelte sie tatsächlich. Sie sah sich nach Mildred um, doch es saßen nur Warricks Töchter mit ihrer Gouvernante am großen Kamin und versuchten sich an ein paar neuen Stichen. Rowena beachtete sie nicht weiter und schritt rasch in Richtung Küche. Dabei entgingen ihr die wütenden Blicke, mit denen die beiden Schwestern sie auf ihrem ganzen Weg bedachten. Fast genauso wütend und furchteinflößend wie die ihres Vaters.

»Beachtet sie nicht«, mahnte Lady Roberta. »Eine Lady schenkt Frauen ihres Schlages keine Aufmerksamkeit.«

»Aber sie hat die Nacht in seinen Gemächern verbracht«, meinte die dreizehnjährige Melisant. »Celia hat nie die ganze Nacht bei ihm verbracht.«

»Diese Celia ist auch kaum auszuhalten, mit ihrem hochmütigen Getue«, sagte Beatrix und schnaubte verächtlich.

Beatrix war mit vierzehn die ältere von den beiden – wenn man den Bastard, Emma, nicht mitzählte, nach der ihr Vater jedoch nie gefragt und die keine von beiden als legitime Schwester betrachtete. Melisant war die Hübschere. Sie hatte hellblondes Haar und graue Augen, die jedoch aufgrund ihres deutlichen Blauschimmers nicht so kalt wie die ihres Vaters wirkten. Beatrix hatte braunes Haar und braune Augen in einem leider zu schmalen Gesicht. Trotzdem hätte man sie für hübsch halten können, wenn sie nicht immer einen so mißmutigen und verkniffenen Gesichtsausdruck zur Schau getragen hätte. Aber es war bekannt, daß Warrick ihrer Mutter in sehr jungen Jahren versprochen worden war, und ihre Mutter war nicht gerade eine Schönheit gewesen. Melisants Mutter hingegen hatte Warrick selber, nicht zuletzt wegen ihrer Schönheit, gewählt.

Beatrix verübelte dies ihrer Schwester jedoch kaum. Immerhin war sie die ältere und damit Erbin ihres Vaters. Melisant würde lediglich die Ländereien erhalten, die ihre Mutter mit in die Ehe gebracht hatte, sie, Beatrix, dagegen den ganzen Rest – das hieß, solange es keinen männlichen Erben gab. Genau aus diesem Grund hatte Beatrix Lady Isabellas Ankunft gefürchtet. Natürlich hatte sie insgemein gejubelt, als sie von ihrem Verschwinden gehört hatte. Vielleicht war sie sogar tot. Warrick hatte lange gesucht, bis er eine Frau gefunden hatte, die ihm paßte. Noch länger hatte es gedauert, den Heiratsvertrag aufzusetzen. Und wie die Sache nun stand, war er viel zu beschäftigt mit seinen Kriegen, und damit, wie er seinen Besitz – der ja Beatrix' Besitz werden würde – vergrößern konnte, um noch viel Zeit zu haben, sich eine andere zu suchen.

Die Gerüchte über diese neue Dienerin kamen ihr deshalb natürlich äußerst ungelegen. Zweimal hatte man ihr bereits zugesteckt, daß die Dirne guter Hoffnung war und nur Warrick der Vater sein konnte. Das war an sich nicht so schlimm, denn Warrick würde niemals eine einfache Leibeigene heiraten, ganz zu schweigen, ihr Kind als seines anerkennen, auch dann nicht, wenn es ein Junge sein sollte. Niemals würde ein uneheliches Kind Fulkhurst erben, das war sicher. Doch die Gerüchte, die Dirne sei gar keine Leibeigene, sondern eine Adlige, die sich die Feindschaft des Lords zugezogen hatte – das alles warf ein gänzlich anderes Licht auf die Sache.

Das konnte sie jedoch nicht glauben. Selbst ihr Vater, der, was seine Feinde betraf, keine Gnade kannte, hätte eine Lady niemals so behandelt. Doch *wenn* es stimmte, und das Mädchen Warrick tatsächlich einen Sohn schenkte, dann konnte es sein, daß er sich mit ihr vermählte.

Beatrix wußte, daß er sich einen männlichen Erben wünschte. Alles wußten es. Doch das würde sie nicht ertragen, nicht nachdem sie ihr Leben lang gehofft hatte, den ganzen Besitz allein zu erben. Sie *wollte* alles, *brauchte* alles. Sie besaß nicht Melisants hübsche Larve. Nur wenn sie Fulkhurst als Mitgift hatte, konnte sie den Mann bekommen, den sie sich wünschte.

»Da ist sie schon wieder«, sagte Melisant, als Rowena erneut auftauchte, diesmal mit Enid im Schlepptau. »Ich frage mich, woher sie diese hübsche rote Bluse hat.«

»Die hat ihr ohne Zweifel Vater gegeben. Wird sie nur auf dumme Gedanken bringen, da bin ich sicher«, erwiderte Beatrix mit zusammengekniffenen Lippen. »Ich denke, ich werde sie herrufen und –«

»Das werdet Ihr *nicht* tun, junge Dame«, meinte die Gouvernante streng. Sie wußte genau, wie gehässig ihre Schutzbefohlene sein konnte. »Wenn Ihr der Mätresse Eures Vaters Schwierigkeiten macht, so könnte das leicht auf Euch selbst zurückfallen. Denkt daran, wenn Ihr einen Ehemann habt.«

Beatrix funkelte die alte Dame böse an, doch sie widersprach nicht. Schon längst hatte sie herausgefunden, daß es besser war, Lady Robertas weise Ratschläge einfach zu ignorieren und das zu tun, was sie wollte, sobald der alte Drachen einmal wegsah.

25. Kapitel

Da sie das meiste bereits gestern erledigt hatten, waren Rowena und Enid heute relativ früh mit den Gemächern des Lords fertig. Schon vormittags erklomm Rowena deshalb die Stufen zum Webzimmer. Sie wäre vor Schreck fast ohnmächtig geworden, als sich unversehens eine Tür auftat, und eine Hand sie in die Kammer zerrte.

»Wird auch langsam Zeit, daß Ihr vorbeikommt«, brummte eine Stimme ungehalten, aber unverkennbar erfreut.

»Mildred!«

»Genau – und ich sitze schon den ganzen Morgen hier und warte darauf, daß Ihr das Webzimmer verlaßt. Wie habt Ihr's nur geschafft, da rauszugehen, ohne daß ich's bemerkt habe?«

Vor lauter Herzen und Küssen, kam Rowena jedoch erst gar nicht dazu zu antworten. Dann sprudelte es nur so aus ihr heraus: »Wie kommt es, daß du auf Fulkhurst bist? Wollte sich Warrick auch an dir rächen? Ich bin ja froh, daß du hier bist, Mildred. Ich hoffe nur, daß er dich nicht auch mißbraucht hat. Ich dachte schon, ich würde dich nie wiedersehen –«

»Ruhig, ruhig, meine süße Lady«, flüsterte Mildred und strich Rowena besänftigend über die heiße Wange. Danach zog sie sie auf einen Stuhl, der mitten zwischen den Körben mit Stoffresten und Wolle stand. »Wie kann ich Euch antworten, wenn Ihr ohne Punkt und Komma redet? Warum beantwortet Ihr nicht lieber meine Fragen? Man sagte mir, Ihr würdet im Webzimmer nächtigen.«

Mildred setzte sich auf einen Stuhl neben sie, doch Rowena mied ihren Blick, als sie antwortete: »Ich habe vergangene Nacht unten geschlafen.«

Die Schamröte, die Rowena nun ins Gesicht stieg, veranlaßte Mildred, sich eine entsprechende Frage nach dem genauen Ort ihrer Übernachtung zu verkneifen. Alles, was sie sagte, war: »Das überrascht mich nicht.«

Rowenas Kopf flog herum. »Wirklich nicht? Warum? Für mich war es ein Schock, daß er noch einmal, äh, daß er wieder... Was das betraf, hatte er seine Rache doch schon.«

»Hatte er?«

»Ja. Gleiches mit Gleichem. Alles, was ich ihm angetan habe, hat er mit mir gemacht – und jetzt sogar noch mehr.«

»Dann war es also so schrecklich, mein Häschen?«

»Noch schlimmer.«

»Alles?«

Bei dieser Frage runzelte Rowena die Stirn. »Worauf willst du eigentlich hinaus?«

Mildred zuckte mit den Schultern. »Gleiches mit Gleichem, mein Lämmchen. Das heißt, Ihr habt dasselbe Vergnügen unter seinen Händen erfahren, wie er unter den Euren. Oder nicht?« Rowenas Wangen wurden noch röter. »Aha, ich sehe schon, daß genau das der Fall ist – was mich nicht wundert, bei einem so gutaussehenden –«

»*Abscheulich und grausam* aussehenden –«

» – Mann, der weiß, was er will.«

»Das einzige, aber auch absolut einzige, was Warrick de Chaville möchte, ist, mich für Gilberts Gier bezahlen zu lassen. Also, was tust du eigentlich hier? Ich hatte schon befürchtet, man würde dich in den Ruinen von Kirkburough zurücklassen, ohne jede Möglichkeit, dich wenigstens nach Tures durchzuschlagen.«

»Niemand hat mich in den Ruinen zurückgelassen. Lord Warrick hat die Stadt unversehrt gelassen – bis auf das Gasthaus, in dem man ihm auflauerte. Trotzdem hat er es allen Burgbewohnern freigestellt, in seine Dienste zu treten. Was mich betrifft, so dachte er wohl, er wäre mir etwas schuldig für seine Freilassung – obwohl ich ihm versichert habe, daß alles nur auf Eure Weisung hin geschah.«

»Ich weiß nur zu gut, daß er für Entschuldigungen jeglicher Art absolut unzugänglich ist.«

»Das ist wohl wahr. Ich dachte schon, er würde mich töten, so wütend war er darüber, daß ich gewagt habe, anzudeuten, Ihr wäret unschuldig. Ich durfte es mit keinem

Wort mehr erwähnen. Trotzdem hat er auch mir ein Heim in seiner Burg angeboten – unter einer Bedingung: Ich sollte ihm ewige Treue schwören – und Euch verraten. Weil das die einzige Möglichkeit für mich war, Euch zu folgen, habe ich ja gesagt. Er hat mir nur leider verboten, mit Euch zu sprechen.«

Rowena seufzte. »Das habe ich mir schon gedacht. Er wollte nicht, daß ich in deiner Gegenwart Trost finde. Obwohl das Wissen, daß du da bist, mir schon genug Trost gewesen ist.«

Mildred drückte gerührt ihre Hand. »Verzweifle nicht, mein Lämmchen. Ich glaube nicht, daß er so boshaft ist, wie er uns alle glauben machen will. Ich habe so einiges darüber gehört, was ihn zu dem gemacht hat, was er heute ist, und auch wenn es mir schwerfällt, es zuzugeben, muß ich sagen, daß ich Mitleid mit dem Mann empfinde.«

»Mitleid? Mit diesem Mann?« fragte Rowena ungläubig. »Hat er dir vielleicht auf den Kopf geschlagen, Mildred, bevor er dich hierhergebracht hat?«

Mildred kicherte. »O nein, er hat mich kreuz und quer durch die Lande geschleift, mitsamt seiner Armee, auf der Suche nach dieser Lady Isabella. Ich schwör's Euch, er hat dabei jedoch kaum an sie gedacht. Nie hab ich gesehen, daß er enttäuscht gewesen wäre, wenn sie an einem Ort nach ihr gefragt und nur Kopfschütteln geerntet haben. Aber Ihr hättet ihn sehen sollen, wenn der Bote, der jeden Tag Nachrichten von Fulkhurst brachte, einmal zu spät kam. Dann hat er Dutzende von Männern nach ihm ausgesandt, und Gnade Gott dem armen Kerl, wenn er keine Neuigkeiten von John Giffard brachte.«

Bei der Erwähnung dieses Namens versteifte sich Rowena. »John? Ich dachte, der sei nur der Gefängniswärter. Warum um alles in der Welt sollte Warrick an ihm interessiert sein?«

Mildred bedachte sie mit einem Blick, der klar und deutlich sagte, sie solle nicht das Dummchen spielen. »Warum wohl?«

»Aber Warrick wußte doch gar nicht, daß John mich in dem Verlies beaufsichtigte.«

»Warum sollte er das nicht wissen, wo er ihn doch höchstpersönlich beauftragt hat?«

»*Er* hat das getan?« Aber ich dachte, Sir Robert...«

Rowena hielt inne, als ihr klar wurde, was das bedeutete. Warrick hatte sie demnach also nicht ins Verlies werfen lassen, damit sie leide – außer an ihren eigenen Ängsten? Die waren wahrhaftig schrecklich gewesen, doch sie mußte zugeben, daß ihre Zelle das reinste Paradies gewesen war verglichen mit dem, was sie erwartet hätte, wenn John nicht ihr Wärter gewesen wäre. War es möglich, daß Warrick nicht wußte, wie gütig und warmherzig John war? Nein, unmöglich. Johns weiches Herz stand ihm ins Gesicht geschrieben, da genügte ein Blick. Ein Wort mit ihm reichte aus, um zu wissen, daß er keiner Seele etwas zuleide tun konnte.

Plötzlich rief sie verzweifelt: »Ich verstehe das alles einfach nicht! Warum hat er sich um mein Wohlbefinden gesorgt, *bevor* er wußte, daß ich sein Kind trage?«

Mildreds braune Augen weiteten sich erstaunt. »Dann ist es also passiert, und in nur drei Tagen? Habt Ihr Schmerzen? Ich kenne da ein paar sehr gute Tränke, auch für die Blähungen, die vielleicht noch kommen werden.«

Rowena winkte jedoch ungeduldig ab. »Ich fühle mich pudelwohl, nur meine monatliche Regel ist ausgeblieben.«

»Ja, genauso war es auch mit Eurer Mutter. Ist herumgeflattert wie ein Schmetterling, so als ob sie überhaupt nicht –«

»Mildred, ich will mit dir nicht über Kinder sprechen, wo Warrick vorhat, mir meines wegzunehmen.«

Mildred runzelte nachdenklich die Stirn, bevor sie erwiderte: »Hat er das gesagt?«

»Würde ich's behaupten, wenn's nicht so wäre? Er behauptet, er wird's mir nehmen, so wie ich es ihm genommen habe. Gleiches mit Gleichem.«

»Wollt Ihr es denn?«

»*Natürlich* will ich es. Es ist doch meins!«

»Und seins«, meinte Mildred gelassen.

»Aber er wollte doch gar nichts mit der Sache zu tun haben.«

»Genausowenig wie Ihr.«

»Aber er will es jetzt doch nur, um mir damit wehzutun. Das ist doch kein Grund, ein Kind haben zu wollen.«

»Genau. Und vielleicht wird ihm das schon bald klarwerden. Es ist viel zu früh, sich jetzt schon über das zu sorgen, was er in acht Monaten tun wird. Kann sein, daß Ihr dann gar nicht mehr hier seid. Oder habt Ihr noch nicht an Flucht gedacht?«

Rowena schnaubte entrüstet. »Gewiß habe ich das. Wenn du mir sagen kannst, wie ich es anstellen soll, wo doch alle Ausgänge Tag und Nacht bewacht werden, dann fliehe ich noch heute mit Freuden.«

Mildred grinste. *»So* leicht wird's nun auch wieder nicht. Aber vielleicht hilft uns ja Lord Gilbert, wenn er hört, daß Ihr hier seid. Sicher wird er inzwischen erfahren haben, daß es Lord Fulkhurst war, der Kirkburough zerstört hat. Es überrascht mich, daß er seine Armee noch nicht hierhergeführt hat.«

Rowena schnappte nach Luft. »Daran darfst du nicht einmal denken! Lieber bleibe ich hier und ertrage jede Gemeinheit von Warrick, als wieder in Gilberts Hände zu geraten!«

»Das finde ich nun wieder *sehr* interessant. Euer Stiefbruder würde Euch lediglich wieder verheiraten, wohingegen –«

»Ein klappriger alter Ehemann ist genug, Mildred. Und was Gilbert betrifft... bevor er Kirkburough verließ, hat er mich geküßt – und das war wahrhaftig kein brüderlicher Kuß.«

»Aha, er hat also endlich Farbe bekannt? Sobald er Euch wieder in seiner Obhut hat, wird ihn nichts davon abhalten, Euch in sein Bett zu nehmen, ganz besonders, da Ihr ja jetzt den gewünschten Erben für Kirkburough tragt. Aber immerhin ist er ein sehr gutaussehender Mann. Vielleicht macht es Euch gar nicht soviel aus.«

»Mildred!«

»Also hättet Ihr etwas dagegen? Nun, dann ist's ja nicht so schlimm, daß Ihr im Moment nicht von hier wegkönnt. Ist zumindest der sicherste Platz vor Lord Gilbert.«

Das mochte wohl stimmen, doch Rowena wünschte, Mildred würde es nicht so klingen lassen, als ob sie Warrick dafür dankbar sein müßte, daß er sie zu seiner Gefangenen *und* Mätresse gemacht hatte. Mildred maß der Sache einfach nicht den nötigen Ernst bei. Tatsächlich schien ihr Rowenas Schicksal nicht die geringste Sorge zu machen.

»Wieso habe ich das Gefühl, daß du dir überhaupt keine Sorgen machst, Mildred? Glaubst du etwa, Warricks Rachegelüste sind schon gestillt? Ich versichere dir, daß das nicht der Fall ist. Für ihn bin ich eine Diebin, und obwohl er mir deswegen die Hände nicht abgehackt hat, beabsichtigt er, mir jeden Tag, den ich unter seinem Dach verbringe, so schwer wie möglich zu machen.«

»Ich frage mich nur, wie lange diese Abneigung andauern würde, wenn sich Eure Abneigung in Zuneigung verwandeln würde. Nicht sehr lange, schätze ich.«

»Also jetzt weiß ich genau, daß er dir eins über den Schädel gegeben hat – und zwar so hart, daß du dich nicht einmal daran erinnern kannst.«

Mildred lachte. »Nein, mein Lämmchen. Ich hatte einfach viel öfter Gelegenheit, ihn zu beobachten, wenn er es nicht bemerkt hat, und ich glaube nicht, daß er so grausam ist. Ein wirklich grausamer Mann hätte Euch zu Tode gefoltert und jede Minute davon genossen. Lord Warrick hat Euch dagegen Gleiches mit Gleichem heimgezahlt.«

»Er weigert sich, mich wie eine Lady zu behandeln. Er behandelt mich wie eine ganz gewöhnliche Leibeigene.«

»Dasselbe haben wir mit ihm getan, vergeßt das nicht«, erinnerte Mildred sie. »Wenn Ihr mich fragt, ist der Mann verrückt nach Euch, aber sicher nicht aus Gründen der Rache. Mag ja sein, daß er auf Rache aus ist, das ist seine Natur, aber vielleicht meint er's in diesem Fall gar nicht so ernst. Ihr seid immerhin eine Frau. Seine Feinde waren bisher nur Männer. Er weiß genau, wie er mit denen umspringen muß. Bei Euch bin ich mir nicht so sicher.«

»All diese Spekulationen helfen mir gar nichts, Mildred«, entgegnete Rowena verwirrt.

»Dann habt Ihr also noch nie daran gedacht, die Waffen einer Frau gegen ihn einzusetzen?«

»Was meinst du damit?«

»Eure Schönheit. Seine Lust. Dann wird sogar Heirat nicht mehr unmöglich sein, wo Ihr doch das Kind als zusätzliches Pfand habt.«

»Er würde niemals –«

»O doch, man könnte ihn sehr wohl dazu bringen. Verrückt genug ist er ja nach Euch. Es liegt in Eurer Hand. Ihr könnt ihn sogar dazu bringen, Euch zu lieben, glaubt mir.«

Liebe? Wie würde die Liebe Warrick de Chaville wohl zu Gesichte stehen? Ein so zartes Gefühl in einem so groben Klotz? Würde er in der Liebe ebenso wild sein wie in seinem Haß? Doch halt – was dachte sie sich nur? Der bloße Gedanke an Liebe war schon absurd.

Mildred war noch nicht fertig. »Die meisten Damen verabscheuen das Ehebett. Kein Wunder, wenn sie an rohe Wüstlinge verheiratet werden, die sie nur zum Kinderkriegen mißbrauchen und sich ihr Vergnügen woanders holen. Ihr wißt jedoch bereits, wie es mit diesem Lord im Bett ist. Und als Ehemann könntet Ihr keinen besseren finden, keinen, der mehr zu Euch paßt, was Güter und Stellung betrifft. Er ist mächtig, und er ist männlich – das könnt Ihr sicher beschwören –, und er ist nicht gerade häßlich.«

»Nein, häßlich ist er nicht«, meinte Rowena, ohne nachzudenken. »Er ist sogar hübsch, wenn... er... lächelt.« Die Röte schoß ihr erneut in die Wangen, als sie merkte, daß sie gerade etwas zu seinen Gunsten gesagt hatte.

»Und du bist doch verrückt, Mildred. Das alles ist reine Einbildung. Warrick will doch nicht mehr als das Baby, das ich ihm gestohlen habe – und daß ich diese Tat für immer bereue. Der Mann haßt doch schon meinen bloßen Anblick.«

»Ich glaube eher, daß schon Euer bloßer Anblick das Feuer in seinen Lenden entfacht – und genau *das* ist es, was er im Augenblick haßt. Aber Ihr versteht nicht, was ich meine. Ich habe nicht gesagt, daß es leicht sein wird, ihn zu einer Heirat zu bewegen. Aber es steht in Eurer

Macht, ihn so weit zu bringen, daß er's in Erwägung zieht. Zunächst einmal müßt Ihr es schaffen, daß er seine feindselige Haltung Euch gegenüber aufgibt, und das erfordert sicherlich einige Mühen, das gebe ich zu.«

»Ein *Wunder* würde das erfordern, glaub mir.«

»Nein, Ihr müßt ihn nur dazu bringen, an andere Dinge zu denken, als nur an das, was ihm angetan wurde. Verwirrt ihn. Tut nicht das, was er erwartet. Betört ihn ganz bewußt. Wenn Ihr ihn dazu bringen könnt zu glauben, daß ihr ihn begehrt und das trotz der Behandlung, die er Euch angedeihen läßt, um so besser. Das würde ihn vollkommen aus der Fassung bringen. Dann würde er mehr Zeit damit verbringen, über Eure Motive nachzugrübeln, als darüber, wie er Euch das Leben schwermachen kann. Seid Ihr bereit, es zu versuchen?«

»Ich werde wahrscheinlich einen Narren aus mir machen. Es scheint mir, als könntest Du vor lauter Wunschdenken gar nicht mehr klar denken, Mildred.«

»Und wenn das nicht der Fall ist? Gefällt es Euch etwa, wie er Euch derzeit behandelt?«

Rowena mußte an die vergangene Nacht denken und erschauderte. Diese Demütigung, ihn angebettelt zu haben – und die unerwartete Lust, nachdem sie es getan hatte. »Nein«, flüsterte sie.

»Dann setzt Eure Waffen gegen ihn ein. Zeigt ihm das Mädchen, das Ihr wart, bevor die d'Ambrays auf der Bildfläche erschienen sind. Eurem gewinnenden Wesen konnte damals kaum einer widerstehen – das kann jeder Mann bezeugen, der Euch damals gekannt hat!«

»Ich wüßte nicht, wie ich jemals wieder jenes fröhliche, sorglose Mädchen werden könnte.«

Mildred beugte sich vor und umarmte sie kurz. Mitfühlend meinte sie: »Ich weiß, meine süße Lady, ich weiß. Ihr müßt auch nur so tun als ob. Schafft Ihr das?«

»Vielleicht.«

»Dann werdet Ihr's also versuchen?«

»Ich muß zunächst einmal darüber nachdenken. Ich bin nicht sicher, ob ich noch mehr Aufmerksamkeiten von Warrick ertragen kann.«

»Das würde sich so oder so nicht ändern.«

Rowena reckte stur ihr kleines Kinn vor. »Und ich bin nicht sicher, ob ich überhaupt aufhören *will,* ihn zu hassen.«

Mildred kicherte. »Dann laßt es. Ihr müßt nur darauf achten, daß er Eure wahren Gefühle nicht erkennt. *Er* ist derjenige, dem jede Stimmung vom Gesicht abzulesen ist. Es sollte Euch daher nicht allzu schwerfallen, ihn zu betören. Aber ich warne Euch, sobald er einmal damit beginnt, Euch den Hof zu machen, kann es sein, daß Euch das Spiel mitreißt und Ihr am Ende feststellt, daß Ihr ihn alles andere als haßt.«

Die Vorstellung von Warrick de Chaville als galantem Verehrer war derart lächerlich, daß Rowena gar keinen weiteren Gedanken an das verschwendete, was in diesem Fall wohl mit ihr passieren konnte. Unmöglich, einfach unmöglich. Außerdem hatte sie das ganze Thema nun von Herzen satt. Deshalb meinte sie: »Wie kommt es, daß wir hier ganz allein sind, Mildred? Das ist doch das Nähzimmer, oder nicht?«

»Das stimmt, aber ich habe die Frauen weggeschickt. Sie probieren gerade eine neue Stoffarbe aus.«

Rowena lachte, als sie Mildreds verschlagene Miene sah. »Doch nicht etwa dieses schreckliche Grün, das wir letztes Jahr ausprobiert haben?«

»Genau das. Aber das habe ich ihnen natürlich verschwiegen. Ich habe ihnen erklärt, es würde einen so wunderschönen Ton ergeben, wie sie ihn noch nie zuvor gesehen haben. Und daß es lange dauern würde, bis man genau diesen trifft. Später werde ich dann sagen, ich hätte vergessen zu erwähnen, daß gelb beigemengt werden muß, um jenes Blattgrün zu bekommen, mit dem wir damals aufgehört haben.«

»Hast du denn die Aufsicht über das Nähzimmer?«

»Das nicht, aber das ganze Burgvolk hat gehörigen Respekt vor mir wegen meiner neuen Stellung als Dienstmagd beider Töchter des Lords. Sie wissen nicht, wo die Grenzen meiner Autorität liegen, deshalb tun sie alles, was ich ihnen befehle, ohne zu fragen.«

»Und wie gefallen dir seine Töchter?«

Mildred schnaubte verächtlich. »Zwei arrogantere, selbstsüchtigere Wesen gibt's nicht noch einmal. Mit der Stellung hat mir Lord Warrick wahrhaftig keinen Gefallen getan. Doch um ehrlich zu sein, glaube ich nicht, daß er weiß, *wie* verzogen seine Töchter in Wirklichkeit sind. Sie prahlen zu Recht darüber, daß er nie da ist, um sie zurechtzuweisen. Wir wissen beide, warum das so ist.«

»Weiß Gott, das wissen wir. Es sind seine verdammten Feldzüge gegen Gilbert und wer weiß wen sonst noch. Weiß man schon, wann er wieder losziehen wird?«

»Macht Euch da mal keine allzu großen Hoffnungen, mein Lämmchen. Er muß schließlich hier bleiben, um zu sehen, ob Ihr Euch in Eurer neuen Stellung bewährt – nicht zuletzt, um Euer Los zu bessern, solltet Ihr Euch geschickt anstellen. Wenn er jetzt geht, wird es Euch in seiner Abwesenheit kein Quentchen bessergehen.«

»Damit könnte ich leben.«

»Und was ist, wenn er Euch wieder ins Verlies werfen läßt, um sicherzugehen, daß Ihr nach seiner Rückkehr auch noch da seid?«

Das war möglich. Unwahrscheinlich zwar, aber dennoch möglich. Und wer garantierte ihr, daß John Giffard wieder an ihrer Seite sein würde? Aber die andere Möglichkeit – diesen Mann verführen zu müssen... daran konnte sie einfach nicht denken, nicht jetzt.

Verwirrt und aufgebracht sprang sie auf die Füße. »Ich gehe besser, bevor man uns entdeckt.«

Mildred protestierte: »Aber das ist doch das Frauenstockwerk. Hier wird er kaum herkommen –«

»Genau das ist letzte Nacht geschehen«, unterbrach Rowena sie und wandte sich zur Tür. Als sie sie erreicht hatte, hielt sie inne, überlegte einige Augenblicke und meinte dann mit einem nachdenklichen Stirnrunzeln: »Was meinst du damit, es entspricht seiner Art, Rache zu üben?«

»Habt Ihr nicht gehört, was vor sechzehn Jahren passiert ist?«

»Warrick hat lediglich gesagt, ein anderer hätte vor langer Zeit in Fulkhurst gelebt. Meinst du das?«

»Genau. Lord Warrick war zu der Zeit nicht hier. Wenn er es gewesen wäre, wäre er jetzt wahrscheinlich ebenfalls tot wie seine ganze Familie.«

»War's eine Belagerung?«

»Nein, Verrat. Wie man mir sagte, gab's da einen Baron, Sir Edward Bainart hieß er, der seine gierigen Augen nicht nur auf die Feste Fulkhurst, sondern auch auf Lady Elisabeth, Warricks Mutter, gerichtet hatte. Er spielte den Freund der Familie, verschwieg seine wahren Motive, bis er während einer seiner Besuche schließlich die Maske fallenließ. Er wartete, bis alle eingeschlafen waren, dann befahl er seiner eigenen kleinen Truppe, die Soldaten und alle Diener, die Schwierigkeiten machen könnten, zu entwaffnen und schlich sich sodann in die Gemächer des Lords und der Lady. Er ermordete Warricks Vater in dessen eigenem Bett, und Lady Elisabeth war Zeugin. Der Dummkopf dachte, sie wäre viel zu eingeschüchtert, um sich ihm zu widersetzen, hatte aber nicht damit gerechnet, daß sie ihren Mann aufrichtig liebte. Sie ließ vor seinen Männern eine derartige Flut von Beschimpfungen los, daß er außer sich vor Wut geriet und sie seinen Männern überließ. Als die rücksichtslosen Grobiane mit ihr fertig waren, war sie tot. Warricks Schwestern, eine jünger, die andere älter als er, stürzten sich aus Angst vor dem selben Schicksal von der Burgzinne. Die eine war sofort tot, die andere lag eine Woche lang mit zerschmetterten Knochen im Bett, bevor sie unter größten Qualen starb.«

Rowena wußte nun, warum Mildred Mitleid mit Warrick empfunden hatte. »Ich wünschte, du hättest mir das alles nicht erzählt.«

»Es ist ratsam, seine Feinde zu kennen, und eine einzige kleine Frage kann eine Flut von Informationen bringen, wenn man sich in einer Kammer voll schwatzender Frauen befindet. Lord Warrick war erst sechzehn Jahre alt, als er erfuhr, daß ein anderer Fulkhurst eingenommen und seine gesamte Familie hingemetzelt hat. Ein halbes Jahr verging, bevor er sämtliche Einzelheiten kannte, und allein in dieser Zeit wurden zwei Anschläge auf sein Leben verübt. Er war immerhin der einzige noch lebende Fulkhurst und Erbe der stattlichen Ländereien, auch wenn er niemanden hatte, der ihm helfen konnte, sein Eigentum zurückzugewinnen. Bainart wußte das sehr wohl und hatte Warrick deshalb als ungefährlich abgetan. Unbekannt war ihm jedoch, daß Warrick schon im Kindesalter versprochen worden war, und daß diese Verlobung nicht mehr gelöst werden konnte. Er war zu jung, als daß er damals etwas hätte dagegen unternehmen können, doch am selben Tag, an dem er zum Ritter geschlagen wurde, ritt er los, um seine Braut zu holen. Mit ihrer Mitgift konnte er schließlich Männer anwerben, und mit Hilfe ihres Vaters...«

»...hat er Fulkhurst zurückerobert.«

»Genau.«

»Und Bainart getötet?«

»Mit seinen eigenen Händen, ja. Aber damit war er nicht zufrieden. Er hatte zwei Jahre Zeit gehabt, seinen Haß zu pflegen. Zwei Jahre, in denen er nichts hatte tun können, um das Unrecht, das seiner Familie zugefügt worden war, zu rächen. Die Burg Fulkhurst hatte in diesen zwei Jahren an Wert verloren, da nicht wenige der Diener unter Bainarts Herrschaft getötet oder verkrüppelt worden waren. Was Warrick schließlich zurückeroberte, war eine jämmerliche Festung.«

»Und da hat er sich natürlich Bainarts übrige Besitztümer unter den Nagel gerissen«, riet Rowena.

»Stimmt. Ganze drei Jahre hat's gedauert, doch am Ende hatte er alles, was Bainart je gehörte, in Händen. Fulkhurst war damit doppelt so groß wie vorher. Seine erste Frau ist in dieser Zeit gestorben, und deshalb hat er sich eine zweite gesucht. Nicht ohne auf deren Wert für Fulkhurst zu achten, genauso, wie auf ein ansprechenderes Äußeres als das seiner ersten Frau.«

»Hatte er denn bis dahin schon so viele neue Feinde, daß er eine noch größere Armee benötigte?«

»Das nicht, aber er hatte sich geschworen, daß niemand ihm ein Unrecht zufügen darf, ohne tausendfach dafür zu bezahlen. Diesen Schwur hat er bis heute gehalten. Er hat ihm den Ruf eines Mannes eingebracht, der keine

Zeit verliert, wenn es heißt, Vergeltung zu üben. Dieser Schwur hat ihn in immer weitere Kriege verwickelt, Jahr für Jahr, denn er läßt auch nicht das kleinste Vergehen ungesühnt.«

»Und das hat ihn schließlich zu dem grausamen Monster gemacht, das er jetzt ist«, meinte Rowena bitter.

»Nein, so wie er jetzt ist, ist er seit dem Tag, an dem er von der Zerstörung seiner ganzen Familie erfahren hat. Kummer und Verzweiflung haben aus dem unbeschwerten Jungen von damals den verbitterten Mann von heute gemacht. Man sagt, die beiden seien überhaupt nicht zu vergleichen. Als Junge soll er gütig, liebenswert gewesen und voller Späße gesteckt haben.«

»Und als Mann ist er kalt, herzlos –«

»Zumindest wißt Ihr jetzt, warum, und wer sich einmal geändert hat, kann dies auch ein zweites Mal tun.«

»Oder auch nicht.«

»Wo ist nur Euer eigener Optimismus geblieben?«

»Zerstört durch die Hände der d'Ambrays.«

»Dann weckt ihn besser zum Leben, meine süße Lady, denn hier habt Ihr die Gelegenheit, nicht nur Eure Zukunft zu sichern, sondern auch einen Mann zu heilen, der schon viel zu lange mit den Dämonen der Vergangenheit lebt. Eine Aufgabe, die es wert ist, wenn Ihr mich fragt.«

»Ich habe dich aber nicht gefragt«, sagte Rowena mit zunehmendem Mißmut. »Du kannst leicht Mitleid mit ihm haben – du bist ja nicht diejenige, die unter seiner Grausamkeit zu leiden hat. Wenn du *mich* fragst – er und seine Dämonen verdienen einander.«

»Werdet Ihr es etwa zulassen, daß Ihr ebenso hart und unversöhnlich werdet wie er?«

»Nun hast du dir selbst widersprochen, indem du zugibst, daß er in der Tat hart und unversöhnlich ist. Laß gut sein, Mildred. Ich sagte, ich würde darüber nachdenken.«

»Also gut«, erwiderte Mildred seufzend, fügte jedoch vorsichtig hinzu: »Und er tut Euch überhaupt kein bißchen leid?«

»Kein bißchen«, erwiderte Rowena stur – und wünschte, es wäre so.

26. Kapitel

»Sheldon! Herzlich willkommen!« rief Warrick und umarmte seinen alten Freund herzlich. »Ist schon viel zu viel Zeit vergangen seit deinem letzten Besuch.«

»Wahrscheinlich deshalb, weil du mir bei jedem Besuch fast die Rippen brichst«, grunzte Sheldon.

»Lügner!« rief Warrick fröhlich, denn Sheldon war zwar nicht so kräftig gebaut wie er, aber ebenso groß und außerdem in voller Rüstung.

Sheldon de Vere war der älteste Sohn jener Familie, bei der Warrick damals eine Zeitlang gelebt hatte. Überdies war Warrick vier Jahre lang der Knappe Sheldons gewesen. Da jedoch nur ungefähr fünf Jahre zwischen ihnen lagen, waren sie Freunde geworden. Sheldon war zwar erst siebenunddreißig, doch sein wildes unbändiges Haar und sein buschiger Vollbart wurden bereits von etlichen Grausträhnen durchzogen, wie es in seiner Familie erblich war. Es lenkte keineswegs von seinem markanten Gesicht ab, doch Menschen, die ihn das erste Mal sahen, wunderten sich meist darüber.

»Komm, setz dich und laß dir diesen Panzer abnehmen«, meinte Warrick, während er seinen Besucher zum Kamin führte. Einer vorbeieilenden Dienerin rief er zu: „Emma, laß ein paar Erfrischungen für meinen Gast bringen.« Als das Mädchen sich zum Gehen wandte, rief Warrick ihr noch einmal nach: »Und hol die neue Maid. Sie soll uns servieren.«

Sheldon sah, wie das zierliche Mädchen den ersten Befehl an eine andere weitergab und sodann die Stufen zu den Frauengemächern hinaufeilte. »Du behandelst sie immer noch wie eine Dienstmagd?« meinte Sheldon, nachdem sie außer Sicht war.

»Sie ist eine Dienstmagd.«

»Sie ist aber auch deine Tochter.«

Warrick runzelte die Stirn. »Das ist keineswegs bewiesen. Gott im Himmel, ich habe ihre Mutter einmal zu mir ins Bett genommen, da war ich gerade fünfzehn. Das war, als du mich für einen kurzen Besuch nach Hause geschickt hast. Es ist also eher unwahrscheinlich –«

»Warum diese Ausflüchte«, unterbrach Sheldon, »wo doch ein Blick auf sie genügt, um zu sehen, daß sie von deinem Blut ist. Sie ist die einzige deiner Töchter, die dir wirklich ähnlich sieht.«

Warrick ließ sich in seinen Sessel vor dem Kamin fallen. Sein Gesicht verdüsterte sich noch mehr. »Ich wußte nichts von ihr, bis sie fast erwachsen war. Ihre Mutter hatte solche Angst vor mir, daß sie sie während meiner wenigen Besuche immer in der Stadt versteckt hat. Auch meine Diener hätten es nie gewagt, das Mädchen zu erwähnen. Selbst du hast das bis heute noch nie getan.«

Sheldon wurde rot, denn Warrick hatte nicht unrecht.

»Hast du sie als deine Tochter anerkannt, als sie dir schließlich aufgefallen ist?«

Warrick schnaubte unwillig. »Als ich sie zum ersten Mal gesehen habe, ist mir nur aufgefallen, daß sie eine hübsche Maid ist, die ich eines Tages wohl einmal in mein Bett holen würde. Und als ich ihr das sagte, wurde sie wütend und meinte, das könne ich nicht, denn sie sei meine Tochter. Wahrlich, ich bin mir noch nie so dumm vorgekommen wie damals. Ich wußte ja von nichts, und mir ist auch nichts an ihr aufgefallen.«

Sheldon lachte herzlich. »Eine derartige Peinlichkeit ist nicht leicht zu vergessen.«

»Das kannst du laut sagen, mein Freund. Ich hätte es vielleicht vergessen, wenn sie sich auch weiterhin versteckt hätte, doch das tut sie nun nicht mehr.«

»Und hast du sie mittlerweile anerkannt?«

»Nein. Ich habe dir bereits gesagt, daß meine Vaterschaft keineswegs bewiesen ist. Oder hast du etwa vergessen, daß mein Vater zu der Zeit noch am Leben war? Sie könnte genausogut von ihm sein.«

»Das glaubst du doch selber nicht. Dein Vater war deiner Mutter viel zu sehr ergeben, als daß er auch nur das geringste Interesse an den Dienstmägden gezeigt hätte.«

Das konnte Warrick nicht leugnen, weshalb er verärgert erklärte: »Vielleicht habe ich dich ja zu voreilig willkommengeheißen, mein alter Freund. Warum gehst du mir mit dem Mädchen so auf die Nerven?«

Sheldon seufzte. »Ich hätte dir das gleich sagen sollen. Mein zweiter Sohn, Richard, möchte sie gerne zur Frau haben.«

Warrick starrte ihn einen ganzen Moment lang an, bevor er in Gelächter ausbrach. »Zur Frau? Soll das ein Scherz sein?«

»Keineswegs. Ich bezweifle zwar, daß du es selbst bemerkt hast, aber du bist ein mächtiger Mann, ein Mann, mit dem man rechnen muß. Es gibt reichere und mächtigere Männer, als ich es bin, die eine Verbindung mit deinem Hause anstreben würden. Oder wirst du etwa nicht ständig um die Hand deiner Töchter gefragt?«

»Ja. Viel zu oft, als daß ich mich weiter darum kümmern könnte. Aber ich habe ja zwei eheliche Töchter. Eine davon kann Richard gerne haben.«

Sheldon verzog sein Gesicht zu einer Grimasse. »Nichts gegen dich, Warrick, aber Richard hat mir angedroht, nach Frankreich zu übersiedeln, wenn ich statt mit Emma mit einer der beiden anderen zurückkomme. Emma muß es nun mal sein, und ich selbst wäre über die Verbindung sehr glücklich.«

»Aber sie ist doch nur eine Leibeigene!« rief Warrick.

»Nicht, wenn du sie als deine Tochter anerkennst.«

Das verärgerte Warrick erneut. »Ich würde deiner Familie damit wahrhaftig keinen Dienst erweisen. Sie hat weder die Haltung, noch die Manieren einer Lady. Sie würde Schande auf…«

»Das kann sie doch alles lernen.«

»Und wer soll es ihr beibringen?« fauchte Warrick. »Würde ich Lady Roberta bitten, meinen Bastard ebenfalls zu unterrichten, sie würde mir direkt ins Gesicht lachen – oder, was noch wahrscheinlicher ist, ob dieser Zumutung ihren Abschied nehmen. Es geht einfach nicht, Sheldon.«

Sein Freund seufzte ein zweites Mal. »Man hätte ihr

das alles schon vor Jahren beibringen können, aber wie du schon sagtest, du hast ja nichts von ihrer Existenz gewußt. Da meine Gattin verstorben ist, habe ich auch niemanden, der das in die Hand nehmen könnte. Was soll ich nur meinem Richard sagen, der doch unsterblich in sie verliebt ist? Besitzt sie denn überhaupt keine Grazie?«

Warrick hörte seine Frage jedoch nicht. Emma war zurückgekommen und mit ihr Rowena. Und der Anblick dieser flachsblonden Maid ließ ihn alle Probleme Sheldons mit einem Schlag vergessen. Sie sah nicht in seine Richtung, doch sein Blick folgte ihr, bis sie die Küchentreppe hinab verschwunden war.

Die Erinnerungen an letzte Nacht ließen ihn unbehaglich in seinem Sessel hin- und herrutschen. Dann merkte er, daß Sheldon ihn anstarrte.

»Was?«

Sheldon hob eine Augenbraue, als er seinen sauren Ton hörte. »Ich habe gefragt, ob du etwas dagegen hättest, wenn ich eine Lady suchen würde, die bereit wäre, Emma zu unterweisen. Es wird sicher nicht leicht sein, so jemanden zu finden. Trotzdem benötige ich deine Einwilligung, bevor ich mit der Suche beginne.«

Warrick sah ihn auch jetzt noch nicht an. Alles was er sagte, war ein weiteres »was?«, diesmal jedoch weniger verärgert.

»Warrick, was ist los mit dir, zum Teufel? Warum bist du so zerstreut?«

Rowena hatte den Palas wieder betreten. Sie trug ein Tablett mit Erfrischungen. *Sie* war es, diese verdammte Maid, die ihm so auf der Seele lag. Er konnte sie einfach nicht ansehen, ohne an das erinnert zu werden, was sie mit ihm gemacht hatte, und ohne daß sich seine Lenden dabei erhitzten. Wut und Begehren lagen erneut im Widerstreit, und es wurde von Mal zu Mal schwerer, die Schlacht zu gewinnen.

»Benötigt Ihr sonst noch etwas, mein Gebieter?«

Sie hatte das Tablett auf dem Tisch abgestellt, der zwischen den beiden Stühlen stand. Nun stand sie da, die Augen züchtig gesenkt, die Hände bescheiden gefaltet und blickte auf Warricks Füße. Er hatte sie in Dienstgewänder gesteckt, das stimmte. Dennoch hatte sie nie ausgesehen wie eine Leibeigene. Selbst jetzt, da sie hier stand und auf seine Befehle wartete, hielt sie sich mit der Grazie einer Prinzessin. Dieses noble Gebahren war wahrhaftig zum Verrücktwerden. Bei diesem Gedanken mußte er jedoch plötzlich lächeln, denn ihm war eingefallen, daß er hier ja jemanden hatte, der Emma all das beibringen konnte, was sie wissen mußte. Und er würde sie nicht einmal bitten müssen. Ein einfacher Befehl genügte.

Fürs erste befahl er jedoch: »Geht und sagt Mistress Blouet, sie möge eine Kammer für meinen Gast bereiten.«

»Wie ich sehe, ist mein Problem bereits gelöst«, meinte Sheldon, sobald sie verschwunden war. »Ist das die Dame, die du in dein Verlies hast werfen lassen?«

Warrick war überrascht. »Wieso weiß du etwas darüber?«

»Ich war vor vierzehn Tagen in Fulkhurst, um deiner Braut einen Besuch abzustatten. Hat dir das denn keiner gesagt?«

»Nein. Aber wie hast du von Rowena erfahren?«

»Angesichts der großen Eskorte, die sie hierhergeleitet und ins Verlies gebracht hat, war es das Tagesgespräch der ganzen Burg. Alle möglichen Spekulationen wurden angestellt, jeder fragte sich, ob sie nun eine Dame sei oder nicht. Ist sie's?«

»Die Frage sollte eher lauten: war sie's? Sie war's. Jetzt aber nicht mehr.«

»Wie kommt das?«

»Ganz einfach, weil sie meine Gefangene ist, ohne Rechte und ohne Zugeständnisse. Da ich sie weder hängen, noch auspeitschen, noch anderweitig verletzen will, habe ich ihr ihren früheren Status genommen und sie zu einer einfachen Leibeigenen gemacht.«

»Was hat sie denn getan?«

»Ich habe keine Lust, mich über ihre Verbrechen zu äußern. Es mag dir genügen, wenn ich sage, daß sie von Glück reden kann, dem Henker entkommen zu sein.«

Sheldon sagte eine ganze Weile lang nichts mehr, vielleicht weil Warricks Ton so trotzig geworden war. »Muß in der Tat schrecklich gewesen sein.« Dann zuckte er mit den Schultern, denn das alles interessierte ihn kaum im Vergleich zu seinen eigenen Problemen. »Was ist nun mit Emma?«

»Überlaß das nur mir. Wie's aussieht, kann meine neue Dienstmagd das übernehmen – das heißt, wenn Emma intelligent genug ist zu lernen. Wollen sehen, ob sich das Eisen in Silber verwandeln läßt, bevor wir weiterreden.«

27. Kapitel

Kaum, daß Rowena das Webzimmer wieder betreten hatte, kam auch schon Celia hereingeschlendert. Ihr arrogantes Gesicht zeigte unmißverständlich, daß sie sich für etwas Besseres hielt, und ihr verkniffenes Lächeln verhieß nichts Gutes. Rowena ahnte schon, daß ihr das, was nun kam, gar nicht gefallen würde. Womit sie nicht unrecht hatte.

»Los, mach, daß du in den Ostturm kommst, Dirne. Du sollst Sir Sheldon bei seinem Bad behilflich sein.«

Wenn sie nicht gerade wütend war, konnte sich Celia sogar einigermaßen anständig ausdrücken. Im Augenblick strahlte sie geradezu vor Schadenfreude, während Rowena sich fühlte, als ob man ihr den Boden unter den Füßen weggezogen hätte.

»Hat Mary dir diesen Befehl gegeben?«

»Nein, der kommt von Warrick«, antwortete Celia grinsend. »Und du beeilst dich besser. Man hat Sir Sheldon bereits in seine Kammer geführt. Und merke dir, Dirne, es ist nicht nur ein einfacher Gast, sondern ein guter Freund des Hauses. Warrick würde es gar nicht gefallen, wenn sein Freund nicht mit deinen Diensten zufrieden wäre.«

Einige der Frauen kicherten bei diesen Worten. Rowena stand ohne ein Wort auf und verließ den Raum. Sie war wütend auf Warrick, daß er ihr diese neuerliche Demütigung zumutete, noch wütender war sie jedoch auf sich selbst, weil sie bereits angefangen hatte, ernsthaft über Mildreds Vorschlag nachzudenken. Ein Mann, der es fertigbrachte, sie in das Bett eines anderen zu schicken – und hier mißverstand sie Celias seltsame Anweisung genausowenig wie die anderen –, der war es nicht wert, daß man ihn verführte, auch wenn dies ihr Schicksal verbessern mochte.

Es überraschte sie auch, denn als Emma sie geholt hatte, um ihm zu servieren, hatte sie eigentlich erwartet, daß er sie nämlich beschämen würde für ihr Verhalten in der vergangenen Nacht. Aber als sie schließlich vor ihm gestanden hatte, hatte er die Vorgänge der Nacht mit keinem Wort erwähnt. Nicht, daß er sie etwa vergessen hatte, o nein, das sah sie deutlich in seinen Augen, als er sie ansah. Statt dessen gab er sie nun an einen anderen Mann weiter.

Vielleicht war dies ja eine weitere Strafe, doch sie konnte beim besten Willen keinen Grund dafür erkennen, hatte sie diesmal doch nicht einmal gezögert, ihn »mein Gebieter« zu nennen. Auch war sie seinem Ruf unverzüglich gefolgt. Hatte Warrick etwa einen Punkt erreicht, an dem er keinen Grund mehr für eine Bestrafung brauchte, an dem ihr auch das beste Verhalten nichts einbrachte? Wenn das so wäre, warum sollte sie sich dann überhaupt noch um seine Befehle scheren? *Weil es schlimmere Strafen gibt, als einem Mann beim Bade zu helfen, darum.*

Ihm jedoch auch im Bett zu Diensten zu sein, kam nicht in Frage, egal, ob Warrick es wünschte oder nicht. Egal, was man dann mit ihr tun würde. Der Fremde würde sie schon vergewaltigen müssen, und das war äußerst unwahrscheinlich. Es mochte sein, daß ein Ritter sich einer einfachen Bauersmagd auf diese Weise bediente, aber sicher nicht der Dienstmagd seines Gastgebers – nicht ohne dessen Einwilligung jedenfalls. Und genau da war der wunde Punkt. Hatte Warrick Sir Sheldon vielleicht gesagt, er könne sie haben?

Sie war nicht nur wütend, sondern auch verletzt, was eigentlich nicht der Fall hätte sein dürfen. Beide Gefühle wichen jedoch mehr und mehr der Angst, je näher sie dem Ostturm kam. Schon bald war ihr fast übel davon. Aber sie besaß einen Stolz, eine Art von Sturheit, die sie davon abhielt, einfach umzukehren und sich irgendwo zu verstecken.

Die Tür zur Kammer stand offen. Gerade kam ein Knappe mit Sir Sheldons schwerer Rüstung heraus. Aus der mitten im Raum stehenden Wanne stieg Dampf auf. Rundum standen Eimer mit kaltem Wasser. Und Sir Sheldon stand direkt daneben und rieb sich den Nacken. Als er schließlich bemerkte, daß sie im Türrahmen stand, schien er sehr überrascht.

»*Ihr* sollt mir helfen, Mylady?«

Mylady? Dann wußte er also Bescheid. Warrick hatte ihm die Wahrheit über sie gesagt und sie anschließend zu ihm gesandt, um ihr das Leben noch schwerer zu machen. Zur Hölle mit diesem Monster und seiner teuflischen Rache.

Sie senkte den Kopf und stieß zwischen zusammengebissenen Zähnen hervor: »Lord Warrick hat mich geschickt.«

»Das hätte ich nicht gedacht –«, begann er, endete jedoch errötend, »ich bin ihm dankbar.«

Dieses eine Wort änderte die ganze Situation, und sie fühlte nicht länger brennende Scham. Wäre sie die Lady dieser Burg und verheiratet, hätte sie nicht gezögert, einem wichtigen Gast behilflich zu sein. Ihre Mutter hatte das oft getan. Und wenn der Gast mehr als nur ein Bad benötigte, hätte man ihm eines der leichten Mädchen geschickt, von denen es in jeder Burg mehrere gab. Einer Jungfrau hatte man so etwas sicher nicht zugemutet, doch Rowena konnte man genaugenommen auch nicht mehr als solche bezeichnen. Das Beste war wohl, sie nahm dies hin wie jede andere Pflicht und wartete erst einmal ab, ob Sir Sheldon überhaupt ungehörige Avancen machte, bevor sie ihn verdammte.

Mit diesem Gedanken im Hinterkopf schritt Rowena auf den Mann zu und half ihm aus seinem Überrock, den er bereits zur Hälfte aufgeknöpft hatte. Da sie immer noch ein wenig nervös war, wollte sie sich durch leichtes Plaudern mit dem Gast ablenken.

»Seid Ihr weit gereist, Sir Sheldon?«

»Nein, nicht sehr.«

»Man sagte mir, Ihr wärt ein guter Freund von Lord Warrick. Ihr kennt ihn wohl schon lange, nicht wahr?«

»Ja, er war mein Knappe.«

»*Euer* Knappe?«

Er grinste. »Weshalb überrascht Euch das? Habt Ihr etwa gedacht, man wird als Ritter geboren?«

Jetzt grinste sie ebenfalls. Im Palas hatte sie den Mann kaum bemerkt, so sehr war ihre Aufmerksamkeit auf Warrick fixiert gewesen, doch bei näherem Hinsehen sah er keineswegs so alt aus, wie sie gedacht hatte, kaum älter als Warrick.

»Ihr habt ihn also gekannt, bevor er so –« da er sein Freund war, sagte sie lieber nicht, was sie eigentlich hatte sagen wollen, sondern endete mit »hart?« Doch dieses Wort ließ Sheldon in Gelächter ausbrechen.

»Ihr scheint ihn wahrhaftig nicht zu kennen, Demoiselle, wenn alles, was euch zu ihm einfällt das Wort ›hart‹ ist. Die meisten Frauen finden ihn geradezu schrecklich.«

Rowena errötete. »Ich behaupte nicht, ihn überhaupt zu kennen, doch er erschreckt mich nicht – nicht sehr jedenfalls.«

Er lachte erneut. Ein tiefes, gutmütiges Lachen. Sie zog hart an seinem Hemd, um ihm zu zeigen, daß ihr das ganz und gar nicht gefiel.

»Was tut Ihr hier, Maid?«

Rowena schnappte nach Luft, als sie seine Stimme hörte. Sie wirbelte herum und sah ihn in der Tür stehen, die sie vergessen hatte zu schließen. Seine mächtige Gestalt füllte den ganzen Rahmen aus und strafte ihre letzten Worte Lügen. Er sah wahrhaftig schrecklich aus in seiner Wut. Wieder einmal wußte sie nicht, was sie getan hatte, um ihn so wütend zu machen.

»Ihr selbst habt mich hierher befohlen, mein Gebieter«, wagte sie, ihn zu erinnern. Er sah daraufhin nur noch zorniger aus.

»Das habe ich nicht getan, das würde ich nie tun. Eure Pflichten sind genau festgelegt, und sollten sie sich ausweiten oder verringern, so sage ich Euch das höchstpersönlich. Nun macht, daß Ihr in meine Gemächer kommt und erwartet mich dort.«

Ihre Wangen brannten vor Empörung, doch sie wollte nicht jetzt, vor seinem Freund, mit ihm streiten. Ohne ein weiteres Wort verließ sie die Kammer, hatte jedoch kaum die Hälfte des Ganges durchschritten, als Warrick sie schon wieder eingeholt hatte, sie roh zu sich herumriß und gegen die Wand drückte. Da er mit seinem breiten Rücken die Schießscharte verdeckte, konnte sie nicht genau sehen, ob er immer noch so zornig war. Seine Stimme ließ sie darüber nicht lange im Zweifel.

»Erklärt mir, warum ich Euch nicht dafür bestrafen soll, daß Ihr an diesem Ort wart, wo Ihr nicht hingehört?«

»Ich dachte, dies wäre eine erneute Bestrafung, daß Ihr mich zu ihm gesandt habt. Und nun wollt Ihr mir weismachen, daß ich für das bestraft werden soll, was mir befohlen wurde? Wenn Ihr es wagt –«

Er schüttelte sie heftig. »Man hat Euch *nicht* befohlen, hierherzukommen. Wenn Ihr diese Lüge noch einmal wiederholt, dann, bei Gott, werde ich Euch eigenhändig verprügeln!«

Rowena schluckte die bissige Antwort hinunter, die ihr schon auf der Zunge gelegen hatte. Der Mann war einfach zu zornig, und langsam machte er ihr tatsächlich Angst.

Sie sagte deshalb ruhig und begütigend: »Ich kann Euch nicht mehr sagen als die reine Wahrheit. Man hat mir gesagt, ich solle Sir Sheldon mit seinem Bade helfen, und daß dies Euer ausdrücklicher Befehl sei.«

»*Wer* in drei Teufels Namen hat Euch das gesagt?«

»Celia.«

»Das würde sie nicht wagen.«

»Mistress Blouet wird Euch genau darüber Auskunft geben können, *was* Celia tatsächlich wagt. Ihr braucht sie nur zu fragen. Und die anderen Weberinnen haben es alle gehört. Sie hat mich nicht nur hierhergesandt, sondern mir auch gesagt, ich solle Eurem Freund in jeder Beziehung zu Diensten sein.« Sie zuckte zusammen, als sich sein eiserner Griff noch mehr verstärkte. »Ihr müßt mir das alles gar nicht glauben, Mylord. Die anderen Frauen werden's bestätigen –« Sie hielt erschrocken inne, ihr Magen verkrampfte sich. »Außer Celia hat ihnen befohlen zu lügen. Mistress Blouet meinte, sie würden alle tun, was sie verlangt und –«

»Hat er Euch angefaßt?«

Rowena blinzelte ungläubig, als sie das hörte. Sie konnte nicht anders, als ihrer Bitterkeit nun freien Lauf zu lassen. »Nein, doch was macht es für einen Unterschied, ob er's getan hat oder nicht? Eine Dienstmagd hat in einer solchen Sache sowieso nichts zu sagen, das habt Ihr mir selbst erklärt.«

»Das betrifft nur mich und sonst keinen. Kein anderer hat das Recht, Euch anzurühren.«

Wie als Beweis ergriff er einen ihrer dicken Zöpfe und zog ihren Kopf nahe zu sich heran. Sein Mund schloß sich über ihren Lippen. Es war ein zorniger Kuß, bestrafend und begehrend zugleich. Ihr gefiel das überhaupt nicht. Und noch weniger gefiel ihr, daß sich sofort wieder dieses Kribbeln zwischen ihren Beinen bemerkbar machte.

Aber er hatte nicht die Absicht, sie hier auf den Stufen zu nehmen. Er beendete den Kuß, hielt sie aber immer noch dicht an sich gepreßt. Sein Griff um ihren Zopf wurde fester, als er fragte: »Und wärt Ihr ihm *zu Diensten* gewesen, wenn er es verlangt hätte?«

Sie dachte überhaupt nicht daran, ihn mit einer Lüge zu reizen. »Nein, ich hätte mich geweigert, und wenn das nichts geholfen hätte, hätte ich mich mit Händen und Füßen gewehrt.« Sie fühlte, wie sich sein Körper bei ihren Worten entspannte, und sich sein Griff um ihren Zopf lockerte. Nun konnte sie nicht anders, als ihn doch ein wenig anzustacheln. »Hätte mir aber wenig geholfen, so ohne Waffe – die ich ja bisher nicht tragen darf.«

»Und auch in Zukunft nicht tragen dürft«, brummte er erneut verärgert.

Sie verzichtete darauf, seine Wut noch weiter anzustacheln, dafür war sie selbst viel zu aufgebracht. »Was hindert dann die Männer daran, mich einfach zu vergewaltigen, wo Ihr mich als Dienstmagd kleidet, und Dienstmägde für leichte Beute gehalten werden? Selbst Eure Soldaten würden nicht zögern –« Sie hielt inne, als sie sein Grinsen sah.

»Mein Interesse an Euch wurde sehr wohl bemerkt und verstanden. Kein Mann würde es wagen, Euch zu berühren. Nein, Dirne, Ihr werdet wohl auch weiterhin nur in meinem Bett landen – was Euch ohnehin nicht mehr allzuviel auszumachen scheint. Ihr protestiert zwar, aber nicht sehr lange.«

Sie schlug seine Hand weg, die über ihre Wange gestreichelt hat. »Ich hasse es, ich hasse es ebenso, wie ich Euch hasse!«

Er lachte nur noch mehr, was sie so wütend machte, daß sie ihn von sich stieß und die Treppen hinunterrannte. Er ließ sie gehen, doch der Gedanke, daß er sie leicht hätte aufhalten können, stachelte ihren Zorn noch mehr an.

Die Macht lag in seinen Händen. Er kontrollierte sowohl ihren Körper als auch ihre Gefühle und alles, was sie tat. Sie konnte nicht einmal wütend werden, wann sie wollte, denn sie wußte nur zu gut, wie schnell er ihr das durch Angst austreiben konnte.

Diese absolute Herrschaft war einfach unerträglich. Sie konnte es nicht länger ertragen. Sie hatte es bisher hingenommen als Strafe für das, was ihm angetan worden war, doch nun fand sie, sie habe mehr als genug dafür bezahlt – wobei ihr die schlimmste Strafe aber noch bevorstand, wenn er ihr nämlich ihr Kind nehmen würde. Nun, sie hatte es satt, ihr Schicksal länger geduldig hinzunehmen. Wenn Mildred recht hatte mit ihrem Rat und sich dadurch das Machtverhältnis ein wenig mehr zu ihren Gunsten verschieben würde, dann war es auf jeden Fall einen Versuch wert. Er würde schon sehen...

28. Kapitel

Bis jetzt war Warrick noch nie aufgefallen, wie viele männliche Blicke außer dem seinen noch auf Rowena ruhten. In dem Augenblick jedenfalls, in dem sie den Palas betrat, wandten sich nicht wenige Köpfe in ihre Richtung. Warrick konnte nicht behaupten, daß ihm das gefiel. Nein, ganz und gar nicht. Tatsächlich mochte er es so wenig, daß er ohne zu überlegen etwas Unglaubliches tat: Er verlangte, daß die anderen ihre Aufmerksamkeit sofort auf ihn richten sollten. Auf diese Weise kam keiner umhin, sein Mißfallen zu bemerken.

Seine Männer kannten ihn ziemlich gut. Sie wußten sofort, was ihn so verärgerte. Ironischerweise machte ihn aber gerade das noch zorniger – die Tatsache, *daß* sie ihn verstanden und es von da ab vermieden, das Mädchen nochmals anzublicken. Seine Handlungsweise erinnerte verdächtig an Eifersucht, was einfach absurd war. Zum Teufel, sie war doch nur seine Gefangene, weiter nichts. Dennoch... dennoch fühlte er jetzt, in diesem Augenblick, genau dasselbe wie beim Anblick von Rowena, als sie vor seinem Freund Sheldon gekniet und ihn entkleidet hatte. Die blanke Wut hatte ihn angesichts dieser Szene übermannt.

»Du mochtest die Form deines Kruges nicht?« fragte Sheldon, als er den Platz neben Warrick am Tisch des Lords einnahm.

»Wieso?«

Warrick blickte bei dieser Frage auf den Becher in seiner Hand und sah, daß er ihn völlig verbogen hatte. Er warf ihn wütend fort und verlangte laut nach einem anderen. Ein Page brachte rasch einen neuen und füllte den Krug auch gleich wieder mit Bier. Das hätte eigentlich sie tun müssen. Wo trieb sie sich nur wieder herum? Warum brauchte sie so lange in der Küche? Doch dann erschien sie mit einer großen Fleischplatte, und er gemahnte sich innerlich zur Ruhe, damit sie den Aufruhr in seinem Inneren nicht bemerke.

»Du mußt dir schon etwas mehr Mühe geben, wenn du nicht willst, daß ihr auffällt, wie sehr sie dir am Herzen liegt«, mahnte sein Freund und versuchte, allerdings erfolglos, seine Belustigung zu verbergen. »Du bist ein derart offenes Buch –«

»Fahr zur Hölle, Sheldon.«

Der ältere Mann lachte, sagte aber nichts mehr, sondern lehnte sich hinüber zu seiner Linken, um sich mit Beatrix zu unterhalten, mit der er ein Brett mit Speisen teilte. Warrick gab sich alle Mühe, entspannt zu wirken, was ihm jedoch kläglich mißlang. Je näher Rowena kam, desto verkrampfter wurde er, so als erwarte er jeden Moment einen Schlag. Seine Befürchtungen schienen nicht ganz grundlos zu sein, denn sie lächelte, als sie zu ihm herantrat.

»Was wünscht Ihr, mein Gebieter?« fragte sie liebenswürdig, während sie die Platte vor ihm abstellte. »Ein wenig von allem?«

Er würdigte die Speisen keines Blickes, als er sprach. »Habe ich's Euch schon so leicht gemacht, Dirne?«

»Nein, mein Gebieter.«

»Warum lächelt Ihr dann?«

Ihr Lächeln verschwand sofort. »O verzeiht. Was wünscht Ihr? Ein Stirnrunzeln? Gleichgültigkeit? Furcht vielleicht? Ihr braucht mir nur zu sagen –«

»Schweigt!« brummte er und winkte sie fort.

Rowena fühlte seine Augen, die sich förmlich in sie zu bohren schienen, in ihrem Rücken, als sie wieder in Richtung Küche eilte. Sie konnte sich kaum beherrschen, nicht in Lachen auszubrechen, bevor sie außer Sichtweite war. Der Drache würde leichter zu zähmen sein, als Mildred angenommen hatte. Ein einziges Lächeln von ihr hatte genügt, ihm die Stimmung zu verderben, und es war keine Bestrafung gefolgt. Sie fragte sich, ob sie sich wohl dazu bringen konnte, ihn zu berühren, ohne daß er es ihr befohlen hatte. Sie wollte es nicht tun, doch ihre Entscheidung stand fest, und Zaudern würde sie sicher nicht weiterbringen.

»So habt Ihr's also gehört?«

Rowena hielt abrupt inne und blickt sich um, bis sie Mary Blouets gewahr wurde. Sie wußte nicht, worauf Mary anspielte, aber es war unklug von ihr, so zufrieden auszusehen, wenn andere es sehen konnten.

»Was gehört?«

»Daß Miß Hochmut Celia persönlich in die Feste Dyrwood verbannt worden ist. Ich weiß wirklich nicht, wie Ihr's geschafft habt, Maid, aber mein Dank ist Euch sicher.«

Einen Moment lang war Rowena sprachlos. Das war einfach unglaublich. »Er hat sie tatsächlich fortgeschickt? Wirklich und wahrhaftig?«

»Das hat er – und bloß gut, daß wir sie los sind, meine ich. Warum überrascht Euch das so?«

»Aber ich habe nichts getan, daß – ich meine, ich habe ihm lediglich erzählt, daß sie mir in seinem Namen einen Befehl erteilt hat. Ich wußte ja nicht, daß sie gelogen hatte. Er war sehr wütend, aber ich... er hat sie also wirklich weggeschickt?«

Mary kicherte. »Hab ich doch schon gesagt, oder? Und was Ihr getan habt, ist mehr, als jeder andere tun würde. Ich hätte ihn selbst warnen sollen, wie sehr sie ihre Stellung ausnützt, aber mit diesen Sachen hat das so seine Bewandtnis. Den Überbringer von schlechten Nachrichten trifft nun mal der Zorn zuerst.«

Rowena versuchte, ihre Genugtuung ein wenig zu dämpfen. Sie rief sich ins Gedächtnis, daß Celias Verhalten einfach unmöglich gewesen war und irgendeine Art von Bestrafung verdient hatte. Warrick hatte es sicher nicht um ihretwillen getan. Ihm war einfach nur klar geworden, daß Celia schon lange zu weit ging, und hatte, wie es seine Art war, nicht gezögert, sie dafür zu bestrafen. Der Mann genoß es doch geradezu, den Racheengel zu spielen. Warum sollte seine Lieblingsmätresse dabei eine Ausnahme bilden?

Rowena eilte mit einer neuen Platte in Händen in den Palas. Der Plan, ihren Peiniger zu verwirren und mit Raffinesse zu verführen, war für den Augenblick vergessen.

Sie merkte, daß sich seine Stimmung noch mehr verdüstert hatte. Natürlich war da immer das Risiko, daß er wütend wurde anstatt unsicher und verwirrt. Das Stirnrunzeln, mit dem er sie empfing, sagte ihr deutlich, daß er sich über irgend etwas geärgert hatte.

Sie zögerte, sich ihm zu nähern, doch sie hatte keine Wahl. Es war nun mal ihre Pflicht, ihm das Essen ordentlich zu servieren und es nicht einfach vor ihm abzustellen.

»Seht Ihr hier etwas, das Euch reizen könnte, mein Gebieter?«

Rowena fiel die Doppeldeutigkeit ihrer unschuldigen Frage überhaupt nicht auf. Als sie jedoch in seine Augen blickte und das Feuer dort aufflammen sah, errötete sie. Das hatte sie nicht gewollt. Sie wollte sicher nicht bewußt provokativ sein, doch genau so hatte ihre Frage geklungen. Zu ihrem Erstaunen verwandelte sich sein Stirnrunzeln in ein Grinsen, aber nicht in jenes grausame, humorlose Grinsen, sondern in aufrichtige Belustigung.

»Kommt her, Maid, und wir werden sehen, ob mich hier irgend etwas reizt.«

Sir Sheldon neben ihm war baß erstaunt über diese Worte, ebenso wie die anderen Ritter, die sich in Hörweite befanden, Rowenas leichte Röte verwandelte sich in flammende Scham. Doch diesmal zögerte sie keine Sekunde. Sie eilte um die Tafel herum und blieb neben seinem Stuhl stehen. Er zögerte ebenfalls keinen Moment, sie zu packen und auf seinen Schoß zu ziehen.

Es war die perfekte Gelegenheit, ihre Verführungskünste weiter an ihm zu erproben – wenn sie nur hätte vergessen können, daß sie im Mittelpunkt der allgemeinen Aufmerksamkeit stand. Aber sie konnte beim besten Willen nicht übersehen, daß Adelige, darunter auch Damen anwesend waren, sowie die Töchter Warricks. Alles, was sie sich wünschte, war ein kleines Loch, um sich darin die nächsten zehn Jahre zu verkriechen. Wahrlich, wenn man ihr nur ein wenig von dem Respekt zollen würde, der ihr von Rechts wegen gebührte, hätte es Warrick niemals gewagt, sie vor allen so zu behandeln. Aber sie war nun mal nur eine einfache Leibeigene und nichts weiter. Zweideutigen Anspielungen und ebensolchen Angriffen war sie wehrlos ausgeliefert – zumindest, was den Lord von Fulkhurst betraf.

»Was glaubt Ihr, Maid, könnte meinen Gaumen reizen?« fuhr er fort, sie zu necken. »Ihr wählt und wir werden sehen.«

Ob er das ernst meinte? Sie brauchte nur sein Holzbrett zu füllen und konnte dann gehen?

Sie verlor keine Zeit, beugte sich vor und griff nach der am nächsten stehenden Platte – und fühlte, wie Warricks Hand sich auf ihren Schenkel und zwischen ihre Beine schob. Da schoß sie derart schnell wieder zurück, daß sie mit dem Kopf an sein Kinn stieß. Beide zuckten sie zusammen, doch dann kicherte er.

»Ihr glaubt also nicht, daß Kalbfleisch mich reizen könnte?«

Rowena wand sich innerlich. Dieses Spiel konnte sie einfach nicht gewinnen – auch wenn sie es versuchte, glaubte sie kaum, daß er sie einfach gehen lassen würde. Wenn sie seine Berührung nur noch eine kleine Weile länger ertragen konnte, dann würde er des Spiels vielleicht überdrüssig werden und sich daran erinnern, daß er hier war, um zu essen, und nicht, um sich mit seinem neuesten Spielzeug zu vergnügen.

Sie beugte sich vor und versuchte erneut, Speisen auf sein Brett zu häufen. Ihm fiel jedoch nichts Besseres ein, als mit seiner anderen Hand unter ihre Röcke zu fahren, bis er einen nackten Schenkel fand. Eine Hitzewelle überflutete sie, die mit Scham nicht das Geringste zu tun hatte. Plötzlich fiel ihr entsetzt ein, daß er versuchen konnte, sie hier und jetzt in den Zustand zu bringen, in dem sie letzte Nacht gewesen war – und das vor den Augen aller Anwesenden.

Zur Hölle mit ihrem Stolz – sie kuschelte sich an ihn und flüsterte in sein Ohr: »Bitte.«

»Wahrlich, dieses Wort höre ich gerne von Euren Lippen«, erwiderte er zufrieden.

Da war sie also am Ende doch noch gekommen, die gefürchtete Erinnerung an die vergangene Nacht, als sie ihn zu ihrer unaussprechlichen Schande angefleht hatte, sie zu nehmen. Im Moment jedoch beschämte sie sein unfairer Hinweis wenig. Viel mehr Sorgen machte sie sich um ihre jetzige, fraglos überaus peinliche Lage.

Er hatte noch mehr zu sagen: »Vielleicht könnt Ihr mir nun erklären, warum Ihr vorhin gelächelt habt?«

Rowena riß die Augen auf. Das alles also nur, weil sie ihn vorhin mit ihrem Lächeln aus der Fassung gebracht hatte? Wollte er es ihr heimzahlen, weil sie ihn verwirrt hatte? Der Gedanke machte sie fuchsteufelswild. Sie vergaß die Scham, die gerade noch in ihr gebrannt hatte, vergaß sogar all die Umsitzenden.

Bevor sie antwortete, wartete sie lediglich, bis er einen Schluck Bier genommen hatte. Dann sagte sie mit ihrem lieblichsten Lächeln: »Ich mußte einfach nur an heute mittag denken, als Ihr so eifersüchtig reagiert habt, mein Gebieter.«

Er verschluckte sich prompt und mußte husten. Als er sich einigermaßen beruhigt hatte, rief er: »Eifersucht!«

Sie lehnte sich zurück, damit er sehen konnte, daß sie sorgfältig über seine Antwort nachsann. »Besitzgier ist vielleicht das treffendere Wort. Mit ist nun klar, daß ich nur für Euren Gebrauch und Mißbrauch da bin, daß kein anderer dieses Privileg genießen darf.«

Warrick warf Sheldon einen wütenden Blick zu, dessen Schultern vor unterdrücktem Gelächter zuckten. Offensichtlich hatte er ihre Worte gehört. Dann wandte Warrick sein finsteres Gesicht erneut Rowena zu. Sie hatte nur einen Moment zu bereuen, daß sie sich ausgerechnet einen so öffentlichen Ort ausgesucht hatte, um es ihm ein wenig zurückzuzahlen.

»Ich bestehe darauf, daß Ihr mir in allen Dingen zu Diensten seid, und Ihr bezeichnet das als Besitzgier?« fauchte er. »Es würde mir nicht das Geringste ausmachen, Euch meinen Männern vorzuwerfen und zuzusehen, wie sie Euch nehmen – so lange ich nicht selbst in der Stimmung bin. Oder muß ich Euch das erst beweisen?«

Dies war eine der Drohungen, die er, nur weil er sie ausgesprochen hatte, gezwungen war, auszuführen, wenn sie nicht nachgab. Ihre Wut vergrößerte sich. Dennoch schlang sie die Arme fest um seinen Hals.

»Bitte nicht, ich flehe Euch an«, sagte sie leise in sein Ohr. Noch leiser, ihre Lippen berührten dabei sein Ohrläppchen, meinte sie: »Alles, was ich will ist, *Euer* Bett mit Euch zu teilen, nur *Eure* Berührung zu spüren.«

Sie fühlte, wie ein Schauder seinen ganzen Körper durchrieselte. Brüsk schob er sie von seinem Schoß. Als sie sich aufrichtete, bemerkte sie die Hitze in seinen Wangen. Dann trafen sich ihre Blicke, und sie brannte, ja zerschmolz unter seiner Glut.

»Geht sofort nach unten und nehmt Euer Abendmahl. Dann kommt in meine Kammer.«

»Wollt Ihr ein Bad, mein Gebieter?«

»Ich will Euch in meinem Bett, Dirne, nirgendwo sonst. Wir wollen doch mal sehen, ob Ihr die Wahrheit gesagt habt.«

29. Kapitel

Rowena bezweifelte, ob sie das jemals durchstehen würde. Sie war sicher, daß ihr das Getuschel und Getratsche über die peinliche Szene im Palas bis ans Ende ihrer Tage folgen würde – über Grafschaften, ja über das ganze Land hinweg, wo immer sie auch hingehen würde – vorausgesetzt natürlich, daß sie Fulkhurst überhaupt je verlassen konnte. Doch was kümmerte dies den ach so mächtigen Drachen des Nordens? Niemand würde über *ihn* tuscheln. Für einen Adeligen, einen Burgherren, war es keineswegs ungewöhnlich, sich mit einer seiner Leibeigenen in seinem eigenen Heim einen Spaß zu machen. Wer sollte ihm das auch verwehren?

Es graute ihr geradezu davor, die Halle, den Ort ihrer Schande, noch einmal betreten zu müssen. Leider jedoch waren die Gemächer des Lords von der Küche aus nur durch den Palas zu erreichen. Als Rowena nach ihrem lang hinausgezögerten Mahl die Halle schließlich wieder betrat, hörte sie zu ihrer unendlichen Erleichterung keinerlei Getuschel. Tatsächlich sah nicht ein einziger Mann auch nur in ihre Richtung, und die paar Frauen, die ihrer zufällig ansichtig wurden, wandten den Blick rasch wieder ab.

Hatte sie sich also ganz umsonst in Selbstmitleid ergangen, fragte sie sich verwirrt. Oder hatte vielleicht gar niemand bemerkt, daß sie auf Warricks Schoß gesessen hatte – abgesehen von denen an seinem Tisch? Aus dieser Richtung wurde sie jedoch ebenfalls ignoriert – außer von Warrick. Er beobachtete sie mit zerstreutem Blick, da er anscheinend gerade in ein Gespräch mit seinem Freund Sheldon vertieft war.

Das überraschte sie – und es gefiel ihr gar nicht. Er war doch derjenige, der durcheinander sein sollte, nicht sie. Nun, es würde ihr nicht schwerfallen, herauszufinden, ob in ihrer Abwesenheit vielleicht etwas Ungewöhnliches geschehen war, etwas, das das komische Verhalten der Anwesenden ihr gegenüber erklärte. Selbst die Weberinnen, die noch heute nachmittag ihre Anweisungen mißachtet hatten, sahen jetzt nämlich mit ehrfurchtsvollen, ja fast ängstlichen Blicken zu ihr herüber.

Da erblickte sie Emma, das Mädchen, das sie heute geholt hatte, als Sir Sheldon angekommen war. Sie hielt an ihrem Tisch inne. Sie bemerkte, daß das Mädchen ganz allein saß.

»Emma, kannst du mir vielleicht sagen, was passiert ist, während ich unten in der Küche war?«

»Nichts ist passiert seit dem feinen Schauspiel, mit dem Ihr uns unterhalten habt.«

»Aha«, meinte Rowena pikiert und wandte sich enttäuscht ab. Sie hatte das Mädchen wohl falsch eingeschätzt, so freundlich, wie sie dachte, war sie gar nicht.

Emma ergriff jedoch rasch ihre Hand und versicherte: »Nicht doch, Lady, ich wollte Euch nicht beleidigen. Es kommt uns nur so ungewöhnlich vor, daß sich der schreckliche Drache auch wie ein ganz normaler Mann benehmen kann.«

Der schreckliche Drache? Wie treffend! Doch Rowena war im Augenblick mehr daran interessiert, wie Emma sie vorhin genannt hatte, als an diesem unmöglichen Mann. Konnte es sein, daß die anderen wußten, daß sie eine Dame war? Um so schlimmer, wenn Warrick sie trotzdem behandelte wie eine Leibeigene.

»Warum hast du mich Lady genannt?«

Emma zuckte mit den Schultern. »Auch die Gewänder einer Dienstmagd können nicht verbergen, daß Ihr adliger Abstammung seid. Eure Manieren sprechen deutlicher als Worte, obwohl Ihr auch, was Eure Worte betreffen, nicht verleugnen könnt, wer Ihr seid.«

»Deine Wortwahl ist aber ebenso gepflegt«, meinte Rowena, die erleichtert war, daß Emma ihre Herkunft lediglich erraten hatte.

Emma grinste. »Ich tue nichts, als die anderen nachzuahmen – obwohl mir das besser gelingt als Celia, wette ich.«

Rowena mußte lachen. »O ja, viel besser sogar. Aber sag mir, wenn nichts passiert ist, warum scheinen dann all die Frauen fast ängstlich zu sein?«

»Wenn sie Euch ansehen?« Auf Rowenas Nicken hin, wurde Emmas Grinsen noch breiter. »Sie haben gehört, was mit Celia passiert ist, und denken, daß Ihr dahinter steckt.«

»Aber ich würde doch niemals –«

»*Ich* habe das auch nicht angenommen, aber die anderen tun's nun mal. Sie bewundern Euch ebenfalls, weil ihr den Drachen nicht einmal in seinen finstersten Stimmungen fürchtet.«

»Aber sicher fürchte ich ihn. Mein Leben liegt schließlich in seiner Hand.«

»Nein, eine Frau würde er niemals töten. Doch selbst Celia hat sich vor ihm versteckt, wenn er zornig war. Jeder hier konnte sehen, *wie* zornig er war – und dann habt Ihr ihn zum Lachen gebracht. Es kommt wahrhaftig selten vor, daß er lacht.«

Aus irgendeinem rätselhaften Grund war Rowena traurig, als sie das hörte, doch sie schüttelte dieses Gefühl rasch ab. Was ging es sie an, ob der Mann Spaß am Leben hatte oder nicht? Sie selbst war, was das betraf, in den letzten Jahren vom Schicksal auch nicht gerade verwöhnt worden.

Obwohl sie gerne noch eine Weile geblieben wäre und mit Emma geplaudert hätte – sie hatte das Gefühl, in dem Mädchen eine Freundin finden zu können –, war sie sich des Befehls von Warrick viel zu sehr bewußt. Er hatte gesagt, sie solle in seiner Kammer auf ihn warten – oder vielmehr in seinem Bett. Nun, da die peinliche Situation von vorhin geklärt schien, mußte sie diesen Befehl befolgen – und sich damit auch der Nervosität stellen, die sich in ihrem Magen bereits unangenehm bemerkbar machte.

Sie hatte ihm also mit ihren Verführungskünsten tatsächlich ganz schön eingeheizt, oder besser gesagt, er selbst hatte sich mit seinen ordinären Neckereien in diese mehr als empfängliche Stimmung gebracht. Das einzige, worauf es jetzt noch ankam, war, daß er nicht glaubte, sie verführe ihn aus Angst und nicht aus wirklichem Verlangen. Sie durfte also auf keinen Fall ängstlich wirken. Und doch – der Gedanke, ihn zu verführen und es dann tatsächlich zu tun, das waren zwei völlig verschiedene Paar Stiefel. Schon jetzt war ihre Nervosität so groß, daß sie von echter Angst kaum mehr zu unterscheiden war.

Und was war, wenn alles umsonst war, wenn ihre geschickten Vorbereitungen an seinem Verhalten ihr gegenüber gar nichts änderten? Mildred war sicher, daß dies der Fall sein würde, doch Rowena hatte ihre Zweifel. Dennoch... einige wenige Worte hatten genügt, um seine Lust zu entfachen, auch seine Stimmung hatte sich drastisch verändert – er hatte sie vielleicht nicht gerade anders behandelt, das mochte sein, doch seine Laune hatte sich eindeutig gebessert. Sie würde eben sehen müssen, was sie erreichte, wenn sie noch weiter ging.

Rowena betrat sein Schlafgemach und hatte kaum einen Blick auf das Bett geworfen, in dem sie ihn ganz bestimmt nicht erwarten würde, als Warrick auch schon da war und die Tür hinter sich schloß. Erschrocken fuhr sie herum. Er mußte ihr gefolgt sein, als sie an seinem Tisch vorbeigekommen war, obwohl es ausgesehen hatte, als ob er ganz in sein Gespräch vertieft war. Doch dann sah sie das Feuer in seinen Augen und verstand.

Er wollte sie sofort, hier und jetzt, er schien sich kaum mehr beherrschen zu können. Bei diesem Gedanken schoß ihr wieder dieses Gefühl von Macht in den Kopf und machte sie fast schwindlig. Das würde ihr die ganze Sache natürlich erleichtern. Nur leider konnte sie nicht verhindern, daß ihre Sinne ebenfalls entflammten.

Er stand einfach nur an der Tür und starrte sie unverwandt an. Dann begann er langsam seinen Umhang zu öffnen. Darunter trug er einen reich mit Gold verbrämten, braunseidenen Überrock. Die Farbe betonte sein dunkelgoldenes Haar, das seit jenem Vorfall in Kirkburough ziemlich gewachsen war. Nun reichte es in sanften Wellen bis zu seinen mächtigen Schultern. Im Moment runzelte er auch nicht die Stirn, und er sah verwirrend gut aus, was sie noch mehr aufwühlte.

Rowena fiel es schwer, ihn anzusehen, wenn er so war wie jetzt, so normal, so gar nicht wie das Monster, das, wie sie nur zu gut wußte, in ihm steckte. Da nach allem, was sie im Palas zu ihm gesagt hatte, ein wenig Schüchternheit durchaus angebracht schien, zögerte sie nicht, Zuflucht dazu zu nehmen. Züchtig senkte sie die Augen.

»Komm her, Rowena.«

Sie kam seinem Befehl ohne weiters nach, mied jedoch immer noch seinen Blick. Seine ausdrucksvollen Augen bewirkten nämlich Dinge in ihr, die sie einfach nicht kontrollieren konnte.

»Du willst also mein Bett mit mir teilen?«

»Ja.«

»Warum?«

Gott im Himmel, konnte er sie nicht einfach beim Wort nehmen? Warum mußte er jetzt auch noch ein Verhör abhalten? Jetzt, wo sie so nahe bei ihm stand, wirbelten die Gedanken in ihrem Kopf nur so durcheinander.

»Warum will eine Frau wohl das Bett eines Mannes teilen?« meinte sie reichlich lahm, da ihr nichts Besseres einfiel.

»Vielleicht weil meins weicher ist als deins.«

Ihr Blick schoß zornig hoch und traf den seinen. Der Bastard. Er mißtraute ihr, er wollte, daß sie sich abmühte, ihn zu überzeugen. *Sie* war schließlich nicht diejenige gewesen, die den Plan gehabt hatte, ihn zu verführen. Zum Teufel, sie würde sich gewiß nicht allzu große Mühe geben, um das zu erreichen.

»Stimmt«, sagte sie steif. »Dennoch bekomme ich kaum Schlaf in dem Euren. Vielleicht ist meins am Ende ja doch vorzuziehen.«

Sie wandte sich wütend ab, doch er bekam sie am Arm zu fassen und zog sie mit einem harten Ruck an die Brust. Dann zeigte ihr sein Mund, was er fühlte, was *sie* bewirkt hatte. Seine Leidenschaft verzehrte sie und verbrannte sie. Ihre Glieder wurden zu Wachs, sie schmolz in seinen Armen, klammerte sich mit aller Kraft an ihn, um nicht den Halt zu verlieren und ins Unendliche zu stürzen. Er war gnadenlos in seinem Angriff, fest entschlossen, sie fühlen zu lassen, was er fühlte, und, Gott im Himmel, sie fühlte, fühlte alles…

Fast wäre sie zu Boden gestürzt, als er sie ganz plötzlich losließ. Er bemerkte es jedoch nicht. Ohne sie anzusehen, schritt er, alle Muskeln angespannt vor Erregung, mit wenigen raschen Schritten zum Bett und sank darauf nieder. Er stützte den Kopf in beide Hände und fuhr sich dann so heftig durchs Haar, daß Rowena zusammenzuckte. Als er den Blick wieder auf sie richtete, stöhnte sie innerlich. In seinen Augen lag so viel Grausamkeit und Kälte, wie sie's nur selten an ihm gesehen hatte.

»Du bleibst also dabei, Maid, mich immer noch haben zu wollen?«

Wenn sie jetzt ja sagte, würde sie sicher dafür büßen müssen, das wußte sie, sie konnte es in seinen Augen lesen. Wenn sie aber nein sagte, dann konnte es sein, daß er ihr erst recht das Gegenteil beweisen würde. Gerade jetzt, mit dem Geschmack seiner Lippen noch auf ihrem weich geschwungenen Mund, war sie alles andere als sicher, ihm widerstehen zu können. So oder so würde sie verlieren – oder gewinnen. Aber gewinnen, das hieß, noch mehr von ihrem Stolz hinunterzuschlucken, denn ihr Plan, das wurde ihr in diesem Augenblick klar, war ein zweischneidiges Schwert. Auch sie würde ein wenig bluten müssen, wenn es klappen sollte.

Er wartete geduldig, gab ihr reichlich Zeit für einen Rückzieher. Nein, sie würde das hier durchstehen, koste es, was es wolle. Sie nahm all ihren Mut zusammen und erklärte: »Ich will Euch immer noch, mein Gebieter.«

Einen Moment lang schien er sprachlos. Dann kam seine Stimme wie ein heiseres Flüstern. »Ich brauche Beweise. Zeig mir, daß du es ernst meinst.«

Genau das hatte sie erwartet. Langsam schritt sie auf ihn zu, während sie ihr Wams aufknöpfte. Als sie dicht vor ihm stand, zog sie es über den Kopf. Für die lange Bluse ließ sie sich noch mehr Zeit, knöpfte sie fast genußvoll langsam auf. Es faszinierte, ja hypnotisierte sie geradezu, ihn zu beobachten, wie er ihr beim Entkleiden zusah. Jede einzelne seiner Regungen war deutlich in seinem Gesicht zu lesen, und wieder hatte sie dieses berauschende Gefühl von Macht, das ihr eine Kühnheit verlieh, die sie sich nie im Leben zugetraut hätte.

Sie ließ die Bluse zu Boden gleiten. Sie trug jetzt nur noch ihr Unterhemdchen, Strümpfe und Schuhe. Zum Aufbinden der Schuhe bückte sie sich nicht, sondern setzte ihren Fuß aufs Bett, dicht neben Warrick. Das war nicht nur kühn, sondern provokativ, ja schamlos. Bei diesem Anblick stöhnte er auf und konnte sich nicht länger zurückhalten. Er packte ihr Hinterteil und zog sie an sich. Sie prallte auf ihn, die Knie auf beiden Hüften, der Rücken schmerzhaft zurückgebogen, als er sein Gesicht in die weichen Kurven ihrer Brüste preßte.

Es war eine erregende, leidenschaftliche Umarmung. Sie fühlte eine Art Zärtlichkeit für diesen Mann in sich aufsteigen, denn er tat für den Augenblick nichts anderes, als sie an sich zu pressen und sein Gesicht zwischen ihren Brüsten zu vergraben. Da erschien es ihr ganz natürlich, die Arme sanft um seinen Kopf zu legen. Sie wußte nicht mehr, ob sie nun eine Rolle spielte, oder ob sie es aus einem inneren Bedürfnis heraus tat. Verstand und Gefühl – sie konnte es nicht länger auseinanderhalten.

Dann bog er den Kopf zurück und sagte: »Küß mich.«

Sie tat es, ohne zu zögern, legte die Hände sanft auf seine Wangen und gab ihm einen süßen, unschuldigen Kuß, bar jeder Leidenschaft – drei Sekunden lang jedenfalls, so lange, wie er brauchte, um ihn zu erwidern. Seine Lippen zwangen sie, die ihren zu öffnen, seine Zunge leckte über ihre Zähne, bevor er sie tief in ihren Mund bohrte. Zum ersten Mal versuchte sie, mit ihrer Zunge zu antworten, versuchte, sie in seinen Mund zu stoßen, so wie er es ihr gezeigt hatte, und wurde von einem Gefühl wilder Leidenschaft durchflutet. Was sie mit dieser kleinen Geste bei ihm auslöste, überraschte und überwältigte sie.

Er fiel zurück aufs Bett, während seine Hände Rowena immer noch fest umklammert hielten. Sein Mund verschlang sie geradezu. Er rollte sich rasch auf den Bauch, die zarte Gestalt unter seinem mächtigen Körper begrabend. Seine eisenharte Männlichkeit preßte sich zwischen ihre Schenkel. Ihr Puls raste, ihr Herz pochte wie wild, und die Hitze drohte sie zu zerschmelzen. Ihre Finger vergruben sich in seinem goldenen Haar. Sie klammerte sich an ihm fest, wie an einem Anker. Schon jetzt drohte sie, die Kontrolle über ihre Sinne zu verlieren.

Sie stöhnte verzweifelt, als er sie losließ und sich aufrichtete. Doch er setzte sich lediglich rittlings auf ihre Schenkel und riß ihr das Unterhemd über den Kopf. Seine Augen brannten sich in den wohlgeformten, süßen Körper, der nun hüllenlos unter ihm lag. Seine Hände strichen langsam über ihren Bauch und noch langsamer hinauf zu ihren Brüsten. Sie stöhnte. Er umschloß sie mit seinen Händen, seine Finger strichen sanft über die harten Knospen. Er beugte sich vor und ließ seine Zunge darüber gleiten.

Sie meinte, ohnmächtig zu werden, sie keuchte und merkte gar nicht, daß sie ihm ihren Unterleib sehnsüchtig entgegenreckte, daß sie seinen Kopf wie eine Wahnsinnige umklammert hielt, mehr, mehr...

Als er sich erneut zurücklehnte, schrie sie auf. Diesmal jedoch lächelte er nicht triumphierend, dafür war seine eigene Lust viel zu groß. Auch er schien an nichts anderes mehr denken zu können, schon gar nicht an seine kleinliche Rache.

Sein Atem ging stoßweise. Seine Augen verließen sie keinen Augenblick, als er versuchte, sich seiner Kleider zu entledigen. Ungeduldig zerriß er seinen braunen Überrock. Rowena setzte sich auf, um ihm zu helfen, doch ihre Hände zitterten so sehr, daß sie die Bänder an seiner Hose nur noch mehr verknotete. Als er auch diese aufriß, sprang seine Lanze hervor, wie flammender, samtener Stahl. Rowena erschien es die natürlichste Sache der Welt, sie mit ihrer kleinen Hand zu umschließen.

Scharf zog er den Atem ein, bevor er stöhnte, ihre Hand wegzog, sie aufs Bett drückte und dort festhielt. Sie wimmerte, doch er beugte sich auf sie nieder und erstickte diesen Laut mit seinen Lippen. Seine kräftigen Beine spreizten ihre Schenkel, und sie konnte an nichts anderes denken, als an das, was sie nun gleich vollkommen ausfüllen würde. Mit ihrer freien Hand strich sie über seinen Rücken hinunter zu seinem Gesäß und versuchte, ihn niederzudrücken, um ihn voranzutreiben. Doch er hielt sich immer noch zurück, ergriff auch diese Hand und nagelte sie mit seinem Griff ans Bett. Er kämpfte um Beherrschung – aber sie konnte es nicht länger ertragen.

»Jetzt, Warrick – jetzt, bitte!« flehte sie ihn an, ohne daß er es verlangt hätte. Diesmal jedoch bekam sie sofort, was sie wollte, was sie brauchte.

Er stieß zu. Sie schmolz, verbrannte. Seine Stöße kamen schnell und hart. Sie schrie, als sie den Höhepunkt erreichte, und schrie immer noch, als auch er sich in ihr ergoß. Fast wäre sie ohnmächtig geworden.

Sie floß dahin, auf einer Welle der Zufriedenheit. Schließlich sagte er: »Ich frage mich, wann ich dich endlich einmal genüßlich und in Ruhe nehmen kann, Dirne.«

Rowena lächelte nur.

30. Kapitel

Warrick lag immer noch neben Rowena, als sie am nächsten Morgen erwachte. Er lag an ihrer Seite, doch er schlief nicht mehr. Sie hatte das Gefühl, als habe er sie schon geraume Zeit betrachtet, ohne daß sie es bemerkt hatte, und dieser Gedanke beunruhigte sie, denn er sah viel zu ernst aus an diesem Morgen.

»Ihr hättet mich wecken und mich an meine Arbeit gemahnen sollen, mein Gebieter.«

»Hätte ich? Warum, wo doch eine deiner Pflichten darin besteht, hier zu sein, wo du dich im Augenblick befindest?«

Die Röte schoß ihr in die Wangen. »Soll das heißen, daß ich meine anderen Pflichten vernachlässigen soll?«

»Ach so«, meinte er, so als verstünde er erst jetzt. »Nun, da haben wir ja den Grund, warum du mein Bett so sehr erstrebt hast.«

»Das ist nicht wahr – meine Pflichten überfordern mich nicht – noch nicht jedenfalls.«

»Noch nicht?« Er runzelte die Stirn, als sein Blick auf ihren Bauch fiel. Seine grauen Augen funkelten so kalt und scharf wie Eissplitter. »Ach so, ich verstehe«, meinte er erneut, »und wieder einmal zeigst du, wie unglaublich dumm du bist – mich in diesem Augenblick an das Kind zu erinnern, das du mir gestohlen hast. Nun, dies ist doch nur ein weiteres Motiv für die plötzliche Leidenschaft, die du seit neuestem mir gegenüber an den Tag legst, nicht wahr? Oder willst du mir etwa weismachen, du hättest nicht vorgehabt, mit mir um das Baby zu feilschen?«

»Ich will das Kind, das bestreite ich gar nicht.«

»Genug, um die Beine für mich zu spreizen, wann immer ich will?«

Wie hatte sie nur seine Grausamkeit vergessen können, und wie sehr sie sie haßte, wo sie doch genau aus diesem Grund die ganze Sache erst angefangen hatte? Offensichtlich hatte das, was letzte Nacht geschehen war, überhaupt nichts bewirkt – eine niederschmetternde Erkenntnis. Sie wußte, er glaubte ihr nicht, daß sie ihn wirklich begehrte. Ihr fiel beim besten Willen nichts ein, womit sie ihn hätte überzeugen können, weder durch Lügen, noch durch die Wahrheit.

Es machte sie mit einemmal zornig, daß sie versagt hatte. Warum konnte der Mann auch nicht einfach das annehmen, was sie ihm anbot? Warum mußte er nur immer nach versteckten Motiven suchen?

Und dann diese verdammte Frage – nun, sie war im Moment wütend genug, um die Beine tatsächlich so weit zu spreizen, daß er es sehen konnte und zurückzuschießen: »Dann komm schon, Lord Drache, und speie dein Feuer über mich.«

Sein Stirnrunzeln vertiefte sich bedrohlich. »Ich will einen Sohn haben, Dirne, und ich will ihn jetzt.«

Sie funkelte ebenso böse zurück und sagte hitzig: »Ihr seid grausam in all Euren Forderungen, rachsüchtig in all Euren Motiven – doch Eure Berührung ist immer sanft.« Sie war über sich selbst erstaunt, daß ihr das so einfach über die Lippen gekommen war, und setzte vorsichtshalber hinzu: »Ich wollte es mir anfangs nicht eingestehen, und ganz sicher nicht Euch, doch ich – ich sehne mich nach Eurer Berührung.«

Gott im Himmel, sie entwickelte sich noch zur perfekten Lügnerin. Sein Gesichtsausdruck wandelte sich. Sie fühlte, daß er ihr glauben *wollte,* und das ließ einen Kloß in ihrem Hals aufsteigen, was ihr mehr als unangenehm war.

»Wenn du wirklich so wild nach meinem Körper wärst, dann hättest du ganz bestimmt nicht so lange gewartet, ihn erneut zu reizen. Oder muß ich dir die Tricks einer Hure erst noch beibringen?«

Diese neuerliche Beleidigung berührte sie kaum, denn sie erkannte, wie sie gemeint war, nämlich als verzweifelter Versuch, sich gegen ihren Charme und ihre Überzeugungskraft zu wehren. Glaubte er etwa, daß keine Frau ihn ohne irgendeinen Hintergedanken begehrte? Ihr fielen Emmas Worte ein, daß die Frauen sie bewunderten, weil sie ihn nicht fürchtete. Und Mildred hatte gemeint, daß er schon sein halbes Leben lang der harte, rachsüchtige Mann war, den sie so gut kannte. Erwartete er vielleicht deshalb nur Furcht bei Frauen? Und welche Frau konnte ihn schon aufrichtig begehren, wenn sie ihn gleichzeitig fürchtete?

Einen Augenblick lang fragte sie sich, warum sie ihre Angst vor ihm verloren hatte, dann jedoch legte sie die Hand auf seine Brust und drückte ihn aus seiner halb aufgerichteten Stellung zurück aufs Bett. »Vielleicht müßt Ihr mich ja noch so einiges lehren, mein Lord Warrick«, sagte sie leise und beugte sich über ihn. »Einige Erfahrungen habe ich schon gemacht, doch ich bin sicher, daß mir ein paar mehr nur zugute kommen können.«

Ihre Hand glitt unter das Laken. Zu ihrem Erstaunen stellte sie fest, daß ihn die Nähe keineswegs kalt gelassen hatte. Und ihr ging es genauso. Ihn zu berühren, machte die Sache nicht gerade leichter für sie. Eigentlich hätte es ihr schwerfallen müssen. Eigentlich hätte sie sich dazu zwingen müssen. Aber es war zu leicht, viel zu leicht. Es gefiel ihr, ihn zu berühren. Ebenso wie ihm. Er schloß die Augen. Sein Atem ging schneller. Nicht lange und sie lag wieder auf dem Rücken, sein Mund war auf den ihren gepreßt, seine Hand griff zwischen ihre Schenkeln, um es ihr in gleicher Münze heimzuzahlen.

In diesem Moment kam Bernard ins Zimmer gepoltert, er hatte wie immer vergessen anzuklopfen. Der arme Junge errötete bis in die Haarwurzeln, als er sah, daß Warrick über die Unterbrechung alles andere als begeistert war. Gott sei Dank machte er sofort kehrt, um die beiden, die so offensichtlich beschäftigt waren, nicht weiter zu stören. Warrick war jedoch viel zu sehr Soldat, als daß er nicht sofort reagiert hätte.

Er hob den Kopf und knurrte wütend: »Was gibt's?«

Bernard konnte nur stammeln, »Vater... hier... mit Braut.«

Rowena war verwirrt. Aus seinem Gestotter wurde sie nicht schlau. Da Warricks Vater ja angeblich tot war, meinte der Knappe vielleicht seinen eigenen Vater oder einen von Warricks Schwiegervätern. Doch das Wort »Braut« hatte genügt, ihren aufgewühlten Sinnen einen gehörigen Dämpfer zu verpassen.

Warrick jedoch schien sich über diese rätselhafte Botschaft keineswegs zu wundern. »Sind sie schon da?«

Die Ruhe, mit der er diese Frage äußerte, gab dem Jungen seine Fassung wieder. »Sie befinden sich bereits im Palas, Mylord, und erwarten Euch. Soll ich ihnen sagen,...?«

»Sag ihnen gar nichts. Ich werde sie sofort willkommen heißen.«

Aus dieser Antwort entnahm Rowena, daß Warrick nicht zu Ende bringen würde, was er begonnen hatte, obwohl ihr Körper nach ihm verlangte. Ihr Gesicht war jedoch völlig ausdruckslos, als er sich ihr wieder zuwandte. Ganz im Gegensatz zu seiner bekümmerten Miene.

Nachdem er sie einige Augenblicke lang wortlos angesehen hatte, fuhr er fort: »Lord Reinard hätte sich wahrhaftig eine bessere Zeit aussuchen können.« Er seufzte und rollte sich aus dem Bett.

Am liebsten hätte sie die Arme ausgestreckt und ihn zurückgezogen. Doch das Wort »Braut« hatte genügt, um Weiteres zu verhindern. Sie ließ ihn jedoch nicht merken, wie beunruhigt und verstört sie plötzlich war.

Trotzdem riskierte sie nichts, wenn sie ihn fragte: »Ist Lord Reinard einer Eurer Schwiegerväter?«

»Das wird er bald sein.«

Da war es. Ihre schlimmsten Befürchtungen waren eingetroffen. Vorbei mit der Chance, diesen Mann zu angeln. Nun, wo seine Verlobte da war, würde er sich nicht länger mit Rowena abgeben. Und schon bald würde seine Frau dieses Bett mit ihm teilen. Welche Verwendung hätte er dann noch für seine Gefangene? Zurück ins Verlies, vielleicht? Oder sie zwingen, ihm *und* seiner Braut aufzutragen?

»Dann ist Eure Verlobte also gefunden«, flüsterte sie und sah zu, wie er eine Kommode nach etwas Passendem zum Anziehen durchwühlte. Sicher etwas Prächtiges für seine kostbare Lady Isabella. »Zumindest könnt Ihr mir das nun nicht länger vorwerfen.«

Er warf ihr einen scharfen Blick zu. »Glaub nicht, daß du schon frei von Schuld bist, Maid. Nicht, bevor ich genau weiß, wo sie in diesen letzten Wochen war.«

Dazu sagte sie nichts. Ihr war es egal, was seine Braut zu ihrer Entschuldigung vorzubringen hatte. Sie wußte nur, daß sie wünschte, Lady Isabella wäre niemals gefunden worden – was eine ziemlich beunruhigende Feststellung war, denn an sich hätte ihr das gleichgültig sein sollen.

Warrick achtete nicht mehr auf sie, da er in Gedanken wohl schon bei seinen wartenden Gästen war. Rowena fiel es weniger leicht, ihn zu ignorieren, obwohl auch ihre Gedanken bei seinen Gästen waren. Selbst jetzt, wo sie nicht wußte, wie sich die neue Lage der Dinge auf ihr Schicksal auswirken würde, konnte sie den Blick nicht von Warricks wunderschönem, nackten Körper abwenden. Wie hypnotisiert war sie von seinen kräftigen, langen, sehnigen Schenkeln, der festen Rundung seiner Pobacken und von den Muskeln auf seinem breiten Rücken, die sich bei jeder seiner hastigen Bewegungen bewegten. Macht und Stärke lag in jeder Linie seines Körpers und... ja, Schönheit, diese starke Maskulinität konnte nicht anders als schön bezeichnet werden. Sie konnte das nicht leugnen, beim besten Willen nicht, ebensowenig wie die Tatsache, daß sich ihr Körper, der noch vor wenigen Minuten so eng an den seinen gepreßt war, immer noch vor Verlangen nach ihm verzehrte.

Er wandte sich zur Seite, bevor er seine Unterhose anzog, und da sah sie, daß auch in ihm noch das gleiche Verlangen schwelte, obwohl er es ignorierte, genauso, wie er sie ignorierte – das hatte sie zumindest gedacht, bevor ihre Augen an seinem Körper hinaufglitten und sie feststellte, daß er sie bei ihrer eingehenden Betrachtung ertappt hatte.

Er kam zurück ans Bett, ergriff ohne ein Wort ihren Nacken, zog sie an sich und preßte seinen Mund fast wütend auf den ihren. Ihr Herz hämmerte erleichtert, doch bevor sie ihre Arme um ihn schlingen konnte, um ihn ins Bett zurückzuziehen, hatte er sie schon wieder losgelassen. Sein Gesicht zeigte eine schreckliche Mischung aus Wut und Begehren, und Wut darüber, daß sie ihn davon abhielt, zu seiner kostbaren Isabella zu eilen. Was ihr ganz offensichtlich nicht gelang.

Womit sie sich irrte.

»Bleib genau da, wo du bist, Maid«, befahl er in schroffem Ton. »Ich werde zurück sein, bevor das Feuer in diesen saphirblauen Augen erloschen ist. Dann werden wir sehen, ob sie das halten, was sie versprechen.«

Er sah nicht, wie ihr die Röte ins Gesicht stieg, denn er drehte sich um und zog sich hastig an. *Sie* sollte eigentlich nicht so leicht zu durchschauen sein wie er, doch diesmal war es ihr offensichtlich nicht gelungen, ihre Gefühle zu verbergen. Das verletzte sie noch mehr, machte sie verwundbarer, als sie sich je in Gegenwart dieses Mannes gefühlt hatte. Es war eine Sache, vor sich selbst zugeben zu müssen, daß sie ihn begehrte. Eine andere war's jedoch, wenn er sah, daß dem so war – ohne ein Netz von Lügen als Schutz zwischen sich und ihm. Lügen? Nun, anfangs vielleicht war einiges, das sie gesagt und getan hatte, unwahr gewesen, nun jedoch nicht mehr.

Er ging, ohne sie noch einmal anzusehen. Sie hatte bemerkt, daß er sich nur spärlich angezogen hatte, sicher nicht angemessen, um die langerwartete Braut zu begrüßen. Tatsächlich sah er reichlich schlampig und zerzaust aus, dachte sie hämisch, und mit dem finsteren Gesicht, das er zur Schau stellte, konnte er von Glück reden, wenn seine Verlobte bei seinem Anblick nicht sofort in Tränen ausbrach.

Bei diesem Gedanken mußte Rowena lächeln, doch nicht lange. Schon wurde sie wieder von ihren Ängsten heimgesucht. Egal, wie Isabella auch auf Warrick reagierte, heiraten mußte sie ihn. Die Angst einer Braut hatte noch nie eine Hochzeit verhindert, also *würde* es geschehen, was bedeutete, daß sich auch Rowenas Situation änderte. Es spielte gar keine Rolle, wie sie die Angelegenheit sah, ihr Schicksal würde sich auf keinen Fall bessern.

Auch wenn sie Warricks Sinne entflammte – er bekam ja nun eine Frau, um ihn zu befriedigen, was für sie nur noch seine kleinen Gemeinheiten und Grausamkeiten übrigließ. Ohne den intimen Kontakt, den ihr seine Lust bis jetzt garantiert hatte, würde sie keine Macht mehr über ihn haben und damit auch keine Hoffnung auf Besserung. Die Dinge konnten sich nur zum Schlechten wenden.

Er hatte ihr befohlen, im Bett zu bleiben, doch das schaffte sie einfach nicht. Sie stand auf und zog sich in aller Eile an. Dann schritt sie rasch und unruhig im Zimmer auf und ab und wartete auf seine Rückkehr. Leider kam er keineswegs so schnell zurück, wie er versprochen hatte. Was immer er an Verlangen in ihr entfacht hatte, war längst erkaltet.

Schließlich hockte sie sich auf die harte Erkerbank. Sie konnte nicht aufhören zu grübeln. Bald kam sie zu dem Schluß, daß sie gut daran täte, die Möglichkeit einer Flucht erneut in Betracht zu ziehen – vielleicht ergab sich ja während der Hochzeitsfeierlichkeiten eine günstige Gelegenheit.

Ganz plötzlich und ohne Warnung war Warrick wieder da. Nur leider nicht allein. Die Frau, die ihm folgte, war hochgewachsen und kostbar gekleidet. In ihrer Blässe war sie geradezu berauschend schön, was von ihrem rabenschwarzen Haar und den tiefgrünen Augen nur noch unterstrichen wurde. Auch schien sie aus irgendeinem Grunde äußerst nervös zu sein, obwohl sie sehr entschlossen wirkte.

Das alles nahm Rowena mit großen Augen wahr. Sie konnte einfach nicht verstehen, warum Warrick sie hergebracht hatte, wo sie doch seiner ausdrücklichen Anordnung zufolge, noch nackt im Bett hätte liegen müssen? Das konnte er doch nicht vergessen haben, oder? Nein, denn sein erster Blick galt dem Bett, und als er sie darin nicht fand, irrten seine Augen suchend umher, bis er sie ins Erkerfenster gekuschelt erspähte.

Sie sah sofort, daß er irgend etwas von ihr wollte. Sie fühlte es ebenso wie damals, als er in Ketten vor ihr gelegen hatte und sie dachte, sie könne seine Gedanken lesen. Diesmal konnte sie sich jedoch nicht vorstellen, was er von ihr wollte, bis sie hörte, was Isabella zu sagen hatte.

Die Frau hatte Angst, daran bestand kein Zweifel, und das aus gutem Grund. Was sie nämlich Warricks Rücken beichtete, war, warum sie ihn nicht liebte. Da wußte Rowena auf einmal genau, was er von ihr wollte. Er wollte Isabella zeigen, daß ihm ihre Worte überhaupt nichts ausmachten, doch es ihr lediglich zu sagen, wäre nicht genug gewesen. Rowena war nicht sicher, ob er damit nur seinen Stolz schützen, oder auch die Ängste der Dame besänftigen wollte. Auf jeden Fall aber hatte er gehofft, Rowena so vorzufinden, wie er sie verlassen hatte, in einer Lage also, die deutlicher sprach als bloße Worte.

Sie war nicht sicher, wann ihr klar wurde, daß sie ihm helfen wollte, oder auch nur wie, doch sie stand auf, um sich der anderen Frau zu zeigen. Was, wie sich herausstellte, leider nicht genügte. Isabella war viel zu vertieft in ihre Erklärungen, als daß sie die Anwesenheit einer Dienerin bemerkt hätte. Sie versuchte so gut sie konnte, Warrick dazu zu bringen, ihr zuzuhören, der es jedoch nicht einmal der Mühe wert fand, sich zu ihr umzudrehen, um sie anzusehen. Statt dessen starrte er weiterhin Rowena an.

Rowena kam nun auf die beiden zu, doch sie hielt vor Warrick inne und sagte ihm mit ihren Augen, daß sie ihm beistehen würde, was immer er zu tun entschied. Und Warrick beschloß, sich Isabella nun endlich einmal zuzuwenden. Damit stand Rowena hinter seinem Rücken. Er streckte die Hände hinter sich, bis sie sie ergriff und zog sie eng an seinen Rücken. Wenn Isabella sich nur die Mühe gemacht hätte zu sehen, was sich vor ihren Augen abspielte, dann hätte sie zweifellos ein Paar erblickt, die Frau scheu hinter dem Rücken des Mannes versteckt, der sie beruhigte, ohne tatsächlich die Aufmerksamkeit auf sie zu lenken.

Das schien jedoch immer noch nicht genug für Isabella, denn sie hatte noch nicht einmal innegehalten in ihren langatmigen Erklärungen darüber, wie sehr sie doch schon seit ihrer Kindheit jemanden mit Namen Miles Fergant liebte. Rowena hätte genausogut unsichtbar sein können. Vielleicht wäre es ja besser gewesen, wenn sie ganz frech einfach wieder in Warricks Bett gestiegen und vorher vielleicht sogar die Kleider abgelegt hätte. Sie mußte lächeln bei diesem absurden Gedanken und hätte fast laut aufgelacht, als ihr einfiel, daß Isabella vielleicht nicht einmal das bemerkt hätte – ganz im Gegensatz zu Warrick.

Diese launigen Einfälle versetzten sie in eine schelmische Stimmung, so wie sie als Kind oft gewesen war. Sie überlegte ernsthaft, ob sie nicht einfach die Arme um Warrick schlingen sollte. Nein, das war zu kühn. Statt dessen zog sie ihre Hände aus seinem Griff und sah, wie er sich versteifte. Als sie sie gleich darauf auf seine Hüften legte, entspannte er sich wieder. Aber nicht lange. Ihre Finger waren nicht wirklich zu sehen, doch sie dachte nicht länger daran, sich Isabella gegenüber bemerkbar zu machen. Alles, was sie nun im Sinn hatte, war, Warrick ein wenig zu quälen. Langsam ließ sie ihre Hände an seinen Seiten hinaufgleiten. Sie fühlte, wie er sich erneut versteifte und dann versuchte, ihre Bewegung zu stoppen, indem er die Arme fest an die Seiten preßte. Sie entwand jedoch ihre Finger und ließ sie wieder bis zu seinen Hüften hinabgleiten.

Fast hätte sie laut losgelacht, als sie hörte, wie er den Atem anhielt. Als sie gar anfing, eine seiner Pobacken zu streicheln, überraschte er sie, indem er herumschwang und sie mit einem Blick festnagelte, den sie ausnahmsweise nicht deuten konnte. Sie erwiderte ihn mit einem großen, unschuldigen Blick, der seine Mundwinkel ganz wenig, eine Winzigkeit nur, nach oben kräuselte. Er hatte sich jedoch sofort wieder unter Kontrolle und warf ihr einen warnenden Blick zu. Schließlich sollte sie ihm helfen und ihn nicht davon abhalten, sich auf Isabellas Geständnisse zu konzentrieren.

Da bemerkten beide die plötzlich eingetretene Stille hinter ihnen. Kurz darauf fragte Isabella ungehalten: »Warrick, wer ist diese Frau?«

Er wandte sich wieder zu ihr herum. Rowena steckte lediglich ihren Kopf hinter seinen breiten Schultern hervor.

»Sie ist meine Gefangene«, sagte er knapp.

»Lady Rowena von Kirkburough«, fügte Rowena im selben Moment hinzu, obwohl sie nur zu gut wußte, daß ihm das gar nicht gefallen würde.

Womit sie recht hatte. Die Antwort, mit der er parierte, ließ sie zusammenzucken.

»Lady, *bevor* sie meine Gefangene wurde. Nun ist sie lediglich die Dirne, die meinen nächsten Bastard gebären wird.«

Rowena senkte ihre Zähne in seinen Arm – fest – um ihm auf diese Weise für die unnötige Eröffnung zu danken. Er bewegte nicht einmal einen Muskel.

»Ich verstehe«, sagte Isabella eisig.

»Wirklich? Das ist gut. Vielleicht könnt Ihr mir ja nun erklären, warum Ihr mir bis hierher in meine Gemächer gefolgt seid, um mir diese Geschichte einer Kindheitsliebe aufzutischen, wo ich Euch doch im Palas bereits ausdrücklich versichert habe, daß ich nicht daran interessiert bin? Glaubt Ihr etwa, Eure Liebe ist eine notwendige Vorraussetzung für unsere Vermählung?«

Isabella wurde noch bleicher, als sie die brutale Kälte in seiner Stimme vernahm. Rowena, die sich wieder hinter seinem Rücken versteckt hatte, zuckte erneut zusammen und fühlte einen Augenblick lang Mitleid mit der anderen Frau.

»Ich – ich hatte gehofft, Ihr würdet verstehen«, sagte Isabella flehend.

»Oh – ich verstehe durchaus. Ihr liebt mich nicht. Das kümmert mich nicht. Es ist nicht Liebe, was ich von Euch benötige.«

»Nein, Warrick, Ihr versteht gar nichts. Ich kann Euch nicht heiraten. Ich – ich bin bereits mit Miles verheiratet.«

Eine lange Stille folgte diesen Worten. Rowena war baß

erstaunt. Sie fing gar nicht erst an, sich auszumalen, was Warrick wohl empfinden mußte.

Seine Stimme klang jedoch erstaunlich mild, als er schließlich sagte: »Was tut Ihr dann hier mit Eurem Vater, der doch annahm, Euch zu einer Hochzeit zu führen?«

Rowena trat erneut vor und stellte sich an Warricks Seite. Sie war viel zu neugierig, um sich auch nur ein Wort von dem entgehen zu lassen, was nun folgte. Isabella rang die Hände, doch Rowena war überrascht, zu sehen, daß Warrick nicht halb so zornig war, wie er eigentlich hätte sein sollen.

»Miles war gerade in York, als mein Vater mich schließlich in London fand. Ich – ich konnte ihm einfach nicht die Wahrheit sagen. Er hat mir verboten, Miles wiederzusehen, nachdem er seinen Antrag abgelehnt hatte. Er wollte nur Euch als Schwiegersohn, kein anderer war ihm recht.«

»Mylady, es war nicht die Zustimmung Eures Vaters, die ich gesucht habe, sondern Eure. Und die habt Ihr mir auch gegeben.«

»Man hat mich gezwungen, einzuwilligen. Auch aus diesem Grund konnte ich meinem Vater nicht sagen, daß ich mit dem Segen des Königs geheiratet habe. Miles ist Gefolgsmann von König Stefan. Ich habe auf sehr viel verzichten müssen, um ihn zu bekommen, doch er ist alles, was ich mir wünsche. Mein Vater würde mich umbringen, wenn er wüßte, was ich getan habe.«

»Glaubt Ihr etwa, Ihr habt von mir weniger zu befürchten?«

Rowena war sicher, die Frau würde jeden Moment in Ohnmacht fallen, so entsetzt schien sie über diese Frage. Am liebsten hätte sie Warrick einen Tritt versetzt, weil er Isabella absichtlich verängstigte und einschüchterte. Denn Absicht war es zweifellos, dafür kannte sie ihn mittlerweile viel zu gut. Isabella offensichtlich nicht.

Es war schon seltsam, mitanzusehen, wie ein anderer unter Warricks Feindseligkeit zu leiden hatte. Noch seltsamer war jedoch ihr plötzliches Bedürfnis, seine Wut um seinetwillen zu entschärfen.

»Ihr werdet sein Verlies mögen, Lady Isabella«, sagte

sie daher in die angespannte Stille hinein. »Es ist in der Tat recht bequem.«

Warrick warf ihr einen Blick zu, der ihr deutlich sagte, daß er an ihrem gesunden Menschenverstand zu zweifeln begann. Isabella starrte sie fassungslos an. Sie verstand nicht, worauf Rowena anspielte.

»Nun, Ihr werdet sie doch sicher in Euer Verlies werfen, mein Gebieter, oder etwa nicht?« fuhr sie fort. »Das ist doch der Ort, an den ihr Frauen schickt, um dann abzuwarten, ob sie vielleicht –«

»Rowena«, sagte er warnend.

Sie lächelte ihn zuckersüß an. »Ja, mein Gebieter?«

Was immer er auch sagen wollte, er konnte es nicht, während sie ihn auf diese Art anlächelte. Statt dessen stöhnte er. Als er jedoch wieder auf Isabella sah, war sein Blick weniger düster.

»So seid Ihr also nach London geflüchtet, um Euren Liebsten zu heiraten?« fragte er Isabella. »Sagt mir, Mylady, war dies Euer Plan, als Ihr Euch aufmachtet, mich zu treffen, oder fiel Euch dies ganz plötzlich ein, als ich nicht eintraf?«

Rowena hielt den Atem an. Sie betete, daß die Antwort der Frau zu ihren Gunsten ausfallen würde, damit wenigstens diese Sache nicht auf ihrem Gewissen lastete. Nun, soviel Glück hatte sie leider nicht.

»Miles hat meine Eskorte an jenem Tag begleitet. Ich hatte ihn vorher seit Monaten nicht gesehen und fast jede Hoffnung verloren. Als Ihr und Eure Männer jedoch nicht dort wart, um mich zu empfangen, konnte ich mein Glück gar nicht fassen – äh, ich meine – Miles und ich. Wir dachten, das wäre unsere letzte Chance –«

Isabella schwieg, sie errötete. Nach einem Moment fügte sie hinzu: »Es tut mir leid, Warrick, aufrichtig leid. Ich wollte Euch wirklich nicht verraten, mein Vater war nur einfach so erpicht auf eine Heirat mit Euch.«

Obwohl es frech, ja unmöglich war, konnte sich Rowena nicht verkneifen zu sagen: »Zu schade, daß er Warrick nicht selbst heiraten konnte.«

Sie hätte sich auf die Zunge beißen können, nachdem

ihr dies so herausgerutscht war. Über solche Dinge machte man einfach keine Scherze. Warrick würde es sicher nicht zu schätzen wissen und wütend auf sie sein. Isabella dachte jetzt ganz bestimmt, daß sie verrückt war. Doch dann brach Warrick in herzliches Lachen aus. Seine Augen fielen auf Rowenas überraschte Miene, und er mußte noch mehr lachen. Isabella war es, die das Ganze überhaupt nicht komisch fand.

»Wie könnt Ihr es wagen, Euch über diese Angelegenheit lustig zu machen?« herrschte sie Rowena an. »Mein Vater wird mich umbringen, wenn er –«

»Nicht, wenn Warrick den Verlobungsvertrag löst«, meinte Rowena.

Bei diesem Vorschlag blieb Warrick das Lachen in der Kehle stecken. »Gott im Himmel, das würde einen Krieg auslösen. Da ist's noch besser, sie bekommt die Prügel, die ihr auch zustehen, und ich versichere Lord Reinard, daß mich der Verlust meiner Braut nicht bekümmert.«

»Das bessert ihre verfahrene Lage aber nicht«, erinnerte sie ihn.

»Glaubst du etwa, daß mich ihre Probleme kümmern, törichte Maid?«

Rowena überging die Frage. »Die Verbindung war für Euch gut genug, Mylord. Sind Eure Töchter schon beide versprochen, oder kann vielleicht eine von ihnen den Heiratsvertrag an Eurer Stelle erfüllen – vorausgesetzt, in Isabellas Familie sind unverheiratete Söhne?«

Warrick schüttelte nachdenklich den Kopf.

»Los, geh an die Arbeit, Rowena, bevor du noch meine ganze Burg verschacherst. Diese Sache geht dich nichts an – abgesehen von der indirekten Schuld, die du an der Angelegenheit trägst, eine Schuld, die ich so rasch sicher nicht vergessen werde.«

»Aha.« Sie seufzte, unbeeindruckt von seiner Drohung. »Ich sehe schon, da kommt noch mehr Feuer aus des Drachen Schlund –«

»Geh!« rief er, doch sein Gesichtsausdruck war keineswegs finster. Tatsächlich sah es eher aus, als ob er sich Mühe gab, ein Grinsen zu unterdrücken.

Sie lächelte ihn an, und bevor sie die Tür hinter sich zuzog, hörte sie Lady Isabella sagen: »Das war ein ausgezeichneter Vorschlag, Warrick.«

»Es überrascht mich nicht, daß Ihr so darüber denkt, Lady Isabella, würden doch auf diese Weise all Eure Probleme auf einen Schlag gelöst. Aber ich komme nicht zu dem Sohn, den ich mir erhofft habe.«

Rowena wartete nicht erst, bis Isabella sich erneut in Entschuldigungen erging. Sie fragte sich vielmehr, ob ihr Kind ein Junge oder ein Mädchen werden würde. Ein Sohn wäre schön als Erstgeborener, doch auch *Warrick* wünschte sich einen Sohn, und die Frage war, ob ihr ein Sohn den erhofften Heiratsantrag einbringen würde, oder den sicheren Verlust ihres Kindes.

31. Kapitel

Warrick hatte keine Ahnung, was Rowena mit ihrem veränderten Verhalten bezweckte, doch er hatte bereits beschlossen, daß es ihm egal war. Was er mit ihr vorhatte, würde sich dadurch keineswegs ändern – nun, höchstens vielleicht ein wenig, denn er hatte nun nicht länger den Wunsch, sie leiden zu lassen. Auch ihre humorvolle Art die sie seit neuestem an den Tag legte, war eine angenehme Überraschung für ihn. Da sie in Kirkburough so ernst und entschlossen gewirkt hatte, hatte er nie vermutet, daß auch eine verspielte Seite in ihr steckte.

Kirkburough – das war sicher nicht ihre Stadt, würde es nun auch nie mehr werden. Zum ersten Mal fragte er sich, wer Rowena wirklich war und woher sie kam.

»Hast du schon mit der Dame wegen Emma gesprochen?«

Warrick wandte den Blick von seinen Männern, die er soeben bei ihren Übungen beobachtet hatte. Sie erprobten ihre Geschicklichkeit im Kampf gegen Sheldons Ritter. Einen Moment lang wußte er nicht, was Sheldon meinte – bis er sah, in welche Richtung Sheldon blickte. Rowena überquerte gerade den Zwinger auf dem Weg zum Waschhaus. In den Armen trug sie einen riesigen Haufen Wäsche. Sie war nicht leicht zu übersehen mit ihrem blonden Haar, das sie zu einem dicken Zopf geflochten hatte, der jetzt golden in der Sonne leuchtete. Und ihr rotes Unterkleid, das nur am Hals, an den Ärmeln und am Saum sichtbar war, bildete einen auffälligen Kontrast zu dem armseligen Wams, das sie darübertrug. Nein, man konnte sie beim besten Willen nicht für eine der Dienerinnen halten. Es war schon fast lächerlich, sie als solche zu bezeichnen, doch er würde dies auch weiterhin tun, egal, was die anderen in ihr auch sehen mochten.

Es ärgerte ihn jedoch, daß er völlig vergessen hatte, sie von ihrer neuen Aufgabe in Kenntnis zu setzen. Offensichtlich drehten sich seine Gedanken nur um das eine, sobald er in ihre Nähe kam.

»Aufgrund der ganzen Sache mit Isabella bin ich einfach noch nicht dazugekommen –«

»Brauchst gar nichts mehr zu sagen«, unterbrach Sheldon seine tatsächlich etwas lahme Ausrede. »Es ist wirklich ein Skandal, wie man dich in dieser Familie behandelt hat. Dieser Miles muß verrückt sein, wenn er glaubt, dir ungestraft die Braut stehlen zu können. Der Tod ist noch zu gut für ihn. Wirklich, es ist eine Schande. Ich kenne seinen Vater und –«

»Gott im Himmel, Sheldon, setz mir nicht Gedanken in den Kopf, die mir überhaupt noch nicht in den Sinn gekommen sind.«

Sheldon starrte ihn baß erstaunt an. Warrick wurde rot bis in die Haarwurzeln. »Du willst doch damit nicht etwa sagen, daß du den Jungen tatsächlich am Leben läßt – nach all dem, was er dir angetan hat? Du, der Rächer des Nordens? Bist du krank, Warrick?«

Warrick runzelte finster die Stirn, denn er wußte, daß die Sorge seines Freundes ernst gemeint war. »Ich habe mich in keiner Weise geändert, verdammt noch mal. Es macht mir einfach nicht allzuviel aus, Isabella verloren zu haben. Außerdem kommt trotzdem eine Verbindung zwischen unseren Familien zustande, da ich Beatrix an meiner Statt versprochen habe. Lord Reinard ist mit diesem Lösung ebenso zufrieden wie ich. Ich habe also nichts verloren außer Isabella, deren Herz ohnehin schon vergeben war und die mir deshalb nichts als Kummer bereitet hätte. In Wirklichkeit sollte ich Miles Fergant für seine Tat dankbar sein.«

Wieder starrte ihn Sheldon fassungslos an, so daß Warrick knurrte: »Wie steht es mit deinem Schwert, mein Freund? Ebenso eingerostet wie meins während der letzten paar Wochen?«

Sheldon lachte. »Wie könnte ich es wagen, eine derart liebenswürdige Einladung abzulehnen?«

»Würde ich dir auch nicht geraten haben.«

»Dann los«, meinte Sheldon und zog sein Schwert. »Vergiß nur nicht, daß du dem kleinen Fergant vergeben hast. Das letzte Mal, als ich den Sündenbock für einen deiner Feinde spielen mußte, konnte ich anschließend zwei Wochen lang das Bett nicht mehr verlassen.«

Warrick zog eine Braue hoch, während er ebenfalls sein Schwert zog. »Jedesmal, wenn du die Geschichte zum besten gibst, wird die Genesungszeit länger. Willst du Mitleid oder eine nette kleine Übungsstunde?«

»Der Tag, an dem du jemandem ›eine nette kleine Übungsstunde‹ gibst,...«

Sheldon konnte den Satz nicht beenden, denn Warrick hatte den ersten Ausfall gemacht. Das Geräusch ihrer sich kreuzenden Klingen vermischte sich mit dem Schlachtengetümmel der anderen. Es dauerte jedoch nicht lange, bis die beiden die einzigen auf dem Kampfplatz waren, da die anderen Männer alle ihr Training aufgaben und zusahen. Auch Rowena beobachtete das Schauspiel durch die offene Tür des Waschraums. Vergessen war die Wäsche, die sie eigentlich hatte waschen wollen. In der Nähe des Burgtors stand ein Bote, der soeben eingetroffen war. Er zögerte jedoch, die Nachricht seines Herrn zu überbringen, nachdem man ihn an die zwei heißblütigen Kämpfer verwiesen hatte, die soeben mit beträchtlicher Gewalt aufeinander einhieben.

Hoch oben auf einer der Burgzinnen stand Beatrix und

beobachtete ihren Vater. Sie hoffte, er würde stolpern oder einen unüberlegten Schlag führen und sich blamieren. Sie hatte heute schon zwei ihrer Dienerinnen geohrfeigt und ihre geliebte Melisant zum Weinen gebracht, so wütend war sie auf Warrick.

Für Beatrix war es eine Riesenenttäuschung gewesen, als sie von der Ankunft Lady Isabellas erfahren hatte, wo sie doch insgeheim bereits gehofft hatte, sie würde nie wieder auftauchen. In diesem Moment hatte sie das Schlimmste befürchtet – eine baldige Hochzeit zum Beispiel –, doch was am Ende herausgekommen war, nämlich, daß nicht ihr Vater heiraten würde, sondern sie, das hätte *sie* sich in ihren schlimmsten Träumen nicht ausgemalt. Heiraten – und noch dazu in *diese* Familie! Die Malduits mochten für ihren Vater vielleicht gut genug sein, sie jedoch hatte sich etwas mehr erhofft, mehr Macht, mehr Reichtum, einen höheren Titel, zumindest den eines Earls. Aber was bekam sie statt dessen? Einen mickrigen Jungen, einen Knaben, der gerade erst Ritter geworden war, und der auf Jahre hinaus keine Aussicht hatte, den Titel seines Vaters zu erben. Nicht einmal ihre eigene Burg würde sie haben, nein, sie müßte bei ihrem Schwiegervater leben. Das alles war einfach unerträglich – und nur, weil *er* es so wollte. Aber das würde ihm schon noch leid tun – dafür würde sie höchstpersönlich sorgen. Daß er die Unverschämtheit besaß, ihr das zuzumuten...

Warrick richtete sich langsam wieder in sitzende Position auf. Sein Stolz schmerzte mehr als sein Hinterteil. Sheldon stand über ihm und lachte. Aus gutem Grund. Noch nie in seinem Leben hatte sich Warrick übertölpeln lassen wie ein frischgebackener Knappe, der sein erstes Holzschwert in Händen hält. Zum Teufel mit dieser flachsblonden Maid und ihrem auffälligen roten Unterkleid, ganz zu schweigen von dem aufreizenden Körper, den es verhüllte. Er hatte nicht mehr gesehen als einen Schimmer dieses Rots, doch genug, um seine Augen in diese Richtung zu lenken – und genug, damit Sheldon einen Schlag führen konnte, der Warrick glatt auf den Rücken legte. Und nun stand sie dort drüben und starrte ihn an, wie er in dieser unwürdigen Position verharrte; sie sah aus, als sei sie um sein Wohlergehen besorgt, wo sie doch höchstwahrscheinlich ebenso mit dem Lachen kämpfte wie Sheldon.

»Dir ist doch sicherlich klar«, meinte Sheldon, »daß mein Ruhm und meine Geschicklichkeit, mit der ich den Drachen zu Boden gehen ließ, bald über das ganze Land –«

»Fahr zur Hölle«, brummte Warrick und rappelte sich auf die Füße. Dann fügte er mit einem gezwungenen Lächeln hinzu: »Oder noch besser: Willst du's nochmal versuchen?«

Sheldon winkte, immer noch grinsend, ab. »Vor dir steht kein Dummkopf, mein Freund. Ich werde meine Lorbeeren nehmen und mich weise zurückziehen, während –«

»Ein Bote, Mylord«, unterbrach Warricks Verwalter.

Warrick wandte sich ungehalten an den Boten. Mit einem Blick stellte er fest, daß der Mann viel zu sauber war, um eine allzu lange Reise hinter sich zu haben. Wortlos nahm er die Papierrolle und brach das Siegel. Seiner unbewegten Miene war nicht zu entnehmen, ob er den Absender kannte oder nicht.

Der Bote hielt sich bereit, die Worte zu wiederholen, die man ihm aufgetragen hatte, doch das war nicht nötig, der Lord von Fulkhurst las die Botschaft selbst – oder tat zumindest so, dachte der Bote grinsend. Er nahm dies an, da der Lord seiner Meinung nach nicht gebührlich auf die Herausforderung seines Herrn reagierte. Auch war er nicht länger nervös, nachdem er gesehen hatte, wie ungeschickt der Lord von Fulkhurst sich im Kampfe verhielt. Der gefürchtete Drache des Nordens war offensichtlich auf seine Männer angewiesen, um die Schlachten zu gewinnen.

Als Warrick ihn jedoch mit seinen eisigen, grauen Augen anblickte, war er sich keineswegs mehr sicher. Der berühmte Drache hatte wahrhaftig einen grausamen Blick, verdammt, das war nicht zu leugnen.

»Wenn Euer Herr wirklich so wild darauf ist zu sterben, dann werde ich mich seinem Wunsch gerne fügen, doch erst dann, wenn es *mir* paßt, nicht früher und nicht später. Meine Antwort wird Euch noch heute abend mitgeteilt.« Mit einem Wink entließ Warrick den Mann.

Er war kaum außer Hörweite, als Sheldon auch schon mit hochgezogener Braue fragte: »Kenne ich deinen Gegner?«

»Das nicht, aber du hast sicherlich schon von ihm gehört. Es ist d'Ambray, und er hat seine Taktik geändert. Er wünscht, mich in zwei Tagen in Gilly Field zu treffen, um unseren Streit im Zweikampf zu entscheiden.«

Sheldon pfiff erstaunt durch die Zähne. »Der Mann muß ebenso dumm sein wie sein Vater, wenn er glaubt, wir wüßten nicht, daß Gilly Field eine Mausefalle ist. Ich habe gehört, daß er Walter Belleme, dem früheren Lord von Tures dieselbe Herausforderung überbringen ließ. Belleme war leichtsinnig genug, anzunehmen und hinauszureiten. Er geriet prompt in einen Hinterhalt und wurde ermordet. Auf die Weise haben die d'Ambrays Tures und alles, was dazugehört, in die Hände bekommen.«

»Das ist mir bekannt«, erwiderte Warrick. »Und diese Beute habe ich ihm bereits wieder entrissen. Ich habe sogar schon mit dem Gedanken gespielt, ihm den Frieden zu gewähren, um den er ersucht hat – nachdem er die Feste Ambray an mich abgetreten hat, versteht sich.«

»Das ist also dein nächstes Ziel, seine Burg?«

»Genau. Doch offensichtlich habe ich schon zu lange gezögert. Lange genug, um ihn so übermütig werden zu lassen, daß er denkt, ich würde auf seinen betrügerischen Plan hereinfallen.«

»Kann sein. Aber du mußt zugeben, Warrick, daß du wahrhaftig nicht so leicht abzuschütteln bist, wenn du dich einmal entschlossen hast, einen Gegner zu vernichten. Es ist wohlbekannt, daß keiner dem Drachen auf den Schwanz tritt, ohne eine gehörige Abreibung dafür zu bekommen. Mehr als einer hat schon Mord anstelle eines fairen Kampfes in Betracht gezogen, weil du anders nicht zu besiegen bist, besonders, da Stefan keinen Finger rührt, seinen Getreuen gegen dich beizustehen.«

»Warum sollte er? Die Hälfte meiner Feinde sind auch

die seinen, und er ist sicherlich erfreut darüber, daß ich die Dreckarbeit für ihn erledige.«

»Das stimmt«, meinte Sheldon und fragte dann neugierig: »War es dir ernst damit, Ambray nicht vollständig zu zerstören?«

Warrick zuckte nur mit den Schultern und blickte zu der Stelle, an der Rowena eben noch gestanden hatte. »Vielleicht habe ich den dauernden Krieg ja satt. Viel zu viele Dinge habe ich deshalb schon vernachlässigt. Meinen Töchtern zum Beispiel fehlt es an der richtigen Führung, meine Ländereien kenne ich kaum. Gott im Himmel, ich bin den ganzen Weg über Seaxdale nach Tures geritten, ohne zu wissen, daß es zu meinen Lehnsgütern gehört. Und ich habe immer noch keinen Sohn –«

»O ja, und jetzt bist du schon so alt, daß es fast zu spät ist, um –«

»Fahr zur Hölle, Sheldon.«

Der ältere Mann kicherte, bevor er, wieder ernst geworden, fortfuhr: »Die Sache mit Isabella tut mir leid. Ich weiß, daß du sie dir zur Frau gewünscht hast.«

Warrick fegte seinen Einwand mit einer Handbewegung beiseite. »Ja, eigentlich sollte ich wütend sein auf sie und auf ihren Vater, der sie zu einem Verrat gezwungen hat, obwohl er genau wußte, daß ihr Herz schon längst einem anderen gehörte. Statt dessen fühle ich mich, tja, fast erleichtert, noch dazu, wo mir jetzt klar ist, daß sie gar nicht so gut zu mir gepaßt hätte, wie ich ursprünglich dachte.«

»Vielleicht hast du ja schon einen Ersatz für sie im Auge?«

Warrick brauchte einen Moment, bis ihm klar wurde, auf wen Sheldon anspielte, doch dann runzelte er die Stirn. »Nein, da täuscht du dich. Nie im Leben würde es mir einfallen, die kleine Dirne soweit zu ehren, ihr die –«

»O ja, das würdest du – vorausgesetzt, sie schenkt dir den gewünschten Sohn.«

Ein Bild erschien vor Warricks Augen: Rowena mit einem Kind im Arm. Es erfüllte ihn mit solcher Sehnsucht, daß ihn ein Zittern überlief. Doch seine Prinzipien, Prinzipien, die seit seinem sechzehnten Lebensjahr galten, verboten ihm nun einmal, jemanden seiner Rache entkommen zu lassen, ganz zu schweigen, ihn am Ende auch noch zu belohnen.

Er schüttelte entschieden den Kopf. „Es ist einfach undenkbar, daß –«

Doch Sheldon hob abwehrend die Hand. »Sag jetzt lieber nichts, was zu halten du am Ende gezwungen wärst.« Und bevor Warrick darauf noch etwas sagen konnte, fügte er hinzu: »Ich sehe dich heute abend, mein Freund.«

Warrick starrte Sheldon mit finsterstem Gesicht nach. Es hatte Zeiten gegeben, in denen er bereut hatte, außer Sheldon keine Freunde zu haben. Sheldon kannte ihn schon von Kind an, noch vor der Zeit also, als seine Familie hingemetzelt worden war, und er verstand Warrick und was in ihm vorging. Doch es hatte auch Zeiten gegeben, in denen er wußte, daß es besser war, überhaupt keine Freunde zu haben – so wie jetzt zum Beispiel.

32. Kapitel

Warrick war nicht gerade in bester Stimmung, als er an diesem Nachmittag den Palas betrat. Und da war ja noch Emma, deren Anblick ihn daran erinnerte, daß er sich immer noch nicht um ihre Erziehung gekümmert hatte. Er rief sie daher sogleich zu sich, als er vor dem Kamin Platz genommen hatte. Er und sie waren die einzigen, die sich in der Halle aufhielten. Er winkte ihr, sich in einen der Stühle an seiner Seite zu setzen, die normalerweise nur seinen Töchtern vorbehalten waren. Sie sah verwirrt und gleichzeitig wachsam aus, als sie seinem Wunsch nachkam. Warrick wurde klar, daß sie sich genausowenig als Familienmitglied betrachtete wie er – bisher zumindest.

Es störte ihn nicht, sie nun als solche zu sehen. Bastarde waren nun mal nichts Ungewöhnliches in dieser Zeit, und nur wenige schafften es, dem Stigma ihrer unehelichen Herkunft zu entkommen oder auch nur der Leibeigenschaft, außer sie hatten adelige Väter – oder keine legitimen Geschwister.

Emma war, so weit ihm bekannt, sein einziger Bastard, wenn man das Kind in Rowenas Leib einmal nicht mitrechnete. Obwohl sie bereits an die sechzehn Lenze zählen mußte, hatte er erst vor ein paar Jahren von ihrer Existenz erfahren. Wahrscheinlich hätte er sich mehr um sie gekümmert, wenn er mehr Zeit gehabt hätte. Doch da er, seit er von ihr wußte, fast nie Zuhause war und kaum mehr als den Krieg im Kopf gehabt hatte, war sie immer irgendwie vergessen worden – bis jetzt.

Er starrte sie an und merkte nun, was Sheldon wie von selbst gesehen hatte: daß sie ihm in der Tat viel ähnlicher war als seine anderen beiden Töchter zusammengenommen. In ihrem Gesicht lag Stärke, Willenskraft und Würde – Eigenschaften, die den anderen beiden fehlten. Selbst ihre Augen- und Haarfarbe entsprach der seinen, außer, daß sein Blick eisig sein konnte, und es die meiste Zeit auch war, während der ihre eine Wärme besaß, die ihren Zügen eine ganz besondere Art von Schönheit verlieh.

Er merkte überdies, daß sie unter seinem forschenden Blick keineswegs zitterte. Hätte er Melisant derart lange und wortlos angestarrt, sie wäre in Tränen ausgebrochen. Und Beatrix hätte sich wahrscheinlich lang und breit für Dinge entschuldigt, von denen er gar nichts ahnte und noch bevor er irgendwelche Anschuldigungen geäußert hätte. Emma saß jedoch einfach nur ruhig da und erwiderte seinen Blick, obwohl sie sich keineswegs wohl fühlte dabei. Mut hatte sie also auch, was ihn noch mehr überraschte. Vielleicht war sie am Ende ja doch die Richtige für den jungen Richard.

Warrick dachte gar nicht daran, mit Diplomatie an die Sache heranzugehen. Seine ersten Worte waren, »Sheldon de Vere hat einen Sohn, der dich haben will.«

»Ist es Richard, den Ihr meint?«

Er nickte. »Wußtest du von seinen Absichten?«

»Nein, nichts.«

»Aber du wirst doch wohl ein paarmal mit ihm gesprochen haben, sonst hätte er schließlich nicht ausdrücklich nach dir verlangt.«

»Er hat mich jedesmal, wenn er mit seinem Vater herkam, aufgesucht.«

»Zweifellos, um sich ein paar Küsse zu stehlen«, schnaubte Warrick. »Bist du immer noch Jungfrau, Mädchen?«

Die Röte schoß ihr in die Wangen, doch sie wandte den Blick nicht von ihm ab. Ihre Mundwinkel zogen sich ein klein wenig nach unten, als sie erwiderte: »Kein Mann hier würde es auch nur wagen, mich anzusehen, aus Furcht vor Euch.«

Warrick grinste, als er merkte, wie traurig sie darüber war. »Es freut mich, das zu hören. Richard zweifellos noch viel mehr. Doch bevor ich ihm meine Zustimmung erteile, mußt du eine Menge lernen, damit du keine Schande über seine Familie bringst.«

Sie starrte ihn fassungslos an. »Ihr beabsichtigt also, mich in den Künsten einer Hure zu *unterrichten*?«

Er runzelte die Stirn. »Wie kommst du um Gottes willen auf so etwas?«

»Ihr sagtet, er will mich, und Ihr beabsichtigt, mich ihm zu geben. Wenn nicht als Mätresse, als was dann?«

Warricks Lippen verzogen sich vor Abscheu – vor sich selbst. »Ich denke, ich kann dir nicht verübeln, daß du so etwas vermutet hast. Er will dich zur Frau, mein Kind – das heißt, *falls* du lernst, dich wie eine Lady zu benehmen.«

»Zur Frau?« Ihre Lippen formten die Worte lautlos, so überrascht war sie. Doch als ihr die Tragweite seiner Aussage richtig klar wurde, strahlte sie übers ganze Gesicht. Lachend meinte sie: »Sir Richards Frau?«

»Falls –«, meinte er nochmals wiederholen zu müssen, doch davon wollte sie nichts wissen.

»Da gibt es kein ›falls‹, Mylord. Was immer ich zu lernen habe, *werde* ich auch lernen, zweifelt nicht daran.«

Zum ersten Mal in seinem Leben war Warrick stolz auf eines seiner Kinder. Er hätte nicht gedacht, daß er dieses

Gefühl für eine Tochter hegen könnte. Er zweifelte nicht an ihrer Entschlossenheit. Was ihre Fähigkeiten anging, mußte man warten.

Um ihretwillen wünschte er sich, sie möge Erfolg haben. Aus diesem Grund zögerte er nun, Rowena diese Aufgabe zu übertragen. Nicht etwa, weil er noch irgendwelchen Groll gegen sie hegte, sondern wegen all der Dinge, die er ihr angetan hatte und derentwegen sie ihn vielleicht immer noch haßte. Er hatte nichts getan, das sie nicht verdient hätte, das stimmte, doch den Gehirnwindungen einer Frau war einfach nicht zu trauen. Die Möglichkeit bestand nun mal, daß sie Emma absichtlich falsch unterrichtete, nur um es ihm heimzuzahlen.

»Lady Roberta wäre die nächste Wahl«, meinte er nachdenklich, doch bevor er noch ausführen konnte, warum sie trotzdem nicht geeignet war, unterbrach ihn Emma.

»Das würde nicht gutgehen«, meinte sie, und sie strahlte ein bißchen weniger. »Sie verachtet mich, und – und ich bin nicht sicher, ob sie mehr kann als nur sticken. Es scheint das einzige zu sein, womit sie sich beschäftigt –«

Warricks Kichern ließ sie innehalten. »Gegen eine gute Stickerei ist nichts zu sagen, doch ich habe die Dame nur deshalb in Betracht gezogen, weil sie bereits mit einer solchen Aufgabe betraut ist und deshalb ideal wäre – dennoch muß ich dir zustimmen, daß sie sich weigern würde, dich zu unterrichten. Die andere Möglichkeit wäre, denke ich, Rowena. Sie könnte dir sicher helfen, wenn du sie nur darum bittest.«

»Aber sie hat jetzt schon so viele Pflichten –«

Sie beendete ihren Satz nicht, denn er hatte schon wieder die Stirn gerunzelt. Bis jetzt war ihm nicht klar gewesen, daß er die Maid vielleicht überfordert hatte. Rowena bestritt, daß es ihr zuviel war – noch jedenfalls. Und wenn sie ihn nun belogen hatte? Was wußte er schon über Diener und über ein normales Arbeitspensum? Noch nie hatte er jemanden befehligt, außer seine Soldaten. Nun, da er daran dachte, fiel ihm auch ein, daß Mistress Blouet ihn so seltsam angesehen hatte, als er aufzählte, was Rowena in Zukunft alles zu tun habe. Alles, woran er damals gedacht hatte, war, ihr Aufgaben zu übertragen, die sie am meisten verabscheuen würde, da sie denen einer Ehefrau am ähnlichsten waren. Sie darüber hinaus auch noch ins Webzimmer zu stecken, war ihm nur deshalb eingefallen, damit es nicht so aussah, als würde sie nur ihm allein dienen.

»Ihre anderen Pflichten werden etwas erleichtert, damit sie genügend Zeit hat, sich dir zu widmen – das heißt, wenn sie einwilligt.«

»Ich wäre ihr wirklich dankbar für ihre Hilfe, doch solltet nicht Ihr derjenige sein, der sie darum bittet?«

Warrick knurrte mißbilligend. »Mir würde sie bestimmt keinen Gefallen tun, Emma. Und wenn ich darauf bestehen würde –«. Er seufzte. »Es soll dir genügen zu wissen, daß du mit einer Bitte mehr erreichen würdest, als ich mit einem Befehl.« Da fiel ihm ein, daß seine Tochter nicht ein einziges Mal die Wahl ihrer Lehrerin in Zweifel gezogen hatte. »Wußtest du denn, daß sie eine Dame war?«

Nun war es an Emma, die Stirn zu runzeln. »Sie ist es immer noch. So etwas könnt Ihr ihr nicht einfach absprechen, bloß weil ihr –« Sie errötete und fügte hastig hinzu: »Es tut mir leid, Mylord. Hätte das etwa niemand wissen sollen? Wir haben uns schon gefragt, warum Ihr sie so behandelt, aber das ist wohl Eure Sache.«

Der Vorwurf in ihrer Stimme ließ ihn knurrend erwidern: »Du sagst es – meine Sache, die niemanden etwas angeht. Denk also nicht weiter darüber nach.«

Er wußte jedoch, noch bevor er geendet hatte, daß es die uneingestandene Schuld war, die seinem Ton eine solche Barschheit verlieh. Zum Teufel, jetzt rief Rowena auch noch Schuldgefühle in ihm wach, wo er doch ohnehin schon nachgiebiger mit ihr war, als sie es verdient hatte. Ganz besonders, wenn er daran dachte, *was* er alles von ihr hätte fordern können – nicht mehr und nicht weniger als ihr Leben! Nein, er würde sich jetzt ganz sicher nicht deswegen schuldig fühlen.

Wenn man vom Teufel spricht – genau in diesem Augenblick kam Rowena aus der Küche herauf und zog wieder einmal umgehend seine Aufmerksamkeit auf sich mit ihrem verdammten roten Unterkleid. Insgeheim schwor er, er würde es bei passender Gelegenheit verbrennen. Auch sie bemerkte ihn sofort, und daraufhin drehte sie sich sogleich um – verschwand dort, wo sie hergekommen war. Nun rannte sie also schon vor ihm davon? Nun, vielleicht dachte sie ja, daß dies ratsam wäre nach den Albernheiten, die sie sich heute morgen vor Isabella geleistet hatte.

Jetzt, da er sie gesehen hatte, wußte er, daß er sich nicht länger auf Emma würde konzentrieren können, und entließ sie mit der Anweisung, mit ihrer Bitte an Rowena zu warten, bis er am Morgen fortgeritten war. Auf diese Weise bliebe es ihm erspart, Anweisung zu erteilen, was Rowenas Pflichten anbetraf; das würde in seiner Abwesenheit einfach so geschehen. Bis zu seiner Rückkehr – nachdem er d'Ambray getötet hatte, also – würde sich ja wohl alles so eingeschliffen haben, daß er den Dingen nur noch ihren Lauf zu lassen brauchte.

Sobald Emma verschwunden war, tauchte Rowena wieder auf. Sie kam mit einem Krug Bier in der einen und einem Becher in der anderen Hand auf ihn zu. Wieder einmal schaffte sie es, ihn mit ihrer offensichtlichen Bereitschaft, ihm ungefragt zu Diensten zu sein, zu erstaunen. Oder dachte sie vielleicht, etwas wiedergutmachen zu müssen? Ja, das war's wahrscheinlich, und recht hatte sie. Himmel und Hölle, die Dirne hatte ihn gebissen, ohne auch nur einen Gedanken daran zu verschwenden, wie er wohl darauf reagieren mochte. Und ein Liebesbiß war es auch nicht gerade gewesen. Die Stelle, in die sie ihre kleinen, scharfen Zähne geschlagen hatte, tat ihm immer noch weh. Ihren Mut, ihre Frechheit – die mußte er einfach bewundern, ja, verdammt noch mal. Doch das durfte sie auf keinen Fall wissen. Sie…

…blieb auf halbem Weg abrupt stehen, den Blick in die andere Richtung gewandt. Warrick blickte sich um, um zu sehen, was sie abgelenkt hatte, doch es war nur Beatrix, die zusammen mit einer Dienerin den Palas betreten hatte. Als er wieder zu Rowena blickte, sah er, daß sie zuerst bestürzt, dann resigniert wirkte. Wieder sah er zu

Beatrix hinüber und runzelte die Stirn, denn er konnte sich einfach nicht denken, warum Rowena so reagiert hatte. Und da fiel ihm plötzlich das himmelblaue Wams auf, das seine Tochter trug, ein Gewand, das viel zu schick war für ein Mädchen ihres Alters und außerdem nicht ihrem üblichen Kleiderstil entsprach. Es war vorne tief ausgeschnitten, wahrscheinlich um eine kostbare Bluse darunter zur Schau zu stellen. Das unscheinbare Ding, das Beatrix dazu trug, paßte ganz offensichtlich nicht zu dem Übergewand.

Nun wußte er also, was Rowena so traurig gemacht hatte, und er wünschte, er hätte es nicht gesehen. Es war ihr Kleid, das für die kleinere Beatrix gekürzt worden war. Doch wo war sie nun, die Genugtuung, auf die er sich so gefreut hatte, als er entschied, ihre Kleider wegzugeben, um damit ihren Stolz und ihr Selbstwertgefühl zu verletzen? Im Augenblick fühlte er alles andere als Genugtuung. Sein Vorhaben war geglückt. Es hatte sie tatsächlich getroffen, daß eine andere ihre Kleider trug. Und nun hatte er das Bedürfnis, Beatrix das Kleid vom Leib zu reißen und es Rowena zurückzugeben – was er natürlich nicht tun konnte.

Zum Teufel noch mal, es gefiel ihm ganz und gar nicht, daß er sich zu solchen Gefühlen hinreißen ließ. Das Schuldgefühl ging ihm langsam auf die Nerven, das alles war doch eine perfekt geplante und inszenierte kleine Rache gewesen, oder? Gerade deshalb herrschte er Rowena an, als sie schließlich vor ihn trat: »Ich bin ausgesprochen unzufrieden mit dir, Maid.«

In ihren Augen flackerte es einen Moment lang, bevor sie munter erwiderte: »Das kann ich sehen, mein Gebieter. Euer Gesichtsausdruck ist beredt, wie immer.«

Sein Gesicht verfinsterte sich noch mehr. »Und dennoch zitterst du nicht vor mir.«

Sie zuckte die Schultern und stellte das Bier vor ihn hin. Sie schenkte ihm nicht ein, wie sie dies eigentlich vorgehabt hatte. »Ihr weist mich ja oft genug auf meine Dummheit hin.«

»Oder Schläue«, sagte er säuerlich.

Darüber mußte sie lachen. »Wie Ihr wünscht, Mylord. Ich bin da sehr flexibel.«

»Wir werden sehen, wie flexibel du bist, wenn wir über deine letzten Unverschämtheiten heute morgen sprechen. Vielleicht hast du schon gedacht, ich würde dein unmögliches Verhalten vor Lady Isabella vergessen. Du hast mich *gebissen*, Dirne.«

Rowena machte einen tapferen Versuch, ein Grinsen zu unterdrücken, doch vergebens. »Habe ich das wirklich?«

»Du weißt ganz genau, daß du's getan hast. Außerdem hast du mir nicht gehorcht.«

Das klang schon bedrohlicher, also meinte sie bissig: »Was auch gut war. *Ihr* wolltet, daß die Dame mich in Eurem Bett vorfindet, doch mich hätte das in ziemliche Verlegenheit gebracht.«

»Das spielt doch wohl keine –«

»Aha«, unterbrach sie schnippisch. »Dann werde ich jetzt also nicht nur zur Strafe gedemütigt, sondern immer dann, wenn es Euch paßt.«

»Leg mir keine Worte in –«

Wieder unterbrach sie ihn. »Nein, laßt nur, ich verstehe schon.«

Sie wirbelte herum, um zu gehen, doch er erwischte ihren Zopf, als er an seinem Gesicht vorbeiflog. Er zog langsam daran, so daß sie gezwungen war, sich vorzubeugen, bis ihre Köpfe sich fast berührten.

»Entrüstung steht einer Leibeigenen nicht zu«, sagte er leise warnend. »Oder hast du etwa vergessen, daß du meine Sklavin bist?«

Sie wartete einen Atemzug lang, bevor sie flüsterte: »Nie würde ich vergessen, daß ich Euer bin, mein Gebieter.«

In ihren mandelförmigen, saphirblauen Augen lag soviel Unausgesprochenes, daß sich – nicht zuletzt wegen ihrer gehauchten Worte – sein Geschlecht regte und zu voller Größe anschwoll. Er fragte sich, ob sie das absichtlich tat – oder ob sie überhaupt wußte, was für eine Wirkung sie auf ihn ausübte. Wären sie nur allein gewesen, sie hätte es sehr schnell gemerkt.

Er ließ ihren Zopf los, denn er brauchte Abstand, um sich nicht vollkommen zum Trottel zu machen, indem er sie hier und jetzt packte und in sein Bett trug. Sie wich keineswegs zurück, wie er erwartet hatte, sondern streichelte mit den Fingern leicht über seinen Handrücken.

»Darf ich Euch um einen Gefallen bitten, Mylord?«

Er versteifte sich, denn ihm fiel ein, wie Celia immer so lange gewartet hatte, bis er derart scharf auf sie war, daß er ihr keine Bitte abschlagen konnte. Dennoch meinte er: »Frag.«

Sie beugte sich noch näher zu ihm und flüsterte dicht an seinem Ohr: »Ihr habt dies zu einer meiner Pflichten gemacht, doch was ich wirklich will, ist Euren Körper ganz mit Muße zu erforschen – so wie früher schon einmal. Wollt Ihr Euch für mich hinlegen, ohne Ketten, so daß ich Euch berühren und streicheln kann, wo und wie immer ich will?«

Er rang nach Luft. Alles hatte er vermutet, einschließlich, daß sie ihn bitten würde, sie freizulassen, doch ganz sicher nicht, daß sie *ihm* Vergnügen bereiten wollte. Er würde doch noch einen Trottel aus sich machen, denn er begehrte sie nun so sehr, daß er fast explodierte.

Er wollte aufstehen, doch ihre Hand legte sich auf seine Schulter, und sie fügte hinzu: »Aber doch nicht gleich jetzt – ich dachte später, wenn Ihr beschlossen habt, daß Ihr mich noch einmal wollt.«

»Dirne, hast du etwa gedacht, mir solche Dinge ins Ohr flüstern zu können, ohne daß ich sogleich –«

»Ich versuche nicht, Euch ins Bett zu locken«, versicherte sie rasch.

»Wirklich nicht?«

Eine sanfte Röte stieg in ihre Wangen. »Ich – ich habe gedacht, heute abend, wenn es dunkel ist –« Der Rest blieb unausgesprochen.

Warrick, der es fast nicht mehr aushielt vor Sehnsucht, und sich mit einem einzigen, harten Stoß in ihr vergraben wollte, verstand sie, auch wenn er wünschte, es wäre nicht so. »Ich vergesse manchmal, daß du noch Jungfrau warst. Gerade jetzt wünschte ich mir das Gegenteil, doch

– also geh, Maid, und laß dich ja nicht mehr blicken, bevor die Sonne untergegangen ist. Aber dann wartest du besser in meiner Kammer auf mich – und erwarte nicht, das Gewünschte zu erhalten, bevor ich dich nicht mindestens einmal, ja eher zweimal gehabt habe. Es kann sogar sein, daß du bis zum Morgengrauen keine Ruhe mehr vor mir hast.«

Jetzt überzog eine dunkle Röte ihr Gesicht. Sie nickte kurz und eilte davon. Ihre Abwesenheit kühlte seine Lust unglücklicherweise nicht, und das Unbehagen, das er in diesem Augenblick empfand, machte ihn wütend.

Zum Teufel mit dieser Maid, was hatte sie nur an sich, daß er so reagierte? Die verzehrende Lust hielt ihn in diesem Moment in ihren Klauen. Und dann war da noch dieses plötzliche Nachlassen seines Dranges nach Vergeltung, nach Rache an dem jungen Fergant, ja selbst an dem Herrn von Ambray, hinter dem er schon seit zwei Jahren her war. Hatte er sich langsam verändert, oder war auch das ein Ergebnis der Wirkung, die Rowena offensichtlich auf ihn ausübte?

Es schien tatsächlich so, als ob sie seine Gedanken so beherrschte, daß für nichts anderes mehr Platz war. Und dabei konnte er nicht einmal behaupten, daß es daran lag, daß sie seinen Zorn verdiente, denn er dachte gar nicht mehr an Rache. Selbst d'Ambrays Herausforderung interessierte ihn nun kaum noch, wohingegen er noch vor einem Monat die Gelegenheit freudig ergriffen hätte, seinem Feind von Angesicht zu Angesicht gegenüberzutreten. Er wollte dennoch morgen früh losreiten, um genau das zu tun, doch er empfand es eher als lästige Pflicht, denn als Vergnügen.

Und plötzlich wurde ihm klar, daß er ja tatsächlich am Morgen fortreiten und mehrere Tage nicht mehr zurückkehren und sie also so lange nicht sehen würde.

Er verließ den Palas und ging in die Richtung, in der Rowena verschwunden war. Sie würde ihren Gefallen später bekommen, ja, darauf bestand er. Doch ihm fiel einfach kein vernünftiger Grund ein, warum er bis Sonnenuntergang warten sollte. Es mochte ja sein, daß sie die Dunkelheit brauchte, um bestimmte Dinge mit ihm zu tun, doch er bevorzugte das Sonnenlicht, wenn er sich tief in sie hineinbohrte. So konnte er jede Regung in ihrem Gesicht ablesen, wenn sie unter ihm den Gipfel der Leidenschaft erreichte.

33. Kapitel

Er war gegangen und hatte sie nicht, wie sie schon befürchtet hatte, wieder in sein Verlies werfen lassen. Er hatte sie nicht einmal aufgeweckt am Morgen. Sie war ganz von allein wach geworden, und da war er bereits verschwunden gewesen.

Warrick hatte sich jedoch von ihr verabschiedet, daran konnte sie sich vage erinnern. Im Morgengrauen war er nochmals zu ihr ans Bett gekommen, hatte sie in seine Arme gerissen und zärtlich geküßt. Zärtlich? Ja, daran bestand kein Zweifel, denn ihre Lippen waren nach der vergangenen Nacht immer noch wund, dennoch hatte ihr dieser Kuß nicht wehgetan. Nachdem er sie vorsichtig aufs Bett zurückgelegt hatte, war sie fast sofort wieder eingeschlafen, weil sie viel zu erschöpft war, um sich um irgend etwas zu sorgen – und sei es auch seine Abreise.

Jetzt, wo sie wach war, dachte sie über diesen Kuß nach, der so ganz anders gewesen war als alle, die sie während dieser langen Nacht bekommen – und gegeben – hatte. Ihre geschwollenen Lippen waren Beweis genug, daß bei diesen anderen Küssen nicht sehr viel Zärtlichkeit im Spiel gewesen war.

Nicht, daß ihr das etwas ausgemacht hätte. Im Gegenteil, die Freude und die Lust, die sie gefühlt hatte, überwogen bei weitem diesen verhältnismäßig geringfügigen Schmerz. Warum Warrick wohl so unersättlich gewesen war? Doch sicher nicht deshalb, weil sie kühn ausgesprochen hatte, was sie mit seinem Körper tun wollte? Und dennoch – und dennoch hatte er sie nur kurze Zeit, nachdem sie ihn gestern nachmittag in der Halle verlassen hatte, gefunden und sie mit sich in seine Gemächer gezerrt, wo er ihr ohne weiteres die – Konsequenzen – ihrer kleinen Quälereien bewies.

Er begehrte sie so sehr, daß es nur Sekunden, nachdem sie sein Bett erreicht hatten, passiert war. Zuerst war es ein wenig schmerzhaft für sie, als er ohne Vorspiel mit einem mächtigen Stoß in sie eindrang, doch schon beim zweiten Mal war sie naß und bei seinem dritten hatte er sie mit seiner Glut so sehr angesteckt, daß auch sie den Verstand verloren und sich von den Wellen ihrer Lust forttragen ließ. Danach liebte er sie mit mehr Muße, doch mit derselben Heftigkeit wie zuvor. Und es war Liebe, die er ihr schenkte, ohne Zweifel, denn er gab mehr, als er nahm. Kein einziges Mal erwähnte er, was zwischen ihnen stand.

Irgendwann merkten sie dann, daß nicht nur ihre Körper hungrig waren, sondern auch ihre Mägen ihr Recht forderten. Warrick ging selbst, um den Koch zu wecken, was, wie sich herausstellte, unnötig war, denn vor der Tür zum Schlafzimmer fanden sie ein volles Tablett mit Speisen sowie ein für sie vorbereitetes Bad. Aber sowohl das Essen als auch das Bad waren bereits kalt...

Die Nacht war jedoch noch nicht vorüber, und weder Rowena noch Warrick hatten vergessen, was der Grund für diese Orgie der Sinnlichkeit gewesen war. Aber nicht bevor Warrick absolut sicher war, daß nur mehr ein Wunder seine Männlichkeit wieder zum Leben erwecken konnte, gewährte er ihr ihren Wunsch. Wie sich herausstellte, hatte er sich, was seine Ausdauer betraf, geirrt, denn er schaffte es nicht sehr lange, für sie stillzuhalten.

Zweimal hatte er es versucht, und jedesmal, wenn er schließlich die Beherrschung verlor, nahm er sie wie ein Besessener. Sie hatte an seinem Hals angefangen, hatte ihn mit ihren sanften Lippen gequält, war dann langsam nach unten gewandert, über seine Schultern, seine muskulösen Arme und quer über seine breite Brust. Sie wollte jeden Zentimeter seines herrlichen Körpers mit ihrer Zunge lecken, ihn an allen Stellen seines Körpers erschmecken und liebkosen. Doch sie war nicht weiter als bis zu seinem Bauch gekommen, als er sie schon wieder auf den Rücken warf und sich tief in ihr vergrub. Erst als er fast völlig erschöpft war, bekam sie schließlich das, was sie wollte. Selbst jetzt errötete sie in Erinnerung an ihre Kühnheit – und an die Laute der Lust, die sie ihm entlockt hatte.

Es erschien ihr nun wie ein Traum, fast konnte sie nicht glauben, wie anders, wie vollkommen verwandelt er gewesen war. Nicht ein einziges Mal in dieser Nacht hatte er sich von seiner grausamen Seite gezeigt. Jetzt, wo sie darüber nachdachte, überraschte es sie auch, wie oft sie ihn zum Lachen gebracht hatte. Diese Nacht würde sie nicht so schnell vergessen.

Was sie nicht wußte und nun, da er gegangen war, auch nicht so rasch herausfinden würde, war, ob dieser neue Warrick das erhoffte Ergebnis ihrer Verführungskünste war oder ob die Verwandlung nur vorübergehend anhielt. Er hatte zwar gesagt, daß er in weniger als zwei Wochen wieder da sein würde, doch selbst vierzehn Tage erschienen ihr unendlich lang. Sie konnte es kaum erwarten zu erfahren, ob Mildreds Plan funktioniert hatte. Nun, auch wenn er funktioniert hatte, konnte diese Trennung wieder alles zunichte machen. Vielleicht würde sie nach seiner Rückkehr sogar wieder von vorne anfangen müssen.

Rowena stand mit einem Seufzer auf und kleidete sich an. Sie war viel zu ungeduldig, das wußte sie, denn es war ziemlich unrealistisch, anzunehmen, den Drachen so schnell gezähmt zu haben. Eine Nacht machte noch lange keinen neuen Menschen aus ihm. Eine einzige Erinnerung an die drei berüchtigten Tage in Kirkburough genügten, um ihn wieder Feuer speien zu lassen. Trotzdem – sie hatte Fortschritte gemacht, daran bestand kein Zweifel. Bezweifeln konnte sie außerdem nicht, daß es keineswegs eine so harte Bürde für sie gewesen war, ihn zu verführen. Im Gegenteil, Vergnügen war wohl das passendere Wort!

Sie hatte gar nicht bemerkt, wie spät es schon war. Doch als sie den Palas betrat, waren die hohen Fenster in sanftes Halbdunkel getaucht, kein Strahl der Morgensonne schien mehr hindurch. Auch war er fast verlassen, abgesehen von einigen wenigen Dienern, die geschäftig hin und her eilten. Mildred war eine davon, und sie lief Rowena rasch entgegen, um sie auf ihrem Weg in die Küche abzufangen.

Rowena war so überrascht darüber, daß sie fragte: »Dürfen wir uns denn unterhalten, nun da er fort ist?«

»Zum Teufel mit seinem Befehl«, erwiderte Mildred. »Was ich erfahren habe, kann nicht warten. Es scheint Euch also gar nichts auszumachen, daß er weg ist?«

Rowena grinste. »Gott im Himmel, nein, ich schmachte ja nicht im Verlies.«

»Das meine ich auch nicht, ich meinte Lord Warricks Abreise. Kann es sein, daß Ihr's gar nicht wißt?«

»Was denn, Mildred? Warrick hat mir nur gesagt, daß er für kurze Zeit weg muß, den Grund hat er mir nicht verraten.« Rowena runzelte besorgt die Stirn. »Er ist doch nicht etwa in den Krieg gezogen? Doch nicht für so kurze Zeit.«

»Krieg nicht gerade, aber eine Schlacht ist es auf jeden Fall. Gilbert hat ihn herausgefordert, und Warrick ist losgeritten, um ihm von Angesicht zu Angesicht gegenüberzutreten.«

Rowena erbleichte. »Großer Gott, einer von beiden wird sterben.«

Mildred blinzelte und riß überrascht die Augen auf. *Das* war doch wohl das wenigste. »Sicher«, meinte sie ungeduldig. »Doch zuerst einmal werden sie sich erkennen.« Rowena hörte sie kaum, denn sie konnte den Gedanken an Gilbert nicht verdrängen, wie groß er war und wie geschickt er mit dem Schwert umgehen konnte, und wie Warrick höchstwahrscheinlich fair kämpfen würde und Gilbert nicht. Ihr Magen krampfte sich zusammen, als ein Bild Warricks vor ihrem geistigen Auge erschien – Warrick, der auf der Erde lag... überall Blut...

Mit kräftiger Hand fühlte sie sich in den Stuhl beim Kamin gedrückt. Sie wußte nicht, wie sie dorthin gekommen war. Mildreds Hand lag plötzlich kühl auf ihrer heißen Stirn.

»Was ist los mit Euch, mein Lämmchen?« fragte die ältere Frau besorgt. »Ist es das Baby?«

Rowena blickte auf. Blanke Verzweiflung sprach aus ihren großen Mandelaugen. »Ich will nicht, daß er stirbt.«

»Aha«, sagte Mildred wissend. Sie setzte sich auf den Stuhl neben Rowena und fuhr in munterem Ton fort: »Warum sollte er? Er ist gut gerüstet und auf einen Hinterhalt vorbereitet. Wahrscheinlich wird's nicht mal zum Kampf kommen – zumindest nicht zwischen den beiden. Ich habe gedacht, es würde Euch mehr Kummer bereiten, daß er feststellen wird, wer Ihr wirklich seid. Ein Blick auf Gilbert, und er wird ihn als einen seiner Peiniger erkennen. Nicht lange, und er hat die Verbindung zu Euch rausgekriegt. Bereitet Euch das denn gar keine Sorgen mehr?«

»Doch, aber nicht aus demselben Grund wie früher. Ich weiß nun, daß er mich nicht töten wird – zumindest nicht wegen meiner Ländereien«, fügte sie mit einem gequälten Lächeln hinzu. »Was ich wirklich fürchte, ist sein Zorn. Wenn er annimmt, ich habe ihn mit meinem Schweigen über meine Herkunft betrogen, was sich nicht ganz verleugnen läßt, dann könnte ich sehr leicht wieder in seinem Verlies enden.«

Mildreds Lächeln war, falls überhaupt möglich, noch gequälter. »Und zwar früher, als Ihr denkt, meine süße Lady, früher, als Ihr denkt.«

Rowena runzelte die Stirn. »Wieso?«

Mildred warf einen raschen Blick hinter sich, um sich zu vergewissern, daß sie allein waren, bevor sie erwiderte: »Lady Beatrix speit Gift und Galle, seit sie erfahren hat, daß sie in die Familie der Malduits einheiraten muß. Sie schäumt vor Wut auf Warrick, und wenn seine Töchter eins von ihm gelernt haben, dann ist es die Befriedigung, die man in einer guten Rache findet. Sie will ihren Vater büßen lassen, daß er sie an einen unreifen Knaben verschachert hat, der ihrer nicht würdig ist – und sie will dies durch Euch tun.«

Rowenas Augen weiteten sich vor Entsetzen. »Durch mich? Aber – hat sie denn die Macht dazu, jetzt wo Warrick weg ist?«

»Einigen Einfluß hat sie, das stimmt, aber sie ist viel zu

gerissen, um sich darauf zu verlassen. Ich habe letzten Abend gehört, was sie zusammen mit ihrer Schwester ausgebrütet hat – und das war gar nicht so dumm, glaubt mir. Sie weiß nicht, warum Warrick so böse auf Euch ist, was Ihr verbrochen haben könnt, um Euch seinen Zorn zuzuziehen. Ironischerweise will sie behaupten, daß es Diebstahl war, daß Warrick ihr genau das gesagt hat.«

Rowena schloß die Augen einen Moment lang, als sie die volle Tragweite dieses Plans begriff. »Sie wird sagen, ich hätte sie bestohlen.«

»Genau das, und auch noch ihren kostbarsten Schmuck, eine Perlenkette, die ihr Warrick einst geschenkt hat. Melisant wird bestätigen, daß Ihr die letzte wart, die sie vor ihren Gemächern gesehen hat, bevor die Kette verschwunden ist. Beatrix wird daraufhin eine Durchsuchung sowohl des Webzimmers als auch der Gemächer Warricks fordern, und während das Personal noch mit der Suche beschäftigt ist, wird sie die Kette aus ihrem angeblichen Versteck ziehen und somit Eure Schuld besiegeln.«

»Und sie wird nicht einmal darauf bestehen müssen, daß ich in den Kerker geworfen werde. Das wird so oder so geschehen – bis Warrick zurückkehrt, jedenfalls. Der wird dann ihre Geschichte aller Wahrscheinlichkeit nach auch noch glauben. Oft genug hat er mich ja eine kleine Diebin genannt. Er wird gezwungen sein, mich aufs Härteste zu bestrafen – vielleicht auspeitschen, oder –«

»*Das* ist es nicht, worüber Ihr Euch Sorgen machen müßt, meine süße Lady. Was passiert, *bis* Warrick wieder da sein wird, beunruhigt mich viel mehr. Beatrix hofft, ihn auf diese Weise zu treffen.«

Rowena runzelte die Stirn. »Aber John Giffard –«

»Der ist nicht da. Es gibt nur einen anderen Wärter, einen Menschen, dem es, wie man sagt, Vergnügen bereitet, seine Gefangenen zu mißhandeln.«

Rowena erbleichte. »Ich – ich habe ihn einmal gesehen.«

»Und das ist noch nicht alles. Beatrix will den Vorschlag machen, Euch zu verhören, um herauszufinden, was Ihr außerdem noch gestohlen habt. Wißt ihr, wie es Gefangenen ergeht, die von diesem Wärter verhört werden?«

»Folter?«

»Genau. Die kleine Schlampe hofft, daß Ihr bis zu Warricks Rückkehr so zerschunden, zerschlagen und – und mißbraucht seid, daß er Euch nicht mehr in seinem Bett haben will. Am meisten jedoch hofft sie, daß Ihr dabei Euer Kind verliert. *So* hofft sie nämlich, es ihm heimzahlen zu können, denn sie weiß – jeder weiß – wie sehr er sich einen Sohn wünscht, selbst einen Bastard.«

»Mir wird übel.«

»Kann ich Euch nicht verdenken«, sagte Mildred mitleidig.

»Nein, *wirklich* übel.« Und Rowena rannte in die Garderobe.

Als sie zurückkam, wartete Mildred mit einem kalten, feuchten Tuch auf sie. Rowena nahm es dankbar an und fragte: »Wieviel Zeit habe ich noch, bevor die Falle zuschnappt?«

»Bis Beatrix sich fürs Abendmahl bereitmacht. Das wird ihre Ausrede dafür sein, die Perlenkette zu tragen – die sie dann nicht findet. Doch Ihr werdet bis dahin bereits verschwunden sein. Ich habe schon einen Sack Essen und Kleidung für Euch vorbereitet, zum Teil sind es Eure Kleider, die meisten sind jedoch einfache Gewänder für Dienstboten, die Ihr anziehen müßt, um fliehen zu können. Den Sack habe ich im Bierkeller versteckt. Gerade wollte ich sehen, was Euch so lange aufhält, als –«

»Ich habe verschlafen.«

»Ah, dann hat unser Plan also funktioniert?«

»*Dein* Plan, ja, es schien zumindest so – « Rowena lachte zynisch. »Als ob das jetzt noch eine Rolle spielt.«

»O doch, es spielt eine Rolle, denn die Sache wird sich aufklären, sobald Warrick wieder da ist. Ihr müßt also gar nicht weit gehen. Es gibt ein Wäldchen, hier ganz in der Nähe, ungefähr einen Kilometer ostwärts, groß genug, um eine ganze Armee darin zu verstecken. Haltet Euch immer am Waldrand, und ich werde Euch Warrick schicken, sobald ich ihm erklärt habe, warum ich Euch helfen mußte zu fliehen.«

»Könntest du nicht lieber mit mir kommen, Mildred?«

»Mich würde man zu schnell vermissen und damit vielleicht die Aufmerksamkeit auf Euer Verschwinden lenken. Dies sollte aber unbedingt erst dann geschehen, wenn die Anschuldigungen bereits geäußert wurden. Eure Chancen stehen besser, wenn Ihr allein geht. Ich werde hierbleiben, um Warrick die Wahrheit zu erzählen, bevor Beatrix ihm ihre Lügen auftischen kann.«

»Du vergißt, daß er auf Entschuldigungen nicht hört – zumindest nicht, wenn sie von uns kommen«, sagte Rowena leise und mutlos. »Wenn ich schon gehen muß, dann komme ich besser nie wieder zurück. Tures ist gar nicht so weit von hier –«

»Immerhin vier oder fünf Tagesreisen zu Fuß!« rief Mildred.

»Aber meine Leute dort können mir helfen, können mich verstecken, bis ich einen Weg gefunden habe, meine Mutter aus der Feste Ambray zu befreien.«

»Rowena, Ihr könnt unmöglich daran denken, so weit und obendrein noch zu Fuß zu gehen. Vertraut Warrick. Mit der Zeit wird er alles wieder gutmachen, ich weiß es.«

Rowena schüttelte den Kopf. »Ich kann deine Zuversicht nicht teilen. Außerdem will ich nicht, daß ein Mann mit derart hinterlistigen und falschen Töchtern etwas mit der Erziehung meines Kindes zu tun hat.«

»Seine Nachlässigkeit könnt Ihr ihm ruhig vorwerfen, doch vergeßt nicht, daß keine der beiden eine Mutter hatte, die sie führen konnte, wohingegen Ihr –«

»Mildred, wir haben keine Zeit für große Reden«, unterbrach Rowena sie ungeduldig. »Sag mir lieber, wie ich aus der Burg komme.«

Mildreds saures Gesicht ließ keinen Zweifel daran, daß es ihr nicht paßte, dieses Thema so einfach fallenzulassen. »Am Hintertor steht nur eine einzige Wache. Ihr schlüpft hindurch, während ich den Mann ablenke. Aber wenn Ihr wirklich vorhabt, für immer von hier zu verschwinden, dann wartet wenigstens einen, nein, besser zwei Tage, bis die allgemeine Aufregung abgeklungen ist. Ich werde dann nachkommen.«

Rowena umarmte sie erleichtert. »Danke, vielen Dank.«

»Dankt mir lieber, *nachdem* ich Euch auf dem ganzen Weg nach Tures vorgehalten habe, wie töricht Ihr seid«, brummte Mildred.

34. Kapitel

Die Wälder waren alles andere als ein gemütlicher Aufenthaltsort für eine Frau, die ganz alleine war. Jeder Laut, jedes Knacken oder Rascheln klang wie das Geräusch eines herannahenden Diebes oder Mörders, der bereit war, über sie herzufallen. Der Himmel hatte sich bewölkt, und es sah aus, als ob es noch vor Sonnenuntergang regnen würde. Der Mond war verhüllt, so daß Rowena nicht wußte, wie spät es war. Wahrlich, die Zeit kroch dahin, während sie versuchte, ein wenig zu schlafen. Ihr einziger Trost bestand darin, daß es doch nicht angefangen hatte zu regnen.

Sie fühlte keine Genugtuung darüber, so leicht entkommen zu sein. Der Boden war hart, trotz des Lagers, das sie aus alten Kleidern bereitet hatte, auf dem sie nun mit angezogenen Knien hockte. Sie zitterte. Ihr war kalt. Aus einer Trotzreaktion heraus hatte sie ihre eigenen Kleider angezogen. Noch vor Morgen früh mußte sie jedoch wieder die abgetragenen Dienstkleider anziehen, da sie ihr mehr Schutz boten. Das sonnengelbe Wams und der scharlachrote Umhang gaben ihr jedoch ihr Selbstwertgefühl wieder, das in letzter Zeit durch die Einschüchterungen des Herrn von Fulkhurst arg gebeutelt worden war.

Fulkhurst... sie wünschte, sie hätte den Mut gehabt, auf seine Rückkehr zu warten, doch sie war keineswegs so sicher wie Mildred, was ihn betraf. Er mochte vielleicht nicht so grausam sein, wie sie zu Anfang angenommen hatte, doch er war immer noch zu brutalen Vergeltungsschlägen und gnadenlosen Urteilen fähig. Sie zweifelte keinen Augenblick daran, daß, wenn er glaubte, sie habe diese dreimal verfluchte Halskette gestohlen, ihn nichts davon abhalten konnte – weder die Tatsache, daß sie sein Bett mit ihm geteilt hatte, noch, daß sie sein Kind unter dem Herzen trug –, sie genauso zu bestrafen, wie jeden anderen auch.

Es bestand zwar die Möglichkeit, daß er ihr glaubte, wenn sie die Gelegenheit erhielt, ihm ihre Unschuld zu beteuern, doch bei genauerer Betrachtung war dies eine eher unwahrscheinliche Möglichkeit – denn was wußte er schon von ihr? Nichts, dank Gilbert. Sie war jedenfalls nicht gewillt, eine Auspeitschung oder Schlimmeres zu riskieren, nur damit seine Tochter ihre Rachegelüste an ihrem Vater befriedigen konnte.

Sie merkte, daß sie selbst nicht frei war von Rachegedanken, wenn sie an die junge Dame dachte, der sie es schließlich zu verdanken hatte, daß sie nun alleine in der Wildnis hockte. Damen verließen auf keinen Fall und unter keinen Umständen ihr Zuhause, ohne eine berittene Eskorte zu ihrem Schutz zu haben. Oft gab man sogar weiblichen Dienstboten, wenn sie Besorgungen zu erledigen hatten, einen oder zwei bewaffnete Begleiter mit. Doch hier saß sie nun vollkommen alleine und hatte nur den kleinen Dolch, den sie in Mildreds Sack gefunden hatte. Wahrhaftig keine sehr eindrucksvolle Waffe. Mildred hatte ihr ein weiteres ihrer kostbaren Gewänder mitgegeben, das sie in der nächsten Stadt verkaufen konnte, um sich dafür eine Eskorte zu besorgen. *Falls* sie die nächste Stadt überhaupt erreichte. Allerlei unangenehme Dinge konnten ihr bis dahin passieren, besonders wenn sie die schützende Deckung des Waldes verließ.

Beim Gedanken an all die Gefahren, die ihr drohten, fiel es ihr gar nicht schwer zu hoffen, Beatrix de Chaville möge auf irgendeine Weise die Strafe bekommen, die sie verdiente. Wenn sie sterben mußte, bevor sie dieses unerfreuliche Abenteuer überstanden hatte, dann würde sie Beatrix bis ans Ende ihrer Tage als Geist heimsuchen... Ja, genau, ewige Rache, das würde Warrick bestimmt gefallen.

Bei diesem Gedanken huschte ein Lächeln über ihr Gesicht. Sie lächelte immer noch, als sie kurze Zeit darauf in Schlaf versank. Doch die Geräusche des Waldes und der Nacht ließen ihr keine Ruhe, wieder und wieder schreckte sie hoch, bis sie schließlich mit schweren Augenlidern das trübe Licht eines lavendelfarbenen Morgens begrüßte – und den Mann, der über ihr stand.

Sie fuhr mit solcher Hast auf, daß es schmerzhaft in ihren Schläfen hämmerte. Nein, es war kein Traum. Die Beine des Mannes standen tatsächlich neben ihr, und auch das Geräusch stampfender und schnaubender Pferde hatte sie sich nicht eingebildet. Sie wandte sich um und sah noch weitere Männer, mindestens ein Dutzend, die von ihren Pferden stiegen und in wenigen Augenblicken über ihr sein würden.

Sie fragte erst gar nicht, wer die Männer waren. Nach der nervenzerreißenden Nacht, die sie gerade hinter sich gebracht hatte, geriet sie in Panik. Sie packte den kleinen Dolch und stach wie wild auf die neben ihr stehenden Füße ein. Der Mann heulte vor Schmerzen auf, wurde jedoch durch einen seiner Kameraden, der einen Satz auf ihn zu gemacht hatte, zum Schweigen gebracht, indem dieser ihm mit der Hand den Mund zuhielt. Aber Rowena sah das schon nicht mehr. Sie war aufgesprungen und lief in den dichten Wald hinein, in den sie ihr mit den Pferden nicht so leicht folgen konnten. Die Männer selbst konnten das durchaus und taten es auch, drei an der Zahl. Für sie schien das Ganze ein Spaß zu sein, denn sie lachten, während sie die Verfolgung aufnahmen. Dieses Lachen erschreckte Rowena mehr als alles andere. Sie wußte genau, was passierte, wenn Männer eine Frau durch den Wald oder über Felder jagten. Am Schluß würden sie auf einer Belohnung bestehen.

Sie holten auf. Sie hörte es, trotz ihres wie wild pochenden Herzens. Ihre schweren Rüstungen behinderten sie, doch Rowena konnte ebenfalls nicht laufen, wie sie wollte, da ihr ihre langen Röcke im Weg waren. Sie schaffte es nicht, sie mit ihrer freien Hand zu raffen. Wieder und wieder versuchte sie es, denn es wäre schon verdammtes Pech gewesen, wenn ausgerechnet diese dummen Röcke sie zu Fall gebracht hätten. Und dann passierte genau das. Ihr Zeh verhakte sich in ihrem Unterkleid, und sie verlor das Gleichgewicht.

Sie verlor den Dolch, als sie versuchte, sich mit den Händen aufzufangen. Glücklicherweise stolperte sie nur und gewann dann ihr Gleichgewicht wieder. Natürlich war nicht daran zu denken, den Dolch aufzuheben, denn sie hatte ohnehin bereits genug Zeit verloren. Da sie nun jedoch beide Hände frei hatte, konnte sie ihre Röcke raffen und besser vorwärtskommen. Doch es war bereits zu spät. Der Mann, der am dichtesten hinter ihr war, ergriff die Gelegenheit und sprang sie mit einem mächtigen Satz an. Wenn sie ihn hätte kommen sehen, dann wäre sie zur Seite gesprungen und entschlüpft, denn es handelte sich wirklich nur um wenige Millimeter. Da sie sich jedoch nicht umsah, erwischte er gerade noch einen Zipfel ihres Mantels, bevor er mit einem Fluch vornüber auf der Erde aufschlug. Sie wurde mit einem Ruck zurückgerissen und landete hart auf ihrem Hinterteil. Wäre der Mantel am Hals festgebunden gewesen, anstatt über den Schultern, dann hätte sie sich bei diesem Sturz wahrscheinlich das Genick gebrochen. So jedoch war es ihr Rückgrat – das dachte sie jedenfalls, so schmerzhaft war sie aufgeschlagen. Bevor sie merkte, daß sie sich noch bewegen konnte, war es schon zu spät.

Die anderen beiden hatten sie ebenfalls erreicht und standen nun schwer atmend rechts und links vor ihr. Der hinter ihr kam gerade wieder auf die Füße. Er war so wütend über seinen eigenen, ziemlich harten Fall, daß er noch einmal kräftig an ihrem Mantel zog und sie zu Boden riß.

Sie schlug mit dem Hinterkopf auf, war jedoch noch geistesgegenwärtig genug, um den Mann, der sich zu ihr hinunterbeugte, einen kräftigen Tritt zu versetzen. Sie vergaß auch nicht zu schreien. Laut und schrill. Das hielt die Männer davon ab, zu tun, was sie eigentlich vorgehabt hatten. Sie überschlugen sich förmlich, sie zum Schweigen zu bringen – was ihnen erst gelang, nachdem sie den einen in die Hand gebissen und eine andere Hand fortgeschlagen hatte. Der dritte versetzte ihr daraufhin eine Ohrfeige und wollte dasselbe gerade noch einmal tun, als ihn einer der anderen zurückhielt.

»Warte, die kenn' ich doch.«

»Du spinnst wohl. Wie kannst du –«

»Gott im Himmel, es ist unsere Herrin.«

Der Mann kam aus dem Staunen nicht heraus – ebensowenig wie Rowena. Ihre Herrin? Sie dachte an Tures, aber die Gesichter, die sich über sie beugten, erkannte sie nicht – bis auf einen. Sie stöhnte innerlich. Ihre Befürchtungen bestätigten sich durch ein viertes Gesicht und durch die ungläubige Stimme, die sie gehofft hatte, nie wieder hören zu müssen.

»Rowena?«

Er erwartete gar keine Antwort. Er war dazugekommen, als sie gerade geohrfeigt wurde, und als er sich von seiner Überraschung erholt hatte, schlug er einem der drei, die immer noch dicht über sie gebeugt standen, die Faust ins Gesicht. Dann hob ihr Stiefbruder sie in seine Arme und drückte sie so fest an die Brust, daß ihr der Atem verging.

»Wie kommst du denn hierher?«

Sie hörte seine Frage kaum angesichts ihrer Angst und Wut. Wenn sie schon jemand finden mußte, warum dann *ausgerechnet Gilbert?* Sie wußte nicht, was sie ihm sagen sollte. Sie wußte nur, daß sie ihm auf keinen Fall die Wahrheit über das, was in den letzten Monaten seit seinem unrühmlichen Abgang mit ihr passiert war, erzählen konnte.

Eins konnte sie ihm allerdings sagen, und das tat sie auch. »Ich war Gefangene in der Burg Fulkhurst, doch es ist mir schließlich gelungen zu entkommen –«

»Du warst in *seiner* Hand? Ich war krank vor Sorge, und er hat dich die ganze Zeit gehabt?« Er hatte sie ein wenig zurückgeschoben, während er sie ausfragte, doch nun riß er sie wieder an sich und sagte mit einer Spur aufrichtiger Reue in der Stimme: »Ich dachte, du wärest tot. Es gab niemanden mehr auf Kirkburough, der mir erzählen konnte, was Fulkhurst mit dir gemacht hat.«

Für Rowena war es ein seltsames Gefühl, zu erkennen, daß er sich aufrichtig Sorgen um sie gemacht hatte – immerhin haßte sie den Mann aus tiefstem Herzen. »Das überrascht mich nicht«, sagte sie vorsichtig. »Er hat mich sofort in sein Verlies bringen lassen, noch bevor einer der Diener auf Kirkburough aus seinem Versteck kommen konnte.«

»In sein *Verlies*!« fauchte Gilbert zornig. Seine Männer versuchten, ihn zu beruhigen, doch er funkelte sie nur finster an. Sein Gesichtsausdruck hatte sich nicht verändert, als er sich wieder an Rowena wandte. »Der Mann muß wahnsinnig sein. Hast du ihm nicht gesagt, wer du bist?«

Sie funkelte ihn wütend an ob seiner Dummheit. »Ihr denkt, ich hätte ihm die Wahrheit über mich sagen sollen, wo er doch alles, was Euer ist, an sich reißen will? Ein Teil von meinem Besitz gehört ihm ja bereits – und nur, weil *Ihr* das Land zuvor besetzt hattet. Glaubt Ihr nicht, daß er mich sofort umgebracht hätte, um so auf einfache Weise an den Rest Eurer Ländereien zu kommen? Genau deshalb habe ich ihm nicht mehr gesagt, als er bereits wußte, nämlich daß ich die Herrin von Kirkburough bin.« Dann log sie, um seine ursprüngliche Annahme zu bestärken. »Er hat mich in seinen Kerker werfen lassen, weil *Ihr* nicht da wart und er Euch deshalb auch nicht töten konnte.«

Gilbert sah reichlich schuldbewußt aus. Seine Worte bestätigten dies. »Das tut mir schrecklich leid, Rowena. Ich hätte nicht gedacht, daß er dir etwas antun würde, oder ich hätte dich sicher nicht dort zurückgelassen. Ich konnte einfach nicht klar denken an dem Tag.«

Wann denkst du überhaupt einmal klar, oder wann ist die Gier nicht dein Hauptmotiv, hätte sie am liebsten gefragt, doch er führte sie bereits wieder dorthin zurück, wo ihre überstürzte Flucht begonnen hatte. Also fragte sie nur: »Was tut Ihr hier überhaupt, Gilbert? Ihr wollt doch sicher nicht seine stärkste Festung belagern?«

»Nein, das nicht, und dennoch wird die Burg noch vor Anbruch des Morgens mein sein.«

Sie hielt abrupt inne, doch er zog sie einfach weiter.

»Wie?«

»Ich habe ihm eine Herausforderung geschickt. Wenn er

nicht vollkommen dumm ist, dann wird er eine Falle vermuten und die meisten seiner Männer mitgenommen haben.« Nun blieb er endlich stehen und fragte aufgeregt: »Stimmt das? Kannst du das bestätigen? Wieviele Männer hat er mitgenommen?«

»Ich habe ihn nicht fortreiten sehen«, erwiderte sie brüsk, »noch hatte ich Zeit zu zählen, wieviele er zurückgelassen hat, als ich aus der Burg flüchtete.«

Enttäuscht schritt er weiter, Rowena immer noch hinter sich herziehend. »Macht nichts«, sagte er schließlich. »Er *muß* die meisten seiner Männer mitgenommen haben. Warum sollte er sie auch zurücklassen, wo du doch selbst gesagt hast, Fulkhurst ist seine stärkste Festung und kann mit nur einer Handvoll Männer eine ganze Armee zurückschlagen?«

»Wie stellt Ihr es Euch dann vor, die Burg einzunehmen?«

Er wandte ihr das Gesicht zu und grinste. »Mit einer Handvoll Männer.«

»Oh, natürlich, wie dumm von mir zu fragen.«

Er riß sie am Arm herum, um ihr zu zeigen, daß ihm ihr sarkastischer Ton gar nicht gefiel. »Mein Plan ist, bei Anbruch der Dämmerung hinzureiten und um Unterkunft zu bitten.«

»Es gibt ein Dorf, in das sie Euch weisen werden«, meinte sie.

»Nein. Nicht, wenn ich auf Stefans Geheiß hin unterwegs bin und eine Nachricht mit seinem Siegel bei mir habe, die das beweist.«

»Seid Ihr?«

»Was?«

»In des Königs Geschäften unterwegs?«

»Natürlich nicht«, erwiderte er ungeduldig. »Aber die Nachricht ist echt. Ich hatte das große Glück, sie in die Hände zu bekommen, da der Bote unglücklicherweise verstarb.«

»Habt *Ihr* ihn getötet?«

Wieder hielt er inne und herrschte sie an: »Warum mußt du jede schlechte Tat mir zuschreiben?«

»Das tue ich gar nicht. Ich weiß nur, wozu Ihr fähig seid«, gab sie zurück.

Er starrte sie finster an. »Was spielt es für eine Rolle, wie ich zu der Nachricht gekommen bin? Sie wird mir auf jeden Fall Zutritt zur Burg verschaffen. Vielleicht werde ich ja auch eine entflohene Gefangene zurückbringen«, fügte er boshaft hinzu.

Sie wünschte, er würde es tun. Sie würde die da drinnen warnen, koste es, was es wolle. Hauptsache, Gilberts Vorhaben mißlang.

Er dachte wohl, sie mit dieser Drohung eingeschüchtert zu haben, denn sie sagte nichts mehr, bis sie die Männer erreicht hatten, die bei den Pferden geblieben waren. Ein paar kannte sie von Kirkburough, Ritter von Lyons, die rechtmäßigerweise Godwines Bruder hätten dienen sollen anstatt Gilbert.

Rowena schwieg und überlegte. Gott im Himmel, hatten sie überhaupt eine Ahnung? Oder folgten sie Gilbert nur blindlings, weil sie der falschen Auffassung waren, daß er durch Rowena ein Recht auf Kirkburough besaß, bloß weil Lyons ihnen befohlen hatte, für Gilbert zu kämpfen, kurz bevor er starb? Von Lyons Tod mußten sie wissen, denn Gilbert selbst hatte gesagt, daß sie nach der Zerstörung der Feste nach Kirkburough zurückgekommen waren. Band sie demnach also der Heiratsvertrag? Doch dieser war null und nichtig, da Lyons ja unfähig gewesen war, die Ehe zu vollziehen. Und niemand wußte es, außer ihr, Gilbert und Mildred – und Warrick. Gilbert hatte es ihnen ganz sicher nicht gesagt. Wahrscheinlicher war, daß er sogar angedeutet hatte, daß ein Kind unterwegs war...

Sie fragte sich, warum er sie bis jetzt noch nicht danach gefragt hatte, doch plötzlich wußte sie, weshalb. Gilbert hatte ja immer noch, was er wollte, was er durch ihre Heirat hatte erreichen wollen – Lyons Armee. Und nun war er dabei, einen vernichtenden Schlag gegen seinen Erzfeind – und dessen Töchter – zu führen. Gilbert war dabei, den Krieg zwischen den beiden zu gewinnen, und *sie* hatte ihm die Mittel dazu gegeben. Nur weil er in der

Lage gewesen war, so rasch zu reagieren, spielte Kirkburough keine Rolle mehr – genausowenig wie ein Kind, das nur deshalb gezeugt worden war, um eben diese Festung zu halten.

Warrick... er würde vernichtet werden. Er würde rasen vor Wut. Und Gilbert konnte jede Bedingung stellen, die ihm einfiel, da er ja seine Töchter in Händen hatte. Alles konnte er verlangen – einschließlich Warricks Leben.

Sie mußte etwas unternehmen. Sie konnte nicht hiersitzen und zusehen, wie alles unterging. Warricks Schicksal hätte sie an sich kaltlassen sollen, doch sie konnte sein Lachen, seine Leidenschaft und jeden zärtlichen Kuß, bevor er gegangen war, einfach nicht vergessen. Verdammt noch mal – es *machte* ihr etwas aus – zumindest wollte sie ihn nicht sterben sehen. Und noch weniger wollte sie zusehen, wie Gilbert diesen Krieg gewann.

Am liebsten hätte sie Lyons Männern einfach zugerufen, daß sie gar nicht hierher gehörten, daß der Vertrag, an den sie sich gebunden fühlten, überhaupt nie Gültigkeit besessen hatte. Doch wenn sie das gewagt hätte, hätte Gilbert sie bewußtlos geschlagen, daran zweifelte sie keinen Augenblick. Vielleicht hätte er sie in seinem rasenden Zorn sogar getötet – und was hatten sie und Lyons Männer dann für einen Nutzen davon? Aber was *konnte* sie bloß tun, Herr im Himmel? Die Leute in der Burg warnen und Lyons Männer die Wahrheit sagen, ohne daß Gilbert etwas merkte? Wahrlich, sie würde wohl beides tun müssen, denn selbst wenn Gilbert nur noch seine eigenen Männer hatte, konnte er immer noch versuchen, Fulkhurst einzunehmen, wo die Burg doch fast ohne Verteidigung war.

Der Mann, dem sie die Dolchstiche versetzt hatte, sowie ein anderer verließen gerade das Lager. Wahrscheinlich kehrten sie zu ihrem Hauptlager zurück. Rowena wartete, bis Gilbert sie ansah und ließ dann den Blick über die noch verbliebenen Männer schweifen.

»Das ist also Eure Armee, hm?« fragte sie in unschuldigem Ton. »Ich dachte, meine Heirat hätte Euch weit mehr eingebracht.«

Diese Bemerkung gefiel ihm gar nicht, auch wenn er sie ihr nicht wirklich übelnehmen konnte. »Sei nicht töricht. Meine Armee hält sich in den Wäldern versteckt. Zwei Stunden nach Einbruch der Dunkelheit werden sie sich an die Festung heranschleichen und auf mein Signal, daß die Tore offen sind, warten.«

»Das heißt, falls es Euch gelingt, hineinzukommen. Ich glaube immer noch, daß man Euch abweisen wird. Sie werden vorsichtig sein, weil ihr Herr nicht Zuhause ist. Wahrscheinlich hat er auch noch Anweisung gegeben, besonders auf der Hut zu sein vor einem möglichen Hinterhalt. Wart nicht Ihr selbst es, der ihn mit dieser Herausforderung weggelockt hat? Und er traut Euch nicht. Fulkhurst ist ein kluger Mann.«

»Versuchst du, mich damit zu verärgern?«

»Aber sicher. Oder denkt Ihr, ich habe vergessen, wozu Ihr mich gezwungen habt?«

»Halt den Mund!« zischte er und zog sie außer Hörweite der anderen. Dann fauchte er sie erneut an: »Wenn du dich schon so gut erinnerst, dann vergiß auch nicht, daß ich immer noch deine Mutter in Händen habe.«

Mehr brauchte er nicht zu sagen. Rowena nickte und fühlte, wie sich der Kummer einem Schleier gleich über sie senkte. Wie hatte sie nur denken können, das von Gilbert geplante Böse sei irgendwie zu verhindern? Sie war doch viel zu schwach. Außerdem zog sie bei Gilbert immer den kürzeren. Er wußte immer schon ganz genau, was er wann sagen mußte, um ihren Kampfgeist zu brechen und sie zu besiegen.

35. Kapitel

An diesem Morgen blitzte die Sonne nur für einen kurzen Augenblick hinter dem dichten, grauen Wolkenteppich hervor. Wieder sah es bedrohlich nach Regen aus. Rowena wünschte, es würde gießen. Warum auch nicht? Seit Tagesanbruch schon mußte sie wieder und wieder die aufsteigende Übelkeit bekämpfen. Da war es nur gerecht, wenn die Männer, die sie bewachten, auch ein wenig litten – und wenn es nur unter dem Wetter war.

Im Moment saßen nur sechs davon um sie herum. Sie wirkten sorglos und entspannt. Gilbert war mit zwei anderen zu einem Aussichtspunkt gegangen, um von dort das Kommen und Gehen in der Burg zu beobachten. Er hatte den Verbliebenen nicht direkt befohlen, sie zu bewachen, doch diese sahen sie nun als *ihre* Herrin, und es war ihre *Pflicht*, sie zu beschützen. Sie allein zu lassen, kam überhaupt nicht in Frage. Sie grübelte immer noch darüber nach, wie sie Gilbert davon abhalten konnte, die Festung einzunehmen.

Viele Möglichkeiten hatte er ihr nach seiner Drohung ja nicht gelassen. Egal, was sie tat, ihre Mutter würde dafür büßen müssen – außer Gilbert starb selbst. Oder wenn es ihr gelang, etwas gegen seine Pläne zu unternehmen, ohne daß er ihr Zutun dahinter vermutete. Aber was konnte sie bloß tun?

Sicher, sie konnte den Kopf der Schlange selbst abhacken und hoffen, daß der Körper sich dann aus dem Staub machte. Doch auch *wenn* es ihr gelingen sollte, Gilbert zu töten, bestand die Gefahr, daß einer seiner Männer sie dafür niederstrecken würde – und so selbstaufopfernd war sie nun wieder nicht, ganz besonders nicht um eines Mannes willen, der sich ohnehin nur an ihr rächen wollte.

Was sonst? Nun, sie konnte Gilbert erzählen, daß Warrick der Mann war, den er in Kirkburough festgehalten hatte. Das würde ihn vielleicht so wütend machen, daß er sich zu etwas Unüberlegtem hinreißen ließ. Vielleicht forderte er Warrick dann tatsächlich heraus, möglicherweise würde er gar hinter ihm herreiten... Nein, sie träumte schon wieder. Gilbert würde sich nie selbst in Gefahr bringen, indem er einfach unüberlegt hinter Warrick herjagte, ohne zu wissen, wie groß seine Armee überhaupt war und ob ihr die seine gewachsen war. Sie wünschte, sie wüßte, wie groß seine Armee war. Auf Kirkburough waren jede Menge Männer gewesen, doch Gilbert hatte mit Lyons Geld noch viel mehr in seine Dienste nehmen wollen. Ob ihm das gelungen war?

Eine Hoffnung hatte sie jedoch, an die sie sich festklammerte. Sie hoffte, daß Gilbert anfangen würde, sich Sorgen darüber zu machen, wie er in die Burg gelangen sollte. Wenn sie es geschafft hatte, ein paar Zweifel in ihm zu wecken, dann würde ihr der bevorstehende, lange Tag gelegen kommen, denn die Zeit reichte, um diese kleinen Zweifel in ernsthafte Sorgen zu verwandeln. Ja, es bestand sogar die Möglichkeit, daß er zu dem Schluß kam, daß sein ursprünglicher Plan undurchführbar war. Und dann würde er sich an seine gehässige Bemerkung erinnern, sie benutzen zu wollen, um sich Einlaß zu verschaffen. Sie hätte dann Zeit, die Leute in der Burg zu warnen, denn sie wußte ja, daß sich seine Armee der Festung nicht sofort danach nähern würde. Wahrscheinlich würde man sie sofort wieder ins Verlies stecken, doch das konnte ihr nur recht sein. Man müßte sie dann nämlich von Gilbert trennen, und sie konnte den anderen seine wahre Identität verraten, ohne daß er merkte, von wem die Information stammte.

O ja, er würde sie benutzen, sobald ihm die Zweifel ernsthaft zusetzten, und er würde es tun, ohne auch nur im geringsten zu vermuten, daß sie vorhatte, dem Mann zu helfen, der sie zuvor in sein Verlies hatte werfen lassen. Er wußte zwar, daß sie ihn haßte, konnte sich aber sicher nicht vorstellen, daß sie ihn weit mehr haßte als Warrick.

Sie fing an, sich besser zu fühlen – bis ihr einfiel, was sie in Fulkhursts Verlies erwartete. Ob Beatrix ihren teuflischen Plan durchgeführt hatte, bevor Rowenas Flucht bemerkt worden war? Wenn nicht, dann hatte sie ihre Anschuldigungen vielleicht gar nicht erst vorgebracht, hatte entschieden, daß ihr das nun nicht mehr nützte, jetzt, wo Rowena fort war. Die Ergreifung von Warricks ärgstem Feind würde sie wohl erst recht zur Zurückhaltung gemahnen, besonders wenn Rowena dafür verantwortlich war. Vielleicht würde man sie ja auch gar nicht in den Kerker werfen – vielleicht war man ihr sogar dankbar – nein, da ging ihre Fantasie wieder mit ihr durch. Zumindest jedoch würde dieser verdammte Wärter zweimal überlegen, bevor er ihr etwas antat – er würde auf Warricks Rückkehr warten müssen. Und wenn man sie nun doch mit der Anschuldigung des Diebstahls in Empfang nahm...

Es gab nichts, was sie dagegen hätte unternehmen können. Was immer sie auch in den Mauern der Burg erwartete, sie würde sich dem stellen müssen – das hieß, *falls* Gilbert sich entschloß, sie mitzunehmen. Immerhin war sie nun keineswegs mehr so erpicht darauf, von ihm benutzt zu werden. Wieder ließ sie den Blick über die Männer schweifen. Sie fragte sich, ob sie nicht doch etwas übersehen hatte, etwas, das sie sagen konnte, um sie Gilbert abspenstig zu machen, etwas, das sie *heimlich* sagen konnte, um so einer Konfrontation – und seiner Rache – zu entgehen.

Was die verbliebenen sechs Männer betraf, war sich Rowena nur bei zweien sicher, daß sie aus Kirkburough stammten – obwohl genausogut alle sechs zu Lyons Gefolgsleuten gehören konnten. Sicher jedoch würden nicht alle dazuzuzählen sein. Gilbert war keinesfalls so dumm, nicht auch eigene Männer mitzubringen, deren Loyalität er sich absolut sicher war. Wenn es ihr doch nur gelänge, mit den Rittern von Kirkburough zu sprechen, ohne daß Gilberts Gefolgsleute es hörten...

Als einer aus der Gruppe Essen erwähnte, merkte Rowena erst, wie hungrig sie war. Sie ignorierte jedoch die Lebensmittel in ihrem Sack, stand wie beiläufig auf und setzte sich ein wenig abseits von den Männern wieder hin. Sie nahm an, daß sie ihr Essen mit ihr teilen würden. Wenn sie Glück hatte, dann würde ihr sogar einer der beiden, die sie im Auge hatte, etwas bringen. Aber sie hatte kein Glück. Den Mann, der ihr schließlich etwas kalten Kalbsbraten und ein Stück Brot brachte, kannte sie nicht. Nach seinem Namen gefragt, erfuhr sie, daß er aus Ambray stammte.

Sie bedankte sich, lehnte sein freundliches Angebot jedoch ab und behauptete, nicht hungrig zu sein. Ihr Magen knurrte protestierend, doch sie achtete nicht darauf. Sie wartete, bis alle gegessen hatten. Sie wartete noch ein Weilchen und betete insgeheim, daß Gilbert nicht zu einer Mahlzeit zurückkehren möge. Was er auch nicht tat. Schließlich blickte sie direkt einen der Männer aus Kirkburough an und gestand, nun doch hungrig zu sein.

Er sprang auf die Füße, um ihr etwas von seinen persönlichen Vorräten zu bringen. Nachdem sie sich bedankt hatte, bemerkte sie rasch, bevor er wieder verschwinden konnte: »Es überrascht mich, daß Ihr Euch dieser Sache hier angeschlossen habt, wo sie doch gar nicht Eure Angelegenheit und ohnehin zum Scheitern verurteilt ist.« Auf gut Glück fügte sie hinzu: »Und Ihr tut es auch noch ohne Bezahlung.«

Das bestritt er nicht und meinte: »Ich habe Kirkburough und damit Lord Gilbert die Treue geschworen –«

»Er hat kein Recht auf den Besitz, genausowenig wie ich«, platzte sie heraus, bevor sie den Mut verlor. Sie tat überrascht. »Aber das müßt Ihr doch gewußt haben. Ohne einen Nachkommen aus meiner Verbindung mit Lord Godwine ist sein Bruder der alleinige Erbe. *Er* ist der wahre Lord von Kirkburough. Zweifellos befindet er sich gerade jetzt dort und fragt sich, wo all die Männer seines Bruders geblieben sind, die er weiß Gott dringend zum Wiederaufbau seiner Festung benötigt. Ich verstehe wirklich nicht, wie man Krieg und Töten dem friedlichen Wiederaufbau vorziehen kann, doch das muß wohl so sein, oder Ihr wäret schließlich nicht hier.«

Ein paar Sekunden lang sagte er gar nichts. Es schien ihm die Sprache verschlagen zu haben. Dann sah er sie so finster an, daß er Warrick damit alle Ehre gemacht hätte.

»Warum sagt Ihr mir das, Mylady?«

Die Erinnerung an Warrick gab ihr die richtige Antwort ein. »Ich habe keine Lust zu sterben, doch mein Stiefbruder will einfach nicht auf mich hören. Er ist geradezu besessen. Fulkhurst muß sterben, oder er wird nie Ruhe finden – was mich nicht verwundert, da Fulkhurst selbst ja geschworen hat, ihn zu vernichten. Gilbert kennt den Mann aber nicht so gut, wie ich ihn als seine Gefangene kennengelernt habe. Seine Burg wird er leicht einnehmen, kein Zweifel, doch weder Ihr noch ich werden sie lebend wieder verlassen, denn Gilbert hat vor, auch mich wieder dorthin zurückzuschleppen.«

»Was Ihr sagt, ergibt keinen Sinn, Mylady. Wir werden schließlich Geiseln haben, die Töchter des Lords.«

»Glaubt Ihr etwa, daß ein so grausamer Kriegsherr wie er darauf Rücksicht nimmt? Das ist es, was ich Gilbert einfach nicht begreiflich machen kann. Sein Plan würde funktionieren – wenn es gegen einen anderen Mann ginge. Doch dieser Mann hat kein Gefühl für seine Töchter, noch für irgendeinen anderen Menschen außer sich selbst. Er wird sie ohne mit der Wimper zu zucken opfern, genauso wie seine Leute. Er wird seine eigene Festung belagern, und er wird weder auf Forderungen, noch auf Bitten eingehen. Bedingungslose Kapitulation, das ist alles, was er kennt – und seine Rache gegen jeden, der es wagt, sich ihm in den Weg zu stellen.«

»Und wenn Ihr nun unrecht habt?«

»Und wenn ich recht habe, Bursche?« Es war nicht leicht, die Ungeduld in ihrer Stimme zu zügeln. »Hat man Euch soviel versprochen, daß Ihr dieses Risiko eingehen wollt?«

»Ihr erwartet von *mir*, Euren Bruder von seinem Plan abzuhalten?« fragte er fassungslos.

So kam sie nicht weiter. Die anderen sahen bereits in ihre Richtung und fragten sich, worüber sie sich wohl so angeregt unterhielten. Warum mußte der Mann nur so stur und so schwer von Begriff sein? Einen Feigling, das war es, was sie gebraucht hätte.

»Gilbert wird auch Euch nicht zuhören, wenn alles, was Ihr sagen könnt, ist, daß *ich* Euch gewarnt habe. Würde mich nicht wundern, wenn er Euch für Eure Mühen auch noch ein paar Peitschenhiebe versetzen ließe.« Sie seufzte in gespielter Resignation. »Es tut mir leid. Ich hätte Euch meine Befürchtungen nicht mitteilen dürfen, doch ich dachte, daß Ihr vielleicht Euch und Eure Kameraden im Hauptlager retten wollt, da dies doch gar nicht Euer Krieg ist und Ihr gar nicht hierher gehört. Ich habe auch gehofft, daß Ihr mich vielleicht mitnehmt, wenn Ihr schlau genug seid, um von hier zu verschwinden. Doch nun wird mir klar, daß Ihr mir gar nicht helfen könnt. Gilberts Männer würden es nicht zulassen. Vielleicht kann ich ihn ja immer noch dazu überreden, mich nach Ambray zurückzuschicken, bevor er die Festung angreift. Ja, genau das werde ich tun.«

Sie wandte ihm den Rücken zu und hoffte inständig, daß er den anderen nichts sagte, zumindest nicht Gilberts Männern. Als sie es schließlich wagte, wieder einen Blick nach hinten zu werfen, sah sie, daß er sich nur mit dem anderen Ritter aus Kirkburough unterhielt – ernsthaft unterhielt.

Hatte sie am Ende doch Glück? Wenn sich die beiden da unten unter irgendeinem Vorwand zum Hauptlager aufmachten und die anderen Gefolgsleute von Lyons alarmierten, dann würde sich die Armee ja vielleicht völlig auflösen. Und wenn das alles rechtzeitig genug geschah, und Gilbert davon erfuhr, dann würde er seinen Plan wahrscheinlich aufgeben. Er würde schäumen vor Wut und die schlimmsten Verwünschungen ausstoßen auf die feige Bande, auf die Deserteure, die doch nur gut genug wären, um das einfache Bauernvolk zu terrorisieren. Aber was konnte er wirklich dagegen tun? Nichts, denn er wußte ganz genau, daß er kein Recht auf Lyons Armee hatte. Daran würde sie ihn falls nötig erinnern – nein, besser nicht, denn sonst käme er noch auf den Gedanken, den Grund ihrer Feigheit bei ihr zu suchen.

Statt dessen würde sie ihm beichten, daß sie Fulkhurst ganz unschuldig den Drachen des Nordens genannt hatte und daß der Ritter bei der Erwähnung dieses Namens so weiß wie die Wand geworden war. Sie würde anschließend entrüstet fragen, ob Gilbert seinen Männern nicht gesagt hätte, daß Fulkhurst der berüchtigte Drache war. Auch wenn sie Schuld an der Sache hatte, so doch unabsichtlich, wie Gilbert annehmen mußte, und sie hoffte, daß er nicht allzu böse auf sie sein würde.

Auf jeden Fall würde er den Männern nicht hinterherjagen, wenn er überzeugt war, daß es allesamt Feiglinge waren, die gar nicht gewillt waren, für ihn zu kämpfen. Dann mußte er sich schon etwas anderes einfallen lassen, um wieder eine Armee zusammenzubekommen – und leider hatte er dazu ja immer noch sie. Sobald ihm das klar war, würde er nicht länger so wütend auf sie sein. Leider würde sie dann sicher auch schärfer bewacht werden. Gott im Himmel, gab es denn gar keinen Ausweg aus dieser verzwickten Lage?

Der Mann, mit dem sie gesprochen hatte, machte unglücklicherweise keinerlei Anstalten zu verschwinden. Sie fing schon an zu glauben, der Mann sei tapferer als gut für ihn war, als einer der Männer, die Gilbert begleitet hatten, zurückkehrte und meldete, daß mehrere Spähtrupps die Burg verlassen hatten, wahrscheinlich auf der Suche nach Rowena. Ob ausgerissene Dienerin oder entflohene Gefangene, die Burgwachen waren verpflichtet, sie wiederzufinden, wenn sie sich nicht Warricks Zorn aussetzen wollten. Ihre Suche kam Gilbert jedoch äußerst ungelegen, gefährdete sie doch seinen Plan.

Er hatte befohlen, einen Mann loszuschicken, um die Männer im Hauptlager zu warnen, falls die Verfolger so tief in die Wälder vordrangen, daß Entdeckungsgefahr bestand. Falls man den Spähtrupp aufspürte, war er gefangenzunehmen, denn auf gar keinen Fall durften Nachrichten über ihr Hiersein in die Burg gelangen. Beide Kirkburough-Männer meldeten sich freiwillig für diese Aufgabe. Sie schlugen außerdem vor, zu zweit losziehen zu dürfen, falls sie unterwegs einem der Verfolgertrupps begegneten.

Als sie das hörte, konnte Rowena ein Lächeln kaum unterdrücken.

36. Kapitel

Der Nachmittag schlich quälend langsam dahin. Rowena malte sich alle möglichen Dinge aus. Sie fand, daß, außer das Hauptlager befand sich in einer anderen Grafschaft, längst einer von Gilberts Männern hätte eintreffen und den Abzug der Männer von Kirkburough melden müssen – vorausgesetzt natürlich, daß die Männer überhaupt abgezogen waren.

Auch diese Möglichkeit mußte sie in Betracht ziehen. Die beiden Ritter hätten ebensogut beschließen können, gar nicht erst bei ihren Kameraden vorbeizuschauen, um sie vor dem »sicheren Tod« zu bewahren, sondern nur ihre eigene Haut so schnell wie möglich in Sicherheit zu bringen. Nun, vielleicht hatte sie sich nur eingebildet, daß ihr Gespräch mit dem Mann Früchte getragen hatte. Vielleicht hatte er seinem Freund gar nichts von dem Gespräch erzählt, vielleicht hatte er ihre Geschichte von Anfang an nicht geglaubt und als Hirngespinste einer verängstigten Frau abgetan. Vielleicht, vielleicht... Dieses Grübeln und diese Ungewißheit über die derzeitige Situation brachten sie noch um den Verstand.

Sie mußte verrückt gewesen sein, anzunehmen, ein paar Worte von ihr könnten eine ganze Armee in Panik versetzen – nein, Panik hatte sie gar nicht verbreiten wollen, sie hatte nur deutlich machen wollen, daß die Männer gar nicht in diesen Krieg gehörten, noch dazu, wenn sie keinen Lohn für ihre Bemühungen erhielten. Tja, das hatte sie nun davon.

Da die Regenwolken immer noch drohend über ihnen hingen, war es unmöglich zu sagen, wann die Dämmerung hereinbrach. Sie war auf einmal da, genauso, wie Gilbert und seine Männer. Wie ein Wilder kam er zwischen den Bäumen angalloppiert und brachte sein armes Pferd mit einem Ruck zum Stehen. Daß ihn nun weniger Männer begrüßten als zuvor, schien er nicht zu bemerken, doch vielleicht brauchte er sie ja gar nicht. Schließlich hatte er um so weniger Chancen, Einlaß in der Burg zu finden, je mehr Männer er bei sich hatte.

Er stieg gar nicht erst ab, sondern blickte sich suchend nach Rowena um. Als er sie entdeckt hatte, steckte er ihr seine Hand entgegen. »Ich habe beschlossen, dich mitzunehmen. Ich werde einfach sagen, ich hätte dich allein unterwegs aufgegriffen, und da du mir nicht sagen wolltest, wo du herkamst, war ich gezwungen, dich mitzunehmen. Ich werde sagen, daß ich hoffe, daß man mich deiner rasch entledigen wird, da meine Nachricht vom König immerhin sehr dringend ist und keinen Aufschub duldet – nicht einmal, wenn es sich um eine so reizende Dame handelt.« Er grinste noch breiter, als er fragte: »Glaubst du, sie werden mir diese zarte Last abnehmen?«

»Da sie damit rechnen mußten, wegen meiner Flucht ausgepeitscht oder entlassen zu werden, glaube ich, daß sie in der Tat nicht gerade verärgert über meine Rückkehr sein werden. Ja, ich zweifle nicht daran, daß sie die Zugbrücke für Euch herunterlassen werden.«

Sie versuchte, ihre Stimme so mißmutig wie möglich klingen zu lassen, so als verabscheue sie Gilberts Einfall. Sie mußte damit wohl Erfolg gehabt haben, denn Gilbert fing an zu lachen.

»Ärgere dich nicht, Rowena. Du mußt sein Verlies nur noch ein paar Stunden länger ertragen und dann nie wieder. Ist Fulkhursts Sturz das nicht wert, nach all den Grausamkeiten, die er dir angetan hat?«

Darauf gab sie keine Antwort. Was Warrick ihr angetan hatte, war nur die Vergeltung für das, was Gilbert ihr angetan hatte. Dem einen hatte sie nicht allzu viele Vorwürfe gemacht, und dem anderen würde sie niemals vergeben.

»*Falls* Euer Plan gelingt, Gilbert, ist immer noch genug Zeit zu sehen, was meine Kerkerhaft wert war.«

Da er keine andere Antwort von ihr erwartet hatte, war er zufrieden. Tatsächlich konnte ihm im Moment nichts so schnell die gute Laune verderben, jetzt, da der Sieg in Greifweite war. Doch Rowenas Mißstimmung war nicht nur Heuchelei. Sicher war sie froh, daß die Zweifel, die sie gesät hatte, Früchte trugen. Nun war sie in der Lage, Gilberts Plan zum Scheitern zu bringen und ihn dabei auch noch gefangen zu setzen. Das allein war die Mühe schon wert. Dennoch wäre es ihr lieber gewesen, wenn ihre andere Strategie funktioniert hätte, so daß sie nicht wieder in Warricks Hände geraten wäre. So hätte sie zwar Gilbert noch eine Weile länger ertragen müssen, doch sie zweifelte nicht daran, daß es ihr gelungen wäre, ihn irgendwie loszuwerden.

Nun, das Schicksal wollte es anders. Sie warf noch einen forschenden Blick ins Dickicht, bevor sie losritten, doch es gab immer noch kein Zeichen von einem seiner Männer, um die Flucht seiner Armee zu melden. Dreimal noch sah sie zurück. Nichts. Keine Spur. Alles ruhig.

Dann standen sie vor den Toren von Fulkhurst, und Gilbert rief seinen falschen Namen und gab sich als Bote Stefans aus. Dazu, daß er Rowena am Straßenrand aufgelesen hatte. Sie hörte gar nicht hin und sah auch kein einziges Mal von ihrem Platz hinter Gilbert auf, um sich den Torwachen nicht zu erkennen zu geben. Sie hatte keine Lust, ihm die Sache auch noch zu erleichtern. Sie war hier. Sie würde tun, was zu tun war. Sie haßte jedoch ihre Aufgabe mit jeder Minute mehr…

Sie sah sich ein letztes Mal um und – war das etwa einer von Gilberts Männern, der da in aller Eile auf sie zugaloppierte? Der sein Pferd zügelte, als er sah, daß sie bereits vor der Burg standen? Hatten diese Ritter von Kirkburough etwa gewartet, bis es dunkel war, bevor sie sich aus dem Staub machten? Dann waren sie doch nicht so dumm, wie sie gedacht hatte. Im Dunkeln würde Gilbert die Verfolgung schlecht aufnehmen können. Er würde bereits innerhalb der Burgmauern sein und auf eine Armee warten, die niemals auftauchen würde. Dank ihrer Beschreibung von Warrick würde eben diese Armee annehmen, daß sie ihren Herrn nie wieder sehen würden. Gute Strategie, nur ihr half das wenig.

Der Mann wendete sich bereits ab. Er war wohl zu demselben Schluß gekommen. Es war zu spät, um Gilbert noch zu warnen. Aber vielleicht dachte er ja, es spiele keine Rolle, weil Gilbert ja noch genügend Männer hatte, um seinen Plan durchzuführen... was ihr wiederum gar nicht recht war.

Rowena wollte Gilbert ihre Befürchtungen schon mitteilen, als einer der Wächter vom Turm rief: »Wartet hier. Mein Herr wird Euch das Mädchen selbst abnehmen.«

Rowena runzelte die Stirn und fragte sich, was er damit wohl meinte. Doch Gilbert sah zur Seite und fluchte. Da hörte auch sie es – das unverwechselbare Geräusch von nahenden Hufen, und zwar vieler herannahender Hufe. Sie sah in die gleiche Richtung. Tatsächlich, es war der Drache selbst, der zurückkehrte. Im letzten Licht des schwindenden Tages war er kaum zu erkennen, doch es bestand kein Zweifel, er war es. Auch Gilbert schien davon überzeugt zu sein.

Er fluchte immer noch, doch nicht laut genug, daß es die Wachen hörten. »Zum Teufel mit dem Mann. Es ist einfach unmöglich, daß er Gilly Field erreicht hat und so schnell wieder zurück ist. Irgend etwas stimmt da nicht!«

»Dann hat er eben seine Meinung geändert, das ist alles.«

Ihre Stimme rief ihm ihre Gegenwart wieder ins Gedächtnis zurück und gemahnte ihn ebenfalls, Fassung zu wahren. »Sorge dich nicht, Rowena«, meinte er. »Das ändert meinen Plan nur dahingehend, daß ich seine Burg statt dessen nun belagern werde. Meine Armee ist verdammt noch mal immer noch größer als die seine, und ich werde noch heute nacht mit ihr zurückkommen. Gut, daß ich noch nicht darum gebeten habe, übernachten zu dürfen. Jetzt werde ich natürlich drauf bestehen, sofort wieder aufzubrechen.«

Das konnte er doch nicht ernst gemeint haben, oder? »Du hast wirklich die Absicht, hierzubleiben und ihn zu begrüßen?« fragte sie ungläubig.

»Warum nicht? Er hat mich noch nie nahe genug gesehen und ohne Rüstung sowieso nicht. Wie sollte er mich also kennen?« Gilbert sah aus, als wolle er gleich in Gelächter ausbrechen. »Wirklich, das ist ein guter Witz. Den werde ich ihm sicher nicht vorenthalten, wenn ich wiederkomme.«

Da konnte Rowena einfach nicht länger widerstehen. Es brachte ihr rein gar nichts, außer dem Vergnügen, ihm den Schneid abzukaufen.«

»Es tut mir leid, das jetzt erwähnen zu müssen, Gilbert, doch er wird Euch erkennen. Er kennt Euch nur als meinen Stiefbruder, nicht als einen d'Ambray. Dennoch seid ihr ein Mann, den er auf der Stelle töten würde, denn Ihr wart derjenige, der ihn in Kirkburough an ein Bett gekettet hat. Die Witzfiguren seid ihr beide, teurer Bruder.«

»Verdammt nochmal, du lügst!« fluchte er. »Es ist einfach nicht möglich, daß ich ihn in Händen gehabt und es nicht gemerkt habe! Und er hätte auch nicht mit einer Armee anrücken können, solange er an ein Bett gekettet war.«

Um ihretwillen schwindelte Rowena hier ein bißchen. »Es war seine Armee, das könnt Ihr glauben, doch er führte sie nicht selbst an. Sie kam nicht wegen Euch, Gilbert, sondern wegen ihm. Und in dem Moment, in dem sie ihn befreit hatten, schickte er mich in sein Verlies. Mein Leben lang will er mich dafür büßen lassen, was ich ihm angetan habe. Euch will er nur tot sehen. Bitte, Ihr müßt mir ja nicht glauben. Ihr werdet ihn ohnehin erkennen, wenn Ihr bleibt, um ihn zu begrüßen.«

»Genug«, rief er, packte sie beim Arm und stieß sie von seinem Pferd herunter.

»Was tut Ihr?« fragte sie wütend, obwohl sie es bereits wußte.

»Die in der Burg wissen bereits, daß du es bist. Wenn ich dich also jetzt mitnehme, dann werden sie hinter mir her sein, was mir im Moment sehr ungelegen käme. Sag ihnen also, daß meine Geschäfte so dringend waren, daß ich einfach nicht länger warten konnte. Und habe keine Angst. Meine erste Forderung nach der Rückkehr wird sein, daß man dich freiläßt.«

Er ließ ihr keine Zeit zu antworten, sondern ritt samt seinen Männern fort. Es war so dunkel, daß sie innerhalb von Sekunden verschwunden waren. Die herannahende Armee war ebenfalls nicht mehr sichtbar, doch die Geräusche der donnernden Hufe waren lauter geworden.

In diesem Moment fragte sich Rowena, warum sie eigentlich noch hier stand und wartete. Es wäre so einfach, jetzt in der Dunkelheit wegzulaufen. Sie konnte sich zum Beispiel unter der Zugbrücke verstecken und fliehen, sobald alles wieder ruhig war. Man würde annehmen, Gilbert und seine Männer hätten sie mitgenommen. Doch das würde zu einer Verfolgungsjagd führen, angeführt von Warrick. Und Gilbert ritt auf direktem Weg zu seiner versteckten Armee – oder was davon noch übrig war. Warrick würde seine dagegen nicht mitnehmen, nicht um sieben Männer zu verfolgen. Und überhaupt war sie ein dummes Schaf, daß sie immer noch hier stand, während schon das erste Pferd aus der Dunkelheit auf sie zugeritten kam und neben ihr stehenblieb.

Fackeln wurden in die dafür vorgesehenen Höhlungen an der Außenmauer gesteckt. Viel Licht verbreiteten sie nicht – außer im Burggraben. Dann wäre es also doch keine so gute Idee gewesen, sich dort zu verstecken. Aus irgendeinem Grund fand sie das ungeheuer amüsant. Fast hätte sie angefangen zu lachen, doch als sie sah, wer auf dem Pferd saß, das neben ihr zum Stehen gekommen war, gefror ihr Lächeln. Es war Warrick selbst, auf seinem Schlachtroß, und er sah finster auf sie herab.

37. Kapitel

»Gibt es einen Grund, warum du mich hier empfängst, Maid, und nicht dort, wo du hingehörst?«

»Ich bin geflohen«, erwiderte Rowena einfach.

»Bist du?«

Die Skepsis, die in dieser Frage lag, sowie Warricks Lächeln sagten ihr, daß er ihr kein Wort glaubte. Nun, auch gut. Er würde noch früh genug merken, daß sie nicht nur Hirngespinste zu seinem Vergnügen und Zeitvertreib von sich gab. Dafür würde sie sorgen. Wichtig war nur, daß sie die richtigen Worte fand und jene vermied, die seine leicht aufbrausende Natur reizten.

Also zuckte sie mit den Schultern und sagte seufzend: »Tja, die Schuld liegt in diesem Fall ausnahmsweise mal nicht bei mir, tut mir schrecklich leid. Aber ich *mußte* fliehen oder ich hätte letzte Nacht in Eurem Verlies zugebracht.«

»Ah«, meinte er, als sei damit alles geklärt. »Dir graute vor einem Ort, der nach deinen eigenen Worten ›in der Tat bequem‹ ist.«

Mußte er sich ausgerechnet jetzt an das erinnern, was sie zu Lady Isabella gesagt hatte?

»Diesmal wäre es aber *nicht* so gewesen«, erwiderte sie ungehalten, änderte jedoch rasch ihren Ton und fuhr lässig fort: »Das ist die Wahrheit, ich wäre nicht wieder zurückgekommen, wenn mich nicht ein heimtückischer Herr, den ich kenne, aufgegriffen und hierher geschleppt hätte, um Einlaß auf Fulkhurst zu finden, in die Burg, die zu erobern er ausgezogen ist.«

Als auch das noch keine nennenswerte Reaktion hervorrief, war sie verärgert genug, um ihre gespielte Lässigkeit noch ein wenig dicker aufzutragen. »Und wo wir schon dabei sind, möchte ich Euch sagen, daß Ihr gut daran tätet, die Burg auf eine Belagerung vorzubereiten. Es kann aber genausogut sein, daß ich die feindliche Armee, welche in jenen Wäldern dort wartete, mit ein paar einfachen Worten in alle Winde zerstreut habe. Ich bin nicht sicher, Gott bewahre, doch ich habe einem der Ritter erklärt, daß ich mit Bestimmtheit weiß, daß ihr Herr gar nicht ihr Herr ist und kein Recht auf seine Dienste und die Dienste seiner Kameraden hat, und daß sie deshalb besser daran täten, zu ihrem rechtmäßigen Herrn zurückzukehren. Ich fürchte, ich habe dabei auch Euch in einem ziemlich schlechten Licht dargestellt, und zwar in der oft wahren Annahme, daß Furcht da funktioniert, wo Logik versagt.«

»Ich nehme mit Dank all die Beschreibungen meiner werten Person entgegen.«

»Das glaube ich gern«, brummte sie.

Er grinste sie an. »Sag mir nun, wie dir diese bemerkenswerte Flucht gelungen ist.«

»Es war nicht leicht, glaubt mir«, versicherte sie hastig. *Zu* hastig, denn er lachte, weil er wohl immer noch der Ansicht war, sie erlaube sich einen Scherz mit ihm.

»Wenn ich das angenommen hätte«, erwiderte er leichthin, »dann würde ich dich höchstpersönlich wieder in mein Verlies stecken, obwohl ich dich besuchen würde – oft besuchen würde.«

Die Wahrscheinlichkeit, daß er damit *nicht* scherzte, veranlaßte Rowena, einen anderen Ton anzuschlagen. Sie meinte ernst: »Ihr seid gerade rechtzeitig zurückgekommen, um sowohl Eure Burg, als auch Eure Familie zu retten. Ich hätte es versucht, doch ich bin nicht sicher, ob mir Eure Männer geglaubt hätten, wenn ich ihnen gesagt hätte, daß der ›Bote des Königs‹, der sich soeben wieder aus dem Staub gemacht hat, gar kein solcher ist, sondern daß er plante, noch in dieser Nacht die Tore für seine Armee zu öffnen. Wärt Ihr nur ein wenig später gekommen, Ihr hättet ihn entweder in Ketten vorgefunden – wenn man mir geglaubt hätte – oder aber Eure Burg besetzt und Eure Töchter als Geiseln – wenn man mir nicht geglaubt hätte. Und sein Preis für Eure Töchter wäre nicht mehr und nicht weniger gewesen als Euer Leben.«

Das Lachen war aus seinem Gesicht verschwunden, bevor sie zu Ende gesprochen hatte. Tatsächlich hatten sich seine Züge bedrohlich verfinstert. »Warum habe ich das Gefühl, daß du nicht mehr scherzt?«

»Weil ich eben nicht scherze und es auch vorher nicht getan habe. Es ist die Wahrheit, Warrick. Den Beweis für meine Worte findet Ihr in den Wäldern dort drüben, wenn nicht gar die Armee selbst – das heißt, falls sie nicht noch in dieser Nacht kommen, um Euch zu belagern. Und der heimtückische Herr? Er – er ist mein Stiefbruder. Er kam her, weil er sich an Euch rächen will – für die Zerstörung von Kirkburough. Ihr versteht doch, was Rache bedeutet?«

Ohne zu antworten, beugte sich Warrick zu ihr hinunter und hob sie mit einem raschen Griff auf sein Pferd. Seine Hände, mit denen er sie fest vor sich hielt, bohrten sich in ihr Fleisch, ebenso wie seine Worte. »Und du hättest ihm geholfen.«

»Verraten hätte ich ihn!«

»Und du erwartest, daß ich dir das glaube?«, fragte er in scharfem Ton. »Verraten? Deinen eigenen Bruder?«

»Zwischen uns bestehen keine Blutsbande, und ich verabscheue ihn so sehr, daß ich ihn töten könnte, töten *werde*, sobald sich die Gelegenheit ergibt.«

»Dann laß mich das für dich tun«, schlug er vor. Sein Ton war eisig. »Sag mir, wo ich ihn finden kann.«

War nun die Zeit für die ganze Wahrheit gekommen? Nein, er war im Moment viel zu wütend, um sich diese Beichte auch noch anzuhören.

Sie schüttelte entschieden den Kopf. »Ihr habt mir schon genug genommen. Und jetzt auch noch meine Rache? Nein, das überlaßt lieber mir.«

Sein Gesicht verfinsterte sich noch mehr. Er schüttelte sie sogar, doch sie biß die Zähne zusammen und gab nicht nach. Er knurrte schließlich nur und ließ sie los. Sie mußte sich rasch an seinen breiten Schultern festhalten, um nicht vom Pferd zu fallen. Sie erschrak, als in diesem Moment plötzlich die Zugbrücke heruntergelassen wurde und sich das Schlachtroß unter ihr in Bewegung setzte. Sie merkte, daß die Zeit knapp wurde. Schon in wenigen Minuten würde sie nicht mehr sagen können, was er schon bald von anderen hörte – zu ihrem Schaden.

»Ihr habt gar nicht gefragt, warum man mich in Euer Verlies werfen wollte, Mylord.«

»Du hast also noch mehr zu gestehen?«

Sie zuckte zusammen, als er sie so anfauchte. »Das ist kein Geständnis, sondern die Wahrheit, soweit mir bekannt. Ich sollte gestern abend des Diebstahls bezichtigt werden. Des Diebstahls eines sehr wertvollen Gegenstandes aus dem Besitz eines Burgfräuleins. Es sollte in Euren Gemächern gefunden werden, als Beweis meiner Schuld. Somit hätte man einen Vorwand gehabt, mich wegen möglicher anderer Diebstähle zu verhören. Man hoffte, daß Ihr mich bei meiner Rückkehr kaum mehr reizvoll finden würdet – und nicht zuletzt, daß ich aufgrund der Folter mein Kind verlieren würde. Ich war nicht willens, mich dem auszusetzen, noch dazu, wo ich unschuldig bin. So floh ich also, noch bevor irgendwelche Anschuldigungen erhoben werden konnten.«

»Und wenn du schuldig bist, dann machst du dieses Geständnis jetzt nur, um dich zu entlasten.«

»Ich bin aber nicht schuldig. Mildred hat den hinterlistigen Plan zufällig mitbekommen und mich gewarnt. Ihr könnt sie fragen –«

»Glaubst du etwa, ich weiß nicht, daß sie alles für dich sagen würde, selbst eine Lüge? Du solltest dir etwas Besseres einfallen lassen, um deine Unschuld zu beweisen.«

»Ihr seht, warum ich gezwungen war, die Burg zu verlassen«, sagte sie bitter. »Ich kann nicht mehr sagen, als was ich bereits gesagt habe. Es wird Euch nichts anders übrig bleiben, als meine Unschuld dadurch zu beweisen, daß Ihr meine Anklägerin als Lügnerin entlarvt – wenn nicht, dann müßt Ihr mich bestrafen, wie es diesem Vergehen angemessen ist.«

Sie fühlte, wie er sich bei ihren Worten versteifte.

»Verdammt, Dirne, was hast du getan, um dir den Haß dieser Frau zuzuziehen?«

Rowena schöpfte Hoffnung. Diese Frage zeigte, daß er ihr Glauben schenkte – oder es zumindest wollte.

»Nichts habe ich getan«, sagte sie einfach. »Sie will gar nicht mich treffen, sondern Euch. Und jetzt, wo ich verschwunden war, wird sie mich vielleicht gar nicht beschuldigt haben. In dem Fall hätte es keinen Sinn gehabt. Nun, da ich zurück bin, wäre es jedoch möglich, daß sie es dennoch tun wird, um Euch zu zwingen, mich zu bestrafen.«

Sie hatten vor dem Burgturm angehalten. Schon seit einiger Zeit standen sie dort, denn all die Männer, die von den Pferden stiegen, diese fortführten, und all die Knappen und Stalljungen, die durcheinanderhasteten, hatten sie aufgehalten. Plötzlich fiel Rowena ein zu fragen: »Warum seid Ihr so rasch wieder zurückgekehrt, Warrick?«

»O nein, Maid, du wirst jetzt nicht vom Thema ablenken. Du wirst mir hier und jetzt sagen, wer die Dame ist, die glaubt, mich durch dich verletzen zu können.«

Sie glitt vom Pferd, bevor er sie aufhalten konnte. Dann wendete sie sich um und blickte zu ihm hinauf. »Fragt mich bitte nicht. Wenn sie ihre Meinung geändert und sich entschlossen hat, doch nichts zu unternehmen, dann ist die Angelegenheit, was mich betrifft, vergessen und einer Bestrafung nicht wert. Wenn nicht, dann werdet Ihr noch früh genug erfahren, wer es ist.«

Sein Gesicht war finsterer denn je. Sie konnte es gut erkennen im Lichte all der Fackeln, die man im Burghof entzündet hatte. Außerdem krachte gerade in diesem Augenblick ein gewaltiger Donnerschlag, und ein mächtiger

Blitz erhellte einen Moment den schwarzen Nachthimmel taghell. Ein Schauder lief ihr über den Rücken, denn er sah aus wie der Teufel selbst. Seine Stimme bestätigte dies, als er nun in eisigem Ton erklärte: »Ich, und nur ich allein, entscheide, wer oder was Bestrafung verdient. Glaube also nicht, mir das auch noch vorenthalten zu können, ebenso wie den Namen deines Bruders. Entweder bekomme ich jetzt sofort eine Antwort oder –«

»Wenn Ihr es wagt, mir nach all dem, was ich durchgemacht habe, auch noch zu drohen«, unterbrach sie ihn hitzig, »dann schwöre ich, werde ich das wenige, das ich heute zu mir genommen habe – Armeerationen und auch noch ranzig –, genau... hier... über... Euren Stiefel...« Sie beendete ihren Satz nicht, sondern schluckte beredt und fuhr fort: »Ihr tätet wahrhaftig besser daran, Euch auf eine Belagerung vorzubereiten – man weiß ja nie – oder ist das etwa nicht wichtiger als eine einzige, wertlose Gefangene, die im Augenblick ohnehin, dank ihres verfluchten Bruders, nirgends mehr hingehen kann. Dann, und erst dann, werdet Ihr noch genug Zeit haben, um Euch mit meiner Flucht, dem Diebstahl – und meiner Dreistigkeit zu befassen!«

Sie wirbelte herum und ließ ihn einfach sitzen, zu wütend, um sich noch darum zu kümmern, ob sie ihn mit ihrer Rede nun vollends zur Weißglut gebracht hatte oder nicht. Leider entging ihr so das Grinsen, das sich langsam auf seinen Zügen ausbreitete und auch das Gelächter, das folgte. Doch seine Männer bemerkten es sehr wohl. Mehr als nur einer fragte sich, was ihn wohl so amüsierte, während er Befehle zur Verteidigung der Festung erteilte.

38. Kapitel

Die Geräusche aus dem Palas ließen darauf schließen, daß das Abendmahl immer noch im Gange war. Rowena hörte es, als sie die Treppen zur Halle hinaufstieg. Ihre Schritte verlangsamten sich, und ihr hitziges Temperament kühlte sich ab, als ihr einfiel, was sie dort erwartete.

Sie hatte eigentlich direkt in die Küche gehen wollen, um ihren rebellierenden Magen endlich zu beruhigen, änderte jedoch ihre Meinung. Leider gab es keinen einzigen Ort, den sie erreichen konnte, ohne den Palas zu durchqueren. Vielleicht wieder nach draußen? Nein, die ersten großen Tropfen des längst überfälligen Gewitters klatschten bereits auf den Hof. Den ganzen Tag schon hatte sie befürchtet, in den Regen zu kommen. Da würde sie sich jetzt der Nässe ganz bestimmt nicht freiwillig aussetzen.

Warrick fand sie schließlich wie ein Häufchen Elend in der dunkelsten Ecke der Treppe hockend. Er winkte den paar Männern, die ihn begleitet hatten, weiterzugehen. Doch selbst, als nur er über ihr stand, weigerte sie sich, den Blick zu heben, obwohl sie genau wußte, daß er es war, der sie ansah. Sie hatte auch keine Lust zu erklären, warum sie hier saß. Er mußte sie schließlich fragen. »Was tust du hier? Ich dachte, du wolltest deinen Magen mit weniger *Ranzigem* erfreuen, etwas, das man nicht so leicht erbricht.«

Sie sah immer noch nicht zu ihm auf, doch sie zuckte mit den Schultern. »Das hatte ich auch vor, aber ich müßte durch den Palas gehen, um in die Küche zu gelangen.«

»Na und?«

»Na und da – da wäre es mir lieber, Euch bei mir zu haben, wenn man mich beschuldigt.«

Rowena konnte sich beim besten Willen nicht vorstellen, warum ihn dieser Satz bewog, sie hochzureißen und in die Arme zu nehmen, doch genau das war es, was er tat. Er war naß bis auf die Haut, doch das kümmerte sie nicht. Sie schmiegte sich an ihn und bemerkte sehr wohl, daß sein Kuß nicht leidenschaftlich war, sondern Wärme verhieß, Sicherheit – und Zärtlichkeit. Fast wäre sie in Tränen ausgebrochen, daß ihr das nun passierte, nach all dem Schrecklichen, das sie durchgemacht hatte.

Als er sie schließlich losließ, streichelte seine Hand immer noch über ihre Wange, und sein Lächeln ließ seine Augen warm leuchten. »Komm«, sagte er sanft und führte sie, einen Arm um ihre Taille gelegt, die Stufen zum Palas hinauf. »Ich will nicht noch einmal hören, daß du mich beschuldigtst, wenn du das Gefühl hast, dich übergeben zu müssen – oder liegt es an dem Kind?«

»Nein – zumindest glaube ich es nicht.«

»Dann geh essen«, sagte er und schubste sie in Richtung Küchentreppe.

»Was ist mit Euch?«

»Ich bin sicher, daß ich dieses eine Mal ohne deine Dienste auskomme. Aber sobald du fertig bist, kannst du mir eine Flasche meines neuen Weines bringen – und ein Bad für uns vorbereiten lassen.«

Es war ihm nicht nur aus Versehen herausgerutscht, dieses »uns«, und Rowena stand deswegen immer noch die Röte im Gesicht, als sie einen Augenblick später die Küche betrat. Sobald sie einmal dort war, erschien alles wie immer. Niemand hielt bei ihrem Eintreten mit der Arbeit inne. Keine Wachen wurden gerufen. Doch Mary Blouet bemerkte sie und brach über sie herein wie der Gewittersturm, der draußen tobte.

»Ich sollte Euch ein paar Stockhiebe verpassen, Mädchen«, waren ihre ersten Worte, während sie Rowena in die Vorratskammer zog, wo niemand sie belauschen konnte. »Wo zum Teufel wart Ihr? Die ganze Burg hat man nach Euch abgesucht. Sogar Spähtrupps wurden ausgesandt.«

»Ist – ist gestern abend irgend etwas passiert, über das ich mir Sorgen machen müßte?«

»Ah, deshalb habt Ihr Euch also versteckt«, erwiderte Mary stirnrunzelnd. »Aber Ihr seid doch schon weit früher verschwunden. Den ganzen Nachmittag habe ich nach Euch gesucht, so sieht's aus, aber dann – nun, ich habe niemandem gesagt, daß Ihr nicht zu finden seid. Die kleine Pause habt Ihr Euch verdient, hab ich mir gesagt, so hart, wie Euch Lord Warrick in den letzten Tagen hat arbeiten lassen. Als Lady Beatrix dann so ein Spektakel wegen ihrer verschwundenen Perlenkette machte – hat mich nicht gewundert, daß Ihr nicht aus Eurem Versteck gekommen seid.«

Darum also hatte Beatrix ihren Plan doch durchgeführt. Sie wußte gar nicht, daß Rowena die Burg verlassen hatte, da Mary der Ansicht war, sie hätte eine Pause verdient. Das war schon fast wieder zum Lachen, doch Rowena war der Schreck in die Glieder gefahren, als Mary meinte, sie hätte allen Grund gehabt, nicht aus ihrem Versteck zu kommen.

»Hat man die Kette gefunden?«

»Ja, in Lord Warricks Gemächern. War schon komisch, diese Sache. Die Wache hat gemeint, Lady Beatrix schien ganz genau zu wissen, wo die Kette war, so, als ob sie sie selbst dort hingelegt hätte. Dennoch behauptet sie, daß Ihr diejenige seid, die sie gestohlen hat, da ihre Schwester beschwört, Ihr wärt die letzte gewesen, die sie in der Nähe ihrer Kammer gesehen hat, kurz bevor es Zeit war, sich fürs Abendessen umzukleiden.«

Rowena schnappte nach Luft. »Wann, sagtet Ihr?«

»Vor dem Abendessen«, erwiderte Mary. »Das war, als sie die Perlen nicht mehr finden konnte, obwohl Beatrix behauptete, daß sie eine Stunde vorher noch dagewesen seien.«

»Das würde bedeuten, sie hätte sie am späten Nachmittag zum letzten Mal gesehen, nicht wahr?« fragte Rowena aufgeregt.

»Genau. So hat sie's jedenfalls behauptet.«

Rowena lachte glücklich. Fast hätte sie Mary Blouet umarmt; dann, von plötzlicher Erleichterung überwältigt, tat sie genau das.

»Nun, nun«, brummte Mary abwehrend und dennoch gerührt.

»Wofür soll das schon wieder sein?«

»Dafür, daß Ihr mich habt faulenzen lassen und niemandem etwas verraten habt – denn genau das wird meine Unschuld beweisen.«

»Ich versteh zwar nicht genau, wie, aber es freut mich, das zu hören, denn die Wachen sind immer noch hinter Euch her, Mädchen. Ein Wunder, daß Ihr es überhaupt bis hierher geschafft habt, ohne festgehalten zu werden.«

»Wahrscheinlich haben sie gedacht, da Warrick an meiner Seite war, würde er die Angelegenheit nun in die Hand nehmen.«

»Ist er denn zurück?«

»Ja.« Rowena grinste. »Und er hat mir befohlen zu essen, also tue ich das auch. Gott im Himmel, ich glaube, ich habe meinen Appetit wiedergefunden. Außerdem soll man ein Bad einlassen und mir eine Flasche Tures Wein bringen.«

»Nun, dann eßt mal schön. Um das Bad werde ich mich kümmern und auch um den Wein.«

»Vielen Dank, Mistress –«

»Mary«, sagte die ältere Frau. Auch ihr Gesicht zierte nun ein breites Grinsen. »Ja, ich denke, *du* kannst mich Mary nennen.«

Als Rowena nicht lange darauf den Palas betrat, hielt sie die Weinflasche wie ein Baby im Arm. Ihr Schritt war fest und zuversichtlich. Als sie näherkam, lächelte sie Warrick fröhlich an.

Er selbst sah weniger zufrieden aus. Er hatte die Beschuldigungen bereits gehört. Beatrix hatte also nicht einmal gewartet bis zur Tischzeit, sondern war ihm sogleich in seine Gemächer gefolgt, um ihm eine detaillierte Beschreibung der Vorgänge zu geben, während er sich seines nassen Überrocks entledigte und sein Haar trocknete.

Und nun sah diese flachsblonde Maid aus, als ob sie ein äußerst amüsantes Geheimnis zu erzählen hätte. Er hoffte, daß es so war, denn die Beweise gegen sie waren erdrückend.

Er hatte sich bereits an den Kamin gesetzt. Seine Tafel war schon abgedeckt. Beatrix saß in einem der Sessel, Melisant auf einem Stuhl neben ihr. Warrick bedeutete Rowena mit einem Kopfnicken, sie solle sich in den anderen Sessel setzen.

Beatrix schnappte nach Luft, als sie das sah, verkniff sich jedoch jeden Kommentar. Seit dem Augenblick, in dem sie seine Mätresse des Diebstahls bezichtigt hatte, war sein Blick finster – was sie aufs höchste erfreute. Sie hoffte, daß er vor Wut platzte. Es wäre ihr zwar lieber gewesen, wenn er die Dirne bei seiner Rückkehr entstellt und nicht länger anziehend gefunden hätte, doch vielleicht würde er eben das jetzt ja selbst übernehmen, nachdem er sein Urteil gefällt hatte. Zumindest würde er sie nach einem Schuldspruch nicht länger in sein Bett nehmen können. Wenigstens das hatte Beatrix erreicht.

»Meine *Tochter*«, begann Warrick in angeekeltem Ton, als er sich an Rowena wandte, »hat eine sehr ernste Beschuldigung gegen dich vorgebracht, Maid. Was hast du zu dem Diebstahl der Perlenkette zu sagen?«

»Sagte sie, wann der Diebstahl geschah?«

»Wann, Beatrix?«

»Kurz vor dem Abendmahl«, meinte Beatrix prompt.

»Fragt sie doch, Mylord, wie sie so sicher sein kann«, schlug Rowena vor.

»*Wie,* Beatrix?«

Beatrix konnte nur mit Mühe ein Stirnrunzeln zurückhalten.

Ihr leuchtete einfach nicht ein, was das für einen Unterschied machte. Die Kette war gestohlen und in Warricks Gemächern gefunden worden. Die Dirne wollte doch sicher nicht andeuten, *er* habe sie genommen.

»Ich habe sie am späten Nachmitag zum letzten Mal gesehen und beschlossen, sie zum Abendmahl zu tragen. Kaum eine Stunde später war sie verschwunden, und *sie*« – sie zeigte mit dem Finger auf Rowena – »ist in dieser Zeit vor meiner Kammer gesehen worden. Melisant war es, die sie gesehen hat.«

Rowena grinste Warrick an. »Habe ich Euch schon erzählt, Mylord, um welche Zeit ich gestern entflohen bin?«

»Entflohen?!« schrie Beatrix. »Willst du damit sagen, daß du dich nicht in der Burg versteckt hast?«

»Nein, Mylady. Ein einfaches Versteck hätte angesichts dessen, was *Ihr* mit mir vorhattet, nicht gereicht.«

Die Röte schoß in Beatrix' Wangen, als ihre Augen nun boshaft funkelten. »Du gibst also zu, daß du ausgerissen bist? Weißt du, was für eine Strafe einen entflohenen Leibeigenen erwartet?«

»Das weiß ich, Lady Beatrix. Immerhin besitze ich eigene Ländereien, meine eigenen Diener, und ich war oft genug dabei, wenn mein Vater seine Urteile gefällt hat, bevor er starb. Ich sollte also wissen –«

»Lügnerin!« zischte Beatrix. »Wollt Ihr etwa zusehen, während sie uns solche Lügen auftischt, Vater?«

»Ich glaube kaum, daß sie lügt«, erwiderte er. »*Ich* habe sie zur Leibeigenen gemacht, nicht ihre Geburt. Doch wir schweifen ab. Wann hast du die Burg verlassen, Rowena?«

»Um die Mittagszeit.«

»Sie lügt schon wieder!« kreischte Beatrix schrill. »Wie könnt Ihr Euch das nur anhören –?«

»Kein Wort mehr, Beatrix«, warnte Warrick in eisigem Ton.

»Ich kann beweisen, daß ich um die fragliche Zeit schon längst nicht mehr in der Burg war, Mylord«, meinte Rowena.

»Mistress Blouet wird Euch sagen, daß sie den ganzen Nachmittag lang vergeblich nach mir gesucht hat. Und der Wachtposten am rückwärtigen Tor kann sicher genau bestätigen, wann Mildred ihn an dem Tag in ein Gespräch verwickelt hat, damit ich unbemerkt an ihm vorbeischlüpfen konnte. Ich hoffe sehr, daß Ihr ihm diese kleine Nachlässigkeit nicht vorwerfen werdet, denn wenn er besser aufgepaßt hätte, dann hättet Ihr mich heute nicht am Burgtor, sondern in Eurem Verlies wiedergefunden – oder zumindest das, was noch von mir übrig gewesen wäre«, beendete sie ihren Satz und warf Beatrix einen Blick unverholener Verachtung zu.

»Was sagst du dazu, Beatrix?« fragte Warrick.

»Sie lügt«, fauchte Beatrix hochmütig. »Laßt doch jene hierherbringen, von denen sie behauptet, sie würden ihre Lügen bestätigen. Sie sollen es mir selbst ins Gesicht sagen.«

»Du glaubst also, sie einschüchtern zu können?« erwiderte er mit jenem Lächeln auf den Lippen, das Rowena so haßte.

»Nun, das lassen wir lieber, denke ich. Aber beantworte mir folgende Frage: Wenn sie deine Perlen schon gestohlen haben soll, warum hat sie sie dann nicht mitgenommen, als sie floh?«

»Woher sollte ich wissen, was in einer Hure vorgeht?«

Bei dieser Bemerkung verfinsterte sich sein Gesicht unheilverkündend. Beatrix starrte mit steinernem Gesicht zurück. Sie war viel zu wütend, um Furcht zu empfinden. Doch als er dieses Gesicht Melisant zuwandte, brach seine jüngste Tochter prompt in Tränen aus.

»Sie hat mich gezwungen, das zu sagen!« heulte sie verzweifelt. »Ich wollte ja gar nicht, aber sie drohte zu sagen, *ich* hätte ihre Kette gestohlen, wenn ich nicht bezeugen würde, daß Eure Mätresse es getan hat! Es tut mir leid, Vater! Ich wollte sie nicht verletzen, doch Beatrix war so wütend auf Euch –«

»O ja, sie war wütend auf mich«, knurrte Warrick. »All das geschah nur meinetwegen. Nun, Beatrix, was jetzt mit dir passiert, hast du ausschließlich dir selbst zuzuschreiben – fällig war es ja schon längst.«

39. Kapitel

Warrick verdrosch seine Tochter vor aller Augen im Palas, und er benutzte dazu seinen dicken, ledernen Gürtel. Rowena lehnte sich in ihrem Sessel zurück und schloß die Augen. Die Stimme der schreienden Beatrix war fast unerträglich. Langsam wurden Beatrix' Schreie heiser, ihr Flehen immer leiser. Rowena mußte sich auf die Lippen beißen, um Warrick nicht um Einhalt zu bitten. Er hörte jedoch erst auf, als Beatrix nur noch ein Häuflein Elend war.

Nachdem ihre Dienerinnen sie vorsichtig aus dem Palas geführt hatten, ließ sich Warrick erschöpft in den Sessel neben Rowena fallen. »Das sollte meinen Zorn eigentlich abgekühlt haben, doch das ist leider nicht der Fall.«

»Also *meiner* ist jedenfalls verpufft«, versicherte Rowena trocken.

Ein Geräusch wie unterdrücktes Lachen kam aus seiner Kehle. »Maid –«

»Nein, tut mir leid«, sagte sie in ernstem Ton. »Aber mir

ist wirklich nicht nach Scherzen zumute. Euren anhaltenden Zorn kann ich gut verstehen. Es muß furchtbar sein zu wissen, daß einem das eigene Kind Schaden zufügen will. Aber vergeßt bitte nicht, daß sie immer noch ein Kind ist, das denkt und fühlt wie ein Kind. Genau so ist ihr Versuch, sich an Euch zu rächen, zu verstehen.«

Er sah sie mit hochgezogener Braue an. »Versuchst du etwa, mich zu trösten, Maid?«

»Gütiger Gott, das würde mir doch im Traum nicht einfallen.«

Diesmal konnte er sich das Lachen nicht verbeißen. »Ich bin froh, daß du noch da bist.«

Rowena stockte der Atem bei diesen Worten. »Ist das wahr?« fragte sie sanft.

»Ja. Es hätte mir gar nicht gefallen, dir im strömenden Regen hinterherzujagen.«

Sie funkelte ihn böse an, als sie das hörte, doch dann sah sie, daß sich seine Lippen leicht kräuselten. Wollte sie der gefürchtete Drache etwa nur necken?

Erstaunlich, wie entspannt sie sich auf einmal in seiner Gegenwart fühlte. Er schien tatsächlich nicht länger ihr Wärter und sie nicht länger seine Gefangene zu sein. Hatte ihn jene Nacht der Leidenschaft wirklich so verändert, daß er seine Rachepläne gegen sie vollkommen aufgegeben hatte? Der Gedanke war viel zu verlockend, als daß sie sich ihm länger hingab.

»Die Frage meines Diebstahls«, begann sie vorsichtig. »Ist sie in Euren Augen zufriedenstellend gelöst?«

»Ja – in diesem Fall.«

Rowena hätte fast nicht weitergesprochen, denn diese Antwort war, was ihre nächsten Fragen betraf, nicht gerade ermutigend. Da er jedoch nicht verärgert aussah, nahm sie ihren Mut zusammen und fuhr fort.

»Was – was ist mit meinem vorübergehenden Aufenthalt in den Wäldern?«

Er schnaubte angesichts ihres sehr milden Ausdrucks für das, was eine gelungene Flucht gewesen wäre, hätte ihr Bruder sich nicht zufällig in der Gegend aufgehalten und sie zurückgebracht. »Was willst du, Maid?«

»Wollt Ihr mich dafür bestrafen?«

»Bin ich ein Ungeheuer, dich dafür zu bestrafen, wo dir das Schlimmste hätte passieren können, wenn du in der Burg geblieben wärst?«

Sie grinste. »Ja, wirklich –«

»Sag es lieber nicht«, warnte er.

»Was?« fragte sie unschuldig.

Sein Stirnrunzeln schüchterte sie nicht im mindesten ein.

»Da wir nun schon den Diebstahl und deine Flucht abgehandelt haben, willst du jetzt wohl deine Dreistigkeit zur Sprache bringen, nicht wahr?«

Rowena verdrehte die Augen. Sie wünschte, er hätte ein weniger gutes Gedächtnis. »Es wäre mir lieber, wenn wir dieses Thema auf später verschieben könnten – viel später. Denn da ist noch eine andere Sache...«

Aber nun, wo es soweit war, verlor sie den Mut. Seine Stimmung war freundlich, trotz der unangenehmen Szene von vorher. Sie scheute sich, das jetzt zu zerstören, und damit wieder diesen grausamen, finsteren Gesichtsausdruck heraufzubeschwören, den er immer dann an sich hatte, wenn er außer sich vor Wut war. Doch sie mußte ganz einfach wissen, ob sich seine Einstellung ihr gegenüber wirklich gewandelt hatte, oder ob alles nur oberflächlich war.

Schließlich sprudelte es einfach aus ihr heraus. »Wollt ihr mir immer noch mein Kind wegnehmen, Warrick?«

Das, was sie befürchtet hatte, geschah – die grausame Maske legte sich auf sein Gesicht, der Mund verzog sich zu jenem verachtungsvollen Strich, den sie schon so oft gesehen hatte – wenn auch nicht in letzter Zeit. In eisigem Ton meinte er: »Warum denkst Du, daß ich es nicht mehr haben will?«

»Das – das habe ich nicht gedacht – nur –«

»Du würdest es also als Leibeigenen aufziehen?«

»Ich bin keine Leibeigene!« fauchte sie. »Ich besitze Ländereien, die mir rechtmäßig zustehen.«

»Dir steht nur das zu, was ich dir gewähre«, knurrte er.

»Was wollt Ihr denn überhaupt mit dem Kind?« fragte

sie böse. »Wer wird sich darum kümmern, während Ihr Eure Schlachten und Kriege austragt? Vielleicht eine andere Dienerin? Oder Eure Frau?«

Den verächtlichen Ton, in dem sie ihre letzte Frage geäußert hatte, schien er zu überhören. »Wenn du mir einen Sohn schenkst, dann werde ich mich selbst um ihn kümmern. Denn einen Sohn will und muß ich haben. Und eine Tochter?« Er zuckte mit den Schultern. »Uneheliche Töchter sind auch etwas wert, wie ich erst vor kurzem feststellen konnte.«

Sio war so wütend über diese Antwort, daß sie am liebsten laut geschrien hatte. Wic sie jedoch schon bitter erfahren mußte, gewann man bei einem Mann wie Warrick überhaupt nichts, wenn man die Beherrschung verlor.

Also nahm sie sich zusammen, so daß ihr Gesicht nur mehr leicht verärgert aussah und fragte in einigermaßen ruhigem Ton: »Und was ist mit Liebe und Zärtlichkeit und der richtigen Erziehung?«

Er zog erstaunt eine Augenbraue hoch. »Glaubst du etwa, ich wäre dazu nicht fähig?«

»Genau. Beatrix ist das beste Beispiel dafür.«

Das war ein harter Schlag, einer mit dem sie ihn richtig getroffen hatte. Sein Gesichtsausdruck veränderte sich schlagartig. Er sah plötzlich niedergeschlagen und traurig aus.

Seltsamerweise fühlte Rowena in diesem Moment seinen Schmerz mit ihm, wie ein Dolch war er ihr ins Herz gefahren.

Sie konnte nicht anders, als von ihrem Sessel aufzuspringen und zu ihm zu eilen. »Es tut mir so leid!« rief sie, schlang die Arme um seinen Hals und drückte ihn an sich, damit er spürte, daß sie es ernst meinte. »Das wollte ich nicht, ich schwör's, das wollte ich nicht! Schließlich ist es nicht Eure Schuld, daß im Land die Gesetzlosigkeit herrscht, daß Ihr immer und allzeit bereit sein müßt, Euch und die Euren zu verteidigen, daß Ihr dazu in immer neue Schlachten verwickelt werdet und gezwungen seid, Euer Zuhause zu verlassen. Dieser verdammte Stefan ist schuld daran. Nur wegen ihm mußte mein eigener

Vater wieder und wieder in den Krieg ziehen, und Ihr seht, wie rücksichtslos ich selbst dabei geworden bin, obwohl ich eine Mutter hatte, die mich geliebt und geleitet hat. *Euch* kann man nur vorwerfen, daß Ihr mir nicht mehr genug Furcht einjagt und meine abscheuliche Zunge deshalb mit mir durchgeht –«

»Sei...ruhig.«

Er zitterte, während seine Arme sie fest umklammert hielten. Sie versuchte, sich zurückzulehnen, um sein Gesicht zu sehen, doch sein Griff war unnachgiebig. Und die Geräusche, die er von sich gab, minderten ihre Besorgnis keineswegs.

»Warrick?« fragte sie entsetzt. »Du – du weinst doch nicht etwa?«

Er zitterte noch mehr. Rowena runzelte die Stirn. Da hob er schließlich den Kopf, und als er ihr Gesicht sah, wurde aus dem mühsam unterdrückten Lachen ein lautes Gelächter. Rowena stieß einen Schrei aus und trommelte mit ihren kleinen Fäusten wie wild auf seine Brust. Daraufhin nahm er ihr Gesicht in seine Hände und küßte sie zärtlich. Auch jetzt gluckste er noch, so daß dieser Kuß zunächst ein wenig kitzlig war. Doch nicht lange. Sie war nämlich so wütend über diesen kleinen Trick, daß sie ihre Finger in seinem dichten, goldenen Haar vergrub und ihre Brüste eng an ihn preßte. Das ließ sein Lachen sehr schnell verstummen. Auch ihre Verärgerung war wenige Sekunden später vergessen.

Beide waren außer Atem, als sie sich schließlich voneinander lösten. Rowena fühlte sich viel zu wohl, um jetzt von ihm wegzurücken, auch wenn er sie gar nicht gebeten hatte, auf seinem Schoß Platz zu nehmen. Eigentlich hätte sie sich zusammennehmen und wieder aufstehen sollen. Er löste die Sache auf seine Weise, indem er ihre Wange sanft an seine Brust preßte und dort festhielt, während er mit der anderen Hand ihre Hüfte streichelte.

»Du bist so töricht, Maid. Du verlierst einen Streit, nur weil du dir zu viel Gedanken darüber machst, daß dein Gegner möglicherweise verletzt sein könnte.«

Sie waren nicht allein in der großen Halle, die meiste

Zeit jedoch achtete niemand auf sie. Auch wenn sie sie beobachtet hätten, Rowena war's egal, und das überraschte sie wirklich. Erst vor kurzem wäre sie vor Verlegenheit und Scham gestorben, wenn Warrick sie so vor aller Augen gehalten hätte. Doch vor wenigen Nächten hätte Warrick so etwas auch noch nie zu ihr gesagt.

Sie grinste in sich hinein. »Die meisten Frauen sind nun mal mit zu viel Mitgefühl geschlagen. Oder willst du mir etwa vorwerfen, daß ich zu weiblich bin, Warrick?«

Er schnaubte. »Ich wollte damit nur sagen, daß es eine Zeit für Mitgefühl gibt und eine Zeit, in der sie fehl am Platz ist. Im Moment jedoch bin ich sehr empfänglich für Mitgefühl und – Weiblichkeit.«

Sie reckte und streckte sich genüßlich und rieb ihren Körper noch enger an dem seinen. Er zog scharf den Atem ein.

»War das weiblich genug für dich?« schnurrte sie.

»Das ist grausam, wenn du mich fragst – oder willst du, daß ich dich jetzt, auf der Stelle, in mein Bett trage?«

Dagegen hatte sie, wenn sie ehrlich war, nichts einzuwenden. Dennoch sagte sie: »Hast du vergessen, daß ein Bad vorbereitet wurde?«

»Wenn das als Abkühlung gemeint war, dann denk doch bitte daran, was passiert ist, während wir zum letzten Mal zusammen in der Wanne waren.«

»Das habe ich keineswegs vergessen, aber es kann sein, daß das Wasser auch dieses Mal schon kalt ist«, warnte sie ihn.

Er beugte den Kopf zu ihr hinunter und knabberte an ihrem Hals. »Würde es dich stören?«

»Hat es mich damals gestört?«

Er gluckste, als er aufstand und sie auf die Füße stellte. »Dann komm und vergiß den Wein nicht. Ich nehme an, du wirst dieses Mal nicht daran ersticken?«

»Nein, sicher nicht.«

Rowena war es noch nicht gewohnt, so locker und scherzhaft mit ihm zu plaudern, und ihre Wangen glühten vor Verlegenheit. Was sie ebenfalls nicht verhindern konnte, war, daß ihr das Blut heiß durch die Adern schoß.

Sie war wohl immer noch eine Gefangene, wie es schien – eine Gefangene ihrer Leidenschaft. Nun, vielleicht ging es Warrick ja ähnlich.

40. Kapitel

»Ich habe einen Späher vorausgeschickt, der das Gebiet um Gilly Field durchforschen sollte. Noch bevor er zurückkam, um zu berichten, daß er nichts Ungewöhnliches entdeckt hatte, erhielt ich andere Nachrichten, die besagten, daß eine riesige Armee gesichtet worden war, die Richtung Norden auf Fulkhurst zumarschierte.«

»Dann wußtest du also von der Armee in den Wäldern?« rief Rowena aufgebracht. »Und ich zerbreche mir den Kopf, wie ich dir die Wahrheit am besten begreiflich machen kann. Ich mühe und mühe mich, dich von der drohenden Gefahr zu überzeugen und du –!«

»Worüber beschwerst du dich?« frage Warrick. »Habe ich nicht jedem einzelnen deiner Worte gelauscht?«

»*Amüsiert* hast du dich über jedes einzelne meiner Worte«, erwiderte sie entrüstet.

»Nicht über *jedes* einzelne.«

Das brachte sie vorläufig zum Schweigen, denn letzte Nacht hatte er sie nochmals nach dem Namen ihres Bruders gefragt. Des weiteren hatte er wissen wollen, wo denn die Ländereien lagen, die sie behauptete zu besitzen. Wahrscheinlich vermutete er, daß Gilbert sich dort aufhalten würde. Er war ziemlich wütend geworden, als sie weder die eine noch die andere Frage hatte beantworten wollen. Sie konnte nur ahnen, *wie* wütend er also wegen des geplanten Angriffs und der möglichen Folgen für Fulkhurst und die Seinen sein mußte.

Sie hatten die Gemächer an diesem Morgen noch nicht verlassen, obwohl Warrick schon seit Stunden auf war. Gilbert und seine Armee, beziehungsweise das, was davon noch übrig war, hatten während der Nacht nicht versucht, die Burg zu belagern. Deshalb war es ziemlich unwahrscheinlich, daß er jetzt noch auftauchte. Rowena war schließlich eingefallen, ihn zu fragen, warum er schon so bald wieder zurückgekehrt war. Und genau das wollte er ihr im Moment erklären – wenn sie ihn hätte ausreden lassen.

Er wartete noch ein wenig und fuhr dann fort: »Da wir am Ende des ersten Reisetages noch nicht auf jene Armee gestoßen waren, von der mir mein Bote berichtet hatte, hielt ich es für klüger, sofort wieder kehrt zu machen und nach Fulkhurst zurückzureiten. Genau das hätte ich d'Ambray nämlich zugetraut: Daß er mich weglockt, um dann Fulkhurst anzugreifen. Statt dessen hat dein Bruder meine Abwesenheit ausgenützt. Ich frage mich jetzt, ob d'Ambray nicht vielleicht ebenfalls von dieser Armee Wind bekommen hat und glaubte, ich selbst wollte ihn in einen Hinterhalt locken. Wenn das der Fall war, dann wird er fuchsteufelswild sein, daß ich seinen Plan erraten habe.«

Warrick würde noch viel wütender sein, wenn er herausfand, daß d'Ambray und ihr Stiefbruder ein und dieselbe Person waren.

Darauf hätte er nach diesem letzten Fehlschlag eigentlich selbst kommen können. Rowena war im Grunde überrascht, daß das nicht der Fall war, da die fragliche Armee doch die einzige war, die in dem Gebiet gesichtet worden war. Doch um auf diese, zugegeben recht naheliegende, Lösung zu kommen, hätte er sich selbst eingestehen müssen, daß es sein ärgster Feind war, der ihn damals in Kirkburough gefangengenommen und mißhandelt hatte. So wie Warrick nun einmal war, würde er lieber jede andere Möglichkeit in Betracht ziehen, auch wenn sie noch so abwegig war, nur um sich dieser Tatsache nicht stellen zu müssen.

Überhaupt hatte sie schon viel zu lange geschwiegen. Sobald ihr klar gewesen war, daß er sie wegen ihrer wahren Identität nicht töten würde, hätte sie ihm die Wahrheit sagen müssen.

Wie die Sache nun stand, *mußte* er ja annehmen, daß sie mit ihrem Schweigen einen Plan verfolgte, daß ihre

Verführungskünste dazu gedient hatten, ihn auszuhorchen, um Gilbert zu warnen. Warum sollte er ihr auch glauben, daß sie ihren Stiefbruder haßte, wenn es genauso wahrscheinlich war, daß sie beide zusammen gegen ihn arbeiteten? Zum jetzigen Zeitpunkt würde die Wahrheit nicht nur seinen Zorn erneut entfachen, sondern wahrscheinlich auch seine Rachegelüste ihr gegenüber. Und das konnte sie einfach nicht ertragen, nicht jetzt, wo sie anfing, positive Gefühle für den Mann zu hegen.

Sie wußte, daß es dumm von ihr war, es soweit kommen zu lassen. Mildred hatte sie davor gewarnt. Obwohl sie damals darüber gespottet hatte, wußte sie nicht, wie sie es hätte verhindern können, da sich die Sache sozusagen heimlich, Schritt für Schritt, entwickelt hatte, und zwar immer dann, wenn sie gerade nicht darauf gefaßt war. Schuld daran waren zweifellos ihre Leidenschaft, ihre sexuellen Wünsche und Begierden, die sie einfach nicht unter Kontrolle hatte. Es war schwer, einen Mann zu hassen, der einem im Bett so viel Genuß bereitete. Und es war noch schwerer, wenn dieser Mann anfing, sich von seiner sanften Seite zu zeigen.

Sie hörte auf, ihr Haar zu kämmen und fing an, es in Zöpfe zu flechten. Auch heute trug sie wieder ihr gelbes Wams, auf das hin er weder gestern eine Bemerkung gemacht hatte, noch heute, obwohl ihre Dienstgewänder immer noch in dem Sack steckten, den sie wieder mitgebracht hatte. Sie gedachte, ihn damit auf die Probe zu stellen, um herauszufinden, ob er immer noch so streng an den Regeln festhielt, die er anfangs für sie festgelegt hatte und an denen ihm doch so viel gelegen schien.

Sie wandte sich um und fragte: »Glaubst du, d'Ambray wird wieder irgendeinen heimtückischen Plan aushecken?«

Warrick ließ sich aufs Bett zurückfallen, auf dem er zuvor gesessen und sie beobachtet hatte. »Ich habe nicht die Absicht, ihm noch einmal Gelegenheit dazu zu geben. Übermorgen werde ich auf seine Burg zumarschieren.«

Rowena hielt den Atem an, die Finger unbeweglich im Haar.

»Heißt das, daß er mehr als eine Burg hat?«

»Ja, er hat sich noch andere angeeignet, wenn auch unrechtmäßig. Aber ich will sein Bollwerk, seine Hauptfeste angreifen, und das ist die Burg Ambray. Wenn ich Glück habe, ist er diesmal dort, wenn ich komme.«

Auch wenn Gilbert nicht da sein sollte, ihre Mutter war's bestimmt. Dann konnte Lady Anne also endlich aus Gilberts Händen befreit werden – oder auch getötet, falls ihr Stiefbruder nicht aufgab, und sich die Schlacht bis in die Burg selbst ausdehnte.

»Tötest du und deine Männer – ich meine, tötet ihr willkürlich, wenn ihr eine Burg einnehmt?« fragte sie zögernd.

»Wurde auf Kirkburough vielleicht jemand getötet?«

»Kirkburough wurde nicht verteidigt«, erinnerte sie ihn, »Ambray schon.«

»In Schlachten sterben nun einmal Menschen, Rowena, doch ich töte nie um des Tötens willen.« Er setzte sich wieder auf. »Warum fragst du? Wenn du mir jetzt etwa sagen willst, daß du dich um Leute sorgst, die du überhaupt nicht kennst, dann –«

»Fang nicht schon am frühen Morgen an, mir zu drohen«, unterbrach sie ihn verärgert. »Ich habe doch nur an die Frauen und Kinder gedacht. Hat dieser Mann denn eine Familie, eine Frau vielleicht – oder eine Mutter?«

»Nein, nicht seit sein Vater gestorben ist ... oder doch, da ist noch die Witwe seines Vaters und deren Tochter, doch sie sind nicht blutsverwandt.«

»Und ich habe gehört, daß du ganze Familien auslöschst, wenn du einmal hinter einem Feind her bist.«

Er grinste sie an. »Man sagt eine ganze Menge über mich, Maid. Nur die Hälfte davon ist wahr.«

Das war nicht das, was sie hören wollte, und ihr Magen fing an, sich vor Sorge zu verkrampfen. Daher fragte sie ohne Umschweife: »Dann würdest du diese Frauen also nicht töten, obwohl sie durch Heirat mit dem Lord von Ambray verwandt sind?«

Da runzelte er die Stirn. »Wenn ich fähig wäre, Frauen zu töten, Rowena, dann wärst *du* jetzt nicht mehr hier, um mir solch törichte Fragen zu stellen.«

Sie drehte ihm den Rücken zu. Nicht schnell genug jedoch, als daß er ihren tief betroffenen Gesichtsausdruck übersehen hätte. Er murmelte einen unterdrückten Fluch, stand auf und stellte sich dicht hinter sie. Er legte die Arme um sie und zog sie fest an sich.

»Ich habe es nicht so gemeint, wie's vielleicht geklungen hat«, meinte er. »Ich wollte dir damit nur etwas klarmachen. Glaubst du etwa, es gefällt mir, wenn du mit deinen Fragen ein so wüstes Bild von mir zeichnest? Ich dachte, du hättest keine Angst mehr vor mir.«

»Habe ich auch nicht.«

»Warum eigentlich nicht?«

Sie drehte sich um und hob den Kopf, um ihm in die Augen zu sehen, doch plötzlich schoß ihr die Röte in die Wangen und sie senkte verlegen den Blick. Schuldbewußt flüsterte sie: »Weil du Frauen nicht wehtun kannst – nicht einmal, wenn du Grund dazu hast. Es tut mir leid, Warrick. Ich hätte meine Gedanken etwas zügeln sollen – es ist nur, ich mag es nicht, wenn du in den Krieg ziehst.«

»Ich bin ein Ritter und –«

»Ich weiß, ich weiß, und Ritter haben nun mal immer irgendeine Schlacht zu schlagen. Deshalb müssen es die Frauen doch noch lange nicht *mögen,* oder? Wirst – wirst du lange fort sein?«

Er schlang die Arme um sie und zog sie fest an sich. »Ja, wahrscheinlich monatelang. Wirst du mich vermissen, Maid?«

»Wo die Hälfte meiner Pflichten mit dir geht?«

Er gab ihr einen kräftigen Klaps auf den Popo. »Das war aber keine gebührliche Antwort für deinen Herrn und Gebieter.«

»Die Antwort war ja auch für den Mann, der mich als seine Sklavin und Leibeigene bezeichnet. Der Mann, der mich die ganze Nacht über leidenschaftlich geliebt hat, bekommt eine andere. Von ihm werde ich träumen, für ihn werde ich beten und die Tage bis zu seiner Rückkehr zählen –«

Der Griff seiner Arme benahm ihr den Atem. Sein Mund schien sie zu verschlingen. Ihr letzter Gedanke, bevor die Leidenschaft wie eine Flutwelle über ihr zusammenschlug, war, daß ihm diese Antwort wohl besser gefallen haben mußte. Sie wünschte nur, es wäre nicht wahr…

41. Kapitel

Warrick schaute von seinem kargen Mahl auf, als der Zelteingang zurückgeschlagen wurde. Ein Grinsen breitete sich auf seinem Gesicht aus, als er sah, wer da hereinmarschierte.

»Verdammt nochmal, Sheldon, was tust du denn hier, alter Freund? Sag nicht, du wolltest einfach mal hereinschauen.«

»Ich komme mit den Vorräten aus Fulkhurst. Vielleicht willst du den Mist hier ja wegwerfen und es mit etwas frischem Schweinefleisch probieren. Ich habe ein gutes Dutzend fetter Schweine gezählt. Mindestens eins davon wird soeben geschlachtet.«

»Nun, so schlecht ging es uns gar nicht«, erwiderte Warrick. »Im Dorf hatten sie einen guten Sommer, und ich habe natürlich darauf geachtet, daß nichts von den Vorräten in die Burg geschafft wurde – obwohl ich den Dorfbewohnern erlaubt habe, dort Zuflucht zu suchen.«

Sheldon lachte über diese kluge Strategie. »Das heißt, sie haben mehr Mäuler und weniger Lebensmittel als je zuvor. Tja, Belagerer haben normalerweise nicht so viel Glück.«

Warrick zuckte mit den Schultern. »Alles, was ich tun mußte, war einen Späher vorauszuschicken, mit dessen Hilfe ich sie völlig unerwartet überfallen konnte. Da jedoch auch in der Burg selbst die Ernte gerade erst eingebracht worden war, glaube ich kaum, daß sie dort jetzt schon hungern. Wahrscheinlich haben sie noch nicht einmal angefangen zu rationieren.«

»Nun, ich habe dir ein paar Steinschleudermaschinen mitgebracht, die dir vielleicht von Nutzen sein werden.«

»Zum Teufel! Hast du wirklich?«

»Und nicht nur das, ein großer Berg Steine liegt ebenfalls draußen und wartet darauf abgefeuert zu werden. Wie ich gesehen habe, hast du deine eigenen Geschosse draußen stehen. Da hätte ich dir wohl besser noch mehr Steinblöcke mitgebracht.«

Warrick gluckste. »Das wäre mir sogar sehr recht gewesen, da meine fast alle in dem verdammten Burggraben gelandet sind, statt ihrer eigentlichen Aufgabe gerecht zu werden.

Nun sag schon, was du hier tust, mein Freund. Das ist schließlich nicht dein Krieg.«

Nun war es an Sheldon mit den Schultern zu zucken. »Da ich meine Ernte eingebracht habe, bin ich vor Langeweile beinahe umgekommen. Mit deinen raschen, gnadenlosen Vergeltungsaktionen hast du unsere Nachbarn derart eingeschüchtert, daß rein gar nichts mehr los ist in unserer Grafschaft. Und jetzt, wo Eleanor tot ist, habe ich niemanden mehr, der mir das Leben in der Burg versüßen könnte. Ich hätte also entweder einen kleinen Überfall auf eine der Burgen jenseits der Grenze machen und dafür an den Hof zitiert werden können – was ich verabscheue – oder hierherkommen und dir meinen ausgezeichneten Rat für mindestens vierzehn Tage anbieten können, zumindest jedoch meine Gesellschaft, was auch nicht zu verachten ist.«

»Nun, du bist ganz sicher willkommen hier, auch wenn dir wahrscheinlich schon bald ebenso langweilig sein wird wie Zuhause.«

»In deiner Gesellschaft ist mir nie langweilig, Warrick, nicht, wo es so leicht ist, dich zu ärgern.« Sheldon grinste. »Aber heißt das vielleicht, du hast vor, sie auszuhungern?«

»Die Rolle des passiven Belagerers liegt mir nicht. Nein, wir halten sie hübsch beschäftigt und auf Trab.«

»Wie viele Angriffstürme hast du?«

»Drei sind schon verbrannt, die Trümmer treiben ebenfalls im Burggraben. Aber ich bin gerade dabei, zwei neue zu bauen.«

»Der Anblick sollte die da drinnen ganz schön entmutigen – genauso, wie die Ankunft der Vorratswägen. Ist es dir diesmal gelungen, den allzeit flüchtigen Wolf in die Ecke zu treiben, oder ist er wieder entwischt?«

»Letzte Woche hat er meinen Herolden jedenfalls noch gesagt, sie sollten zur Hölle gehen, obwohl er meinen Bogenschützen nicht den Gefallen getan hat, zu diesem Zweck selbst auf den Burgzinnen zu erscheinen. Leider hat es in der ersten Woche ein Feuer im Lager gegeben. Ich weiß nicht, ob das einer der tapferen Gefolgsleute Stefans war, der über die Burgmauer geklettert ist und das Feuer gelegt hat, oder ob es einfach durch eine Nachlässigkeit meiner Leute entstanden ist. Auf jeden Fall hätte in dem darauffolgenden Durcheinander eine komplette Armee durch die geheime Hintertür der Festung entkommen können, die wir, trotz intensivster Nachforschungen, immer noch nicht entdeckt haben. Außerdem besteht die Möglichkeit, daß d'Ambray überhaupt nie hier war und daß sein Schloßvogt nur vorgibt, die Antworten kämen von seinem Herrn. Ich wäre jedenfalls gar nicht erfreut, wenn das der Fall wäre.«

»Wäre nicht das erste Mal, daß du dachtest, du hättest ihn und er's doch wieder geschafft hat zu entkommen.«

»Kann sein, aber wenn das jetzt auch so sein sollte, dann schwöre ich, werde ich die Burg Stein für Stein auseinandernehmen und dann fortschaffen lassen.«

»Also, das wäre nun wirklich eine Verschwendung. Wenn du die Festung schon nicht haben willst, dann gib sie doch den Malduits als Mitgift für Beatrix. Dann können die sich den Kopf darüber zerbrechen, wie sie d'Ambray davon abhalten, sie zurückzuerobern – das heißt, falls es dir nicht gelingt, ihm die Sache schon vorher gründlich zu vereiteln.«

Warrick grinste, als er diesen Vorschlag hörte. Er war in seiner Rache durchaus subtil und hatte gleichzeitig etwas Amüsantes, besonders, da Lord Reinard ja versucht hatte, ihn mit einer unwilligen Braut hereinzulegen und dafür, wie es aussah, auch noch belohnt wurde. Er und d'Ambray – die beiden verdienten sich gegenseitig.

»Bist du sicher, daß es dir nicht doch lieber wäre, wenn Emma die Burg bekäme – auf diese Weise könntest du der Langeweile entfliehen, die dich so plagt?« neckte ihn Warrick.

Sheldon sah entsetzt aus. »Gott im Himmel, sei bloß nicht so großzügig mit uns! Ein Landgut oder eine Mühle würde Richard vollends genügen. Er ist immerhin der Gelehrte in der Familie. Er hat sich ja kaum seine Sporen verdient. Ich habe sogar den Verdacht, Lord John hat ihn heuer nur aus Mitleid zum Ritter geschlagen.«

Warrick lachte, denn Sheldon hatte im Scherz wie immer übertrieben. Richard *war* in der Tat ein kluges Köpfchen, aber wie alle drei Söhne Sheldons stand auch er, obwohl kaum zwanzig Jahre alt, was die Künste eines Ritters betraf, seinem Vater in nichts nach.

»Ich sollte, glaube ich, Ambray erst einmal einnehmen, bevor ich es weiterverschenke«, meinte Warrick.

»Das dürfte dir wohl kaum schwerfallen, wenn man die Größe deiner Armee bedenkt. Die hundert Männer, die ich mitgebracht habe –«

»Sind höchst willkommen.«

»Aber überflüssig.« Sheldon schnaubte. »Sag mal, wo hast du nur so viele hergenommen?«

»Nun, landlose Ritter gibt es in diesen Tagen zuhauf. Die, die zu mir kommen, finden keinen Geschmack an der Gesetzlosigkeit in unserem Land, ebensowenig wie an dem politischen Hickhack bei Hofe. Die Kriege, die ich führe, sind ehrlich und offen, und meine Armee leidet weder unter Entschlußlosigkeit, noch an zu vielen Kriegsherren, die um die Macht buhlen. Männer, die einen ordentlichen Kampf dem Frieden vorziehen…«

»Ich gehe doch recht in der Annahme, daß dies dein letzter Kriegszug ist, nicht wahr? Was willst du also tun mit einer so großen Armee, wenn der Krieg einmal vorbei ist?«

Warrick zuckte mit den Schultern. »Mindestens die Hälfte werde ich behalten. Ich habe genug Ländereien, die ich unter ihnen aufteilen kann. Dem Rest werde ich vielleicht vorschlagen, in die Dienste Heinrichs zu treten.

Man munkelt, daß er sich noch einmal aufgemacht hat, den Thron zurückzuerobern.«

Sheldon gluckste. »Dann willst du also deine Neutralität auf dem politischen Schlachtfeld nicht länger aufrechterhalten?«

»Ich habe die ganze Zeit schon immer nur dann für Stefan gekämpft, wenn es mir gerade in den Kram paßte und meinen Schildpfennig bezahlt, wenn nicht. Oft habe ich mich sogar gegen ihn gewandt, wenn einer seiner treuen Gefolgsleute sich meine Feindschaft zuzog. Einen König, der uns den Frieden schenkt, kann ich jedoch nur willkommen heißen. Dann würde ich auf meine alten Tage wenigstens nicht mehr damit behelligt. Ich glaube, die Angevins sind dazu in der Lage.«

Sheldon mußte ihm recht geben, und sie unterhielten sich eine Zeitlang über jene bedeutenden Herzöge, die bereits in Heinrichs Lager übergewechselt waren. Chester zum Beispiel hatte Sheldon vor kurzem einen Besuch abgestattet, um herauszufinden, wo er in dieser Sache stand. Und Hereford hatte bei Warricks letztem Aufenthalt in London unter vier Augen mit ihm gesprochen. Es sah so aus, als ob es bald wieder Bürgerkrieg geben würde, und Heinrichs Vasallen wollten natürlich im voraus wissen, wer auf ihrer Seite stand und wer nicht, beziehungsweise, wer sich zumindest neutral verhalten würde, wenn es zum Kampf kam.

Doch das alles lag in der Zukunft. Sheldon wandte sich in diesem Augenblick einem näherliegenden Thema zu.

»Ich hatte Richard eigentlich mitbringen wollen, aber als wir in Fulkhurst Zwischenstation machten, konnte ich ihn einfach nicht mehr von seiner künftigen Braut wegbekommen. Du glaubst nicht, was für eine Veränderung sie gemacht hat. Fast war ich versucht, meinem Sohn zu sagen, du hättest deine Meinung geändert und würdest sie nun mir anbieten, statt ihm. Ich zweifle jedoch, daß er das so ohne weiteres hingenommen hätte. Er ist einfach von ihr hingerissen.«

»Aber wie steht's mit ihrem Benehmen?« wollte Warrick wissen. »Irgendwelche Fortschritte?«

»Deine kleine Lady-Sklavin hat Wunder bewirkt, und das auch noch in kurzer Zeit. Sie hat Emma eine ganz neue Garderobe genäht und sie alles gelehrt, was sie über die Haushaltsführung in einer Burg und die Pflichten einer Ehefrau wissen muß. Niemand würde jetzt noch vermuten, daß Emma im Dorf aufgewachsen ist. Sie ist sanftmütig, graziös und –«

»Genug, Sheldon, genug! Richard kann sie haben.«

»Dann werde ich mich also glücklich schätzen, sie als Schwiegertochter, statt als Frau aufnehmen zu können.«

Warrick schnaubte unwillig. »Daran habe ich keinen Augenblick lang gezweifelt.« Dann fragte er leichthin: »Und wie steht es mit Emmas Lehrmeisterin? Wie ist ihr Befinden?«

»Ach ja, du hast sie immerhin schon seit einem Monat nicht mehr gesehen, stimmt's?«

Daran mußte Warrick nicht erst erinnert werden. Er wollte nach Hause. Zum ersten Mal, seit er ein kleiner Junge war, hatte er einen *Grund*, nach Haus zu gehen, und es war frustrierend, daß er's nicht konnte.

»Wie geht's den Huren im Lager?« fragte Sheldon. »Sind sie einen Versuch wert?«

»Woher soll ich das wissen?« knurrte Warrick. »Außerdem hast du meine Frage nicht beantwortet. Geht es Rowena gut? Ißt sie auch ordentlich? Emma ermüdet sie doch nicht, oder?«

Sheldon gluckste in sich hinein. »Nein, sie ist geradezu aufgeblüht, seit du nicht mehr da bist, um sie einzuschüchtern. Und deinem Palas verleiht sie Schönheit und Eleganz. Emma betet sie geradezu an. Deine Dienerschaft hat den größten Respekt vor ihr. Melisant zieht ihre Gesellschaft nun der ihrer Lehrerin vor. Ja, sogar deine jüngste Tochter hat sich sichtlich zu ihrem Vorteil verändert, seit Beatrix zu ihrer künftigen Verwandtschaft geschickt wurde. Das hast du mit ziemlicher Sicherheit auch deiner kleinen Rowena zu verdanken.«

»Vielleicht sollte ich sie ja hierherholen«, meinte Warrick trocken. »Dann kann sie gleich noch Ambray für mich einnehmen.«

»Habe ich ihr Loblied etwa ein wenig zu laut gesungen?«

»Ein wenig – und auch noch umsonst. Was eine neue Frau betrifft, habe ich mich bereits entschieden.«

Sheldon sah einen Moment lang total perplex aus, bevor er explodierte. »Das hast du nicht, du Hund! Sag, daß das nicht wahr ist! Verdammt, Warrick, ich hätte schwören können, daß du mehr als nur oberflächliche Gefühle für Lady Rowena hegst. Ich weiß, sie ist besitzlos. Und, sie hat keine Familie. Aber was soll's? Du hast in deinem Leben wahrhaftig schon genug mitgemacht. Warum also nicht zur Abwechslung mal das Herz sprechen lassen? Wer ist denn diese andere Dame? Was hat sie, das Rowena nicht hat?«

Warrick zuckte mit den Schultern. »Sie behauptet, Land zu besitzen, doch aus irgendeinem törichten Grund will sie mir nicht sagen, wo das liegt.«

»*Sie* will nicht? Will dir nicht sagen –?« Sheldons graumelierte Brauen zogen sich zusammen. »Kann es sein, daß du mir's gerade ganz schön heimgezahlt hast, mein Freund?«

Warrick grinste breit. »Du merkst aber auch alles. Ja, die kleine Maid hat mich tatsächlich ganz schön verhext, damit liegst du gar nicht so falsch. Und da sie meine Burg ohnehin schon erobert hat, kann sie ebensogut gleich offiziell diese Position übernehmen.«

42. Kapitel

Rowena mußte lachen, als sie sah, wie Emma über den Gestank des ranzigen Fettes die Nase rümpfte. Sie waren gerade dabei, das Fett aufzukochen, um Kerzen herzustellen. »Muß ich denn wirklich alles wissen? Auch wie man Kerzen macht?« fragte Emma angewidert.

»Wenn du einen Kerzenmacher im Haus hast, kannst du dich glücklich schätzen. Wenn nicht, dann mußt du auf Kosten deines Ehemannes einen anstellen – außer, du bist in der Lage, selbst einen deiner Diener in dieser

Kunst zu unterweisen. Und wenn deine Seifenmacherin nur weiß, wie man Kernseife herstellt, dann wirst du vielleicht für immer auf die zarte, parfümierte Seife verzichten müssen, die du so liebst, weil die reisenden Kaufleute zuviel dafür verlangen – außer, du bist in der Lage, deine eigene zu machen!«

Emma errötete wie immer, wenn sie eine dumme Frage gestellt hatte. »Ich hoffe, Richard weiß zu schätzen, was ich alles für ihn durchmache.«

»Er wird vor allem einen perfekt geführten Haushalt zu schätzen wissen. Von dem Feuer in der Küche, der Kuh, die sich im Hof, wo die frische Wäsche hing, verlaufen hat und von dem Kaufmann, der dir für den Pfeffer zuviel berechnet und den du deshalb mit einem Tritt auf die Straße befördert hast – von all diesen Dingen braucht dein Mann nichts zu wissen. Richard wird lediglich sehen, wie rasch sein Fisch und seine Rühreier auf dem Tisch stehen, er wird dich anlächeln und dir von seinem Tag erzählen, der nichts war im Vergleich zu deinem. Und so wird er dann vor all seinen Freunden damit angeben, die wundervollste Frau der Welt zu haben. Nie beschwert sie sich, nie belästigt sie ihn mit Dingen, von denen er überhaupt nichts versteht, und was das Beste ist – sie rührt nur selten seinen Geldbeutel an.«

Emma kicherte. »Muß sie wirklich so ein Muster an Vollkommenheit sein?«

»Oh, sicher nicht«, erwiderte Rowena, als sie Emma von dem giftigen Gestank des kochenden Fettes wegführte. »Wenn ich zum Beispiel immer noch in der unglücklichen Lage wäre, mit diesem alten Lustmolch, Lyons, verheiratet zu sein, dann hätte ich höchstwahrscheinlich den überteuerten Pfeffer gekauft und seinen Fisch damit gefüllt. Ich gebe dir nur ganz allgemeine Ratschläge, liebste Emma, so wie meine Mutter das immer bei mir gemacht hat. Keine Angst, du wirst deinen eigenen Weg mit Richard finden. Nun geh und hol Edith. Es ist wirklich nicht nötig, daß *ich* mich der Kunst des Kerzenmachens noch einmal aussetze, wo ich doch schon alles weiß und Edith es dir genausogut zeigen kann. Und frag jetzt bitte nicht, warum es nicht reicht zu hören, wie man's macht. Das ist nämlich schnell wieder vergessen, Selbermachen jedoch nicht.«

Rowena ging wieder zurück in den Palas und zu ihrer angefangenen Näherei, die sie beim Kamin liegengelassen hatte. Sie war gerade dabei, Warrick einen neuen Überrock zu nähen. Der Stoff bestand aus hellrotem, reich mit Gold durchwirktem Seidenstoff, und es war eine ziemlich mühsame Arbeit, da sich die dünne Seide nur mit kleinen, sorgfältig gesetzten Stichen zusammennähen ließ.

In seiner Kammer wäre das Licht bestimmt besser gewesen, doch sie konnte sich einfach nicht daran gewöhnen, seine Räumlichkeiten als die ihren zu betrachten, obwohl er ihr kurz vor seiner Abreise gesagt hatte, sie solle es tun und obwohl sie seitdem jede Nacht dort geschlafen hatte.

Ihr Kleiderkoffer war an dem Tag ebenfalls wieder in seiner Kammer aufgetaucht. Kein Wort hatte er darüber verloren, bis auf die Bemerkung, daß er das royalblaue Wams mit den Goldbesätzen, das sie an jenem Abend trug, sehr hübsch fand. Daß ihre Pflichten nun völlig andere sein sollten, fand sie erst heraus, nachdem er abgereist war.

Zuerst war Emma erschienen und hatte von ihrer bevorstehenden Vermählung berichtet, die jedoch nur stattfinden würde, wenn sie gelernt hätte, sich wie eine Dame zu benehmen. Sie habe jedoch die Einwilligung ihres Vaters, Rowena zu bitten, ihr dabei zu helfen. Daraufhin hatte Rowena natürlich gefragt, wer Emmas Vater sei. Sie war ganze zwei Wochen lang wütend auf Warrick gewesen, weil er sie darauf nicht vorbereitet hatte. Und noch am selben Tag hatte Mary Blouet sie darüber informiert, daß, falls sie sich entschloß, Emma zu helfen – was sie bereits getan hatte –, sie von all ihren anderen Pflichten entbunden wäre.

Emma zu unterrichten, war das reinste Vergnügen. In kurzer Zeit hatte Rowena das Mädchen ins Herz geschlossen. Sie wußte, sie würde sie schmerzlich vermissen, wenn sie fortging, um Richard zu heiraten. Das würde allerdings erst nach Warricks Rückkehr der Fall sein, und niemand wußte, wann das war.

Es hatte noch mehr Veränderungen gegeben. Beatrix war am Tag nach ihrer Bestrafung zu ihrer neuen Familie geschickt worden, und die ganze Burg schien aufzuatmen. Sobald Warrick einmal fort war, machte seine jüngste Tochter scheue Annäherungsversuche, in denen Rowena sie bestärkte. Schon bald stellte sie fest, daß Melisant lange nicht so niederträchtig war, wie Mildred gedacht hatte, sie war einfach nur unter dem schlechten Einfluß ihrer älteren Schwester gestanden.

Rowenas veränderte Situation verfehlte ihre Wirkung auch auf die Dienerschaft nicht – obwohl sie glaubte, dies größtenteils ihrem jetzigen Schlafplatz in Warricks Gemächern zu verdanken. Mary kam mit ihren Problemen zu ihr, und ihr Mann hob die zartesten Fleischstücke für sie auf. Sogar Warricks Kämmerer suchte ihren Rat, bevor er John Giffard in die nächstgelegene Stadt zum Einkaufen von Vorräten schickte. Und wenn John nicht gerade auf solchen Besorgungsgängen war, leistete er Mildred und ihr bei den Mahlzeiten Gesellschaft. Obwohl Melisant Rowena eingeladen hatte, mit ihr und Lady Roberta – die einzige, die Rowena immer noch verachtete – am Tisch des Hausherrn zu speisen, konnte sich Rowena nicht überwinden. Warrick mochte die Dinge zwar leichter für sie gemacht haben, bevor er ging, doch er hatte nicht gesagt, daß sie nun keine Sklavin, keine Leibeigene mehr war. Und eine Leibeigene, selbst wenn sie in die kostbaren Gewänder einer Dame gehüllt war, speiste nun mal nicht am Tisch des Hausherrn.

Auch wenn ihre Tage mit dem Unterrichten von Emma ausgefüllt waren, hatte sie immer noch genug Zeit, an Warrick zu denken. Sie wußte, daß sie langsam die Kontrolle über ihre Gefühle verlor, als sie feststellte, daß sie seine Abwesenheit schwerer und schwerer ertrug. Nun, da er nicht mehr da war und sie mit vor Leidenschaft brennenden Augen anblicken konnte, verlor sie jene Zuversicht, die sie während der letzten Tage vor seiner Abreise gewonnen hatte. Er hatte Zugeständnisse gemacht, die sie nie für möglich gehalten hätte, das war richtig. Dennoch – und vielleicht gerade deswegen – war sie nach wie vor nicht mehr als seine Mätresse, seine Dienerin, seine Gefangene. Mehr als das konnte sie nie erwarten. Und nicht einmal dessen konnte sie sich sicher sein, denn die Zeit ließ alle Erinnerungen verblassen, und vielleicht hatte er schon eine andere gefunden, wenn er zurückkam.

»Mistress, Ihr müßt mit mir kommen.«

Sie sah auf. Vor ihr stand Sir Thomas, über und über mit Schlamm und Reisestaub bedeckt. Vor über einem Monat hatte er die Burg zusammen mit Warrick verlassen. Hoffnungsvoll blickte sie hinter ihn.

»Ist Warrick denn zurückgekehrt?«

»Nein, Mistress, er lagert immer noch vor der Feste Ambray.«

»Und Ihr sollt mich zu ihm bringen?«

»Ja, so schnell wie möglich.«

Alle Farbe wich aus ihrem Gesicht. »Ist er etwa verwundet?«

»Nein, ganz und gar nicht.«

»Nun, Ihr müßt das nicht sagen, als ob es eine dumme Frage gewesen wäre«, schnappte sie. »Was soll ich denn davon halten, wenn Ihr erklärt, ich solle so schnell wie möglich mitkommen?«

»So lautet der Befehl meines Herrn«, erklärte er. »Aber Ihr sollt langsamer reisen als ich, damit Ihr auch gesund ankommt. Ich bin die ganze Nacht durchgeritten, wißt Ihr. Doch Ihr habt einen und einen halben Tag, um Ambray sicher zu erreichen. Wenn Ihr Euch jetzt nur ein wenig beeilen und ein paar Sachen zusammensuchen könntet, die Ihr für die Reise benötigt, dann könnten wir in etwas angenehmerem Tempo reiten.«

Rowena zog neugierig die Brauen hoch. »Wißt Ihr, warum er mich zu sich ruft?«

»Nein, Mistress.«

Plötzlich blieb ihr die Luft weg, als ihr ein möglicher Grund einfiel. »Wurde Ambray etwa eingenommen?«

»Nein, die Burg wird immer noch belagert, doch Ihr

braucht keine Furcht zu haben, für eine Weile seid Ihr sicher dort.«

Aber dann ergab diese überstürzte Reise einfach keinen Sinn.

43. Kapitel

Es gab doch einen Grund, aus dem Warrick sie zu sich gerufen haben könnte. Die ganze Reise über konnte sie vor lauter Angst an nichts anderes denken. Ja, es war möglich – sogar wahrscheinlich. Warrick konnte Gilbert hinter einer der Burgzinnen gesehen und erkannt haben. Vielleicht war sie nun unterwegs, um sich einem Mann zu stellen, der vor Wut schäumte, der sie mit Augen ansah, in denen der kalte Tod stand. Dann würde er erneut Rache an ihr nehmen wollen, vielleicht würde er sie ja gegen Gilbert benutzen wollen, sie vor der Schlacht vielleicht sogar foltern, sie hängen – nein, nein, da ging ihre Fantasie wieder mit ihr durch. Das würde er sicher nicht tun. Sie konnte jedoch nicht anders, als sich an die brutale Züchtigung von Beatrix zu erinnern. Und sie erinnerte sich an das Verlies. Sie erinnerte sich, wie es war, an sein Bett gekettet zu sein – nun, das war, rückblickend betrachtet, gar nicht so unangenehm gewesen – aber diese Züchtigung...

Sie war derart verängstigt, als sie schließlich das Lager erreichten, daß sie die Burg, die dort still im Morgennebel lag, fast gar nicht bemerkt hätte. Man brachte sie direkt zu Warricks Zelt, doch er war nicht anwesend. Nun, sie war hier. Da wollte sie all das Unangenehme und Schreckliche, das sie erwartete, natürlich so schnell wie möglich hinter sich bringen.

Sie hatte nicht einmal Zeit, auch nur ärgerlich über seine Abwesenheit zu werden, als er, es war noch keine Minute vergangen, hereingestürmt kam. Sie hatte weder Zeit, seine Stimmung einzuschätzen, denn er riß sie sofort in seine Arme, noch konnte sie all die Bitten und

Entschuldigungen, die ihr auf der Zunge lagen, äußern, da sein Mund ihre vor Schreck geöffneten Lippen verschlang und ihren süßen Atem verzehrte.

Endlose Augenblicke lang war sie überwältigt von seiner Gier, denn dieser Kuß sagte ihr unmißverständlich, daß sie sein war, daß er sie brauchte und jede Faser ihres Körpers besitzen und auskosten wollte. Als er ihr schließlich erlaubte, wieder Atem zu schöpfen, waren ihre Befürchtungen vorläufig vergessen, versunken in einer Welle der Leidenschaft, die drohte, sie auf der Stelle fortzuspülen. Erst als Warrick sie auf sein Lager gleiten ließ und sie sah, wie er seinen Schwertgürtel abschnallte und auf die Knie fiel, um sich auf sie zu legen, wurde sie in die Wirklichkeit zurückgerissen.

»Warte!« rief sie und drückte beide Arme gegen seine Brust, um ihn von sich fern zu halten. »Was soll das alles bedeuten, Warrick? Warum hast du mich hergerufen?«

»Weil ich dich vermißt habe«, meinte er und legte sich trotz der Kraft, mit der sie sich gegen ihn stemmte, auf sie, um diese Worte an ihren Lippen zu flüstern. »Weil ich dachte, ich würde verrückt werden, wenn ich noch einen Tag länger ohne dich sein müßte.«

»Ist das alles?«

»Ist das nicht genug?«

Ihre Erleichterung war so groß, daß sie ihn mit einer Leidenschaft küßte, die er nie zuvor an ihr erlebt hatte. Seine Hände fuhren zu ihren Brüsten, umklammerten sie, nahmen sie in Besitz. Die ihren glitten zu seinen Hüften und drückten ihn enger an sich. Eine unbefriedigende und frustrierende Umarmung, da zu viele Kleidungsstücke sie behinderten und er nicht aufhörte, sie zu küssen.

Als er schließlich seinen Überrock herunterriß, tat er das mit solcher Hast, daß sie anfing zu lachen. »Wenn du so weitermachst, komme ich mit dem Flicken nicht mehr nach.«

»Stört dich das?«

»Aber nein – du kannst meins auch zerreißen, wenn es dir Spaß macht.« Sie lächelte ihn an. »Aber ich könnte es wahrscheinlich schneller abstreifen als du, wenn du mich nur aufstehen ließest.«

»Nein, in der Stellung gefällst du mir am besten. Du kannst dir gar nicht vorstellen, wie oft ich davon geträumt habe, dich so vor mir liegen zu sehen.«

Ihre Hände glitten über seine nackte Brust. Sie richtete sich auf, nahm eine seiner Brustwarzen zwischen ihre Lippen und knabberte daran. »Genauso oft, wie ich davon geträumt habe, das zu tun?«

»Rowena... nicht«, stöhnte er und versuchte, sie zurückzustoßen, doch sie klammerte sich an ihn und nahm jetzt die andere Brustwarze in den Mund. »Hör auf damit, oder ich komme sofort, wenn ich in dich eindringe.«

»Das macht doch nichts – solange es dir Vergnügen bereitet, Warrick. Oder glaubst du etwa, ich würde nicht darauf bestehen, daß du dich *danach* um meine Bedürfnisse kümmerst?«

Wieder stöhnte er, warf mit einem Ruck ihre Röcke hoch, zerriß ihr das Untergewand und stieß mit seiner ganzen Kraft zu. Natürlich achtete sie darauf, daß er sie danach zu denselben Höhen der Lust trieb, wie sie zuvor ihn.

Weder an diesem Nachmittag, noch während der darauffolgenden Nacht verließ Warrick sein Zelt. Als Rowena jedoch am nächsten Morgen erwachte, war er verschwunden, und sein Knappe sagte ihr, daß Sir Thomas sie erwarte, um sie nach Fulkhurst zurückzubringen.

Zuerst war sie verwirrt, dann verärgert. Den ganzen weiten Weg hatte er sie hierherschleppen lassen, nur um eine einzige Liebesnacht mit ihr zu verbringen? Sie begriff nicht, warum sie nicht länger bleiben konnte.

Sobald sie angekleidet war, verlangte sie, zu Warrick geführt zu werden. Sie trat vors Zelt und erblickte Bernard, der darauf wartete, sie zu Sir Thomas zu bringen. Als er hörte, was sie wollte, schüttelte er verneinend den Kopf. Er runzelte die Stirn, denn er überlegte, was ihm sein Herr in so einem Fall zu sagen aufgetragen hatte.

»Er meinte, ich solle Euch sagen, Mistress, daß, wenn er Euch noch einmal sehen würde, vielleicht versucht wäre,

Euch hierzubehalten. Doch das hier ist kein Platz für eine Dame, und deshalb müßt Ihr gehen.«

Rowena hatte schon den Mund geöffnet, um Bernard zu widersprechen, als ihr im letzten Moment einfiel, wo sie sich eigentlich befand. Gott im Himmel, wie hatte sie das nur vergessen können?

Sie wandte sich um und blickte auf die Burg und den Turm, der sich wehrhaft hinter den Mauern erhob. Irgendwo da drinnen war ihre Mutter, so nahe und dennoch unerreichbar – vorläufig zumindest. Bald würde Anne jedoch frei sein und diesen schrecklichen Ort, der drei Jahre lang ihr Gefängnis gewesen war, verlassen können. Warrick würde sie da herausholen. Er würde nicht eher ruhen, als bis er es geschafft hatte.

Einige der Außenmauern hatten sichtbar unter den Angriffen der Steinschleudern gelitten, doch nicht genug, als daß eine Öffnung entstanden wäre, die den Belagerern Einlaß verschafft hätte. Rowena wußte, wo sich die geheime Hintertür befand, sie hatte die Burg damals durch diese Tür verlassen, als man sie und ihre Mutter auseinanderriß. Wenn sie Warrick jedoch verraten hätte, wo die Tür lag, dann hätte sie gleichzeitig zugegeben, die Feste zu kennen, Gilbert zu kennen, und das konnte sie beim besten Willen nicht tun.

Konnte sie es vielleicht riskieren, hierzubleiben, um ihre Mutter zu sehen, sobald die Burg gefallen war? Sie konnte sich weigern zu gehen. Wenn sie es nur schaffte, mit Warrick zu reden, dann, das wußte sie, würde sie ihn überreden können, sie hierzubehalten, zumindest jedoch in Reichweite des Lagers. Aber wie sollte sie mit ihrer Mutter reden, ohne daß Warrick es merkte? Das konnte sie eben nicht. Außerdem würde Anne sicher nicht so tun, als kenne sie Rowena nicht.

Da war es also doch das beste, sie ging. Obwohl sie der Gedanke verrückt machte, nichts tun zu können, um ihrer Mutter zu helfen – nicht ohne Nachteile für sie selbst jedenfalls. Da es außerdem nicht sicher war, ob ihre Hilfe überhaupt etwas nutzte, war es wohl besser, sie vergaß das Ganze.

Aber schon bald würde Anne frei sein. Und Warrick würde sie entweder auf ihre eigenen Ländereien schicken, die sie vor Gilbert verteidigen konnte – obwohl es unwahrscheinlich war, daß er versuchen würde, sie wieder in die Hände zu bekommen, da sie ihm als Faustpfand gegen Rowena nichts mehr nützte –, oder er würde sie, bis dieser Krieg vorüber war, nach Fulkhurst schicken. Dort würde Rowena dann eine bessere Möglichkeit finden, ihre Mutter zu warnen, daß sie sich nicht kennen durften – zumindest nicht in Warricks Gegenwart. Und dann wären sie endlich wieder vereint.

44. Kapitel

Zum hundertsten Mal warf Warrick sich vor, seiner Sehnsucht nach Rowena nachgegeben zu haben. Ihre kurze Anwesenheit hatte alles nur noch schlimmer gemacht, und jetzt, da sie fort war – es war erst zwei Tage her –, sehnte er sich mehr denn je nach ihr und wollte nichts, als bei ihr sein.

Ein Gutes hatte ihr Besuch jedoch gehabt. Er war entschlossener als je zuvor, diesen Krieg zu einem raschen Ende zu bringen. Er ließ die Arbeit an den zwei Holztürmen verdoppeln, um sie am nächsten Morgen fertig zu haben. Außerdem wurde mit dem Bau von zwei weiteren begonnen. Und er schickte Spähtrupps los, die mehr Steinblöcke und schwere Geschütze für die Steinschleudern auftreiben sollten. Aus dem Dorf ließ er alle verfügbaren Kessel und großen Töpfe zusammentragen, damit sie mit Dreck und kleinen Steinen gefüllt wurden und dann ebenfalls als Wurfgeschosse dienten. Außerdem machte er Pläne für die Aushebung eines Tunnels, falls der Angriff am kommenden Morgen scheitern sollte, auch, wenn er keine Minenarbeiter unter seinen Männern hatte.

An diesem Abend besichtigte er den Holzturm, auf dem er sich morgen höchstpersönlich verstecken wollte, wenn er über den Burggraben gekippt und an die Festungsmauer gelehnt wurde. Natürlich würde er dann durch die brennenden Pfeile bereits in Flammen stehen, so daß die ganze Operation so schnell wie möglich durchgeführt werden mußte, damit die Leute, die sich in den Türmen versteckten, nicht bei lebendigem Leib verbrannten. Immerhin boten diese Behelfsleitern den größtmöglichen Schutz für jene Männer, die Warrick ausgewählt hatte, die Burg zu stürmen und das Haupttor zu öffnen. Und er wollte unter ihnen sein, wollte in vorderster Linie kämpfen – das würde ihn ganz sicher von Rowena ablenken.

Er erteilte gerade den Befehl, die beiden Türme nochmals mit Wasser zu bespritzen, als Sheldon ihn fand. »Das wird dich amüsieren, alter Freund«, meinte er, als er eine völlig verängstigte, bis auf die Haut durchnäßte Frau vor Warrick zerrte. »Sie behauptet, sie und ihre Lady hätten die halbe Garnison vergiftet, damit wir noch in dieser Nacht die Burg stürmen können – ohne größerem Widerstand zu begegnen.«

»So?« Warrick klang ebenso trocken wie Sheldon. »Und wir stürzen uns natürlich freudig auf diese unerwartete und nichtsdestotrotz hochwillkommene Schützenhilfe – nur um die Hälfte *unserer* Leute zu verlieren, wenn wir in die Falle tappen.« Seine Stimme war zu einem bedrohlichen Knurren geworden. »Die halten mich wohl für einen Trottel, auf so einen plumpen Trick hereinzufallen? Und auch noch eine Frau zu benutzen! Los, hol die Wahrheit aus ihr heraus. Mir ist's egal, wie du das schaffst.«

Die Frau brach in Tränen aus, als sie das hörte. »Nein, ich bitte Euch! Ich sage die Wahrheit! Meine Herrin hegt keinerlei Sympathien für den neuen Herrn, und auch seinen Vater hat sie verabscheut. Ambray war wie ein Gefängnis für uns. Alles, was wir je wollten, war, von dort zu fliehen!«

»Du hast den Weg nach draußen ja gefunden, Maid«, stellte Sheldon fest. »Dasselbe hätte deine Herrin auch tun können. Warum habt ihr beiden die Burg dann nicht einfach verlassen, anstatt uns eine solche Geschichte –«

»Weil ich eine Eskorte benötige, um meine Ländereien

sicher zu erreichen«, meinte Anne, die soeben hinter Sheldon getreten war. »Ich dachte, ich könnte Euch behilflich sein, das zu erreichen, was Ihr wollt – Ambray nämlich – im Gegenzug für eine Eskorte.«

»O Mylady, Ihr hättet warten sollen!« heulte die Dienerin. »Ihr hättet nicht –«

»Sei ruhig, Helvise!« fuhr Anne sie an. »Ich hatte nicht die Geduld zu warten, während das Tor unbewacht war. Außerdem bin ich lieber hier als in der Burg, ob man uns nun glaubt, oder nicht.«

Genau wie ihre Dienerin war sie bis auf die Haut durchnäßt, da auch sie den Burggraben hatte durchqueren müssen, um unbemerkt ins Lager zu gelangen. Dennoch hielt sie sich aufrecht wie eine Königin, trotz des Wachtpostens, der ihren Arm immer noch schmerzhaft umklammerte. Sheldon starrte sie verwirrt an, denn sie war eine attraktive Frau, selbst jetzt noch, in diesem beklagenswerten Zustand. Warrick starrte sie ebenso verwirrt an, denn sie kam ihm irgendwie bekannt vor, obwohl er sie nie zuvor gesehen hatte.

»Ihr erwartet also von uns, daß wir Euch glauben, nur weil Ihr vorgebt, die Wahrheit zu sagen?« fragte Warrick skeptisch.

Und Sheldon meinte: »Wer seid Ihr, Mylady?«

»Anne Belleme.«

Warrick schnaubte unwillig. »Belleme, jetzt d'Ambray.«

»Nein, diesen Namen habe ich nie als den meinen anerkannt, da der Priester kein ›Ja‹ von mir gehört hat, mit dem ich meiner erzwungenen Heirat zugestimmt hätte. Eine Farce war es, die mich drei Jahre lang hier festgehalten hat.«

»Nun, wenn Ihr die Mittel hattet, uns zu helfen, warum habt Ihr dann so lange damit gewartet?« fragte Warrick ungeduldig. »Wir sind nämlich nicht erst gestern gekommen, Mylady. Wir lagern hier schon seit dreiunddreißig Tagen.«

Die Tatsache, daß Warrick die Tage so genau zählte, entrang Sheldon ein vergnügtes Glucksen, das wiederum Annes Blick auf ihn lenkte. Sie blinzelte erstaunt, als sie sah, daß er weit jünger war, als sie auf den ersten Blick vermutet hatte. Als er sie daraufhin anlächelte, errötete sie, denn sie fand diesen Mann gar nicht unattraktiv. Nein, ganz im Gegenteil.

Warrik funkelte die beiden finster an, da ihm ihre plötzliche geistige Abwesenheit keine Antworten auf seine dringenden Fragen lieferte. »Sheldon – hättest du vielleicht die Güte –?«

»Ich glaube, Lady Anne sollte sich lieber etwas Trockenes anziehen, bevor wir fortfahren –«

»Dafür ist keine Zeit«, unterbrach ihn Anne. »Die Vergiftung, unter der der Großteil der Garnison leidet, wird nicht länger dauern, als bis sich ihre Bäuche geleert haben. Wir haben ihnen nur ein wenig verdorbenes Fleisch gegeben und bei weitem nicht alle haben davon gegessen.«

»Ihr habt immer noch nicht gesagt, warum Ihr das alles erst jetzt unternommen habt«, erinnerte sie Warrick.

»Wenn Ihr Lord Fulkhurst seid...?« Sie wartete auf eine Bestätigung von ihm, was er mit einem kurzen Kopfnicken tat. Dann erklärte sie: »Ich habe schreckliche Dinge über Euch gehört und habe gebetet, daß Ihr hier versagt. Doch als ich sah, daß sich meine Tochter in Eurem Lager aufhält und sie offensichtlich wohlauf und gesund ist, erkannte ich schließlich, daß das alles Lügen sein mußten.

»Tochter?« schnaubte er. »Ihr glaubt, Eure Tochter sei in *meinem* Lager, Mylady? Nun, Ihr könnt ruhig nach ihr suchen, doch ich bezweifle, daß meine Männer willens sind, sie wieder herzugeben, wenn sie annehmen müssen, daß Ihr sie ihnen wegnehmen wollt.«

Diese Anspielung trieb die Zornesröte in ihre Wangen. »Meine Tochter ist *nicht* eine Eurer Lagerhuren. Ich weiß nicht, wie es kommt, daß sie sich nicht länger in Gilberts ›Obhut‹ befindet, sondern in der Euren, denn er hat mit keinem Wort erwähnt, daß er sie verloren hat. Im Gegenteil, er hat sogar damit geprahlt, daß sie alles getan habe, um ihm –«

»Dann hält sich d'Ambray also in der Burg auf?« unterbrach Warrick sie ungeduldig. Ihre Familienstreitigkeiten interessierten ihn nicht.

Sie schüttelte den Kopf, worauf er einen wüsten Fluch ausstieß und Sheldon sich in sanftem Ton erkundigte: »Ist er entkommen?«

»Nein. Er ist mit einer fürchterlichen Wut hier aufgetaucht. Wenn er in derart schrecklicher Stimmung ist, dachte ich, muß er ganz sicher noch eine seiner Burgen verloren haben. Er blieb jedoch nicht einmal zwei Wochen hier, bevor er wieder aufbrach. Das war einen Tag vor Eurer Ankunft.«

Warrick fluchte erneut, als er das hörte. »Wißt Ihr, wohin er geritten ist?«

»An den Hof König Stefans. Seine Geldmittel sind vollständig erschöpft, und er kann diesen Krieg ohne Stefans Hilfe nicht fortführen. Doch das wird ihm sicher nicht mehr einbringen als das letzte Mal, da die d'Ambrays nicht gerade an der Spitze der Günstlinge Stefans stehen, nachdem Hugh vor ein paar Jahren einmal gegen den König Partei ergriffen hat. Indem Ihr meine Tochter Gilberts gierigem Griff entrissen habt, steht er praktisch landlos da. Wenn Ihr jetzt auch noch Ambray einnehmt, dann bleibt Gilbert nicht mehr als ein kleiner Bergfried in –«

»Mylady, ich *habe* Eure Tochter nicht«, unterbrach Warrick sie ungehalten. »Oder glaubt Ihr etwa, ich wüßte nichts mit Lord Bellemes einziger Erbin anzufangen, wenn ich sie in Händen hätte? Wie Ihr gesagt habt, mit der Kontrolle über sie würde Ambray alles verlieren, was er noch besitzt.«

»Ich weiß wirklich nicht, warum ihr darauf beharrt –« begann Anne, fuhr dann jedoch stirnrunzelnd fort: »Kann es sein, daß Ihr gar nicht wißt, wer sie ist?«

»Zum Teufel, ich habe genug von diesem Unsinn!« explodierte Warrick. »Sheldon, befaß du dich mit ihr.«

»Mit Vergnügen«, meinte Sheldon und fing an zu lachen. »Bevor du jedoch wie ein Wilder davonstürmst, solltest du die Lady vielleicht nach dem Namen ihrer Tochter fragen – oder hast du immer noch nicht bemerkt, *wem* sie so ähnlich sieht?«

Warrick starrte zuerst seinen Freund, dann Lady Anne durchdringend an. Dann wurde er sehr, sehr still. Er fing nicht wieder an zu fluchen, als ihm die Wahrheit aufging. Nur sein Ton war so eisig wie noch selten.

»Sagt mir also, Lady Anne, wie heißt Eure Tochter?«

Sie war nun nicht mehr sicher, ob sie diese Frage überhaupt beantworten wollte. Nie hatte sie gesehen, daß jemand so plötzlich sein Aussehen verändern, auf einmal so – grausam dreinblicken konnte. Erschrocken trat sie einen Schritt zurück. Sheldon legte schützend den Arm um ihre Schultern, was sie sehr tröstete. Und dennoch...

»Vielleicht irre ich mich ja –«

»Nein, das tut ihr nicht. Nur ich habe mich geirrt, als ich dachte, ich könnte dieser hinterlistigen kleinen Hexe trauen!«

»Warum ist er bloß so wütend?« fragte Anne, als Warrick davonschritt. »Es *war* doch Rowena, die ich gesehen habe, oder etwa nicht?«

»Ja, und ihr habt ebenfalls richtig geraten, als Ihr meintet, sie hätte ihm nicht gesagt, wer sie ist«, antwortete Sheldon.

»Wenn sie das nicht getan hat, dann muß sie einen sehr guten Grund dafür gehabt haben.«

»Ich bezweifle, daß mein Freund derselben Meinung ist«, erwiderte Sheldon. Als er jedoch Annes bestürzte Miene sah, beruhigte er sie. »Er wird ihr nichts tun, verlaßt Euch darauf. Das einzige, was er tun wird, ist, diese Burg sofort anzugreifen, um sich abzukühlen, egal ob ihn nun eine Falle erwartet oder nicht.«

»Aber ich habe nicht gelogen. Die Hintertür ist immer noch offen. Und sie ist unbewacht.«

»Dann kommt, ich bringe Euch in mein Zelt. Dort könnt Ihr warten, bis alles vorüber ist.«

45. Kapitel

Als Rowena sah, wie entschlossen die zwei Wachtposten auf sie zuschritten, wußte sie bereits, was sie erwartete. Sie wußte es, noch bevor sie etwas sagten. Worte waren eigentlich überflüssig, trotzdem blieben sie ihr nicht erspart.

»Wir haben eine Botschaft von Lord Warrick, Mistress. Ihr habt Euch umgehend ins Verlies zu begeben und von nun an dort zu bleiben.«

Sie hatte gewußt, daß die beiden genau das sagen würden, und trotzdem wurde sie bei ihren Worten kreidebleich. »Hat – hat er gesagt wie lange?«

»Von nun an«, wiederholte einer der beiden.

Das konnte alles heißen – auch »für immer«. »Hat er gesagt, warum?«

Was für eine dumme Frage. Warum quälte sie sich bloß.

Sie hatte gewußt, daß genau das passieren würde, wenn Warrick herausfand, daß Gilbert d'Ambray ihr Stiefbruder war. Sie hätte ihm alles selbst beichten sollen, solange noch Zeit dazu gewesen war. Sie hätte sich dann zwar seinem Zorn stellen müssen, aber immerhin hätte sie ihn auch persönlich besänftigen können. Zumindest hätte sie ihm erklären können, warum sie so lange geschwiegen hatte. Aber nun, da er es auf anderem Wege erfahren hatte, mußte er einfach auf die schlimmsten Gedanken kommen. Nun wollte er sicher nichts mehr mit ihr zu tun haben, wollte wahrscheinlich sogar wieder Rache nehmen – nein, diesmal nicht. Diesmal war es Wut und Zorn, die ihn leiteten.

Die Wachtposten hatten auf ihre Frage hin lediglich die Köpfe geschüttelt und ihr bedeutet, ihnen zu folgen, was sie ohne Widerstand tat. Was hätte sie auch tun können? Sie war ja allein im Palas gewesen, als die beiden sie holen kamen. Weder Emma noch Mildred waren da gewesen, um ihr Beistand zu leisten, was aber ein Glück war, denn Rowena hätte dadurch nur die Beherrschung verloren und wäre in Tränen ausgebrochen. Auch so mußte sie all ihre Kräfte aufbieten, um sich wenigstens diese Erniedrigung vor den Wachen zu ersparen.

Ja, sie hatte gewußt, daß Warrick ihr dies antun würde – doch im Herzen, tief drinnen, dort, wo man am verwundbarsten ist, hatte sie gehofft, er würde es nicht tun.

Als dann auch noch jener berüchtigte Wärter auftauchte und sie mit einem breiten, schmutzigen Grinsen begrüßte, wandte Rowena ihm den Rücken zu, bevor ihr übel werden konnte. Nicht das Kind in ihrem Leib war daran schuld, sondern der Schmerz in ihrer Brust und ihrem Hals, der ihr fast den Atem raubte. Jetzt hätte sie die Tränen willkommen geheißen, doch in ihrem Innern war nichts als Leere.

Als John Giffard dann kaum eine Stunde später in ihre Zelle trat und berichtete, daß er den anderen diesmal nur mit ein paar kräftigen Schlägen hatte vertreiben können, fragte Rowena nur eins: »Seid Ihr auf Warricks Geheiß hier?«

»Nein, Mylady. Die Nachricht, daß Ihr wieder hierhergebracht worden seid, hat sich wie ein Lauffeuer in der Burg verbreitet. Ich kam, sobald ich davon erfuhr.«

Da mußte sie doch noch weinen. Warum John sie das letzte Mal betreut hatte, wußte sie nicht. Sie hatte nie danach gefragt. Daß es diesmal anders war, sprach für sich. Warrick war es egal, was mit ihr geschah, solange sie nur an einem Ort war, an dem er sie nie wieder sehen mußte.

Einige Zeit später hörte sie einen Streit im Wachzimmer und erkannte Mildreds Stimme. Sie und John hatten sich in letzter Zeit ziemlich gut verstanden. Davon war jetzt jedoch nichts mehr zu hören. Als es schließlich wieder still wurde, wußte Rowena, daß John gewonnen hatte. Sie konnte sich gut vorstellen, um was es da draußen gegangen war. Mildred wurde nicht zu ihr gelassen, und John war auch nicht bereit, sich dem Befehl seines Herrn zu widersetzen und Rowena freizulassen.

Noch zwei Stunden vergingen, bevor John erneut die

Zelle betrat. »Er hat seine Meinung geändert, Mylady. Ich wußte es, aber – ich soll Euch in seine Gemächer bringen, die Ihr nicht verlassen dürft. Ein Wachtposten wird die Tür bewachen, damit ihr nicht entfliehen könnt.«

»Und wenn ich es vorziehe hierzubleiben?« wollte sie wissen.

»Das meint Ihr wohl nicht im Ernst.«

»O doch, es ist mein Ernst.«

John seufzte. »Der Wachtposten hat seinen Befehl. Er wird Euch von hier fortschleifen, wenn Ihr nicht freiwillig mitkommt.«

»Dann gehe ich doch besser freiwillig mit.«

»Faßt Euch ein Herz –«

»Nein, John«, unterbracht sie ihn schroff. »Mein Herz ist tot, denn es schmerzt nicht mehr.«

Gott im Himmel, warum konnte das nicht die Wahrheit sein? Sie betete um heilsame Abgestumpftheit, doch bei dem stechenden Schmerz, den sie im Moment empfand, war sie noch weit davon entfernt. Aber das wollte sie sich um keinen Preis anmerken lassen, nicht vor John, und ganz besonders nicht vor Warrick.

Die Tatsache, daß sie jetzt an einem etwas angenehmeren Ort gefangengehalten wurde, war ihr wenig Trost. Warrick war wohl einfach eingefallen, daß sie sein Kind trug. Offensichtlich hatte er diese Tatsache in seiner ersten Wut vergessen gehabt. Und wahrscheinlich war er noch wütender geworden, als es ihm schließlich eingefallen war, denn nun mußte er schon wieder Zugeständnisse machen, die er nicht hatte machen wollen. Nicht einen Augenblick lang kam ihr in den Sinn, daß er andere Gründe gehabt haben könnte, sie in ein bequemeres Gefängnis zu verlegen.

Sie durfte außer dem Wachtposten, der ihr jeden Tag ihr Essen brachte, niemanden sehen. Jedes Mal, wenn sie versuchte, mit ihm zu sprechen, bekam sie nur ein Brummen und ein unwilliges Gemurmel zur Antwort, so daß sie jeden weiteren Versuch aufgab. Sie hätte das Verlies in der Tat dem hier vorgezogen. Dort hätte sie zumindest die Gesellschaft von John gehabt.

Oft saß sie in einem der Erker und sah vom Fenster aus auf den Burghof hinunter. Viel war dort unten nicht los, aber etwas Ablenkung bot das Wenige allemal. Sie nähte viel, vor allem für das Kind, das schon in drei Monaten zur Welt kommen sollte. Auch für Emma nähte sie, weiche Kleider und Blusen – aber nichts für Warrick. Das, was sie bereits für ihn genäht hatte, bevor er nach Ambray aufgebrochen war, zerriß sie, um daraus Babykleidung zu fertigen.

Niemand hatte ihr gesagt, wie es mit der Belagerung stand. Um die Wahrheit zu erfahren, mußte er die Festung wohl eingenommen haben, oder? Ob Gilbert dort gewesen war? War er gefangengenommen oder gar getötet worden? Ob ihre Mutter wohlauf war? Vielleicht sogar frei? Oder hatte Warrick sie in seiner Wut in ein anderes Gefängnis gesteckt?

Sie zählte die Tage. Für jeden bohrte sie ein Loch in die geschnitzten Bettpfosten. Sie benutzte dazu ihr kleines Speisemesser und bohrte so tief sie nur konnte. Es waren feine Bettpfosten gewesen, reich verziert mit kunstvollen Schnitzereien. Nun waren dort fünfundzwanzig häßliche Löcher, die ihr von Mal zu Mal mehr gefielen. Bevor sie noch ein sechsundzwanzigstes hinzufügen konnte, kam Warrick zurück.

Ohne Vorwarnung war er da, einfach so. Er kam in die Kammer marschiert und stand plötzlich vor dem Erker, in dem sie mit hochgelegten Beinen saß. Ihre Hände ruhten auf ihrem schon etwas rundlichen Bauch.

»Aha, der mächtige Kriegsherr ist zurückgekehrt«, sagte sie, ohne sich darum zu kümmern, ob er ihren ätzenden Ton mochte oder nicht. »Hast du Gilbert getötet?«

»Ich habe ihn noch nicht gefunden – was jedoch nicht an mangelndem Jagdeifer lag.«

»Also deshalb kommst du erst jetzt wieder? Nun, es gab ja auch keinen Grund zur Eile in den letzten paar Wochen, nicht wahr? Du hast schließlich deine Befehle übermitteln lassen. Das reichte.«

»Verflucht noch mal, du wagst es –«

Er hielt inne, als sie ganz einfach den Blick von ihm abwandte und aus dem Fenster starrte. Sie ignorierte ihn ganz bewußt und sie war weder ängstlich, noch nervös. Ihr Gesicht war eine Maske der Ruhe und Gleichgültigkeit. Das hatte er nicht erwartet. Aber was *hatte* er denn erwartet? Eigentlich hatte er sich kaum Gedanken darüber gemacht. Die ganze Zeit über hatte er sich gezwungen, nur an d'Ambray zu denken und wie er ihn erwischen konnte. Jetzt merkte er jedoch, daß er die unterschwellige Verachtung in ihrem Ton überhaupt nicht mochte. Die Wut, die er in jener Nacht, als er ihre Mutter kennenlernte, gefühlt hatte, begann sich wieder zu regen.

Er setzte sich auf die gegenüberliegende Sitzbank und sah ihr direkt ins Gesicht. »Was für eine Unschuldsmaske über derart hinterlistigem Verrat«, bemerkte er kalt.

Sie blickte ihn mit hochgezogenen Brauen an und fragte gelassen: »Du wirfst mir Hinterlist vor? Ich soll dich betrogen haben? Wann? Vielleicht auf Kirkburough, als ich noch gar nicht wußte, wer du warst? Oder als du dann mit deiner Armee auftauchtest, um meinen Stiefbruder zu töten, ohne daß du wußtest, wer der wirklich war? Ich habe gedacht, du wärst wegen Gilbert d'Ambray gekommen, deinem Erzfeind. Hätte ich es dir etwa sagen sollen, wo ich sicher war, daß du auch mich töten würdest, wenn du gewußt hättest, daß er mein Stiefbruder ist. Vielleicht hätte ich's dir ja auch an dem Tag sagen sollen, als du mich aus deinem Verlies geholt hast, um mir zu erklären, wie du dich an mir rächen willst. Hätte ich's dir wirklich sagen sollen, nur damit du noch mehr Grund gehabt hättest, es mir heimzuzahlen? Hätte ich das wirklich tun sollen?«

»Du wußtest ganz genau, daß ich dich nicht töten würde!«

»Nein, damals wußte ich es eben nicht!«

Wütend sahen sie einander an. Rowenas Gelassenheit war wie weggeblasen. Fünfundzwanzig Tage unterdrückter Wut glitzerten in ihren Augen. Die seinen sahen aus wie kalter, silberner Stahl.

»Und welche Entschuldigung kannst du für dein späteres Schweigen vorbringen, als du entflohen bist, nur um von deinem Stiefbruder wieder zurückgebracht zu werden? Hat er dich etwa zurückgeschickt, um mich auszuspionieren?«

»Ich bin sicher, er hätte mich genau darum gebeten, wenn es ihm eingefallen wäre. Doch bis kurz vor deiner Ankunft dachte er noch, er hätte den Sieg bereits in der Tasche, und hätte die Mittel, dich in die Knie zu zwingen. Aber als du dann schließlich hier warst, hatte er nur noch einen Gedanken, nämlich den, sich selbst in Sicherheit zu bringen. Auch dann habe ich dir nicht verraten, daß er d'Ambray ist, aus demselben Grund, aus dem ich es dir nicht einmal im Lager, als du mich zu dir riefst, erzählt habe. Ich wollte mich einfach nicht noch einmal deinem Zorn aussetzen - oder *dem hier.*«

Sie deutete mit der Hand auf ihr neues Gefängnis.

»Und das soll ich glauben, wo es doch viel wahrscheinlicher ist, daß du und d'Ambray unter einer Decke steckt? Er hat dich in Kirkburough zurückgelassen, damit ich dich finde«, erinnerte er sie in barschem Ton. »Oder sollte ich etwa nicht einen Narren an dir fressen, um dann all meine Pläne auszuplaudern?«

»Er hat mir versichert, du würdest mir nichts tun. Eigentlich hat er mich aber zurückgelassen, weil er in Panik verfiel. Du bist mit fünfhundert Mann auf die Burg zumarschiert, während er nur eine Handvoll Männer hatte, um sich zu verteidigen. Er hatte die Absicht, mit Lyons Männern wiederzukommen. Die waren nämlich zuvor nach Tures geschickt worden, um die Feste zurückzuerobern. Vielleicht hat er ja auch gedacht, ich würde dich lange genug ablenken, damit er verschwinden konnte. Noch wahrscheinlicher ist jedoch, daß er glaubte, ich würde ihn nur auf seiner Flucht behindern und hat mich deshalb nicht mitgenommen. Was immer auch in ihm vorging außer Furcht und Wut, ich weiß es nicht. Mit Sicherheit kann ich nur sagen, daß er mich bestimmt nicht länger in deinen Händen lassen wollte als unbedingt notwendig. Als er mich an dem Tag in den Wäldern gefunden hat, sagte er mir, er dachte, du hättest mich getötet.«

Warrick schnaubte verächtlich. »Sehr klug gesagt, aber ich glaube kein Wort davon.«

»Denkst du, es kümmert mich noch, was du glaubst oder nicht? Letzten Monat, ja, da hätte es noch eine Rolle gespielt – aber jetzt nicht mehr.«

»Deine Situation hängt davon ab, was ich glaube, Maid«, erinnerte er sie.

»Meine *Situation* kann gar nicht schlimmer werden.«

»Wirklich nicht?« erwiderte er leise drohend. »Vielleicht sollte ich dich wirklich bestrafen, anstatt dich einfach einzusperren.«

Bei diesen Worten fuhr sie wütend hoch. »Mach es doch, verdammt nochmal! Mach es! Mehr als jetzt kann ich dich sowieso nicht verachten.«

»Setz dich«, knurrte er.

Sie setzte sich nicht, sondern stapfte entschlossen zur anderen Fensterseite und setzte sich in den dortigen Erker. Den aufrechten Rücken hatte sie halb zum Fenster gewandt. Mit tränenverschleierten Augen starrte sie hinaus. Sie war so wütend, daß ihre Hände, die sie im Schoß gefaltet hatte, zitterten. Sie haßte ihn. Verachtete ihn. Sie wünschte, er ... sie haßte ihn!

Sie hörte, wie er hinter sie trat und sich so vor den Erker stellte, daß er ihr den Weg versperrte. Jetzt konnte sie also nur noch hinaus, wenn sie ihn aus dem Weg schob – ein ziemlich schwieriges Unterfangen. Das machte sie noch wütender.

»Damit ist die Sache noch lange nicht erledigt, Maid. Ich glaube, ich werde dir nie wieder irgend etwas glauben. Was du getan hast, kommt einem Verrat gleich. Wenn du mir nur gesagt hättest, daß es d'Ambray selbst war, der mich auf meinem Land überfallen wollte, ich wäre noch in jener Nacht hinter ihm hergejagt und hätte nicht eher geruht, als bis ich mit ihm fertig gewesen wäre. Und wenn du mir gesagt hättest, daß du Rowena von Tures bist, hätte ich deine Ländereien umso schneller für dich sichern –«

»Für mich?« sie lachte bitter. »Das glaubst du wohl selbst nicht. Ich hätte dir nie dabei geholfen, und wenn du noch so –«

»Sei still!« fauchte er. »Dein aufsässiger Ton ist hier fehl am Platz. Ich hätte dich wohl kaum freilassen können, nur damit du dich mit diesem Teufelsbraten in Verbindung setzt, wann immer es dir beliebt. Ich zweifle nicht daran, daß er jemanden in die Burg geschmuggelt hat, der ihm deine Botschaften heimlich zuträgt. Jetzt bin ich zu allem Überfluß gezwungen, meine eigenen Leute zu verhören, um all jene loszuwerden, die vor deiner Ankunft noch nicht hier waren, ob schuldig oder nicht. Du solltest mir besser dafür danken, daß ich dich nicht länger im Verlies habe schmoren lassen.«

»Für dieses Grab hier soll ich dankbar sein? Wo ich mit niemandem sprechen durfte, seit du mich hier eingesperrt hast? Ja, vielen Dank auch«, schnaubte sie verächtlich.

Darauf sagte er nichts. Sie widerstand der Versuchung, sich zu ihm umzudrehen, um zu sehen, ob ihn ihre Worte irgendwie getroffen hatten, und ob ihm überhaupt klar war, wozu er sie eigentlich verdammt hatte. In seiner Wut hatte er sie verurteilt, ohne sie anzuhören, ohne überhaupt nach Schuld oder Unschuld zu fragen. Dieser verdammte Schmerz, von dem sie glaubte, ihn längst überwunden zu haben, stieg wieder in ihr hoch und schnürte ihr Brust und Hals zu.

Sie hörte ihn schließlich seufzen. »Du wirst deinen früheren Pflichten wieder nachgehen. Aber man wird dich im Auge behalten, dessen kannst du dir sicher sein. Nie wieder wird man dir trauen.«

»Hat man mir je vertraut?« fragte sie mit leiser, bitterer Stimme. Der Schmerz in ihrer Kehle erstickte sie fast.

»Als du mein Bett mit mir geteilt hast, da habe ich dir vertraut.«

»Und mit Recht. Ich habe dich niemals verraten. Das, was ich getan habe, nennt man Selbsterhaltung.«

»Deshalb hast du also vorgegeben, mich zu begehren?«

Am liebsten hätte sie jetzt ja gesagt, doch sie wollte ihn nicht belügen, nur um ihn zu verletzen, so wie er sie die ganze Zeit verletzte. »Nein, mein Schweigen war Selbsterhaltung. Aber du brauchst dir keine Gedanken mehr über mein unschickliches Verhalten zu machen – es wird nie wieder vorkommen. Was immer ich auch für dich empfunden haben mag ist jetzt vorbei.«

»Verdammt Rowena, du wirst mich *nicht* dazu bringen, meine Handlungsweise zu bereuen! Du bist diejenige –«

»Erspar mir bitte weitere Vorwürfe. Ich will nichts mehr hören, außer – sag mir, was du mit meiner Mutter gemacht hast.«

Er gab keine Antwort. Er schwieg so lange, daß sie schon glaubte, er würde ihr niemals antworten. Grausam genug war er ja, sie einfach so im Ungewissen – nein, so grausam wohl doch nicht.

»Ich habe sie unter den Schutz meines Freundes, Sheldon de Vere, gestellt. Sie hat mir bei der Einnahme der Feste Ambray geholfen, wofür ich ihr Dank schulde. Außerdem hat sie geholfen, deine noch verbliebenen Ländereien wieder für dich zu beanspruchen – was *deine* Aufgabe gewesen wäre. D'Ambrays Männer wurden ohne größere Verluste vertrieben. Nichts, das dir gehört, steht mehr unter seiner Kontrolle.«

Sie bedankte sich nicht. *Er* war ja nun derjenige, der all ihre Besitztümer unter seiner Kontrolle hatte, genauso, wie sie selbst. So schnell, wenn überhaupt, würde sich daran nichts ändern.

Leise und ohne ihn anzusehen – die Verzweiflung raubte ihr beinahe den Verstand – meinte sie: »An jenem Tag, als du Einzug in Kirkburough gehalten hast, hatte ich die Absicht, mich unter deine Obhut zu stellen – trotz all der schrecklichen Geschichten, die man sich über dich erzählte – wenn du nur ein klein wenig anständiger gewesen wärst als Gilbert ... was leider nicht der Fall war. Du hast mich statt dessen auf direktem Weg in dein Verlies werfen lassen. Kein Wunder, daß ich mich nie dazu überwinden konnte, dir die Wahrheit zu sagen.«

Er verließ das Zimmer, bevor ihre Tränen sie verrieten.

46. Kapitel

Auch die Tatsache, daß Rowena ihre gewohnten Pflichten wieder aufnahm, half nicht, die allgemeine Niedergeschlagenheit, die sich über die Burg und ihre Bewohner gelegt hatte, zu vertreiben. Mary Blouet war nicht gerade glücklich darüber, sie wieder unter ihrer Aufsicht zu haben. Melisant weinte häufig. Mildred schimpfte ständig. Emma warf ihrem Vater derart giftige Blicke zu, daß er sie eigentlich hätte zur Rede stellen müssen, doch er tat es nicht. Im Palas war es während der Mahlzeiten nun so still, daß sogar ein ganz normales Husten peinlich auffiel.

Rowena sprach mit niemandem über das, was geschehen war, nicht einmal mit Mildred, auf die sie wütend war, da sie ja diesen verfluchten Plan ausgeheckt hatte, der nun so furchtbar mißglückt war. Warrick hatte sie damit nicht eingefangen, nein, sie *selbst* war in die Falle getappt. Genau aus diesem Grund hörte sie Mildred nur mehr mit halbem Ohr und verschlossenem Gesicht zu.

Die nächsten Wochen waren fast so wie ihre ersten, als sie angefangen hatte, Warrick zu dienen. Einige wichtige Ausnahmen gab es jedoch. Jetzt mußte sie ihm weder beim Bad behilflich sein, noch rief er sie je wieder in sein Bett. Auch jenes humorlose Lächeln, das sie so haßte, sah sie kein einziges Mal mehr bei ihm. Er sah sie fast gar nicht mehr an, und wenn er es tat, war sein Gesicht ausdruckslos. Sie war nicht mehr als das, was er ursprünglich im Sinn gehabt hatte: eine Dienerin, die seiner Beachtung nicht wert war.

Eigenartigerweise hörte sie, wie um ihn darin zu bestätigen, auf, ihre eigenen Sachen zu tragen, obwohl er ihr das nie verboten hatte. Wenn sie schon nicht mehr sein durfte als eine Dienerin, dann wollte sie auch aussehen wie eine solche.

Immer noch unterrichtete sie Emma, wenn sie Zeit dazu fand. Das war ihr einziges Vergnügen. In diesen Augenblicken konnte sie ihre eigene, mißliche Lage vergessen. In dieser Zeit schwankten ihre Gefühle zwischen

Niedergeschlagenheit und Bitterkeit, mehr und mehr jedoch Bitterkeit, als ihr Kampfgeist sich langsam wieder regte. Sie tat alles, um dies vor den anderen, besonders vor Warrick, zu verbergen.

Als jedoch der Tag kam, an dem Emma in ihr neues Heim fortgeschickt wurde, um den jungen Richard zu heiraten, erlaubte man Rowena nicht, an der Zeremonie teilzunehmen. Sie hatte Emma das Hochzeitskleid genäht, doch sie durfte nicht dabeisein, als sie es an diesem wichtigsten Tag ihres jungen Lebens trug.

An diesem Tag hörte sie auf, ihre Bitterkeit vor den anderen zu verbergen.

Warrick bemerkte die Veränderung sofort. Gleich zweimal ließ sie das Essen auf seinen Schoß fallen. Einmal konnte Zufall gewesen sein, zweimal nicht. In seinem Schrank waren kaum mehr Sachen zu finden, die nicht geflickt oder sonstwie hergerichtet werden mußten. Am Ende der Woche waren seine Gemächer verschmutzt und unordentlich. Die Bettwäsche war nicht sauber ausgespült worden, sodaß er einen Hautausschlag bekam. Sein Wein wurde saurer und saurer, das Bier immer wärmer und das Essen, welches sie ihm nun vor die Nase knallte, mehr und mehr versalzen.

Er sagte nichts dazu. Er wußte nicht, wie er überhaupt mit ihr sprechen konnte, ohne sie sofort mit in sein Bett zu nehmen. Er begehrte sie so sehr, daß er all seine Willenskraft aufbieten mußte, um dem Drang, sie zu berühren, zu widerstehen. Nein, das würde er auf keinen Fall tun. Sie hatte ihn betrogen. Sie hatte zusammen mit seinem ärgsten Feind gegen ihn intrigiert. Ihr Lachen, ihre Scherze, ihre Lust – alles Lügen. Trotzdem brachte er es nicht fertig, sie zu hassen. Er würde ihr niemals vergeben, sie nie wieder berühren, sie nie wissen lassen, wie sehr sie ihn getroffen hatte, doch hassen, nein, das konnte er nicht – und genausowenig konnte er aufhören, sie zu begehren.

Er wußte selbst nicht, warum er blieb und sich quälte. Eigentlich hätte er sich aufraffen und persönlich hinter d'Ambray herjagen sollen, anstatt andere loszuschicken.

Oder er hätte zumindest Sheldon und seine neue Frau besuchen können. Ob Rowena erfahren hatte, daß ihre Mutter Sheldons Frau geworden war? Wohl nicht, denn das hätte sie, zumindest für eine Weile, aus ihrer reizbaren, rachsüchtigen Stimmung gerissen. Als ob sie einen Grund gehabt hätte, rachsüchtig zu sein. Er schon, aber sie nicht.

Obwohl er also hätte gehen sollen, tat er es nicht. So war er immer noch da, als zwei Tage später Sheldon mit seiner Frau eintraf.

Warrick traf auf der Treppe zum Bergfried mit ihm zusammen. Sheldon grinste nur, als er ihn begrüßte und riet ihm, sich zu wappnen. Dann ging er ohne weiteres an ihm vorbei in Richtung Palas, und ließ Warrick mit Lady Anne allein. Ihr Gesicht verhieß nichts Gutes. Wie sich sogleich herausstellte, hatte er mit dieser Vermutung recht gehabt.

»Ich bin hier, um meine Tochter zu sehen und glaubt ja nicht, Ihr könntet es mir verwehren. Eure eigene Tochter hat mir vor kurzem anvertraut, wie abscheulich ihr Rowena behandelt. Ich bin nicht sicher, ob ich Sheldon verzeihen kann, daß er mir das nicht längst selbst gesagt hat. Hätte ich nämlich gewußt, wie Ihr Euch Rowena gegenüber benehmt, ich hätte Euch tatsächlich eine Falle gestellt, anstatt die Feste Ambray auf dem Silbertablett zu servieren. Daß ein Mann nur so –«

»Genug, Lady! Ihr wißt nicht, was zwischen mir und Rowena vorgefallen ist. Ihr wißt nichts von dem, was Eure Tochter mir angetan hat. Sie ist meine Gefangene und das wird sie auch bleiben. Ihr könnt sie sehen, aber Ihr könnt sie nicht mitnehmen. Ist das klar?«

Anne öffnete den Mund, um zu protestieren, schloß ihn jedoch wieder. Einen Moment lang sah sie ihn finster an, dann nickte sie kurz und schritt rasch an ihm vorbei. Sie hatte noch keine zwei Schritte getan, als sie herumwirbelte und ihn wütend anfunkelte.

»O nein, ich werde mich nicht von Euch einschüchtern lassen, Lord Warrick. Mein Gemahl versichert mir zwar, daß Ihr gute Gründe für Euer Verhalten habt, doch das bezweifle ich. Er hat mir außerdem erzählt, daß Ihr möglicherweise der Ansicht seid, Rowena habe sich freiwillig an Gilberts abscheulichen Plänen beteiligt.«

»Das denke ich nicht nur, das weiß ich«, erwiderte Warrick eisig.

»Dann seid Ihr eben falsch informiert«, beharrte Anne, fügte jedoch in versöhnlicherem Ton hinzu: »Meine Tochter liebt mich. Glaubt Ihr etwa, sie würde Gilbert noch irgendwie behilflich sein, nachdem sie zusehen mußte, wie er mich brutal mißhandelt hat, um sie weich zu bekommen?«

Warrick versteifte sich. »Weich bekommen – zu welchem Zweck?«

»Gilbert hat einen Ehevertrag mit Lyons abgeschlossen. Rowena hat sich dem widersetzt. Ich selbst habe diese Verbindung ebenfalls abgelehnt. Lyons war ein alter Lustmolch, dessen Name mit Skandalen und üblen Gerüchten in Verbindung gebracht wurde. Auf keinen Fall war er eine geeignete Partie für Rowena. Leider hatte Lyons Gilbert seine Armee versprochen, die dieser dringend benötigte, um Euch zu bekämpfen. So hat er sie also nach Ambray schaffen lassen und sie gezwungen, zuzusehen, wie er mich folterte.

»Warum Euch? Warum nicht sie?«

»Weil er auf seine verquere Weise eine Schwäche für Rowena hat. Ich glaube, er wollte sie nicht entstellen, denn die Hochzeit sollte sofort nach Ankunft in Kirkburough stattfinden. Weniger schwer fiel es ihm, mich zu schlagen. Und er hat nicht eher damit aufgehört, als bis er ihre Zustimmung zu der Heirat mit Lyons hatte. Ich nahm an, sie würde sich auf jeden Fall erneut widersetzen, sobald sie von mir weg war, denn sie ist ziemlich stur, wenn's darauf ankommt. Außerdem hätte es ihr sicher Freude gemacht, Gilberts Pläne zu durchkreuzen, nach dem, was sie mitansehen mußte. Als er jedoch für die paar Tage nach Ambray zurückkehrte, prahlte er mir gegenüber damit, sie vollständig eingeschüchtert zu haben. Er behauptete, daß sie alles tat, was er wollte, da er ihr gedroht hatte, mich zu töten, wenn sie sich weigerte.

Ich bin nicht sicher, ob er dazu fähig gewesen wäre. Er ist nicht von Grund auf schlecht, so wie sein Vater es war. Trotzdem mußte sie ihm glauben. Und sicher hat sie ihn dafür gehaßt, daß – was ist los mit Euch?« fragte sie erschrocken, als sie sah, daß er kreidebleich geworden war.

Warrick schüttelte abwehrend den Kopf, doch ein Stöhnen entrang sich ihm, als ihm einfiel, was Rowena gesagt hatte, als sie sich über seinen angeketteten Körper gebeugt und erklärt hatte, was sie tun mußte. *»Mir gefällt das alles genausowenig wie Euch, aber ich habe keine Wahl – und Ihr auch nicht.«* Keine Wahl. Sie hatte versucht, das Leben ihrer Mutter zu retten. Sie hatte ihn gar nicht vergewaltigen wollen. Und es hatte ihr so leid getan, daß sie seine Rache als Sühne akzeptiert hatte.

»Ahhh!« stöhnte er laut, als sich der Schmerz der Erkenntnis wie ein glühender Dolch in seine Brust bohrte.

Anne geriet in ernsthafte Sorge. »Wartet, ich werde den –«

»Nein ... mir fehlt nichts, was ein paar ordentliche Peitschenhiebe nicht kurieren könnten«, sagte Warrick voller Selbstekel. »Ihr hattet recht, mich zu schmähen, Mylady. Ich bin wahrhaftig der größte ... o Gott, was habe ich nur getan!«

Er rannte an ihr vorbei in den Palas. Als er an Sheldon vorbeikam, meinte er nur: »Laß deine Frau nicht aus den Augen«, und rannte, zwei Stufen auf einmal nehmend, hinauf zu den Frauengemächern.

Rowena war nicht allein, als er sie schließlich im Nähzimmer fand. Mildred und drei andere Dienerinnen waren bei ihr. Nach einem Blick auf ihn verließen sie hastig das Zimmer. Mildred war schon langsamer. Sie warf ihm einen eisigen Blick zu, mit denen sie ihn schon seit Wochen bedachte, doch er bemerkte nichts. Er sah nur Rowena.

Sie erhob sich und warf ihr Nähzeug beiseite. Ihr Gesicht war auch jetzt, wie schon seit Wochen, ein Bild der Verärgerung. »Nun, da du's geschafft hast, uns bei der Arbeit zu stören«, sagte sie bissig, »was willst du?«

»Ich habe gerade mit deiner Mutter gesprochen.«

Rowenas Gesicht zeigte freudige Überraschung, als sie das hörte. »Ist sie denn hier?«

»Ja, und du kannst sie schon bald sehen. Zuerst muß ich aber mit dir sprechen.«

»Nein, Warrick, nicht jetzt!« widersprach sie ungeduldig. »Ich habe sie schon seit drei Jahren nicht mehr gesehen – bis auf ein einziges Mal. Das war vor ein paar Monaten, als...« Stirnrunzelnd hielt sie inne, worauf er prompt fragte: »Als was?«

»Das ist unwichtig.«

»Keineswegs. Als d'Ambray sie geschlagen hat?«

»Das hat sie dir gesagt?«

»Ja – und noch so einiges mehr. Warum hast du mir nie erzählt, daß er dir androhte, sie zu töten?«

Sie riß die Augen auf und sah ihn böse an. »Du wagst es, mich das zu fragen? Du wolltest ja nie zuhören, wenn ich versucht habe, dir die Dinge zu erklären! ›Versuch nie wieder zu entschuldigen, was du getan hast‹, das waren genau deine Worte.«

Er zuckte zusammen. »Ich weiß. Kann sein, daß es damals keinen Unterschied gemacht hätte. Ich war so wütend. Aber *jetzt* spielt es sehr wohl eine Rolle.« Er zögerte, doch er mußte es einfach wissen. »Hat er dich auch gezwungen, mich auszuspionieren?«

»Ich habe dir bereits gesagt, daß er nie auf diesen Gedanken gekommen ist. Alles, woran er dachte, war, dich mit seiner neuen Armee zu besiegen.«

Warrick lehnte sich an die geschlossene Tür. Sein Gesicht drückte tiefe Verzweiflung aus. »Dann habe ich mich also noch mehr geirrt, als ich dachte? Mein Gott, du warst also völlig unschuldig. Selbst der Vorwurf, den ich dir zuletzt machte, war demnach ungerecht.«

Rowena starrte ihn ungläubig an. »Völlig unschuldig? Ich habe dich *vergewaltigt*. Hast du das etwa vergessen?«

»Nein, aber das habe ich dir längst verziehen. Nur –«

»Wann hast du mir das verziehen?« wollte sie wissen. »Etwas Derartiges habe ich dich nie äußern gehört.«

Er runzelte die Stirn. Warum unterbrach sie ihn nur

immer? Und wie konnte sie das nicht gewußt haben? »Du weißt ganz genau, wann, Maid. Das war an dem Tag, an dem du mich um einen Gefallen gebeten hast – die Nacht, in der du keinen Schlaf fandest.«

Die Röte schoß ihr in die Wangen. »Das hättest du auch sagen können«, brummte sie, fügte jedoch hinzu, als sie an die vergangenen schrecklichen Wochen dachte: »Nicht, daß das jetzt noch wichtig wäre.«

»Das stimmt. Es *ist* unwichtig, da es nichts zu verzeihen gab. Aber für *dich* gibt es jede Menge zu verzeihen. Kannst du verzeihen?«

Sie sah ihn an und zuckte dann gleichgültig mit den Schultern. »Sicher. Ich vergebe dir. Kann ich jetzt meine Mutter sehen?«

Warrick runzelte die Stirn. »So leicht geht das doch nicht.«

»Warum nicht? Ist dir nie der Gedanke gekommen, daß es mir egal sein könnte, ob es dir leid tut oder nicht?«

»Du bist immer noch verärgert«, sagte er nickend, so als erkläre dies ihr seltsames Verhalten. »Das kann ich dir nicht verübeln. Aber ich werd's wieder gutmachen. Wir werden heiraten, und dann –«

»Ich werde dich nicht heiraten«, sagte sie ruhig – zu ruhig.

Nun war es an ihm, sie anzustarren, bevor er laut schrie: »Du mußt mich heiraten!«

»Warum? Damit du alles wiedergutmachen kannst?« Sie schüttelte langsam den Kopf. »Hast du mir denn nicht zugehört, als ich dir sagte, daß alles, was ich je für dich empfunden habe, gestorben ist? Warum sollte ich dich also heiraten wollen, Warrick?« An dieser Stelle verlor sie die Beherrschung und rief: »Nenne mir *nur einen guten Grund*!«

»Damit unser Kind nicht als Bastard auf die Welt kommt!«

Sie schloß die Augen, um ihn nicht merken zu lassen, wie tief er sie mit dieser Antwort getroffen hatte. Was hatte sie erwartet? *Weil ich dich liebe?*

Rowena seufzte. Als sie ihn schließlich wieder anblickte, war ihr Gesicht ausdruckslos – fast ausdruckslos.

»Nun, das wäre ein Grund«, sagte sie tonlos. »Ist aber nicht genug, um –«

»Verdammt, Rowena, du –«

»Ich werde dich nicht heiraten, verstehst du?« schrie sie. Ihre Selbstbeherrschung war dahin und all die Bitterkeit, die sie so lange aufgestaut hatte, brach nun aus ihr hervor. »Wenn du versuchst, mich dazu zu zwingen, dann werde ich dich vergiften! Ich werde dich kastrieren, während du schläfst! Ich werde –«

»Du brauchst nicht mehr zu sagen.«

Er hatte wieder jenen Ausdruck tiefster Verzweiflung auf dem Gesicht, den Ausdruck eines Mannes, den der Schmerz fast zerriß. Doch sie war schon einmal darauf hereingefallen, das sollte ihr kein zweites Mal passieren.

»Wenn du wirklich die Absicht hast, alles wiedergutzumachen, Warrick, dann laß mich frei. Gib deinen Anspruch auf mein Kind auf und laß mich nach Hause gehen.«

Nach einem endlos erscheinenden Augenblick ließ Warrick die Schultern hängen. Er nickte.

47. Kapitel

Er kam nicht. Jeden Tag, nein jeden Moment konnte seine Tochter zur Welt kommen, und er kam nicht. Und eine Tochter würde es ganz sicher werden, das hatte sie sich lange genug und intensiv genug gewünscht. Eine feine, kleine Rache wäre das, Warrick nicht den Sohn zu schenken, den er sich so sehr wünschte. Sie *wollte* eine Tochter, und eine Tochter würde es auch werden. Irgendwann *mußte* sie ja schließlich auch einmal Glück haben.

Aber Warrick kam einfach nicht. Warum hatte sie nur geglaubt, er würde kommen? Nur, weil er mindestens einmal pro Monat nach Tures geritten war, *jeden* Monat, seit sie Fulkhurst verlassen hatte?

Er wollte sie immer noch heiraten. Sie sagte immer noch nein. Sie war unfreundlich, ja grob zu ihm. Zweimal hatte sie sich sogar geweigert, ihn überhaupt zu empfangen. Aber er kam immer wieder. Wieder und wieder hatte er versucht, sie davon zu überzeugen, daß sie zu ihm gehörte.

Nun, dann war er eben zerknirscht und reumütig. Was ging sie das an? Es war ganz einfach zu spät.

Aber er war unnachgiebig, ja rücksichtslos. Er hatte es geschafft, ihre Mutter auf seine Seite zu ziehen, und Anne konnte eine ganz schöne Plage sein, wenn sie sich einmal etwas in den Kopf gesetzt hatte.

»Die Tatsache, daß er dich heiraten will, hat mit seinen Schuldgefühlen überhaupt nichts zu tun«, hatte ihr Anne während einem ihrer zahlreichen Besuche versichert. »Er hatte schon vor, dich zu heiraten, noch bevor er wußte, daß er sich schuldig fühlen mußte. Er hat sich dazu entschlossen, als er dich nach Ambray bringen ließ. Sheldon hat's mir verraten.«

Sheldon war ein weiterer wunder Punkt. Soweit es Rowena betraf, hatte er ihr einfach die Mutter gestohlen. Er hatte Annes Unsicherheit und Verletzlichkeit ausgenutzt, um sie dazu zu verführen, ihm ihre Zuneigung zu schenken und sie dann geheiratet, noch bevor sie zur Besinnung kommen konnte. Und nun hatte er sie gar davon überzeugt, daß sie ihn anbetete, auch wenn das unmöglich war – nicht einen Freund von *Warrick.*

Im letzten Monat dann, als Rowena sich besonders niedergeschlagen gefühlt hatte, hatte Anne mit einer neuen Enthüllung aufgewartet. »Er liebt dich. Er hat's mir selbst gesagt, als ich ihn danach gefragt habe.«

»Mutter!« hatte Rowena entsetzt gerufen. »Wie *konntest* du ihn das nur fragen?«

»Weil ich es wissen wollte. *Du* hast dir sicher nie die Mühe gemacht, dich nach seinen Gefühlen zu erkundigen.«

»Natürlich nicht«, erwiderte Rowena verärgert. »Wenn ein Mann nicht in der Lage ist, das von sich aus zu sagen, ohne daß man es ihm aus der Nase ziehen muß –«

»Genau das ist es ja, meine Kleine. Als ich ihn nämlich gefragt habe, warum er's dir noch nicht gesagt hat, meinte er, er wüßte nicht, wie.«

Ihre Mutter hätte so etwas sicher nicht erfunden – Warrick schon. Erzähl einer Mutter genau das, was sie hören will. Wie raffiniert von ihm.

Aber das alles bedeutete ihr gar nichts. Sie würde ganz sicher nicht klein beigeben und diesen Mann heiraten, nicht einmal, wenn er ihr bewies, daß sie im Innern bei weitem nicht so kalt und abgestumpft war, wie sie sich äußerlich gab, daß ihr Herz immer noch raste, wenn er ihr nahe war – daß sie seinen Körper immer noch begehrte, *selbst jetzt, in ihrem Zustand!* Doch ihre wiedererwachten Lustgefühle änderten auch nichts an den Tatsachen. Sie hatte keine Lust, sich noch einmal zum Narren zu machen, nur um einen weiteren kalten Guß zu bekommen.

Heute saß sie am Erkerfenster ihres eigenen Zimmers. Sicher, sie war jetzt die Herrin von Tures, dennoch war sie nicht bereit gewesen, ihr schönes, altes Zimmer aufzugeben. Auch wenn die Hauptgemächer noch so groß und sonnig waren.

Sie klopfte genüßlich auf den gepolsterten Sitz und lächelte. Das war doch um so vieles besser als Warricks harte Bänke, auch wenn er zwei Fenster hatte und sie nur eines und die seinen mit kostbarem Glas ausgestattet waren, während über ihrem nur ein dünnes Öltuch klebte, durch das man kaum hindurchsehen konnte. Ein Ende hatte sich gelöst und flatterte im Aprilwind. Immer wieder erhaschte sie so einen Blick auf die staubige Straße, die sich um das Torhaus herumwand. Sie war leer, bis auf einen einsamen Kaufmann, der mitsamt seinem Wägelchen den Weg heraufkam. Sie achtete nicht weiter auf ihn.

Das war nicht das erste Mal, daß diese Fensterscheibe zerbrochen war. Sie selbst hatte sie im Alter von neun Jahren einmal eingeworfen. Es war ein Unfall gewesen, und dennoch war sie erst zwei Jahre später wieder ersetzt worden. Vom Fenster aus hatte man einen Blick auf das Vordergebäude, welches einen Stock niedriger war als der Turm. Im obersten Stock befand sich die Kapelle, auf deren knapp zwei Meter unter ihr liegendes

Dach sie nun blickte. Es lag jedoch nicht direkt unter ihr, sondern ein wenig zur Linken. Direkt unter ihrem Fenster befand sich nämlich die Vorderseite des Vordergebäudes.

Rowena war einmal aus diesem Fenster gesprungen, bevor es repariert worden war. Sie war direkt auf der dreißig Zentimeter breiten Zinne gelandet und von dort auf das ungefähr einen Meter tiefer gelegene Dach der Kapelle gehüpft. Und das alles nur, um einem anderen Mädchen einen Schreck einzujagen.

Das war ihr auch gründlich gelungen. Das Mädchen war daraufhin nämlich spornstreichs zu Anne gerannt und hatte geschrien, Rowena sei tot aus dem Fenster gefallen und direkt auf die Treppe zum Vordergebäude gestürzt – was in der Tat passiert wäre, wenn sie von der linken Hälfte ihres Fensters aus gesprungen wäre. Von dort aus ging es nämlich ganze zwei Stockwerke in die Tiefe. Nach der Standpauke und der Strafe, die sie daraufhin erhielt, hatte sie tatsächlich gewünscht, lieber tot zu sein. Etliche Tage lang – sie wußte nicht mehr, wie viele – hatte sie ihr Zimmer nicht mehr verlassen dürfen.

Sie lächelte, als sie daran dachte und strich liebevoll über ihren prallen Leib. Ihre eigene Tochter würde etwas so Törichtes natürlich nie tun, *könnte* es gar nicht tun, da Rowena Eisenstangen vor dem Fenster anzubringen gedachte. Immerhin konnte sie nun verstehen, warum ihre Mutter so wütend gewesen war. Ja, sie hätte sich dabei umbringen können, kein Zweifel. Ein kleiner Fehltritt und sie wäre gestolpert…

»Na, wieder mal beim Tagträumen, kleine Lady?«

Rowena wurde stocksteif. Das konnte nicht sein. Doch, kein Zweifel, es war Gilbert, der dort im Türrahmen stand, der nun die Tür hinter sich schloß und auf sie zukam.

»Wie seid Ihr hier hereingekommen?«

Er lachte. »Das war noch das leichteste. Heute ist doch der Tag der Kaufleute. Sie kommen aus der Stadt herauf, um Euch Damen ein paar Münzen abzuknöpfen. Da habe ich mich eben als einer von denen verkleidet – so einfach ist das. Eine ganze Armee in eine Burg hereinzubekommen, das ist wirklich schwer. Für einen einzelnen Mann ist's ein Kinderspiel.«

»Habt Ihr überhaupt noch eine Armee?«

Bei diesen Worten verging ihm seine joviale Aufschneiderei. »Nein, aber – der heiligen Maria sei Dank!« rief er als er nahe genug herangekommen war, um ihren gerundeten Leib zu bemerken. »Dann hat es also doch funktioniert.«

Sein Gesicht nahm wieder jenen kalten abschätzenden Ausdruck an, bei dem sie sich fast jeden Winkelzug seiner geld- und machtgierigen Gedanken vorstellen konnte. »Ihr werdet auf keinen Fall behaupten, es sei Lyons Kind. Ich werde das bestreiten – ebenso, wie Warrick de Chaville.«

»Damit hast du recht«, fauchte er. »*Er* war es ja schließlich, der dich gehabt hat!«

»*Ihr* habt mich dazu getrieben!« schrie sie zurück. »Oder habt Ihr vielleicht vergessen, daß das Ganze Eure Idee war, daß Eure Gier –?«

»Halt den Mund!« zischte er und blickte nervös zur Tür. »Es spielt keine Rolle, von wem das Kind ist, solange es mir nur Nutzen bringt.«

Sie starrte ihn mit weit aufgerissenen Augen an. »Ihr glaubt also *immer noch* ein Recht auf Kirkburough zu haben? Wie könnt Ihr nur!«

»Ich muß. Es ist alles, was ich noch habe. Jetzt, in diesem Augenblick belagert dieser Bastard meinen letzten Burgfried. Dorthin kann ich also nicht mehr zurück. Ich weiß nicht, wo ich hingehen soll, Rowena.«

Sie merkte, daß er versuchte, Verständnis für seine Lage zu erwecken. Sie fragte sich, ob Warrick ihn vielleicht schon ein wenig verrückt gemacht hatte mit seinen gnadenlosen Verfolgungsjagden. Oder war es das, was Verzweiflung aus einem Mann machte?

Mißtrauisch zog sie die Brauen zusammen. »Das ist bestimmt nicht der Grund für Euer Hiersein, denn Ihr wußtet nichts von dem Kind. Warum seid Ihr hier, Gilbert?«

»Um dich zu heiraten.«

»Ihr müßt verrückt sein!«

»Keineswegs. Du hast all deine Besitztümer wieder, alles untersteht wieder dir«, erklärte er. »Du bist nun eine gute Partie, wie man so schön sagt, denn dein Ehemann wird –«

»Ich habe Warrick die Treue geschworen«, log sie. »Er wird nicht zulassen, daß Ihr mich bekommt.«

»Er kann mich nicht daran hindern. Laß es ihn nur versuchen. Er wird dir deine Burgen und Ländereien wieder abnehmen müssen. Seine eigenen finanziellen Reserven werden dabei erschöpft – und dann kriege ich ihn am Ende doch noch.«

»Gilbert, warum könnt Ihr's nicht einfach gut sein lassen? Ihr habt verloren. Warum verlaßt Ihr nicht das Land, solange Ihr noch könnt? Geht nach Frankreich und fangt dort noch einmal neu an.«

»Ich habe noch nicht verloren, nun da ich dich wiederhabe.«

»Aber Ihr habt mich nicht«, meinte sie ruhig. »Wenn ich Warrick schon nicht heirate, den ich von Herzen liebe, dann werde ich Euch, den ich verabscheue, weiß Gott, erst recht nicht heiraten. Lieber würde ich mich aus dem Fenster hier stürzen. Soll ich's Euch beweisen?«

»Red keinen Unsinn!« fauchte er. Er war wütend über ihre Drohung und über ihre Liebeserklärung an seinen Feind. Im Moment jedoch beunruhigte ihn ihre Drohung weit mehr, denn sie saß beunruhigend nahe am Fenster. »Wenn – wenn du nicht in mein Bett kommen willst, dann brauchst du es auch nicht zu tun, aber heiraten mußt du mich, Rowena. Mir bleibt keine andere Möglichkeit.«

»O doch, Ihr habt noch eine Möglichkeit«, sagte Warrick, der im Türrahmen stand. »Zieht Euer Schwert und ich werd's Euch zeigen.«

Rowena war so überrascht über sein unerwartetes Auftauchen, daß sie gar nicht reagieren konnte, als Gilbert sich plötzlich auf sie stürzte, sie packte und ihr seinen Dolch an die Kehle setzte.

»Laßt Euer Schwert fallen, Fulkhurst, oder sie stirbt«, befahl Gilbert triumphierend.

»Warrick, tu's nicht!« rief Rowena. »Er wird mich nicht töten.«

Warrick hörte nicht auf sie. Schon fiel sein Schwert scheppernd zu Boden. So leicht warf er also sein Leben weg? Wieso – außer vielleicht...?

»Kommt hierher«, befahl Gilbert nun.

Rowenas Augen weiteten sich vor Entsetzen, als Warrick, ohne im geringsten zu zögern, einen Schritt vortrat. Er war tatsächlich drauf und dran, einfach so auf Gilbert loszumarschieren und sich von ihm töten zu lassen. O nein, das würde ganz bestimmt nicht passieren, nicht, solange sie noch alle Sinne beisammen hatte.

Gilbert stand zwar nahe bei ihr, noch näher jedoch stand er bei der Erkeröffnung. Auch sein Dolch berührte nicht einmal ihre Haut, und er hatte die Augen nur auf Warrick gerichtet.

Rowena zog die Knie an und stieß ihn mit aller Gewalt auf Warrick zu. In der gleichen Sekunde schwang sie die Beine über den Fenstersims und glitt hinab. Sie hörte, wie beide Männer ihren Namen riefen, als sie mit einem lauten Krachen auf der Brustwehr landete. Gott im Himmel, es war soviel leichter gewesen, als sie noch jünger war – und nicht schwanger. Den letzten Meter aufs Dach der Kapelle zu springen, kam da einfach nicht in Frage. Vorsichtig rutschte sie an der Wand entlang in die Hocke und versuchte, das letzte Stück hinunterzugleiten. Da streckte Gilbert plötzlich den Kopf aus dem Fenster und sah sie dort unten sitzen.

»Verdammt noch mal, Rowena, du hast mich fast zu Tode erschreckt!« brüllte er.

Nur fast? Gütiger Gott, hatte sie denn *niemals* Glück?

Doch er hatte keine Zeit, ihr weitere Vorwürfe zu machen. Schon verschwand er wieder, und Rowena hörte das Klirren von Schwertern. Da war er also doch noch in Erfüllung gegangen, der sehnlichste Wunsch der beiden, nämlich sich gegenseitig umzubringen. Was machte es da schon, daß sie hier draußen am Rande der Brustwehr saß, der Boden ganze dreißig Meter unter ihr – nun, eher zwanzig, da das Vordergebäude nicht so hoch war wie der Turm.

Der Schmerz kam völlig unerwartet. Sie schwankte und hätte fast das Gleichgewicht verloren, wenn sie sich nicht im letzten Moment zurückgelehnt hätte. Ihr Herz pochte wie wild. Sie verlor keine Zeit mehr, sondern sprang mit einem Schwung hinab aufs Dach der Kapelle. Wieder schlug sie ziemlich hart auf – wie hart zeigte ihr ein neuerlicher Schmerz, der ihr fast den Atem raubte. Diesmal krümmte sie sich und ballte die Hände zu Fäusten, bis der Schmerz langsam wieder nachließ. Ein kalter Schauder überlief sie. Nein, bitte nicht jetzt. Sicher würde ihre Tochter *nicht gerade jetzt* geboren werden wollen.

Sie blickte zu ihrem Fenster hinauf, sobald sie festen Halt auf dem ungefähr einen Meter breiten Steinsims hatte, der um das flache Dach der Kapelle herumlief. Sie wußte, daß sie wieder dort hinauf mußte, damit sie erfuhr, was in ihrem Zimmer vor sich ging, doch sie zweifelte daran, daß das ohne Hilfe möglich war. Hinunterzuspringen, war eine Sache, wieder zurückzuklettern auf den schmalen, mit Zinnen versehenen Sims, eine ganz andere. Sie hätte es gekonnt, sicher, doch nicht in ihrem Zustand, nicht ohne das Baby und sich selbst in tödliche Gefahr zu begeben.

Da war jedoch noch die große Falltür, die zur darunterliegenden Kapelle führte. Ja, genau dort, zu ihren Füßen war sie. Die Falltür erlaubte es den Soldaten, während eines Angriffs Pfeile von den Burgzinnen abzuschießen. Um hinunterzugelangen benötigte man jedoch eine Leiter, da es bis zum Boden der Kapelle etwa sechs Meter waren. Abgesehen von ihrem Fenster war dies der einzige Zugang zum Zinnenkranz.

Jetzt würde dort natürlich keine Leiter stehen, das wußte sie. Sie öffnete die Falltür dennoch und beugte sich über die Öffnung, um hinunterzuspähen. Pater Paul war so spät am Morgen sicher nicht in der Kapelle. Trotzdem rief sie seinen Namen. Wie erwartet, kam keine Antwort, weshalb sie nun einfach ganz laut um Hilfe rief.

Das zeigte schon größere Wirkung. Ein Diener kam in die Kapelle gerannt, ein kleiner Junge nur, und alles, was er tat, war, sie überrascht anzustarren. Bevor sie ihm noch sagen konnte, er solle eine Leiter holen, erschien auch schon Gilbert mit dem Schwert in der Hand am Fenstersims.

»Zurück, Rowena!« rief er und sprang in der nächsten Sekunde direkt auf den Steinsims, auf dem sie saß.

Rowena saß stocksteif da, unfähig, auch nur die kleinste Bewegung zu machen. Sie war wie betäubt vor Entsetzen. Wenn sie Gilbert sah, dann konnte das nur heißen, daß Warrick tot war. Er stieß bei seinem Aufprall mit ihr zusammen, nicht allzu hart, doch es genügte, um sie einen halben Meter nach hinten zu befördern. Der Kampf mit Warrick hatte ihn bereits ziemlich erschöpft. Ein Bein knickte ein, als er auf dem Steinboden aufprallte, und er fiel der Länge nach aufs Dach. Mit dem anderen geriet er in die offene Falltür und wäre fast hineingefallen, wenn er nicht mit dem Bauch am Rande hängengeblieben wäre und sich im letzten Moment noch hätte festkrallen können. Der Sturz war schmerzhaft gewesen, das sah man ihm an. Außerdem hatte er sein Schwert dabei verloren, es war einige Zentimeter weit übers Dach gerutscht. Trotzdem er dort wie ein Käfer hing und zappelte, gelang es ihm zu Rowenas Überraschung, wieder aus dem Loch zu krabbeln.

Sie stand einfach nur da und konnte es immer noch nicht fassen. Das Einzige, was ihr durch den Kopf ging, war: »Warrick ist tot, Warrick ist tot.« Sie rührte keinen Finger, um Gilbert hinunterzuschubsen, was kinderleicht gewesen wäre, während er dort in der Falltür zappelte. Es fiel ihr nicht einmal ein, sich wenigstens sein Schwert zu nehmen und es nach unten zu werfen. Vor Entsetzen wie gelähmt stand sie einfach nur da ... bis Warrick direkt vor ihr landete.

Sie kreischte auf vor Schreck und wich noch ein wenig zurück. Sie stand nun mit dem Rücken zur Zinnenwand.

Er grinste sie einfach nur beruhigend an und machte sogleich einen Satz auf Gilbert zu, der erneut sein Schwert ergriffen hatte.

Ihre Erleichterung wurde durch einen neuerlichen Schmerz unterbrochen, der sie wie ein spitzer Dolch durchbohrte. Diesmal war es sogar noch schlimmer als vorher. Trotzdem versuchte sie, nicht darauf zu achten, und beobachtete mit angehaltenem Atem die beiden Männer vor ihr, die mit aller Gewalt aufeinander einhieben.

Vor und zurück bewegten sie sich, immer wieder gefährlich nahe am Abgrund. Rowena wich aus, wenn es nötig war, und vermied immer vorsichtig die offene Falltür und auch die wild wirbelnden Schwerter. Schließlich verlagerte sich der Kampf auf die andere Seite der Falltür, sodaß sie vorsichtig an deren Rand kriechen konnte, um nach Hilfe Ausschau zu halten. Und da war sie auch. Mehrere Diener waren herbeigeeilt, die ein Altartuch zwischen sich aufgespannt hielten. Sie riefen ihr zu, sie solle springen.

Idioten! War sie vielleicht ein Leichtgewicht, das einfach so auf ein aufgespanntes Altartuch hüpfte? Der dünne Stoff würde mit Sicherheit reißen, wenn sie ihn mit ihrem Gewicht nicht ohnehin aus den Händen der Diener riß. In jedem Fall würde sie mit auf dem Steinboden enden, wahrscheinlich tot.

Plötzlich wurde ihr diese Wahl jedoch abgenommen, als sich der Kampf wieder in ihre Richtung verlagerte. Gilbert stieß unerwartet mit ihr zusammen und schubste sie dabei direkt in die Öffnung der Falltür. Sie schrie, als sie plötzlich keinen Boden mehr unter den Füßen spürte. Er wirbelte herum und erwischte sie gerade noch mit seiner freien Hand. Dabei verlor er das Gleichgewicht und mußte sein Schwert fallenlassen, um sie auch noch mit der anderen Hand zu packen und festzuhalten.

Wie eine Ertrinkende klammerte sich Rowena an ihn. Selbst als er sie hochgezogen und von der Öffnung fortgerissen hatte, ließ sie nicht los. Sie zitterte am ganzen Leib.

Warrick, der einen Moment lang vergessen gewesen

war, brachte sich wieder in Erinnerung. »Laßt sie los, d'Ambray.«

Der drohende Unterton in seiner Stimme, sowie die Schwertspitze, die sich nun an Rowenas Schulter vorbei auf seine Brust gerichtet hatte, ließen Gilbert keine Wahl. Da er jedoch nicht begriff, daß er verloren hatte, preßte er Rowena statt dessen nur noch enger an sich. Sie kannte ihn gut genug, um zu ahnen, was in ihm vorging.

»Er wird Euch nicht glauben, daß Ihr mich töten wollt, wo Ihr mir soeben das Leben gerettet habt«, meinte sie.

Bei diesen Worten machte Warrick ein derart frustriertes Gesicht, daß es fast schon komisch wirkte. Rowena sah es gerade noch rechtzeitig und verstand. Er wollte Gilbert natürlich nicht entkommen lassen, doch sein Ehrenkodex als Ritter verbot es ihm, einem Gegner das Leben zu nehmen, wenn dieser ein anderes gerettet hatte. In diesem Fall hätte Rowena jedoch mit Freuden auf den Kodex verzichtet. Wenn Warrick schon den Versöhnlichen spielen wollte, hätte er dann nicht ein wenig länger – versöhnlich? Warrick? Hatte sich der rachsüchtige Drache des Nordens wirklich so sehr verändert?

Das hatte er, was ihn selbst jedoch nicht gerade glücklicher zu machen schien. Der Ton, in dem er Gilbert nun anfauchte, war alles andere als gütig. »Ich schenke Euch das Leben, wenn Ihr mir von nun an aus dem Weg geht.«

Eine günstige Gelegenheit hatte sich Gilbert noch nie entgehen lassen. »Gebt mir auch Ambray zurück.«

Rowena schnappte nach Luft, angesichts dieser Unverfrorenheit. »Nein, Warrick, tu's nicht! Er verdient es nicht –«

»*Ich* entscheide, was dein Leben wert ist, Rowena«, unterbrach Warrick sie eisig. »Und eine Burg, nein *hundert* Burgen, sind nichts im Vergleich zu dem, was du mir bedeutest.«

Nicht gerade sehr romantisch, mit einem Haufen aufeinandergetürmter Steine verglichen zu werden, doch es war die Bedeutung seiner Worte, die Rowena für den Augenblick sprachlos machte. Lange genug, um Warrick Gelegenheit zu geben, zu Gilbert gewandt, hinzuzufügen: »Ihr müßtet mir allerdings den Lehnseid leisten.«

Gilbert, den der Gedanke, daß Warrick *ihn* nun beschützen mußte, amüsierte, zögerte nicht mit seiner Antwort.

»Gemacht. Und Rowena –«

Warrick hob erneut drohend das Schwert. Furchterregend grollte er: »Rowena wird meine Frau, sobald sie einwilligt. Doch auch wenn nicht, wird sie nie wieder unter Eurer Obhut stehen. Stellt meine Geduld lieber nicht länger auf die Probe, d'Ambray. Ihr nehmt besser, was ich Euch anbiete und dankt dem Herrn, daß ich nicht länger auf ewige Rache aus bin.«

Daraufhin ließ Gilbert Rowena los, und Warrick riß sie umgehend in seine Arme. Dieser ungestüme Kontakt mit ihm löste erneut Wehen bei ihr aus, die sie daran erinnerten, daß für weiteres Geplänkel keine Zeit blieb.

»Wenn ihr beiden fertig seid, dann würde meine Tochter gerne zur Welt kommen, Warrick, aber nicht hier, auf den Zinnen.« Beide Männer starrten sie verständnislos an, weshalb sie etwas lauter hinzufügte: *»Jetzt sofort, Warrick!«* Das wirkte. Zu gut sogar, denn beide reagierten nun mit panischer Hast. Männer – manchmal konnte man wahrhaftig auf sie verzichten…

48. Kapitel

»Und wozu sollte das Gefluche gut sein, nachdem alles vorbei war?« wollte Mildred wissen, als sie Rowena das Baby in die Arme legte. »Das habt Ihr wirklich gut gemacht, meine süße Lady. Er ist ein wahrer Engel, ein wirklicher –«

»Er hätte eigentlich eine sie werden sollen«, brummte Rowena. Doch der saure Gesichtsausdruck verschwand, sobald sie ihr kostbares, goldblondes Baby ansah.

Mildred kicherte. »Ihr könnt doch nicht immer noch böse auf ihn sein. Seht nur, die vielen Monate, in denen Ihr den armen Mann habt leiden lassen. Ich habe regelrecht Mitleid mit ihm gehabt.«

»Das hast du nicht«, entgegnete Rowena. »Du warst die einzige, die nicht versucht hat, meine Meinung zu ändern.«

»Nur, weil ich wußte, daß Ihr umso sturer werdet, je mehr man Euch drängt. Über dieses Thema war einfach nicht mit Euch zu reden. Ihr mußtet ganz alleine herausfinden, daß Euch dieser Mann aufrichtig liebt. Aber war es unbedingt nötig, mit der Heirat bis zur allerletzten Minute zu warten?«

»Warten?« fragte Rowena fassungslos. »Er hat nicht die Hebamme, er hat den Priester geholt! Und keiner von beiden hat Ruhe gegeben, bevor ich nicht ein lautes ›Ja‹ geäußert habe. So etwas nenne ich Erpressung. Das war ganz einfach –«

»Die reine Sturheit. Ihr wußtet doch genau, daß Ihr ihn früher oder später heiraten würdet. Ihr mußtet Ihn eben einfach bis zum Ende leiden lassen.«

Rowena machte den Mund zu. Bei einer Auseinandersetzung mit Mildred konnte sie in diesen Tagen nur den Kürzeren ziehen – da spielte sie lieber die Klügere, dic bekanntlich nachgab.

Natürlich war sie stur gewesen wie ein Maulesel. Der Mann war bereit gewesen, für sie in den Tod zu gehen. Kein Groll, und war er noch so groß, konnte dem lange widerstehen.

»Wo ist mein – Ehemann?«

»Wartet ungeduldig vor der Tür, um seinen Sohn zu sehen. Soll ich ihm das Baby zeigen, oder wollt Ihr?«

Sie wartete gar nicht erst auf eine Antwort, sondern schritt bereits zur Tür, um Warrick hereinzulassen. Sofort stand er am Bett und blickte mit so viel Wärme und stolzgeschwellter Brust auf sie nieder, daß auch ihre letzten Vorbehalte dahinschmolzen wie Schnee in der Sonne. Ja, sie liebte ihn. Es war ihr schon lange klar gewesen, auch wenn sie es sich nicht hatte eingestehen wollen.

Sie lächelte scheu zu ihm auf. »Was hältst du von ihm?«

Warrick hatte das Baby noch gar nicht angesehen. Er tat es jetzt, doch seine Augen wanderten sofort wieder zu ihr zurück, und sie glitzerten schelmisch. »Ich nehme an, daß sich sein Aussehen mit der Zeit noch bessert?«

Sie sah erschrocken auf ihren Sohn, doch schon entschlüpfte ihr ein Kichern. »Mit seinem Aussehen ist alles in Ordnung. Er muß rot und runzlig sein.«

»Was ist mit der Tochter, die du mir schenken wolltest?«

Sie errötete, dann lächelte sie. »Ich glaube, ich habe am Ende doch noch Glück gehabt, mein Gebieter – daß mir dieser spezielle Wunsch nicht erfüllt wurde.«

Er setzte sich zu ihr aufs Bett und überraschte sie mit einem Kuß. »Ich danke dir.«

»Nun, so schwierig war's auch wieder nicht – das heißt, ein wenig vielleicht.«

»Nein, ich danke dir, daß du mich geheiratet hast.«

»Oh«, sagte sie und ihr Herz wollte vor Freude zerspringen. »Dafür – dafür muß ich … dir danken.«

Dafür bekam sie einen weiteren Kuß, dieses Mal nicht ganz so zärtlich. »Du bist mir also nicht mehr böse?«

»Nein, aber wenn du mich noch einmal in dein furchtbares Verlies –«

»Ich habe kein Verlies mehr. Es wurde zugeschüttet, nachdem du nach Tures gegangen bist.«

»Warum um alles in der Welt hast du das getan?« fragte sie überrascht.

»Es war eine unerträgliche Erinnerung an das, was ich dir angetan habe.«

»Aber du hattest doch Gründe für dein Verhalten, Warrick. Sogar ich kann –«

»Versuche nicht, Entschuldigungen für das zu finden, was ich getan habe, Maid – oder hast du bereits die Worte vergessen, die du mir entgegengeschleudert hast?«

Er meinte es ernst – der humorvolle Unterton war dennoch nicht zu überhören. »Na gut, dann leide noch ein wenig weiter, wenn du unbedingt willst. Trotzdem war's Verschwendung, ein so gutes Verlies einfach zuzuschütten.«

Sie kicherte, als sie ihn seufzen hörte. »Vielleicht habe

ich ja wirklich ein wenig übereilt gehandelt. Aber ich kann's immer wieder ausgraben lassen.«

»Das laß mal lieber sein, mein Gebieter«, warnte sie ihn gespielt hitzig.

»Nun, wenn ich je wieder Grund haben sollte, dich in meine Gemächer einzuschließen, dann werde ich darauf achten, mit dir dort eingesperrt zu werden.«

»*Dagegen* kann ich nun wirklich nichts einwenden.«

»Dann bist du also immer noch eine schamlose Person, Maid?«

»Gegen meine Schamlosigkeit hast du noch nie etwas einzuwenden gehabt.«

»Nein, das kann man beim besten Willen nicht behaupten.«

»Und du liebst mich.«

»Also gut, ich liebe dich.«

»Sag das nicht so, als ob es dir zuwider wäre. Du liebst mich, Warrick, daran besteht kein Zweifel. Wie könntest du mich auch nicht lieben, wo ich doch –«

»Ich liebe dich, Rowena.«

Das klang schon besser. Soviel besser sogar, daß sie die Arme um seinen Nacken schlang und ihn zu sich heranzog, um ihm noch einen Kuß zu geben. Dann flüsterte sie sanft: »Ich bin froh, daß du es warst, Warrick, so froh.«

Er erinnerte sich an diese Worte, die sie vor so langer Zeit geäußert hatte und gab schließlich zu: »Das bin ich auch, mein Liebling. Das bin ich auch.«